ADIEU

Du même auteur

La Longue Peine, Éditions Calmann-Lévy, 1989

Gens de l'Est, Éditions La Découverte, 1992

La Femme du monstre, Anne Carrière Éditions, 2007

La Théorie des six, Anne Carrière Éditions, 2008

Ce soir je vais tuer l'assassin de mon fils, Anne Carrière Éditions, 2010

Jacques Expert

ADIEU

SONATINE ÉDITIONS

Direction éditoriale : François Verdoux
Coordination éditoriale : Roland Brenin

Sonatine Éditions
21, rue Weber
75116 Paris
www.sonatine-editions.fr

Prologue

Jeudi 24 mars 2011
20 h 28

Je n'aime pas beaucoup parler de moi, aussi je serai bref. En toute franchise, si, à cette heure, je me penchais sur mon cas (ce que je répugne à faire), je dirais que ma vie est très facile à résumer : flic, divorcé, comme beaucoup d'entre nous, et la retraite comme avenir immédiat.

Je m'appelle Hervé Langelier. Je suis né le 3 mars 1956 à Caen. Mes parents, René Langelier, serrurier, et Raymonde Génier, sans emploi, sont tous deux décédés. J'ai un frère aîné, Michel, dont je suis sans nouvelles depuis longtemps.

Mon ex-femme s'appelle Stéphanie. Nous sommes séparés depuis huit ans et c'est beaucoup mieux comme cela. J'ai trois enfants. Ils sont grands, maintenant. Je ne les vois plus.

Je n'ai pas voulu qu'ils soient présents ce soir. Ni elle ni mes enfants. Après tout ce temps passé, après tant d'incompréhension, je crois aussi qu'ils ne seraient pas venus. Leur refus serait légitime. Je reconnais que je les ai bien trop fait souffrir pour qu'ils acceptent de fêter mon départ à la retraite. Qu'est-ce que je pourrais leur dire ? Que je regrette ? Non, car je n'éprouve aucun remords et ils ne m'ont pas manqué. J'ai passé tant d'années séparé d'eux que ce soir je peux continuer sans eux. C'est trop tard désormais. J'ai poursuivi ma vie et eux la leur.

Nos chemins ne peuvent plus se croiser. Je me suis beaucoup trop éloigné et je suis incapable de revenir en arrière.

Ma vie continuera sans ma femme ni mes gosses. Pourtant, même si vous ne me croyez pas, j'affirme ici que je les ai toujours aimés. J'ai appris à me passer d'eux. Et surtout, je n'ai pas voulu les entraîner avec moi. Tout ce que j'ai fait, je devais l'accomplir seul. Et tant pis si je les ai perdus.

Il y a six ou sept mois, je ne sais plus très bien, «ils» m'ont nommé commissaire principal. J'ai 55 ans depuis trois semaines et ce soir je vais quitter ce métier qui m'a tout pris. Jusqu'à ceux auxquels je tenais le plus.

Je ne vois rien de plus à ajouter. Sauf, peut-être, répéter que je pars à la retraite sans le moindre regret. Avec impatience, même. On a été généreux avec moi et on m'a dispensé de venir travailler demain vendredi! Je quitte ce métier avec un jour d'avance...

Combien sont venus à mon pot de départ? Sur le carton d'invitation, le rendez-vous avait été fixé à 19 heures. J'étais sur place quelques minutes avant. Je n'ai jamais aimé être en retard. À la demie, seuls deux anciens collègues étaient là. Tramont, que j'ai eu sous mes ordres à Boulogne, et Bertin, qui a fait l'école des commissaires avec moi. Je ne sais pas pourquoi il est venu, celui-là. Il a fait sa carrière en province et en trente ans je ne l'ai eu que deux ou trois fois au téléphone.

«Putain, ça ne nous rajeunit pas tout ça», m'a-t-il dit en arrivant.

Les jours de départ à la retraite, c'est la phrase qu'on entend le plus et ça devient vite lassant. À les voir perdus, tous les deux dans la grande salle, un verre de vin rouge à la main – il fallait bien s'occuper dans ce désert et Bertin en était déjà à son troisième –, je me suis demandé si la soirée n'allait pas être un fiasco. Finalement, vers 8 heures et demie, nous étions presque au complet. Bon, ce n'était pas la grande foule, mais il y avait suffisamment de monde pour donner l'impression que la soirée serait réussie. Un peu plus tôt, alors que je bénéficiais d'un instant de répit, j'avais essayé de les compter. Une petite cinquantaine.

Pour l'occasion, j'ai mis une cravate. Gris perle. Celle que j'avais le jour de mon mariage. C'est dire si elle date. Il y a si longtemps que je n'en porte plus que j'ai dû m'y reprendre à plusieurs reprises : le pan supérieur était toujours plus court que l'autre... J'ai choisi mon costume bleu, le seul qui tienne encore le coup. Mes mocassins noirs sont cirés, comme neufs. Ce matin, je suis allé chez le coiffeur. Il m'a rasé le crâne qui, sous les néons, luit comme un soleil !

« Vous êtes magnifique, patron », m'a dit, ravie, le lieutenant Sylvie Rabatel à mon arrivée.

Je suis tellement négligé d'habitude. J'ai compris qu'elle était soulagée que j'aie soigné mon apparence pour mes adieux.

J'ai un défaut, tout le monde vous le dira : je fume trop. Au point, je le sais, que l'odeur du tabac froid imprègne mes vêtements. Mes dents ont jauni, mais je m'en moque, il y a longtemps que je ne me soucie plus de moi. Ce soir, j'en suis déjà à ma troisième cigarette. J'ai aussi une qualité : j'ai bonne mémoire. Malgré les années, je les reconnais encore tous. Pourtant, parmi les collègues présents, il y en a que je n'ai pas revus depuis plus de vingt-cinq ans. J'ai partagé mon bureau avec plusieurs d'entre eux, d'autres ont été un jour ou l'autre sous mes ordres. Ils ont tous beaucoup changé. Les années qui passent sont vicieuses... Et le métier de flic laisse des traces. Mais ceux que je reconnais le moins bien sont ceux qui sont déjà retraités. Bon Dieu ! Ils ont pris cent ans dans la tronche. Presque des vieillards, usés par des années de boulot et une retraite qui ne leur réussit pas. Ils semblent contents de me retrouver. Ils disent, sans doute pour me faire plaisir, que je n'ai pas changé. Certains ont tenu à m'embrasser chaleureusement, l'air de dire : « Bienvenue au club ! »

Ceux-là, ces vieux avant l'âge, ont paru surpris que je les appelle par leur prénom, comme si les années passées loin de la police les avaient effacés de la mémoire de ceux qui travaillent toujours. Ils apprécient que je me souvienne si bien d'eux. J'évoque un souvenir, une anecdote et je les vois revivre. Alors certains me prennent dans leurs bras. Je me laisse faire. C'est fou à quel point ce métier vous prend et ne vous lâche jamais.

Je sais toutefois que plus d'une centaine d'invitations ont été lancées et que beaucoup d'absents n'ont pas pris la peine de s'excuser. En réalité, je m'en moque. Je n'ai qu'une hâte : en finir et rentrer chez moi. Et peu importe ce qui surviendra ensuite.

D'autres ont affectueusement tapoté mon crâne luisant. Plus jeune, j'avais une magnifique tignasse, d'un brun bien dense. J'ai commencé à perdre mes cheveux à partir de la quarantaine, comme la plupart des hommes. Certains jours, ils me restaient dans la main, par touffes entières. Je les regardais, un peu dubitatif, avant de les jeter dans le lavabo. Perdre ma tignasse, je m'en foutais. Mais je sais pourquoi je les ai perdus aussi vite. Et ce n'est pas une simple question d'âge.

J'ai le temps d'observer l'assistance. Ceux de mes collègues qui travaillent encore évoquent les affaires qui les occupent, parlent de leurs enfants, de leur vie. Ils trouvent que le métier est de plus en plus difficile et disent que j'ai bien de la chance de quitter « ce merdier ». Ils comptent les semaines et les mois qui les séparent encore de la quille. Quant aux autres, je vois bien que la retraite les a plongés dans un abîme de nostalgie. Et en les voyant si perdus, à l'affût de la moindre nouvelle, je ne peux m'empêcher de me demander si, un jour, je serai comme eux. Et dans combien de temps.

Organiser ce pot de départ, je n'y tenais pas. J'aurais préféré partir discrètement. Faire le tour du commissariat, saluer mes hommes et m'éclipser.

« Pas question ! » m'a-t-on dit.

Alors je me suis laissé faire. Mes adjoints du commissariat de Meudon où j'ai terminé ma carrière ont voulu tout organiser. Ils ont fouillé dans mon passé et mon carnet d'adresses, et ils ont lancé les invitations. Sylvie Rabatel a été l'une des plus actives. Elle a senti mon inquiétude et a tenu à me rassurer : « Il n'y aura que des gens qui vous apprécient. » Elle a ajouté, toute fière : « Certains vont faire plusieurs centaines de kilomètres rien que pour vous ! »

Si elle savait à quel point ces adieux à trente-deux ans de carrière dans la police m'ennuient. Ma seule exigence : que cette fête reste entre nous. Et je lui ai donné les noms de ceux que je ne voulais pas voir. Elle s'en est étonnée, mais elle a déclaré qu'elle respecterait ma consigne.

Je n'ai pas pris le temps – ou plutôt je n'ai pas eu envie – de vider mon bureau. Qu'est-ce que j'aurais bien pu garder ? Le chevalet qui porte mon nom « COMMISSAIRE LANGELIER *», posé sur ma table comme un avertissement à ceux que j'interrogeais ? Le document proclamant mon grade de commissaire principal ? Je n'ai jamais voulu l'accrocher au mur et il traîne, abandonné par terre, dans son cadre de bois foncé. Cette nomination, obtenue à l'ancienneté, n'a à mes yeux aucun intérêt, si ce n'est de me permettre de toucher une meilleure retraite. La photo prise l'an passé, avec moi au centre, souriant au milieu de l'ensemble du personnel du commissariat ? C'est la seule décoration de mon bureau et je l'emporterai sans doute pour ne pas les vexer. Elle finira aux ordures.*

Les dossiers importants, ceux qui m'occupent depuis plus de dix ans, je ne tenais pas à les garder au commissariat. Je les conserve à l'abri de la curiosité des autres dans mon appartement du Plessis-Robinson. Seul le chat noir se promène librement parmi eux.

Je sais que je laisserai le souvenir d'un flic plutôt efficace, d'un patron souvent conciliant, à l'écoute des petites misères des uns et des autres. Taciturne, mais réglo. Je sais aussi qu'on m'oubliera vite. On n'a jamais dit de moi : « Avec Langelier, il y aurait longtemps que l'affaire serait réglée. »

Je l'avoue, je n'ai jamais fait d'étincelles... Tout le monde pense que je n'ai pas mené une grande carrière. Je m'en moque bien. Ils ignorent que, depuis longtemps, mes préoccupations sont ailleurs. Je suis sûr d'une chose : je suis un bon flic, un très bon flic, même. Je leur pardonne : ils ne peuvent pas imaginer tout ce que j'ai fait pendant ces dernières années. S'ils sont venus, c'est plus pour se retrouver que pour me voir. Incroyable à quel point les flics aiment être ensemble.

Rabatel a obtenu de la mairie la mise à disposition de la cafétéria du centre culturel, à deux pas du commissariat. Elle a réclamé à la préfecture le champagne, les vins et les autres boissons. La mairie a également offert le buffet campagnard : saucisson, pâté, jambon de Bayonne et camembert. Tout ce que je déteste... Les tables ont été poussées dans un coin et la pièce paraît bien trop vaste pour la cinquantaine de personnes présentes.

On n'attend plus que le maire pour commencer les festivités. Il est prévu qu'il dise quelques mots comme le veut l'usage. Sylvie Rabatel m'a prévenu qu'il faudra que je prononce un petit discours. « Même si je sais que ce n'est pas votre truc », a-t-elle ajouté.

Je n'ai rien préparé, mais, ne vous inquiétez pas, je saurai trouver les mots. Suffisamment transparents et insipides pour que mon départ reste un moment agréable. Vite oublié.

Pourtant, j'aurais de quoi provoquer un beau scandale. Une de ces sorties dont personne ne se remettrait. Moi le premier. Mais je ne veux pas gâcher leur soirée. Mon histoire n'est pas la leur à ces braves gens. En plus, je crois qu'ils ne comprendraient pas. Alors autant partir sans faire de vagues.

Ma revanche, j'ai tout le temps pour la prendre, maintenant que je ne suis plus flic. Bref, nous allons passer une soirée tranquille à rabâcher nos souvenirs.

Première partie

Dix ans plus tôt
ou
le désespoir du commissaire

1

18 mai 2001
Édouard Garambois

Édouard embrasse Anne sur le front. Puis elle lui offre sa bouche si bien dessinée. Il y dépose un second baiser et il demande aux enfants s'ils se sont lavé les mains. Ombeline et son petit frère Benoît montrent leurs paumes. Édouard adore le moment où il passe à table avec les siens. Le baiser à sa femme et les mains propres de ses enfants font partie de ces habitudes qui le réjouissent. Chaque soir, il n'en revient pas de se sentir aussi heureux auprès d'eux. Il ne s'en lasse pas. Il aime ces instants en famille.

Le repas est toujours joyeux, animé. Il a de la chance d'avoir épousé cette femme, treize ans plus tôt. Anne est l'épouse idéale, la mère parfaite. Belle, désirable, délicieuse, toujours gaie. Et cuisinière hors pair. Ils ont deux enfants magnifiques, dont elle suit avec application les progrès à l'école. Ils les ont inscrits à La Source, une école privée « mais laïque », insistent-ils auprès de leurs amis. Elle a choisi d'abandonner son travail dans une agence de publicité réputée pour se consacrer à eux. Sans le moindre regret.

Afin de s'occuper, car cette femme ne saurait rester inactive, elle donne, trois après-midi par semaine, des cours d'alphabétisation dans une association caritative du 20e arrondissement de Paris. Ses amis voudraient qu'elle s'investisse davantage, qu'elle se lance – pourquoi pas ? – en politique. Mais elle a refusé. Rien au monde ne pourrait l'écarter de sa priorité, cette famille qui la comble de bonheur. Son mari leur assure un confort matériel appréciable grâce à sa situation de directeur financier dans un important groupe pharmaceutique. Ils ont quitté Paris il y a trois ans pour un vaste pavillon de meulière à Clamart sur une parcelle de 320 mètres carrés dont ils sont propriétaires. Elle en a assuré avec goût la décoration et s'occupe du jardin avec passion. Au fond du terrain, elle a même planté des tomates. Elles donnent si bien qu'ils ont de quoi tenir tout l'été.

Ce soir, en entrée, elle a préparé une salade toute simple, agrémentée de cette huile d'olive délicieuse qu'ils ont rapportée de leurs vacances en Sicile et de quelques gouttes d'un vinaigre balsamique hors de prix, acheté samedi dernier à la Grande Épicerie du Bon Marché. Ils s'étaient promenés avec les enfants dans le 6e comme ils le font régulièrement. Elle en avait profité pour acheter une robe noire chez Apostrophe, rue Bonaparte, si sexy qu'Édouard lui avait demandé de la porter après l'essayage pour le seul plaisir de la lui retirer avant de faire l'amour une fois rentrés chez eux. Leur suite parentale occupe tout le dernier étage de la maison et offre une vue incomparable sur Paris. Sur la droite, ils aperçoivent la tour Eiffel. Souvent, ils se lèvent dans la nuit pour la deviner, éteinte, imposante statue sombre.

Leur vie pourrait se résumer en quelques mots : ceux d'un bonheur idéal, sans nuages. Mais ils sont tellement heureux qu'ils n'en parlent jamais.

Souvent après le dîner, alors que les enfants sont déjà couchés, ils aiment s'installer dans le salon et bavarder, moment complice qui n'appartient qu'à eux. Anne allume une cigarette, Édouard parle de sa journée, de son travail. Ils évoquent leurs prochaines vacances. Cette année, ils retourneront en Sicile où, dit-elle, ils ont su « apprivoiser la population », bien qu'au début ce ne soit pas évident. Elle trouve que les Siciliens sont un peu comme les Corses, « difficiles d'accès, mais si généreux ensuite ». Ils envisagent même d'acheter

« quelque chose » par là-bas. « L'endroit que nous avons découvert, aime-t-elle raconter, est en dehors des circuits touristiques, si bien que pendant quinze jours nous vivons à la sicilienne ! C'est un bonheur de ne pas voir de Français ! »

Déjà, ils songent à Noël et ils sont tentés par les Maldives.

Mais étrangement, ce soir, après dîner, Édouard a allumé aussitôt la télévision et Anne voit qu'il fait mine de s'intéresser à un épisode de *Julie Lescaut*. Elle le connaît si bien qu'elle comprend que quelque chose le dérange. À des petits riens, elle s'est aperçue qu'il était différent des autres soirs. Elle a deviné chez lui un soupçon d'anxiété. Plus le repas avançait, plus elle l'a senti s'éloigner d'eux. Sur l'instant, elle a pensé qu'il avait peut-être des ennuis au travail et qu'il lui en parlerait quand les enfants dormiraient. Elle saurait trouver les mots. Il a répondu « non » quand elle lui a demandé si quelque chose le tracassait. Elle n'a pas insisté et elle s'est contentée de s'asseoir près de lui. Elle a posé la main sur sa cuisse. Il n'a pas réagi et elle a fini par la retirer. Elle n'est pas inquiète, plutôt intriguée. D'ordinaire, Édouard est d'humeur égale, toujours positif. C'est ce qu'elle apprécie chez lui : cette volonté d'aller de l'avant, de bousculer les obstacles.

Anne sent que son mari n'est pas comme d'habitude, mais de là à imaginer ce qui le préoccupe... Car Édouard est inquiet. Depuis plusieurs jours, il a l'impression d'être suivi. Un homme, toujours le même, est derrière lui. Une ombre si furtive qu'il n'a pas voulu appeler la police de peur de passer pour un imbécile et aussi de perdre son temps. Surtout, il n'a pas voulu en parler à Anne. Cela l'aurait paniquée. Alors, avant de rejoindre le salon, il vérifie avec soin que la porte d'entrée est bien verrouillée.

S'il avait regardé attentivement dans la rue, il aurait aperçu le bout incandescent de la cigarette de l'homme qui observe leur maison.

Depuis plus d'une heure déjà.

Immobile dans la nuit profonde.

2

Février 2001
Frédéric Saféris

Ce sont le brigadier-chef Antoine Fleury, 48 ans, dont vingt-quatre de service, et l'agent Grégory Cabrera, un Antillais âgé de 23 ans, à peine sorti de l'école de police, qui sont arrivés les premiers sur les lieux. Ils patrouillaient dans Châtenay-Malabry à hauteur de la rue Lecourbe quand on leur a demandé de se rendre « sur site ». Quand ils font équipe, Fleury laisse le volant à son jeune collègue. Il a essayé de l'empêcher de mettre la sirène, mais Cabrera aime trop ça pour lui obéir. Résultat : des voisins, attirés par leur arrivée fracassante, se sont précipités hors de chez eux. D'ordinaire, leur rue est calme. Alors, forcément, si la police s'est déplacée, c'est que quelque chose de grave vient de se passer.

Les noms de Fleury et Cabrera figurent en bonne place dans le rapport qui sera remis plus tard au commissaire Hervé Langelier. C'est ce flic de bientôt 45 ans qu'on a chargé de l'affaire. Une affaire abominable, même s'il s'agit probablement d'une assez banale histoire de famille, comme en atteste le rapport initial.

Ce n'est que bien plus tard que ce premier crime prendra l'ampleur qu'on lui connaît.

Les deux policiers se sont garés devant le 48 de la rue Pasteur à 8h21 le 20 février 2001. Un homme qui s'était présenté au téléphone comme un voisin avait donné l'alerte au commissariat avec ces simples mots : « Allez au n° 48 de la rue Pasteur. Des meurtres y ont été commis. »

L'homme s'était exprimé sans aucune émotion dans la voix et avait raccroché. Le policier qui avait pris l'appel, un certain Léquipier, n'avait pas eu le temps de lui demander son identité, mais il avait décidé d'avertir la voiture de service en tournée dans la ville.

C'est ainsi que, douze minutes plus tard, Antoine Fleury pénétrait le premier dans le pavillon après avoir constaté que la porte d'entrée était entrouverte. Il a d'abord sonné, mais sans résultat.

« C'est pas normal, a-t-il dit avant d'ordonner : On entre ! »

Il a poussé la porte délicatement de la main et il a crié en faisant un pas dans le salon : « Police ! Y a quelqu'un ? »

La maison est restée silencieuse. Tandis que le brigadier-chef a pris à droite en direction du salon, le gardien Cabrera a ouvert la porte de la cuisine sur la gauche. Il a d'abord constaté que tout y était en ordre. Il a vu la vaisselle rangée sur l'évier, la table recouverte d'une nappe blanche impeccable, le bouquet de fleurs, une marmite de terre brune posée sur la cuisinière. C'est seulement quelques secondes plus tard qu'il a aperçu le corps d'une femme, identifié par la suite comme celui d'Estelle Saféris. Elle est allongée sur le carrelage derrière la table. La gorge tranchée, les cheveux bruns noyés dans une flaque de sang séché. Les mains sont jointes sur un chemisier turquoise couvert de sang. Le jeune policier est resté plusieurs secondes à la regarder, incrédule. Incapable de bouger ni d'appeler. C'est le premier cadavre qu'il voit de sa vie. Il n'a pas eu la force, ou le courage, d'approcher. Ce qu'il a découvert lui semble si irréel. Puis il a poussé un cri, presque un cri de panique :

« Fleury, viens vite ! Vite ! »

Il a continué à hurler sa peur quand le brigadier-chef l'a enfin rejoint. Il l'a regardé se pencher sur le corps et l'a entendu dire : « Pauvre femme. Un vrai massacre. »

Fleury est sorti précipitamment, abandonnant son coéquipier. Il a rejoint la voiture garée dans l'allée.

« Restez à l'écart », a-t-il ordonné aux trois ou quatre curieux qui s'approchaient.

Eux aussi ont entendu le jeune flic hurler. Ils veulent savoir. Pour éviter que sa conversation ne soit écoutée, Antoine Fleury s'est enfermé dans la Renault. Puis, par radio, il a alerté son central : « J'ai un homicide au 48, rue Pasteur. Passe-moi le patron. »

Le brigadier-chef a fait une rapide description de leur découverte à son responsable.

« Tu es sûr qu'elle est morte ? lui a demandé le commissaire Jean-Charles Rachidi.

– Certain. Elle s'est vidée de son sang. Pauvre femme, on lui a tranché la gorge. C'est pas beau à voir, je vous jure. Faut envoyer du monde ! »

Le commissaire lui a recommandé de ne toucher à rien et d'attendre les secours. Ensuite, comme le veut la procédure, il a appelé la PJ. Il est tombé sur Hervé Langelier.

« J'arrive, a annoncé Langelier. Et surtout, vous ne touchez à rien.

– Tu nous prends pour des brêles ? » n'a pu s'empêcher de répliquer le patron de Châtenay-Malabry qui a déjà compris que l'affaire allait lui échapper.

Quand il est revenu dans la cuisine, le brigadier-chef a constaté que le jeune policier n'avait pas bougé. Il était toujours là, immobile, comme tétanisé par la vision de ce corps de femme martyrisé. Il lui a tapé sur l'épaule avec douceur.

« Il faut sortir maintenant, Cabrera. »

Le jeune policier n'a pas semblé entendre et il a fallu que Fleury l'attrape par le bras et l'entraîne à l'extérieur.

« T'as touché à rien, au moins ? »

Grégory Cabrera a fait « non » de la tête.

« Les collègues arrivent ?

– Ils seront là dans une dizaine de minutes. Ne bouge pas d'ici. Faut que tu te reprennes, Grégory, c'est pas le moment de craquer.

– Oui, oui », est parvenu à articuler le gardien de la paix.

Puis, désignant la petite foule qui les interpelle pour savoir ce qui se passe, Fleury lui a dit : « Empêche-les d'approcher, je vais faire le tour de la baraque. »

À la vue de tous, le brigadier-chef a sorti son arme et il est reparti vers le pavillon. Il sait qu'il devrait attendre les renforts, mais cela a été plus fort que lui, il a eu besoin d'y retourner. Il a fait une première halte dans la cuisine. Il s'est approché et il a observé avec plus de précision le corps de la femme. Il a tenté de lui donner un âge. La trentaine. Il a noté que la pièce était parfaitement en ordre. Aucun signe de lutte. Il s'est dit que la femme avait dû être tuée par surprise et qu'elle n'avait pas eu le temps de résister à son agresseur. Sur le carrelage, il a relevé des traces de pas rouges sortant de la cuisine jusqu'à la porte d'entrée. « Un indice, songe-t-il. Le tueur a laissé ses empreintes de godasses, à vue de nez, c'est du 44, a-t-il constaté avec satisfaction avant de reculer avec précaution et de comprendre que ces traces étaient celles de ses propres pas. Merde ! »

Tout à l'heure, il s'était approché de trop près du cadavre. Il sait que le patron va l'engueuler. Un instant, il a songé à les effacer, mais ce serait pire. Il a inspecté ses semelles. Le sang s'était infiltré dans les rainures.

Au fond de la pièce, il a aperçu l'escalier qui descend à la cave. Il s'en est approché l'arme pointée, mais il n'a pas eu le cran de s'y aventurer seul. Il a choisi d'aller jeter un œil à l'étage. Au pied des marches, il a crié à nouveau : « Y a quelqu'un ? C'est la police ! »

Aucune réponse, aucun bruit. Il est monté rapidement et pour se donner du courage il a encore hurlé : « Police ! Police ! »

Il a débouché sur un long couloir dont toutes les portes sont fermées. Il a poussé la première, réalisant qu'il venait de laisser ses empreintes sur la poignée. C'est la salle de bains. Elle est vide. En ordre. Il l'a refermée. Il a pris conscience qu'il devrait abandonner.

Longtemps, il se demandera ce qui l'a poussé à continuer.

Sur la porte suivante, est écrit en lettres de bois colorées : JONATHAN.

La chambre d'un gosse !

Cette fois, il a pris la précaution de tirer sur la manche de son uniforme pour tourner la poignée. Il a aussitôt aperçu un petit garçon en train de dormir, les draps remontés jusqu'au cou, les yeux clos. Il a hésité à le réveiller. Il a craint de lui faire peur, craint aussi que le gamin ne découvre le cadavre de sa maman. Il a refermé la porte et soudain il s'est ravisé. À cette heure-là, le petit garçon ne devrait pas dormir. Ce n'est pas normal. Il est revenu dans la pièce et s'est approché du petit en chuchotant : « Jonathan... Jonathan... »

Comme l'enfant n'a pas réagi, il a parlé plus fort, il a crié, il s'est presque affolé : « Jonathan ! Réveille-toi ! »

Pas de réaction. Fleury a relevé le drap et il a pris la main gauche de l'enfant. Elle était si froide qu'il l'a lâchée aussitôt. Elle a rebondi sur le matelas. Le brigadier-chef a réalisé que l'enfant était mort.

En reculant, son pied a heurté un monstre en plastique qui est allé buter contre un oreiller posé au pied du lit. En sueur, il a fait un pas en arrière. C'est la première fois qu'il découvre le corps d'un enfant. Il a songé un instant à redescendre, il aurait tant voulu n'avoir rien vu. Mais il a choisi de continuer à explorer l'étage. Brandissant son arme à bout de bras, il a hurlé une nouvelle fois « Police ! » en poussant la porte de l'autre côté du couloir. La chambre des parents. Elle est vide. Bien rangée, elle aussi. Le lit n'a pas été défait. Sur la table de nuit, il a saisi un cadre avec la photo en couleurs de deux enfants. Il a reconnu le gamin à côté d'une petite fille, un peu plus jeune. L'angoisse l'a submergé et il s'est précipité vers la troisième chambre, oubliant cette fois de poser un pan de sa chemise sur la poignée de la porte. Il a eu peur de ce qu'il allait découvrir.

Une enfant aux cheveux noirs est allongée. Au pied du lit, un oreiller. Exactement comme dans la chambre de son grand frère. Il s'est approché espérant de toute son âme qu'elle est toujours en vie. Mais le corps de l'enfant aux longs cheveux noirs est aussi froid que celui de son frère. En vingt-quatre ans de carrière le brigadier-chef Antoine Fleury en a beaucoup vu, mais là, dans la chambre de cette petite fille morte, il n'a pas pu retenir ses larmes.

C'est en pleurs, accroché à la poignée de la chambre, que le commissaire Langelier l'a trouvé à son arrivée, quelques minutes plus tard.

Le capitaine Dubosc les a rejoints et le vieux policier l'a entendu informer son patron que la cave était vide. Il a ajouté :

« Pour l'instant, nous n'avons aucune trace du père. Il s'est volatilisé. »

Tout cela n'avait aucun sens pour le brigadier-chef Fleury qui, accablé, essuyait ses larmes du revers de sa manche.

3

Le commissaire Hervé Langelier a pris son aîné par le bras et il est redescendu avec lui. Il lui a conseillé de rentrer au commissariat avec son collègue.

« C'est quoi ton nom ? a demandé le commissaire.

– Fleury, Antoine Fleury. Brigadier-chef.

– C'est terminé pour toi aujourd'hui. »

Mais comme le brigadier-chef a refusé, s'obstinant d'un geste de la tête, il a fallu que Langelier lui en donne l'ordre. Il a patienté dans la rue, le temps que Fleury et Cabrera s'éloignent. Les pauvres gars n'étaient d'aucune utilité et il lirait leurs dépositions plus tard. Puis il a regagné le pavillon de la famille Saféris pour commencer à procéder aux premières constatations.

Le commissaire n'a pas attendu que les corps soient enlevés en milieu d'après-midi et déposés à l'institut médico-légal pour lancer un avis de recherche sur la personne de Frédéric Saféris, le père. Pour lui, il l'a déjà dit à Dubosc, l'affaire est horrible, mais facile à résoudre. Presque banale.

Une fouille rapide de la chambre des parents a déjà suffi à forger sa conviction. Des vêtements du père ont disparu, comme si le placard avait été vidé à la hâte. Saféris est le responsable de cette tuerie. Il faut mettre au plus vite la main sur lui.

Drame passionnel. Une dispute qui a mal tourné. Le commissaire sait qu'il trouvera vite l'explication en enquêtant sur la vie privée des Saféris. Pour lui, cela ne fait aucun doute : le père, ce Saféris dont il a examiné la photo détachée de l'album de famille, a disjoncté. Il a fui après avoir massacré les siens. Sinon pourquoi aurait-il pris la peine d'emporter des vêtements ?

Le commissaire en est persuadé : dans ce genre d'affaire, il ne faut pas chercher bien loin. Ce sont généralement de sordides et pitoyables histoires de famille qui finissent en drames. Un problème d'argent impossible à résoudre, un adultère mal vécu, l'explication sera facile à trouver. Langelier en connaît le scénario par cœur : l'homme a été pris d'une folie meurtrière qu'il ne parviendra jamais à effacer de sa mémoire, une folie qui le hantera jusqu'à la fin de ses jours. Il ne sera jamais pardonné, ni à son procès ni après. Sa condamnation et ses années passées en prison ne le délivreront pas. Avec cette question : comment a-t-il pu tuer ses propres enfants ? Pour toute réponse, il n'aura que la haine, le mépris des autres détenus et les interrogations des psychiatres qui auront à l'examiner. Bien sûr, ces derniers apporteront des réponses puisque c'est leur travail, mais elles ne satisferont personne. Surtout pas lui.

Le commissaire Langelier mène une carrière sans accrocs, mais hélas ! sans relief. La vie d'un flic est souvent faite d'une part de chance et, pour un policier, la chance est de tomber sur une affaire qui sort du lot. Et, cette fois encore, il sait que ce ne sera pas la bonne. En vingt ans de carrière, il était passé à côté des gros coups, de ceux qui vous font remarquer par les patrons. Déjà, à l'école des commissaires, il n'avait guère brillé. Bien noté, il était considéré comme un garçon « sérieux et appliqué », mais il était sorti quatorzième. Loin derrière son copain Jean-Louis Ferracci, le major de la promotion sous les ordres duquel il travaille maintenant à la PJ des Hauts-de-Seine. Aussi, au lieu de se retrouver dans un service de premier plan comme il l'espérait, il avait d'abord tourné dans des commissariats de banlieue. Gennevilliers pour commencer, Le Plessis-Robinson ensuite. Nommé commissaire à Clermont-Ferrand, il y était resté trois ans sans qu'intervienne aucune affaire importante qui aurait pu intéresser la presse nationale. Il s'y était ennuyé ferme et il lui avait été impossible de se faire à la vie de « ce trou » comme il disait. Alors, par miracle, il avait obtenu, sans le demander, sa mutation en région parisienne. Nommé ici, à la PJ du 92, on lui avait raconté que Ferracci avait beaucoup insisté pour qu'il rejoigne son unité. On parlait de piston... Et aujourd'hui il se retrouvait sous ses ordres. Mais Hervé Langelier ne s'est jamais posé la question dans ces termes car Ferracci est son ami depuis toujours.

Ensuite, Langelier était monté en grade à l'ancienneté. Et parce qu'il n'avait jamais fait de vagues. Il ne se plaint pas, ne rechigne jamais quand il s'agit de planquer des nuits entières. C'est apprécié dans la police.

Il admire l'ambition de Ferracci, sa réussite, mais il n'a jamais envié la carrière de son vieux compagnon. Il lui obéit sans états d'âme. Il sait qu'il pourra toujours compter sur lui.

Surtout, il a un avantage sur Ferracci : il se contente de ce qu'il a.

Tandis qu'il laisse les gars de la scientifique s'agiter dans tous les sens, il se dit que ce triple homicide ne l'aidera pas à sortir de l'anonymat. Souvent, ce genre d'affaire se règle très vite. L'assassin est rapidement retrouvé. Il est arrêté, au comble du désespoir, ou alors il se suicide, incapable de survivre à son geste fou. Une affaire banale de plus dans sa vie banale de flic.

Il doit retrouver le fuyard. Ce n'est qu'une question de temps et de patience. Ces types-là ne vont pas très loin. C'est pour cette raison que Ferracci lui laissera l'affaire.

Les premières constatations menées dans la maison ne font que confirmer sa conviction. Aucune porte ni fenêtre n'a été forcée. Aucune trace de résistance, la famille a été tuée par surprise. Les enfants pendant leur sommeil, la femme sans doute la première.

Dans le rapport préliminaire écrit l'après-midi même par le commissaire Langelier, on peut lire :

« Tout indique que l'agresseur a attrapé la femme, Estelle Saféris, née Vauban, 34 ans, par les cheveux par-derrière et lui a tranché la gorge de gauche à droite. Elle était assise et son corps a glissé sur le côté droit. Une mèche de cheveux bruns a été relevée sur le lieu du crime à côté du corps dans une flaque de sang de 22 centimètres sur 13. La mèche a été déposée au laboratoire en vue d'analyse, mais tout indique déjà que ce sont les cheveux d'Estelle Saféris. L'autopsie des victimes est en cours. L'arme, vraisemblablement un couteau de cuisine, n'a pas été retrouvée. Le pavillon ne comporte aucune trace d'effraction. Les crimes ont été commis après le dîner composé de poulet rôti et de pommes de terre à l'eau. Les restes du repas ont été rangés dans le réfrigérateur. La cuisine a été nettoyée et la vaisselle faite. Un verre de whisky, trouvé sur la table basse du salon, n'a révélé aucune empreinte digitale exploitable. »

Une enquête de voisinage a été menée. Les premiers témoignages recueillis parlent d'une famille sans histoire, bien intégrée au quartier. Dans les jours suivants, une information judiciaire a été ouverte pour en savoir plus sur la personnalité de Saféris, le père disparu. Les PV d'audition figurent au dossier (n°s 42 à 51 de la procédure).

Un mandat d'arrêt a été lancé sur la personne de Frédéric Saféris, né le 17 avril 1963. Profession : cadre commercial chez Bouygues Telecom à Vélizy, Hauts-de-Seine. Le véhicule familial – une Renault Espace – a disparu. Les seules empreintes relevées dans la maison sont celles du père, de la femme, des enfants et de la femme de ménage, Samira Saifi, 44 ans. « Les autres, à peine lisibles, ont peu de chances de pouvoir être exploitées », a conclu Langelier dans son rapport. Il a volontairement occulté les traces laissées par Fleury qui, sans cela, aurait risqué des ennuis. À quoi bon le charger ?

La déposition de la femme de ménage n'a pu être recueillie à son domicile que le surlendemain du crime, par le lieutenant Christophe Poulain. Victime d'une crise de nerfs en apprenant la nouvelle, elle a dû être hospitalisée pendant vingt-quatre heures. Samira Saifi, de nationalité algérienne, a confirmé au lieutenant Poulain qu'elle travaillait tous les après-midi chez les Saféris. Elle allait chercher les enfants à l'école et les gardait jusqu'au retour de la mère, décrite comme une personne exigeante, s'occupant parfaitement de son foyer.

À la question : « Avez-vous relevé des tensions dans le couple Saféris ? », elle a répondu : « Pas à ma connaissance. Je croisais très rarement monsieur Saféris. Je peux vous dire que c'était un homme gentil. »

Elle a ajouté qu'elle ne se mêlait pas de ces affaires-là et qu'elle était très attachée aux enfants. Dans son rapport, le lieutenant Poulain a indiqué que Samira Saifi a été prise d'une crise de larmes à l'évocation des enfants et qu'il n'a pas pu poursuivre son interrogatoire. Il a noté en conclusion : « La femme de ménage est incapable d'apporter des éléments tangibles à l'enquête en cours et il faudra la réentendre dès que son état le permettra. »

Les enquêteurs n'ont pas pris cette peine : Samira Saifi ne leur apprendrait rien de plus. Elle a vite été écartée de la liste des suspects potentiels et des témoins exploitables.

Les témoignages des collègues de travail de Saféris, corroborés par ceux des proches de sa femme, ont été plus explicites. Dans le procès-verbal n° 63, également signé par l'inspecteur Poulain, Églantine Fortin, 37 ans, sans profession, a signalé qu'Estelle Saféris lui avait fait part de ses doutes sur la fidélité de son mari. Cette femme s'est présentée de sa propre initiative au commissariat de Châtenay-Malabry où sa déposition a été enregistrée. Elle se considérait comme la meilleure amie d'Estelle Saféris, qui lui aurait affirmé qu'elle était de plus en plus assaillie par le doute.

Églantine Fortin a décrit Saféris comme un homme distant et calculateur. Sans en avoir la preuve précise, elle était persuadée qu'il trompait sa femme : « Il n'y avait qu'à voir comment il me regardait », a-t-elle tenu à préciser. Elle a cependant admis que Saféris ne lui avait jamais fait de proposition déplacée : « Il savait que je m'en serais plainte à son épouse. Il était trop malin pour ça. »

Estelle lui avait d'ailleurs déclaré que le jour où elle aurait la preuve de ses infidélités, elle n'hésiterait pas à demander le divorce.

L'existence d'une maîtresse a ensuite été confirmée par Sylvain Autain, collègue de travail et partenaire de tennis de Saféris. Ils jouaient ensemble tous les samedis matin au Forest Hill de Meudon-la-Forêt. Son témoignage, recueilli par le capitaine Damien Dubosc, figure sous le n° 70. Saféris y est décrit comme « amateur de jolies femmes ». Saféris lui aurait confié que « sa femme était d'une jalousie maladive », ajoutant : « Si un jour elle l'apprend, ça va chauffer pour mon matricule. »

Deux jours après le triple crime, Saféris n'a toujours pas été retrouvé. Les policiers, Langelier le premier, sont plus que jamais convaincus de sa culpabilité. Et s'ils veulent retrouver la piste du fuyard, il leur faut maintenant retrouver sa maîtresse, tant ils sont persuadés que cette femme a beaucoup de choses à leur dire.

4

La Renault Espace marron de Frédéric Saféris a été retrouvée sur le parking de la gare de Châtenay-Malabry dans l'après-midi du 22 janvier. Elle n'était pas fermée à clé. Le rapport de police indiquera qu'aucune effraction n'a été relevée et que les clés étaient rangées dans la boîte à gants. Il n'en a pas fallu davantage pour renforcer la certitude des enquêteurs : Saféris est bien vivant et en cavale. Il a abandonné sa voiture et a gagné Paris en train. Malheureusement, cette hypothèse n'a pas été confirmée, la gare n'étant pas équipée de caméras de surveillance.

Le véhicule a ensuite été examiné par la police scientifique. Ses conclusions figurent dans une note datée du 30 janvier. Elle indique : « Aucune trace suspecte. Pas de sang, les empreintes sur le volant sont celles de Frédéric Saféris, ainsi que les cheveux retrouvés sur l'appuie-tête. Le véhicule a 32 517 kilomètres au compteur et le réservoir contient encore 43 litres de diesel. Comme à son habitude, Frédéric Saféris a fait le plein le samedi précédant le triple crime à la station Total du centre commercial de Vélizy 2. Il a payé avec une carte bancaire numérotée 4784 0268 1663. C'est le dernier paiement qu'il a réalisé avec sa carte. Depuis, elle est restée muette. Dans les relevés des derniers jours figurent les règlements de deux déjeuners pour deux personnes chez Hippopotamus dans la ZI de Vélizy-Villacoublay. » Ces repas ont beaucoup intéressé les enquêteurs car, sur les notes de frais présentées au service comptabilité de Bouygues Telecom, apparaissent les noms de deux contacts professionnels de Saféris. Or, aucun d'eux n'a déjeuné avec lui ces jours-là.

Les vérifications ont été menées sur place par le capitaine Pauchon, un grand gars sec qui parlait tout le temps de ses cinq enfants. Grâce aux témoignages du directeur du restaurant ainsi que des serveurs, il a été établi que Frédéric Saféris y déjeunait régulièrement avec une femme blonde d'une trentaine d'années. À ce jour, soixante-douze heures après la découverte du crime, les enquêteurs ne sont pas parvenus à l'identifier. Mais c'est désormais l'une de leurs priorités, sinon leur principale. Pour eux, il n'y a aucun doute : cette femme blonde est la maîtresse qu'ils recherchent. Elle les conduira peut-être à Saféris, toujours en fuite malgré une large diffusion de sa photo.

« Trouvez la femme, vous trouverez le bonhomme, a dit Langelier à ses hommes. Cette affaire sera vite réglée, croyez-moi. »

Jamais il ne leur avait semblé aussi sûr de lui.

Sarah Oudy n'a été identifiée que quatre jours plus tard grâce au témoignage du portier de jour de l'hôtel Forest Hill, mitoyen de l'Hippopotamus. Sarah Oudy était bien la maîtresse de Frédéric Saféris. Leur liaison durait depuis cinq mois. Ils se retrouvaient deux fois par semaine au restaurant et rejoignaient ensuite la chambre que leur sous-louait le portier de l'hôtel de 14 heures à 15 heures. C'était facile pour lui car l'hôtel était quasiment vide à cette heure-là. Sachant qu'il risquait son poste, il avait beaucoup hésité avant de signaler ces faits à la police. Il avait reconnu l'homme recherché dont le portrait avait été publié en page 5 du *Parisien*. Dans la procédure, le procès-verbal de son témoignage porte le n° 83. Il y est indiqué qu'il louait la chambre 75 euros, payés en liquide, et que Frédéric Saféris et Sarah Oudy s'y sont retrouvés pour la dernière fois l'avant-veille du triple homicide. Le portier a sûrement longtemps regretté d'avoir aidé la police car il a été licencié pour faute grave le lendemain de son témoignage.

Dans sa déposition, Sarah Oudy a reconnu sans difficulté cette liaison. Elle a été placée en garde à vue pendant onze heures et relâchée faute d'éléments à charge. Elle a 29 ans, est divorcée, sans enfants. Elle travaille comme assistante de direction chez Peugeot dans la zone industrielle de Vélizy-Villacoublay. Elle réside au n° 8 de l'avenue Raymond-Poincaré à Clamart. La perquisition menée à son domicile n'a pas permis de démontrer que Frédéric Saféris était passé chez elle avant ou après le drame.

Voici quelques extraits de sa déposition relevée par le commissaire Langelier en personne et consignée sous le n° 92 :

À la question : « Qu'attendiez-vous de cette relation ? », elle a répondu :

« Notre relation était purement sexuelle.

– Frédéric Saféris parlait-il de son couple ?

– Jamais. C'est un sujet que nous n'abordions pas. Je savais dès le début de notre relation que Frédéric ne quitterait pas sa femme. Les choses étaient très claires entre nous. »

À la question : « Lui avez-vous demandé de quitter sa famille pour vivre avec vous ? », elle a répondu sans hésitation : « Non, jamais. »

Elle a refusé de donner des détails sur leurs relations, se contentant de répliquer que Frédéric Saféris était un homme doux et attentionné. Elle a indiqué qu'ils s'étaient rencontrés à la boulangerie Paul du centre commercial de Vélizy 2. C'est lui qui l'avait abordée. Ils avaient échangé leurs numéros de téléphone professionnels et Frédéric Saféris l'avait rappelée l'après-midi même pour l'inviter à déjeuner le lendemain. Ils s'étaient revus trois jours plus tard et elle avait accepté de le suivre à l'hôtel. Selon elle, le portier n'avait pas semblé surpris de le voir et elle en avait conclu que ce n'était pas la première fois qu'il amenait une femme dans cet hôtel.

« Cela ne me posait aucun problème, a-t-elle précisé, car cet homme me plaisait. J'étais libre et je ne cherchais qu'une relation sexuelle, après un mariage qui avait tourné à la catastrophe. »

Son ex-mari a confirmé aux enquêteurs qu'il avait rompu tout lien avec elle. Il a indiqué que cela ne l'étonnait pas qu'elle ait un amant car elle avait un « fort appétit sexuel » et que c'était à cause de ses nombreuses liaisons extraconjugales qu'il l'avait quittée. « J'en avais marre de porter les cornes ! » a-t-il plaisanté.

À la question : « Avez-vous vu Frédéric Saféris depuis le 20 janvier ? », Sarah Oudy a été catégorique et a répondu par la négative. Elle n'a pas cherché à le joindre comme en attestent ses relevés téléphoniques, affirmant qu'ils restaient parfois plusieurs jours sans se parler.

« C'est toujours lui qui téléphonait pour me donner rendez-vous. Car je savais que son travail l'éloignait souvent. »

Elle a précisé qu'il lui avait expressément demandé de ne jamais l'appeler :

« Il se méfiait de sa secrétaire. »

Il ne lui en avait pas parlé, mais elle avait compris que sa femme était jalouse et qu'il devait être très prudent.

Elle a ajouté que cette situation lui convenait parfaitement : « Chacun de nous était libre. De mon côté, je ne me privais pas de fréquenter d'autres hommes. »

Sur la question cruciale du triple assassinat de Châtenay-Malabry, elle a étonné les policiers en indiquant qu'elle n'avait pas fait le lien entre « ces crimes dont elle avait vaguement entendu parler et son amant ». Les enquêteurs ont d'abord cru qu'elle se moquait d'eux, mais elle ne s'est pas démontée.

« Je vous assure, a-t-elle ajouté avec une belle candeur, je ne lis pas les journaux, surtout quand ils parlent de crimes et d'autres horreurs de ce genre. »

Elle a soutenu, sans sourciller, qu'elle ignorait que la famille Saféris avait été massacrée. Sur ce point, les enquêteurs ne sont pas arrivés à la croire. Le PV est explicite à ce sujet. Enfin, à la question : « Pensez-vous qu'il ait été capable de tuer sa femme et ses enfants ? », elle a été formelle : « Frédéric était trop attaché à sa vie et à ses enfants pour faire une chose pareille. »

Elle a raconté aux enquêteurs qu'un jour il lui avait montré la photo de ses deux enfants rangée dans son portefeuille : Jonathan et une petite fille dont elle avait oublié le prénom.

« Ça se voyait qu'il aimait ses enfants. Personnellement, cela ne m'a fait ni chaud ni froid, mais s'il restait avec sa femme, ce ne pouvait être qu'à cause d'eux. »

Elle a tenu à préciser que c'était la seule fois qu'ils avaient parlé de sa famille. « Sa femme et ses gosses ne m'intéressaient pas. Je vais vous choquer, commissaire, mais, je le répète, notre relation était purement sexuelle. Ne cherchez rien d'autre. »

Après l'interrogatoire, Sarah Oudy a été relâchée sans qu'aucune charge ne soit retenue contre elle. Deux policiers ont été affectés à sa surveillance et son téléphone a été placé sur écoute pendant plusieurs semaines. Les relevés ont confirmé que cette femme multipliait les relations amoureuses, de préférence avec des hommes mariés. Les noms des deux hommes qu'elle a retrouvés pendant les jours suivant son placement en garde à vue figurent en annexe du rapport. Aucun signalement ne correspond à celui de Saféris. Par ailleurs, constatant qu'après trois semaines elle n'avait reçu aucun appel du fuyard, le juge Lamberti, en charge du dossier, a demandé à la police de lever sa surveillance, désormais inutile.

À ce jour, l'auteur de ce crime terrible restait introuvable. Et cela commençait sérieusement à agacer les autorités.

5

Mars 2001

Même si le commissaire Langelier n'en a pas conscience, sa survie à la tête de l'enquête va se décider dans les minutes qui suivent. Trois semaines jour pour jour après le triple homicide de Châtenay-Malabry, il est convoqué par sa hiérarchie, à Nanterre, dans le bureau de Guillaume Ripert, préfet des Hauts-de-Seine. Officiellement, il a été appelé pour faire un point sur l'enquête. En réalité, sa hiérarchie veut comprendre pourquoi celle-ci n'avance pas. Quitte à lui en retirer la responsabilité.

C'est la première fois en plus de vingt ans de carrière qu'il doit rendre des comptes.

Il s'est présenté avec cinq minutes d'avance. On lui a demandé de patienter dans le couloir. Ses dossiers sous le bras, il a attendu debout, négligeant les fauteuils de velours vert. De l'autre côté de la porte capitonnée, ils étaient trois. Son supérieur, le commissaire Ferracci, le représentant du ministère de l'Intérieur, François Josserand, et le préfet Ripert, qui n'a pas du tout apprécié un article paru deux jours plus tôt dans l'édition nationale du *Parisien* avec ce titre : « Que fait la police ? » Pour lui, ce journal populaire donne le ton et il n'est jamais bon de s'y faire brocarder. Le papier était particulièrement sévère pour la police incapable de résoudre une affaire qualifiée de très limpide.

Devant les deux autres, il a lu à haute voix l'article et a traité le journaliste de connard.

« Écoutez, messieurs, comment il conclut son article : "On nous a promis des résultats rapides et exemplaires. Rapides ? On peut répondre par la négative. Exemplaires ? Oui, par l'incompétence des enquêteurs." »

De rage, il a jeté le journal dans la corbeille et a ajouté : « C'est inadmissible. »

Il collerait bien au mur ce journaliste, mais il sait que la presse a toujours le dernier mot. Alors le préfet Ripert, un type antipathique, dur, ambitieux, est bien décidé à passer ses nerfs sur quelqu'un. Il lui faut une victime et c'est Langelier qui va prendre. Il veut lui retirer l'enquête.

À ses côtés, se tenait François Josserand, très énervé par « tout ce cirque ». Contrairement à ce qu'il avait d'abord pensé, jour après jour, l'affaire a occupé les journaux et, comme il se plaît à le répéter : « Place Beauvau, on n'aime pas ça. »

Josserand a la réputation d'être un lâche, surtout préoccupé à ne pas déplaire. Lui aussi ne veut plus de Langelier. Son remplacement calmera la presse.

À l'étonnement des deux autres, le plus remonté des trois était Jean-Louis Ferracci, le patron de la police judiciaire du département. Tout le monde sait que les deux hommes sont liés par une vieille amitié. Pour l'instant, personne n'a reproché à Ferracci d'avoir confié l'enquête à « son protégé ». Cependant, ils lui ont fait comprendre à demi-mot que si l'enquête continuait à bafouiller, il risquerait d'y laisser des plumes.

Nul n'ignore que, à l'inverse de Langelier, Ferracci a de l'ambition. À 45 ans, tout lui est encore possible. Il rêve de diriger l'OCRB, le célèbre Office central de la répression du banditisme. Aussi, d'entrée, il leur a fait comprendre qu'il ne voulait pas porter le chapeau et que s'il devait sacrifier son commissaire, il le ferait. Sans état d'âme. Ripert et Josserand ont été surpris qu'il envisage de lâcher ainsi son subordonné mais ils ont apprécié.

En réalité, il n'a pas trouvé de meilleure attitude pour le protéger. Ainsi, pour les satisfaire, il a émis de sérieuses réserves sur les capacités de Langelier. Il a brossé de lui le portrait sans concession d'un flic sans envergure. « C'est un bon policier, mais il n'est pas taillé pour une telle affaire. Il manque de flair. »

Les deux autres ont approuvé.

« Je suis d'accord avec vous, commissaire, a lâché Josserand, il n'est pas à la hauteur. »

Lorsqu'il a pénétré dans le bureau, Hervé Langelier était loin d'imaginer que son sort était scellé. Il était confiant. Les dossiers qu'il a apportés avec lui témoigneront, si besoin est, de la qualité de son travail et de celui de son équipe.

Les visages sévères du préfet et du représentant de l'Intérieur ne l'inquiètaient pas. Il pourra compter sur le soutien de Ferracci. C'est un flic et il sait que lui et ses hommes ont fait le maximum.

Bien sûr, Langelier est prêt à reconnaître qu'après trois semaines son enquête est au point mort. Ce n'est pourtant pas l'énergie qui a manqué à son équipe. Résoudre l'affaire de Châtenay-Malabry a été leur priorité, jusqu'à négliger tout le reste. Ils ont exploré tant de pistes : celles d'un rôdeur, d'un familier, d'une vengeance. Ses dossiers peuvent en témoigner. Vingt-huit suspects potentiels ont été interpellés et interrogés. Tout ce travail a été mené en vain et désormais une seule certitude s'impose. Et c'est cette conviction que Langelier est venu présenter, sans crainte pour son avenir.

« Saféris a massacré sa famille et a disparu, a résumé le commissaire. La seule chose qu'on peut me reprocher est de ne pas avoir encore réussi à le localiser. Selon certains, l'homme est en fuite. D'autres pensent qu'il s'est suicidé et que son corps gît quelque part. Mais, compte tenu de la personnalité de Saféris, cette hypothèse a peu de partisans. »

Et il a assené, sûr de lui : « Ce n'est pas la mienne, aussi, j'ai concentré tous mes efforts à la recherche d'un homme en cavale. »

Devant l'absence de réaction de ses trois interlocuteurs, il leur a répété, avec une assurance que Ripert ne supporte pas :

« Ce n'est qu'une affaire de temps, messieurs. J'en suis totalement convaincu. »

Il a poursuivi, sûr de son fait. Son dossier était solide, même s'il était fondé en partie sur des convictions. Mais il sait aussi qu'ils attendent ses explications sur ce point crucial : comment l'assassin a-t-il pu lui échapper ? Là encore, Langelier est confiant. Il n'a rien négligé. Jusqu'aux appels les plus farfelus. La photo de Saféris a été largement diffusée et relayée par la plupart des journaux, qui se sont passionnés pour l'affaire. Près d'une cinquantaine de vérifications ont été effectuées. Sans résultat. Saféris a été aperçu partout, jusqu'à l'île de Sein où une femme a affirmé que sa voisine hébergeait le présumé criminel. En fait, son mari était parti vivre avec une autre habitante de l'île. La femme n'avait rien trouvé de mieux pour se venger. Elle a écopé d'une amende de 500 euros pour faux témoignage.

La piste la plus crédible est venue de Toulouse. Plusieurs témoignages, dont celui d'un gardien de nuit, ont été jugés suffisamment sérieux pour que Langelier se déplace en personne. Saféris avait été localisé dans un hôtel proche de la gare, et le commissaire ne voulait pas rater son arrestation. Dès qu'il l'avait aperçu sortant de l'hôtel, à l'aube, Langelier en personne avait donné l'ordre d'intervenir et de le maîtriser. Il le tenait enfin. Il avait fait l'erreur d'en informer ses hommes et sa hiérarchie. L'homme avait été aussitôt conduit au commissariat central où Langelier l'avait interrogé pendant deux heures. Deux heures pendant lesquelles il s'était entêté, refusant l'évidence et rejetant les réserves de ses collègues de Toulouse. L'homme ressemblait à Saféris de façon étonnante. Même âge, même couleur d'yeux et de cheveux. Mais, bien qu'il eût sans doute des choses à se reprocher et du mal à expliquer sa présence à Toulouse, il n'avait rien à voir avec Saféris. Langelier avait fini par se rendre à l'évidence. Cet homme n'était pas celui qu'il recherchait et il l'avait abandonné aux policiers de Toulouse. Dépité, il avait dû téléphoner pour reconnaître son erreur. Cependant, l'épisode de Toulouse avait laissé des traces à la brigade. Et Langelier avait été blessé, bien plus qu'il ne l'avait montré.

À partir de ce moment, et sans que quiconque ose le dire ouvertement, certaines personnes étaient convaincues que Saféris leur avait échappé. Peut-être de façon définitive.

La chance du commissaire Langelier a été de n'avoir jamais ressenti l'hostilité de ses trois juges. Il s'est même trouvé très convaincant sur la conduite de son enquête. Convaincant encore quand il leur a affirmé :

« L'arrestation de Saféris n'est qu'une question de jours. Quand nous l'aurons, l'affaire sera résolue !

– Nous ne demandons qu'à vous croire », a conclu, dubitatif, le préfet Ripert.

Ils lui ont demandé de quitter la pièce quelques instants. Sur le coup, il n'a pas compris pourquoi. Il s'est exécuté, après avoir posé ses dossiers sur le bureau du préfet Ripert. « Tout est là, messieurs. »

Une fois Langelier parti, Ripert a explosé et, à nouveau, il a demandé sa tête.

« Il faut du sang neuf sur ce dossier sinon on y sera encore à Noël avec la presse sur le dos. Il est nul, votre gars ! »

Ferracci a dû lutter pour convaincre les deux autres, mais il a eu le dernier mot.

« S'il continue à piétiner, a-t-il affirmé d'un ton définitif, j'envisagerai de le remplacer. Mais, j'insiste, laissons-lui l'enquête encore un peu de temps.

– D'accord, a conclu Josserand, sans conviction. Mais ne le lâchez pas d'une semelle, commissaire. »

Ripert a ajouté : « Je m'incline. Ce type a vraiment de la chance de vous avoir. »

Jean-Louis Ferracci s'est levé et a dit : « Je vais le chercher. »

Il a entrouvert la porte et a ordonné :

« Commissaire Langelier, revenez. »

À l'instant où il l'a dépassé, Langelier lui a souri. Un sourire bref, confiant. Il n'a exprimé aucune inquiétude. Il a paru si sûr de lui que Ferracci a compris qu'à aucun moment il ne s'était senti en danger et qu'il ne se doutait de rien. Il ignorait que Ferracci s'était battu pour lui, qu'il avait pris des risques pour le sauver, lui et son enquête.

Ferracci est bluffé.

« Il ne doute pas, voilà sa force », a-t-il songé en le voyant récupérer ses dossiers, sans prononcer un mot.

Et il n'a pas non plus semblé impressionné quand le préfet a dit sur un ton presque menaçant :

« Vous avez quinze jours pour nous régler cette malheureuse affaire, commissaire.

– Il m'en faudra moins, les a rassurés Langelier avant de les quitter.

– Hervé, tu te sors les tripes, maintenant », a dit Ferracci à voix haute.

Les deux autres ont pris ces mots comme un ultime avertissement, une menace.

Dernier vestige de leur complicité, Ferracci et Langelier continuent à se tutoyer, alors que tout le monde, y compris les plus proches collaborateurs de Ferracci, le vouvoie. La marque du respect, et surtout celle de son pouvoir. Ferracci n'accorde plus cette faveur qu'à une poignée de privilégiés.

Quand Langelier a quitté la pièce, Josserand a eu ces mots à l'intention des deux autres :

« Je me demande s'il est très con ou s'il est particulièrement malin.

– Ni l'un ni l'autre, a répondu Ferracci. C'est simplement un flic qui essaie de faire son boulot du mieux possible. Il lui manque la chance qui fait la différence. Laissons-lui encore un peu de temps. »

Il a ajouté pour les rassurer :

« Je le suivrai de près.

– Ne portez pas sa croix trop longtemps, commissaire, a répliqué Josserand. Conseil de la place Beauvau ! »

À cet instant, Ferracci a compris qu'il ne pourrait pas soutenir longtemps son ami. S'il n'aboutit pas, ils vont le massacrer et lui avec.

Le commissaire Langelier est sorti de cet entretien avec la conviction de les avoir convaincus de la qualité de son travail. Mais, aussi, avec le sentiment que tout cela n'avait servi à rien sinon à lui faire perdre son temps. Il a une enquête à mener et il est obligé de rendre des comptes à ces incompétents !

Même Ferracci l'a déçu. Qu'il y aille, sur le terrain !

Sa petite phrase : « Hervé, tu te sors les tripes, maintenant », il ne l'oubliera pas de sitôt. Ferracci l'a vexé devant ces deux incapables.

« Cette putain d'enquête me fait chier ! » a-t-il pensé.

Bloqué par un ralentissement sur l'A86, il a sorti son gyrophare et lancé la sirène pour se dégager. Par radio, il a convoqué ses hommes pour une réunion.

Mais plus il s'est rapproché du commissariat, plus Langelier s'est demandé s'il pouvait encore compter sur Ferracci. À son arrivée, il était convaincu que non.

Il faut qu'il raconte à Steph sa matinée et la façon dont Ferracci l'a traité. Il a appelé chez eux, sans succès. Il a dû garder sa rancœur pour lui. Il aurait tant voulu la partager avec celle qui le comprend.

C'est plus fort que lui, mais, pour la première fois, il s'est senti abandonné.

6

MARS 2001
YVES QUENIN

L'alerte n'a été donnée qu'en fin de matinée, le 20 mars. L'appel a été reçu au commissariat de Châtenay-Malabry à 11 h 18 (selon le relevé des appels) par le brigadier Pierre Léquipier. Entre ses deux patrouilles quotidiennes dans les rues de la ville au volant d'une Renault ayant plus de 150000 kilomètres au compteur, il assure la permanence au standard. Un travail peu valorisant et, pour tout dire, assez ennuyeux, mais qui lui permet de quitter le service tous les jours à 18 heures précises.

« Mon interlocuteur a refusé de donner son patronyme », a d'abord indiqué le brigadier au commissaire Rachidi, omettant de dire que, dans un premier temps, il lui avait bêtement raccroché au nez.

Cependant, il a bien été obligé de répondre quand l'homme a rappelé quelques instants plus tard. Il l'a entendu dire :

« Un meurtre a été commis au 4 de la rue Boileau à Châtenay-Malabry.

–Veuillez décliner votre identité », a insisté le brigadier, un brin agacé.

Mais l'homme avait déjà raccroché.

Le couple âgé assis face à lui qui attendait depuis plus d'une heure pour déposer plainte pour un vol de sac à main l'a vu blêmir. Le brigadier n'a pas aimé ce qu'il a lu dans leurs yeux: ces deux vieux ont pensé qu'il manquait d'autorité. Il s'est senti gauche, hésitant. Bref, pas à son avantage.

Il leur a fait un signe de la main d'un air de dire qu'il maîtrisait la situation et il a abandonné son poste un peu trop précipitamment en direction du bureau de Rachidi au premier étage. Ce coup de téléphone anonyme lui a trop rappelé celui qu'il avait pris quelques semaines plus tôt. Il croit avoir reconnu la même voix, à la fois monotone et insistante. « Une voix, a-t-il raconté à ses collègues, à vous glacer le sang. »

Interrogé le lendemain (PV n° 18 de l'affaire Quenin), il ne pourra pas en dire plus aux enquêteurs. Sauf pour insister sur le fait que « l'individu était de sexe masculin et que la voix ressemblait à celle qui avait indiqué le triple homicide de la famille Saféris ». Malheureusement, aucun enregistrement n'avait été effectué et les déclarations du brigadier Léquipier n'ont pas été retenues. Elles ont été mises sur le compte d'un affolement bien naturel.

Le commissaire Jean-Charles Rachidi s'est immédiatement rendu sur place en compagnie du lieutenant D'Encausse et, une demi-heure plus tard, il attendait Hervé Langelier devant la porte d'entrée d'une maison aux murs et à la toiture envahis par le lierre. Il a grillé plusieurs cigarettes. Fumer lui a permis de ne pas craquer, à l'inverse de D'Encausse qui a eu juste le temps de sortir du pavillon pour éviter de vomir dans la maison. Le lieutenant s'est ensuite assis sur les marches du perron et, le regard perdu, n'a plus prononcé un seul mot.

« Cette fois, le lieu du crime n'a pas été pollué, a assuré le commissaire en accueillant Langelier accompagné de Dubosc, ce jeune capitaine qui ne le quitte jamais. La zone est bouclée. » Il a ajouté: « Ça ressemble aux assassinats de la rue Pasteur. »

Langelier a à peine bronché: il sait déjà ce qui les attend à l'intérieur.

Rachidi lui a dit qu'il avait trouvé le corps d'une femme la gorge tranchée dans le salon et celui d'une fillette dans son lit.

« Vraisemblablement étouffée », a-t-il précisé.

Après avoir examiné la maison, Dubosc est revenu dans le salon. Ignorant Rachidi, il s'est adressé à son chef.

« La petite fille est morte étouffée. Pas de traces du père. »

Langelier a aussitôt reconnu les qualités de son jeune capitaine. Rapide, efficace. À plusieurs reprises, il avait pu apprécier son travail. Il ne rechigne jamais à la tâche, il est futé et il ne cache pas son ambition. Ils avaient souvent évoqué la question de son avenir et Langelier l'avait pris sous son aile. Il le considérait comme son véritable adjoint, au grand dam d'autres policiers plus âgés. Il l'avait toujours très bien noté. Complimenté à plusieurs reprises par son chef, Dubosc avait déjà attiré l'attention de la hiérarchie sur lui. Quand le moment viendra, Langelier lui permettra de réaliser son rêve : accéder à l'antigang ou à une autre unité de prestige. Mais dans l'immédiat, il lui avait répété qu'il comptait sur lui pour le seconder dans son enquête.

La femme est rousse. On ne voit que cela : une splendide chevelure flamboyante collée à son visage par le sang coagulé. Sa tête repose contre l'oreillette droite d'un fauteuil de toile bleu, immobile face à la télévision encore allumée. Le commissaire a enfilé ses gants et, agacé par un jeu débile qui se déroule sur l'écran, il a éteint le poste. Le corps de la jeune femme (une trentaine d'années à première vue) n'a pas basculé, bien en place dans le fauteuil. Une marque rouge sur le bras du fauteuil semble indiquer qu'elle a essayé de se relever. Les mains sont posées l'une sur l'autre sur le haut des cuisses. Elle a les yeux écarquillés, fixant l'écran, comme si son bourreau s'était appliqué à les maintenir ainsi. Sa bouche est restée grande ouverte. Le sang a inondé son tee-shirt blanc et l'on peut repérer des traces rouges sur la moquette et sur les rideaux beiges à deux ou trois mètres du corps. Il y a de l'acharnement dans ce crime.

Plus que l'immense tache de sang qui recouvre le corps au point de former une flaque épaisse et encore humide au niveau des cuisses, c'est cette bouche grande ouverte qui a frappé le commissaire. Il voit la scène : le tueur est d'abord resté derrière elle. Il s'est avancé sans qu'elle l'entende approcher et il l'a égorgée d'un seul coup de lame. Elle a eu assez d'énergie pour tenter de se lever. Il l'a maintenue pour éviter que le corps ne glisse, puis il s'est placé devant elle pour qu'elle sache bien qui l'a tuée. Il y a tant d'effroi et de peur dans cette bouche ouverte. Le commissaire se demande si le tueur lui a annoncé qu'il allait assassiner la petite. Dubosc, lui aussi, garde les yeux fixés sur le visage supplicié de la jeune femme.

« C'est atroce. C'est comme s'il ne s'était pas contenté de la tuer, a-t-il commenté. Il a voulu la voir souffrir. Je me demande s'il lui a dit qu'il allait tuer sa petite fille. Qu'en pensez-vous, commissaire ?

– Tu as peut-être raison. Je pense qu'elle a vu son assassin. Ça l'a horrifiée et elle n'a eu qu'une seule idée en tête : sauver sa fille avant de mourir. Elle a essayé de crier. Mais ses cordes vocales étaient tranchées. Aucun son ne pouvait sortir de sa gorge. Elle n'a pas dû faire beaucoup de bruit, la malheureuse !

– On dirait que tout a été mis en scène. Comme s'il avait voulu nous faire croire au cérémonial d'un tueur en série... »

Résistant à l'envie de le faire taire, le commissaire n'a pu s'empêcher de penser que cette femme était très belle.

« Montons, a-t-il ordonné.

– C'est au deuxième étage », a répondu Dubosc dans un souffle, tant il a hâte de s'éloigner de ce corps martyrisé.

En montant l'escalier, Langelier s'est arrêté devant une série de photos d'une petite fille dans des cadres roses accrochés au mur. Il en a compté onze, rangées selon l'âge de l'enfant. Sur la première, celle où elle apparaît encore bébé, le tueur a laissé une croix rouge avec le sang de la mère. Cette signature l'a davantage indigné que le corps de la femme, plus encore que ce qu'il va découvrir dans la chambre de la gamine. Mais il n'en a rien montré. Il a continué de monter dans un état second et il s'est contenté de dire à son adjoint en désignant le cadre : « Il faut l'emporter d'urgence au labo », même s'il sait déjà que le tueur n'a pas laissé d'empreintes.

« Il n'y aura pas grand-chose dessus. Notre homme n'a pas pu faire une erreur aussi grossière. »

Les deux policiers sont restés devant la porte de la chambre.

« Ne touchons à rien tant que la scientifique n'est pas là.

– La porte était fermée, j'ai dû l'ouvrir », a précisé Dubosc.

Les yeux clos, la petite semble endormie dans des draps blancs. Des poupées Barbie l'entourent. Trois de chaque côté. Ces six poupées encadrant le petit corps sans vie hanteront longtemps le sommeil du commissaire. Autant que l'oreiller qui a servi à l'étouffer, posé au pied du lit.

Ensuite, les deux hommes sont passés dans la chambre des parents. Le lit n'a pas été défait. En revanche, les portes et les tiroirs du placard sont ouverts. À première vue, des vêtements masculins ont disparu.

Ils ont parcouru la chambre des yeux et ont aperçu sur la commode la photo d'une famille heureuse prise sur une plage. Ils l'ont regardée longuement.

Le commissaire s'est éloigné seul, abandonnant le capitaine en train de regarder par la fenêtre de la chambre. Il sait que son adjoint restera, lui aussi, marqué par ce qu'il a découvert. Il est si jeune. Vingt-huit ans, selon les souvenirs qu'il a de son dossier.

De la fenêtre, Dubosc a observé son patron descendre les marches du pavillon sans un mot ni un regard pour les hommes qu'il a croisés, comme absorbé par ses propres pensées. Il l'a suivi du regard jusqu'à la grille d'entrée. Avant de la pousser, le commissaire s'est arrêté. Il a sorti un carnet noir à spirale de la poche intérieure de son blouson. Il a écrit quelques mots avant de le ranger rapidement. D'où il était, Dubosc n'a pas pu lire les notes de son patron.

C'est en regardant son chef abandonner le lieu du crime que le capitaine Damien Dubosc s'est rappelé que le triple assassinat du 48, rue Pasteur avait été commis un mois plus tôt, jour pour jour. Dans l'après-midi, il a attendu d'être seul avec Langelier pour lui en parler. Mais celui-ci lui a d'abord répondu :

« Il faut retrouver le père. C'est notre priorité absolue ! »

Le capitaine a osé insister : « Et si le tueur était le même homme, commissaire ? Ça changerait la donne, non ? »

Langelier a fermé les yeux. Quand il les a rouverts quelques secondes plus tard, c'est pour les planter dans ceux de son jeune adjoint :

« Je peux me tromper, mais j'ai une intuition dans cette affaire. Plus j'y pense, plus je suis sûr de mon hypothèse. »

Langelier s'est interrompu à nouveau et a regardé son adjoint, comme s'il y cherchait une approbation. Alors, dans un souffle, il a lancé :

« Damien, je pense que c'est l'un des pères qui a tué les deux familles. »

Dubosc n'est pas parvenu à dissimuler sa surprise. Quand il a découvert ces nouveaux crimes, il a plutôt songé à un tueur en série. Jamais à l'un des pères. Ce serait trop horrible.

« Qu'est-ce qui vous fait croire cela, commissaire ? C'est impensable !

– Une intuition.

– Une intuition ! n'a pu s'empêcher de s'exclamer le capitaine.

– Presque une certitude. J'ai raison, tu verras. C'est difficile à expliquer. Mais les faits me donneront raison. L'assassin cherche à nous faire croire à l'existence d'un tueur en série, étranger aux familles, mais c'est l'un des pères. J'en suis sûr. »

Il a à nouveau fermé les yeux puis a demandé à son adjoint :

« Qu'est-ce que tu en penses, toi ?

– Franchement ?

– Franchement.

– J'ai du mal à vous suivre. Les deux crimes sont identiques et ils ont été commis le même jour. Alors, franchement, j'ai du mal à imaginer que l'un des pères les ait tous tués. Même si nous ne savons pas grand-chose sur Quenin pour l'instant, leurs vies à tous les deux paraissent si ordinaires. Je n'arrive pas à y croire.

– Cette hypothèse est la bonne, Dubosc.

– Désolé de vous le dire, commissaire, a tenté Dubosc du bout des lèvres tant il craint que son patron ne se fâche, mais c'est difficile à admettre. »

Et comme il ne veut pas que son patron s'obstine et les entraîne sur cette seule piste, il a continué, au risque de le froisser :

« Patron, c'est juste une hypothèse pour l'instant... Votre intuition, je la respecte. Mais je pense qu'il ne faut pas négliger les autres pistes. »

Langelier l'a interrompu :

« Bien sûr que nous n'allons rien négliger. Je suis d'accord avec toi, ce n'est qu'une hypothèse, mon hypothèse. Elle est horrible, épouvantable. Mais, tu verras, Damien, j'ai raison. C'est l'un des pères qui a commis ces assassinats. »

Dubosc a compris qu'il était inutile de poursuivre la discussion. Il connaissait son patron depuis suffisamment longtemps pour savoir que cela ne servait à rien d'insister. Il a choisi de se retirer en disant : « J'y retourne, patron. »

Avant qu'il ne disparaisse, Langelier lui a lancé :

« Il faut trouver les pères, capitaine. N'oublie pas : c'est notre priorité. »

Bien plus tard, toutes les images douloureuses des derniers jours sont revenues à la mémoire de Langelier lorsque, tard dans la nuit et à bout de forces, il s'est blotti en larmes dans les bras apaisants de Stéphanie qui l'a attendu, cette nuit encore, assise dans le salon.

« Horrible, a-t-il murmuré, ce que j'ai vu est horrible. Monstrueux. Je ne pourrai jamais l'oublier. »

Il n'a pourtant pas ressenti l'immense désespoir qui s'est emparé de sa femme. Il a seulement cherché à apaiser sa douleur, réfugié contre la chaleur de son corps.

7

Stéphanie, on l'a toujours appelée Steph. Depuis toute petite. Elle y est tellement habituée qu'elle-même est surprise quand elle entend Stéphanie. Parfois elle oublie même de répondre.

C'est une petite femme brune, toute mince, d'à peine 1,60 mètre. Si on devait la décrire, on parlerait d'elle comme d'une femme agréable, souriante, disponible, quoiqu'un peu effacée. Elle semble être d'humeur égale et les gens disent qu'Hervé Langelier a bien de la chance de l'avoir à ses côtés. Dans la police, tout le monde en convient : il n'est pas facile de vivre avec un flic. Les horaires à rallonge, le stress permanent, les coups de téléphone à n'importe quelle heure du jour ou de la nuit, sans compter l'angoisse perpétuelle du coup dur. Il n'est pas facile d'oublier le regard perdu de la femme d'un flic qui vient d'apprendre que son mari a été abattu. C'est bien connu : beaucoup de femmes de policiers ne tiennent pas longtemps et les commissariats sont pleins d'histoires de divorces et de couples en péril.

Mais elle, elle l'aime plus que tout, son flic de mari.

Steph a pu mesurer à quel point le triple crime de Châtenay-Malabry obsède Hervé depuis près d'un mois. Ça le ronge chaque jour un peu plus, comme un cancer impitoyable. Elle est désespérée pour lui. Elle a renoncé à lui en parler et elle se contente de suivre ses difficultés dans les journaux. Parfois elle tombe sur un reportage à la télé qui la bouleverse.

« Tu vas arrêter de me parler de ça », a-t-elle obtenu l'autre soir pour seule réponse avant qu'il sorte en claquant la porte, les laissant, elle et les enfants, médusés.

Jamais, jusqu'à ce jour, Hervé n'avait haussé la voix, jamais il ne s'était énervé contre elle. Elle avait osé demander si sa journée s'était bien passée. Depuis, elle s'est abstenue de lui poser la moindre question de peur de le fâcher. Car, maintenant, Hervé s'énerve vite. Il n'est plus le même. Elle a espéré pourtant qu'il finirait par se confier. Mais à ce jour, il lui a à peine parlé de son enquête. Une fois, il lui a avoué qu'il avait été convoqué par sa hiérarchie une dizaine de jours plus tôt et qu'il gardait toute la confiance des « grands patrons ». Elle lui avait répondu qu'elle était fière de lui, puis elle avait essayé d'en savoir davantage, mais Hervé s'était à nouveau refermé.

« De toute façon, ils n'y comprennent rien, ces abrutis », avait-il répondu avant de tourner les talons.

Malgré sa sortie inattendue, Steph s'était sentie profondément soulagée, presque heureuse, pour lui, tant elle avait senti que cette affaire qui l'obligeait à prendre des somnifères le soir lui tenait à cœur. Elle s'en était voulu de ne pas avoir su trouver les mots pour l'apaiser. Lorsqu'il était enfin revenu, il l'avait prise dans ses bras, murmurant : « Excuse-moi, je subis une telle pression. »

Elle avait répondu :

« Je suis à tes côtés, ne l'oublie jamais. Je t'aime tant.

– Moi aussi, je t'aime. »

Puis ils étaient allés se coucher en se tenant par la main.

Cependant, plus les jours passaient, plus elle le sentait tendu, nerveux, irritable. Mais le plus insupportable pour elle était de voir à quel point il était malheureux. Parfois elle l'entendait marmonner « Je suis nul » ou « Je n'y arriverai jamais ». Et elle ne savait plus comment s'y prendre pour lui redonner confiance. Avant il se livrait, racontait ses journées. Plus maintenant. Elle parvenait difficilement à lui parler. Elle ne comprenait pas comment une simple enquête avait pu le mettre dans cet état.

Au fil des jours, la situation avait empiré. Il s'éloignait, s'enfermait, se murait dans son obsession. Inexorablement. Elle avait fini par appréhender ses retours à la maison tant il leur rendait la vie impossible. Un rien l'agaçait. Les enfants l'évitaient par crainte de ses colères. Ils allaient se réfugier dans leurs chambres quand ils l'entendaient rentrer. Stéphanie avait bien tenté de les rassurer, disant qu'il menait une enquête difficile et que tout rentrerait dans l'ordre, une fois l'affaire terminée, mais les enfants avaient continué à le fuir.

Nicolas, leur fils, avait été le premier à s'inquiéter. Quelques jours plus tard, les larmes aux yeux, il avait déclaré : « Papa me fait peur. »

Elle n'était pas parvenue à trouver les mots pour calmer son angoisse, se contentant de répéter que leur père les « aimait plus que tout au monde ». Elle pensait que son mari traversait une passe difficile et voulait se persuader que bientôt ce cauchemar prendrait fin.

Les silences qui s'étaient installés entre eux devenaient douloureux. Elle avait mal de voir à quel point il semblait insensible à sa propre douleur, à celle de ses enfants. Comment pouvait-il être aussi aveugle ?

Hervé et Steph vivent ensemble depuis vingt-trois ans.

Il était à l'école des commissaires de Lyon et elle à l'école des infirmières. Ils s'étaient rencontrés dans un restaurant de la Croix-Rousse grâce à Ferracci. Il était clair que celui-ci avait des vues sur la jolie petite brune. Peut-être même y avait-il déjà quelque chose entre eux, s'était dit Hervé. Toute la soirée, Ferracci s'était comporté comme si elle lui appartenait. S'il avait invité Hervé, c'était pour se retrouver entre amis, passer une soirée comme il les aimait. Pleines de bruit et de rires. Il n'ignorait pas qu'Hervé, pas plus que ses autres copains, n'aurait jamais tenté quoi que ce soit. Ferracci savait leur faire comprendre quand une fille était chasse gardée.

C'est elle qui avait appelé Hervé le lendemain matin. Il croyait qu'elle ne l'avait même pas remarqué. Quelques jours plus tard, quand Hervé avait compris que cette femme serait la femme de sa vie, il avait brièvement évoqué Ferracci. Elle avait répondu :

« Je m'en occupe, ne t'inquiète pas. »

Hervé n'avait jamais essayé d'en savoir davantage. Steph l'avait choisi et cela suffisait à son bonheur. Ferracci était resté son ami, son camarade de promo, et, quand Sonia était née, ils lui avaient demandé d'être le parrain. En ce temps-là, ils se voyaient souvent. Ils sortaient en couple avec Jean-Louis et sa femme, Isabelle. Jeunes, alors qu'ils se lançaient avec appétit dans la vie, ils étaient inséparables. Après, Jean-Louis avait été tellement pris par son boulot qu'il s'était peu occupé de sa filleule. Quant à Isabelle, elle avait disparu de la circulation. Elle avait quitté Ferracci après quatre ans de mariage et vivait du côté d'Agen. Petit à petit, sans même qu'ils s'en aperçoivent, les liens s'étaient distendus entre eux. Ne restent de cette période que quelques photos des bons moments passés ensemble. Depuis longtemps, Ferracci et lui ne se voyaient plus beaucoup en dehors du boulot.

Le temps passe, impitoyable.

Hervé et Steph n'avaient pas attendu de finir leurs études pour se marier. Elle avait été la seule femme de sa vie et, jusqu'à cette terrible affaire, il était le dernier à s'en plaindre. Au contraire, il n'avait qu'une hâte le soir, quand il rentrait, souvent très tard : la retrouver dans leur appartement du Plessis-Robinson. Rien d'extraordinaire, mais si accueillant. Un grand salon salle à manger, trois chambres, une cuisine assez vaste pour qu'ils puissent y prendre leur repas et un petit balcon sur rue. Steph le fleurit tous les ans avec des géraniums de couleurs différentes. L'immeuble de quatre étages, en brique, a été construit dans les années 1960. Il est bruyant, n'a pas beaucoup de charme, mais il est bien entretenu.

Il fallait parfois qu'il se fâche pour qu'elle aille se coucher. Mais elle avait pris l'habitude de l'attendre et de lui réchauffer son dîner. Elle aimait rester près de lui, l'écouter parler de sa journée jusqu'à ce qu'ils montent dans leur chambre et, une fois dans leur lit, elle se réfugiait dans ses bras. Alors, longtemps, ils restaient serrés l'un contre l'autre.

« Je suis si heureux de t'avoir », lui disait-il souvent.

Et puis, ensemble, ils attendaient que le sommeil les prenne.

Steph lui a « donné », comme elle le dit elle-même, trois enfants. Sonia, 17 ans, Muriel, 15 ans, et enfin Nicolas, 6 ans, « un accident de jeunesse », plaisantaient-ils. Stéphanie avait été si heureuse d'avoir un garçon ! Surtout pour Hervé qui avait tant rêvé d'aller un jour au foot avec son fils. Peu importe qu'ils aient dû s'y remettre : les couches, les biberons, les réveils en pleine nuit.

Pendant toutes ces années, Steph avait vécu pour lui, souffert avec lui. Elle y est sans doute pour beaucoup dans la carrière anonyme de son mari. Elle n'aimait pas qu'il prenne des risques. Elle lui avait dicté, presque inconsciemment, des choix professionnels sans relief. Quand elle s'était aperçue qu'il ne se plaisait pas à Clermont, c'est elle qui, sans lui en parler, était intervenue auprès de Ferracci pour le faire muter en région parisienne. Hervé n'avait pas essayé de comprendre les raisons de cette mutation. Il avait toujours cru que son vieux copain l'avait rappelé parce qu'il avait besoin d'un bon flic à ses côtés. D'un flic fidèle. Ce qu'était Langelier.

Hervé avait vécu des années de bonheur, au sein du petit cocon familial que Steph avait construit autour de lui. Il était si content de son sort que l'ambition qui l'habitait du temps de sa jeunesse s'était estompée. Il ne rêvait plus, comme au temps de l'école des commissaires, d'intégrer le Quai des Orfèvres. Il aimait trop rentrer chez lui le soir pour retrouver les siens. Mais depuis le triple crime du 19 février, la belle intimité qui les soudait jusqu'alors avait disparu. Si vite, en quelques semaines seulement.

C'est ce jour-là, le 20 mars 2001, que les choses ont basculé.

Elle avait senti tant d'angoisse et de tension dans sa voix quand il l'avait appelée dans l'après-midi pour la prévenir qu'il rentrerait sans doute très tard. Un événement important avait dû se produire, mais comme toujours elle n'avait pas insisté. Elle s'était contentée de répondre :

« Fais bien attention à toi.

– Oui, mon amour. »

Mais il savait que sa journée serait longue.

« Ne m'attends pas », avait-il ajouté tristement, car, en cet instant, il n'avait qu'une seule envie : rejoindre Steph.

Il y avait si longtemps qu'il ne l'avait pas appelée « mon amour ». Elle avait pleuré après avoir raccroché. Il y avait tant de tristesse dans ses mots. Elle avait tenté de le rappeler, mais on lui avait répondu qu'il était sorti. Alors elle s'était installée dans le salon, indifférente à ses trois enfants qu'elle avait laissés se débrouiller seuls.

Assise dans la pièce plongée dans le noir, elle l'avait longtemps attendu, en ne pensant qu'à lui. Quand il était enfin rentré un peu avant 3 heures du matin, elle était toujours éveillée... Si inquiète pour lui : toute la journée, il était resté injoignable. Au bruit de la clé glissée dans la serrure, elle s'était précipitée à sa rencontre. Dès qu'elle l'avait vu dans le salon, elle avait senti que l'homme qu'elle aimait était à la dérive. Elle l'avait attiré contre elle et elle l'avait serré de toute la force de son amour. Elle l'avait entendu murmurer, en sanglots : « Quel bordel, putain, quel bordel ! Je ne pourrai jamais oublier. »

Jamais, en vingt ans de mariage, Hervé ne s'était exprimé ainsi.

Et il a pleuré dans les bras de sa femme.

À ce moment, Steph a vraiment eu peur pour lui.

Il était un peu plus de 3 heures du matin, dans la nuit du 20 au 21 mars 2001, quand Hervé Langelier a craqué. À son tour, il a serré sa femme de toutes ses forces. Entre deux sanglots, il lui a répété qu'il venait de vivre l'une des pires journées de sa vie.

Plus que le corps ensanglanté de Pauline Quenin, le visage marqué par la peur, c'est celui de la petite fille, inerte près de sa poupée, qu'il ne peut oublier. C'est plus fort que lui, il se sent responsable de leur mort. Ces crimes, commis un mois jour pour jour après ceux de la famille Saféris, lui rappellent son échec. C'est cela dont il a besoin de parler à Steph sans lui épargner le moindre détail. Steph est la seule à l'écouter encore.

« Tu ne peux pas comprendre l'enfer sans l'avoir vécu, Steph. Et moi, j'y suis plongé jusqu'au cou. Je suis tellement perdu. »

Il s'est tu un instant, puis il a insisté : « Écoute bien ce que je vais te dire : ça va être l'horreur. Ils voudront ma peau, c'est sûr. Mais ils ne m'auront pas, je te le promets, Steph. »

Pour l'instant, il n'a besoin que de la chaleur si réconfortante des bras de sa femme. Il s'y sent à l'abri, protégé.

« Ne me quitte jamais, a-t-il supplié. Sans toi, je serai emporté. »

Mais il ne voit pas que sa Steph ne parvient plus à le suivre dans son délire. Elle s'est contentée de lui demander :

« Raconte-moi. »

Quand, enfin, ils se sont décidés à aller se reposer, après qu'il l'eut encore attirée contre lui, elle a tout appris. Hervé lui a confié ses angoisses, ses doutes, sa crainte d'échouer, et aussi les appels téléphoniques appuyés et stressants de sa hiérarchie pendant la journée.

« Josserand a été le plus acharné, a-t-il confié à sa femme. Je suis sûr qu'il va tout faire pour qu'on m'enlève l'enquête. C'est une vraie salope, un pourri. Tu sais ce qu'il m'a dit avant de me raccrocher au nez ?

– Non.

– Il m'a dit : "Nous commençons à nous demander sérieusement si vous avez les épaules assez solides. Et quand je dis *nous*, vous savez de qui je parle, commissaire. Je ne suis pas le seul à suivre cette affaire de très près. Nous exigeons des résultats, sinon nous prendrons les dispositions qui s'imposent." »

Hervé a repris son souffle avant de poursuivre :

« Tu te rends compte, Steph, ils me prennent pour une merde. Crois-moi, ils vont le regretter. Je vais leur montrer, moi, qui est le commissaire Langelier ! Je ne suis pas un flic de merde ! Hein, Steph, tu le sais, toi, que je ne suis pas une merde ?

– Oui, Hervé, tu es un bon policier.

– C'est pas l'avis de Ferracci », a-t-il répliqué sur un ton sans appel.

Alors, devant sa femme étonnée, il a voulu raconter comment « leur vieil ami avait osé le traiter ».

« Comme si je n'avais pas assez de boulot comme ça. Ce salaud m'a convoqué en milieu d'après-midi. Je croyais qu'il me soutenait. Tu parles ! D'entrée, il m'a prévenu que ma tête était sur le billot, et qu'il ne parviendrait pas à me soutenir encore longtemps. Je lui ai répondu que le maximum avait été fait, que mes hommes et moi étions mobilisés vingt-quatre heures sur vingt-quatre. Que cette affaire était notre priorité. Ferracci, comme l'autre connard, n'a rien voulu entendre. Tout ce que j'ai pu dire n'a servi à rien. Ils m'ont déjà condamné. »

Stéphanie a tenté de le rassurer : « Ils ne peuvent pas se passer de toi. »

Ses paroles ont sonné dans le vide.

Stéphanie a eu mal tellement il la tenait serrée. Elle a tenté de se dégager, mais il ne l'a pas lâchée. Indifférent à ses tentatives pour lui échapper, il a continué, ses yeux plantés dans ceux de Stéphanie :

« Je n'ai pas aimé la façon dont il m'a parlé. Putain, mais pour qui il se prend ? Ça fait des semaines que je suis sur le coup et ils voudraient me donner des leçons. Crois-moi, Steph, ils n'en ont pas fini avec moi. »

Stéphanie a enfin réussi à se dégager.

« Tu es fatigué, il faut que tu te reposes. Tu me raconteras tout demain. »

Mais il n'a rien voulu entendre. Il a insisté :

« Non, maintenant. Toi, au moins, tu sais que j'ai raison. Crois-moi, Steph, les deux crimes sont liés, c'est une évidence. Dans les deux affaires, je suis certain d'une chose : nous devons retrouver les pères. À ce stade, j'ai deux hypothèses. Un : Saféris a tué sa famille et il a disparu. Un mois plus tard, Quenin l'imite. Il massacre les siens et disparaît à son tour. Tous les deux ont trouvé ce moyen pour refaire leur vie. Mais je crois davantage à ma seconde hypothèse. Écoute-moi bien : c'est l'un des pères qui a commis ces deux assassinats. Histoire de brouiller les pistes et de nous faire croire à un tueur en série, il a reproduit le même mode opératoire. Et si tu veux mon avis, je pense que le coupable, c'est Quenin. »

Stéphanie n'a pas osé lui dire qu'elle était perdue. De l'affaire, elle sait peu de chose. Ce nom, ce Quenin, elle n'en a jamais entendu parler. Elle ne comprend rien à ce que tente de lui dire son mari qui poursuit, dans un état second.

« Il n'y a pas de tueur en série, Steph. Tu connais ce genre d'individu. D'une façon ou d'une autre, il nous aurait laissé un signe. Ces gens-là sont des mégalos. Ils ont besoin de faire savoir qu'ils tuent et nous mettent au défi de les choper. Je ne vois rien de tout cela dans ces deux crimes. Tu m'entends, Steph ? Je ne vois rien d'autre qu'une ordure qui a décidé de régler ses comptes et de disparaître. Et quand j'ai dit tout ça à Jean-Louis, il m'a répondu que je déconnais !

– Et qu'est-ce que tu lui as dit, toi ? s'est inquiétée Stéphanie.

– Il faut me comprendre, Steph, j'étais à bout. Je me suis énervé et je lui ai balancé : "J'en ai plus que marre qu'on mette en doute mes capacités. Si vous voulez ma tête, prenez-la. Mais ne me dites pas que j'ai mal conduit cette enquête. Vous me faites tous chier, laissez-moi bosser. Bordel !"

– Il a réagi comment ?

– Il m'a répondu que je devais me calmer et que si je perdais mon sang-froid, il valait mieux laisser tomber. Et il a ajouté : "Je te répète qu'il ne faut négliger aucune piste. Et je ne crois pas à tes inepties. Alors maintenant tu te calmes et tu retournes bosser." Il m'a répété que ça chauffait en haut, que j'avais intérêt à régler rapidement ces deux affaires et à ne rien négliger, même la piste d'un enfoiré de tueur en série. Et il m'a lancé : "Ne fais pas ta tête de con, je te veux du bien, Hervé." »

Un instant, pendant quelques secondes seulement, Stéphanie est rassurée.

« Heureusement que tu peux encore compter sur Jean-Louis.

– Non, Steph. Je regrette, mais plus maintenant. »

Puis il a rajouté, défait :

« Je crois qu'ils vont me retirer l'enquête. »

Stéphanie n'a pas osé lui répondre qu'elle l'espérait de tout son cœur, que c'était la seule solution pour sauver leur famille...

Cette nuit, Hervé n'a rien voulu cacher à sa femme, certain qu'elle, au moins, comprendrait. À 4 heures et demie du matin, tous deux étaient à bout de forces, mais il a trouvé encore l'énergie de lui dire :

« Si c'est un tueur en série, alors j'ai tout faux depuis le début. Mais ils se trompent tous. »

D'un ton pressant, il a cherché l'approbation de Stéphanie :

« C'est moi qui ai raison, n'est-ce pas ? »

Stéphanie n'a pas répondu de peur qu'il ne reparte dans ses délires.

« Allons dormir, Hervé », a-t-elle presque supplié.

Il ne l'a pas écoutée.

« Ils n'en ont pas fini avec moi. Je vais continuer et je les mettrai à genoux ! Tu verras, Steph, ils ne sont pas au bout de leurs surprises. »

Elle n'a pas relevé ni essayé de comprendre ce qu'il avait cherché à lui dire. Elle n'a qu'une hâte : que ce moment douloureux finisse. Il l'a à nouveau attirée en murmurant : « Je suis si malheureux. »

Mais, prisonnière de ses bras, elle n'a pas su le réconforter. Elle est demeurée muette, incapable de trouver les paroles apaisantes. Elle n'a eu qu'une seule pensée : « Quand ce calvaire finira-t-il ? »

C'est lui qui a enfin rompu le silence :

« Allons nous coucher, maintenant. »

Elle s'est laissé entraîner vers la chambre.

Hervé Langelier aurait tant voulu que sa femme lui dise que son hypothèse était la seule qui tienne la route. Mais elle l'a déçu. Peut-être qu'elle aussi ne croit plus en lui.

Il ne voit pas que, après tout ce qu'elle vient d'apprendre, Steph est simplement effrayée, tant ce qu'il a dit lui a paru incohérent. Effrayée de voir que, ce soir, Hervé a tutoyé la folie et que pour lui il est peut-être déjà trop tard.

Désormais, elle devra se protéger et protéger ses enfants.

Voilà ce qui l'obsède tandis qu'elle s'allonge. Pour la première fois en vingt-trois ans de mariage, elle s'est détachée la première quand, dans le lit, il a tenté de la prendre dans ses bras. Elle l'a entendu grogner, mais il n'a pas insisté.

À son réveil, il n'était plus là.

Elle en a été soulagée.

Les jours suivants, Hervé est resté injoignable. Steph l'attendait toujours, mais, lorsqu'il rentrait enfin, il montait se coucher, sans un mot pour elle.

Dans la nuit du 25 mars, elle a tenté de tenir, buvant café sur café pour résister au sommeil. Mais elle s'est assoupie dans le canapé. Au matin, elle a su qu'il était passé parce qu'il s'était fait un café et qu'il avait abandonné la tasse dans l'évier.

Après, elle a renoncé à l'attendre.

8

L'avis de recherche d'Yves Quenin a été lancé l'après-midi même du double assassinat. Sa voiture, une Ford, immatriculée 4587 GH 92, a disparu, mais une caméra de surveillance a relevé son passage au péage de l'A10, dans la nuit du drame, à 1h28. Elle est sortie à hauteur de Dordives vingt-huit minutes plus tard (cote 8 du dossier d'instruction). Les images n'ont pas permis de déterminer qui était au volant, mais il semble qu'une seule personne était à bord du véhicule. On perd sa trace à partir de là et la voiture n'a toujours pas été retrouvée.

Malgré tous les efforts déployés pendant les deux semaines qui ont suivi, Langelier et la dizaine d'hommes mobilisés à plein-temps n'ont rien obtenu de probant. Plus les jours ont passé, plus le travail du commissaire a été remis en cause. Il avait négligé les recommandations et s'était moqué des menaces de sa hiérarchie. Il avait continué, malgré les avis contraires de la plupart des hommes mobilisés sur l'affaire, à ne suivre que la piste de l'homme en fuite. Avec l'appui de Ferracci, on lui avait pourtant accordé tout ce qu'il avait réclamé. Des hommes supplémentaires, des commissions rogatoires jusqu'à Malaga en Espagne où, selon des témoignages crédibles recueillis auprès d'un groupe de retraités en voyage organisé, Quenin avait été repéré. En vain : l'homme interpellé par la police espagnole dans un hôtel de la côte était un citoyen anglais en vacances avec sa femme.

Négligeant l'enquête sur Saféris, Langelier a concentré tous les efforts de ses hommes sur Quenin. L'enquête de personnalité a dressé le portrait d'un homme violent et calculateur.

Quenin était né le 28 avril 1958. Troisième et dernier fils de Raymond et Suzanne, tous les deux instituteurs dans le Val-de-Marne. Ils étaient morts dans un accident de la circulation deux ans avant le drame après avoir percuté de plein fouet un tracteur qui sortait d'un chemin sur une route de la Sarthe. Au moins, a pensé Langelier en lisant le rapport, leur décès leur a permis d'échapper à la douleur que l'on ressent après la disparition d'un fils, et la mort d'une belle-fille et d'une petite-fille. Ils n'ont pas eu non plus à recevoir la visite de policiers venus leur annoncer la terrible nouvelle...

Ses frères, Pierre et Philippe, ont été interrogés par Dubosc. Tous deux ont confirmé aux enquêteurs que le couple formé par Quenin et Pauline battait de l'aile et qu'ils s'apprêtaient à se séparer. Dans leurs procès-verbaux, recueillis séparément, ils ont obstinément refusé de croire que leur frère puisse être responsable de l'assassinat de sa famille.

« Il aimait trop sa fille. Il se serait fait tuer pour elle, a indiqué Pierre dans sa déposition. Yves était un père merveilleux. S'il restait encore avec sa femme, c'était pour son enfant. »

Les deux frères ont affirmé qu'ils étaient persuadés que leur cadet avait été assassiné.

À la question : « Yves Quenin était-il violent avec sa femme ? », ils ont protesté de concert.

Confrontés à la main courante déposée par Pauline le 7 janvier 2001 faisant état de violences conjugales, ils ont refusé d'y croire, y voyant plutôt une manœuvre pour accélérer le divorce.

« C'est elle qui voulait le quitter, pas lui, a précisé Philippe. Il avait peur de ne plus revoir sa fille. »

Ils n'appréciaient pas beaucoup leur belle-sœur. En fin de déposition, ils se sont lâchés, comme s'ils s'étaient donné le mot. Tous deux l'ont qualifiée de « manipulatrice » et d'« ambitieuse ». Selon Pierre, « elle ne supportait plus la vie avec son frère ».

Ils ont même laissé entendre qu'elle avait un amant. Philippe a ajouté : « Tel que je le connais, mon frère ne l'aurait pas supporté. »

Cette confidence figure en bonne place dans la procédure.

« Il faudrait peut-être chercher de ce côté-là », a suggéré Pierre, l'œil mauvais.

Cette piste a ensuite été immédiatement explorée mais sans résultat. L'obstination des deux frères à défendre la mémoire de Quenin, « bon père, incapable de faire mal à quiconque » (*dixit* Philippe), a intrigué Langelier. Car les autres PV le concernant insistaient sur son côté irascible et violent. Quenin n'était pas celui que ses frères décrivaient.

Les lire a renforcé sa conviction : Quenin était un homme capable du pire. À ce titre, le contenu de la main courante est édifiant :

« Madame Pauline Quenin, née Desplat, âgée de 37 ans, s'est présentée au commissariat de Châtenay-Malabry le 7 janvier 2001, à 9 heures. Elle affirme que son mari, Yves Quenin, l'a giflée à trois reprises au cours de la soirée précédente et qu'il l'a ensuite menacée avec un couteau. Pour échapper à son mari qu'elle a été incapable de calmer, elle s'est réfugiée avec sa fille Perrine, 11 ans, dans la chambre de leur pavillon du 4, rue Boileau, à Châtenay-Malabry. Yves Quenin a quitté le domicile familial en voiture et n'est pas rentré de la nuit. Son épouse indique qu'elle ignore où il se trouve à l'heure présente. Il n'est pas à son travail, chez Renault à Clamart où il officie comme cadre commercial. Elle précise que le couple envisage de divorcer et que ce n'est pas la première fois que son mari la frappe. "Mais jamais avec autant de hargne." »

Il est indiqué que, malgré l'insistance des policiers qui l'avaient entendue, elle a refusé de porter plainte contre lui ainsi que de se soumettre à un examen médical.

Les PV recueillis auprès de ses collègues confirment que Quenin ne s'est pas présenté à son travail ce jour-là ni le lendemain. Les investigations menées après le double meurtre ont permis d'apprendre qu'il avait passé deux nuits à l'hôtel Ibis de la porte de Châtillon. Selon le témoignage de Jocelyne Pelletier, réceptionniste, qui s'est souvenue de son passage, il y a dormi seul et n'est pas sorti de la chambre (PV n° 129).

Christophe Bizot, chef des ventes chez Renault, à Clamart, a indiqué dans sa déposition datée du 27 mars 1996 (PV n° 83) que Quenin lui avait confié qu'il allait être contraint de divorcer, ajoutant sur le ton de la plaisanterie :

« Il va falloir que j'en vende des voitures pour payer la pension alimentaire ! Ma garce de bonne femme ne va pas me lâcher si je veux continuer à voir ma fille. »

Ses collègues ont confirmé que Quenin était particulièrement irritable pendant les semaines qui ont suivi. Un certain Yves Lemercier a précisé (PV 154) que Quenin paraissait constamment perdu dans ses pensées.

« Mais nous faisions avec. Quenin n'a jamais été facile. Et comme il parlait à tout le monde de son futur divorce, nous lui trouvions des excuses. Mais il ne fallait pas le chercher, il se mettait vite en colère. Un jour, Fabrice Pujol, le chef comptable, s'est embrouillé avec lui pour des bêtises, comme il en arrive tous les jours dans une équipe de vendeurs. Il l'a traité de cocu. On a bien cru que Quenin allait lui faire sa fête. Cela n'aurait pas été la première fois ! Mais, étrangement, ce jour-là, Quenin s'est contenté de lâcher un "Pauvre type !" méprisant et de tourner les talons. Tout le monde a pensé que Pujol avait sans doute raison. »

Le témoignage de Sidonie Piette (PV 129), présentée comme la meilleure amie de Pauline Quenin, a été encore plus explicite :

« Pauline s'est confiée à moi à de nombreuses reprises. Son mari lui faisait peur et pas seulement après cette fameuse soirée du 6 janvier. Depuis des semaines, il n'était plus le même. Elle m'a dit qu'elle le sentait capable de tout. Elle craignait surtout qu'il ne s'enfuie avec sa fille et elle avait hâte qu'il accepte de divorcer. »

À l'inverse des autres témoignages, Sidonie Piette est persuadée que c'est lui qui a massacré sa famille.

« Je n'ai jamais cru à son prétendu amour pour sa fille. Cet homme était un dissimulateur, avait-elle déclaré avant de conclure : même à moi, il me faisait peur. »

Langelier s'est vanté de ces résultats. « On tient le bon bout », a-t-il claironné partout. Auprès de ses hommes, mais aussi de la hiérarchie.

Le commissaire a tellement affiché ses certitudes que celui qui tentait d'évoquer une piste négligée ou un témoignage abandonné était, sur-le-champ, remis à sa place. Durant les semaines qui ont suivi la seconde série de meurtres, Langelier a régné sur son enquête, ne supportant aucune contestation, d'où qu'elle vienne, et surtout pas de ses hommes.

Fort de ses certitudes, il s'est rendu chez le juge Lamberti au tribunal de Nanterre. Bien noté, ce juge est, à 35 ans, considéré comme le meilleur du tribunal. Il a la réputation de ne rien laisser au hasard. Langelier s'est déplacé en personne pour demander à Lamberti pourquoi il lui avait refusé une perquisition qu'il comptait mener au domicile des parents de Quenin, autrefois domiciliés à Plabennec, dans le Finistère. Le juge a estimé que ce déplacement était inutile. La maison vide, déjà visitée par les gendarmes, ne révélerait rien de nouveau. Quenin ne s'y est pas réfugié, les gendarmes l'auraient signalé. Ce déplacement aurait été une perte de temps. Lamberti lui a de nouveau rappelé qu'il convenait d'explorer d'autres pistes et s'est emporté pour la première fois, de plus en plus exaspéré par les convictions de ce policier avec lequel il était obligé de travailler.

« Vous faudra-t-il un troisième drame pour que vous changiez d'avis ?

– Mon opinion ne changera pas, monsieur le juge, lui a répondu Langelier avec assurance. Il y aura seulement un père de plus comme suspect.

– Vous délirez, commissaire.

– Vous verrez bien que j'ai raison, monsieur le juge. »

Grégoire Lamberti a serré les dents et hoché la tête.

« Espérons-le, commissaire, espérons-le, parce que, sinon...

– Sinon, quoi ? a répliqué Langelier.

– Sinon... »

Sa phrase est restée en suspens.

Langelier a regardé le juge droit dans les yeux : « Pour moi, c'est l'un des pères qui a fait le coup. S'il y a un troisième assassinat, cela ne fera qu'ajouter un nom à la liste des suspects. Et croyez-moi, monsieur le juge, je finirai par l'arrêter. »

Lamberti a vu un homme en plein délire face à lui, comme il le dira dans l'après-midi au procureur de Nanterre. Il s'est contenté de lui répondre :

« Je crois que vous faites fausse route, commissaire, il y a d'autres options.

– Je ne les négligerai pas, monsieur le juge, soyez-en certain », a répondu Langelier.

Et, pour la forme, il a réitéré sa demande de perquisition chez les parents de Quenin. Le juge lui a répété que c'était inutile.

Langelier a quitté le bureau sur un simple « Au revoir, monsieur le juge » sans comprendre qu'il venait de se faire un ennemi de plus.

Le juge est décidé à demander sa tête. Car, en dépit de l'optimisme et des certitudes du commissaire, l'enquête sur les deux meurtres piétine gravement. Son incompétence devient patente. Personne ne veut plus de lui.

Seul Ferracci le soutient encore.

Quand il rentre chez lui, il trouve souvent Steph endormie. Tant pis, il la réveille, même s'il est très tard. Il veut qu'elle sache tout des progrès de son enquête. Steph n'essaie plus de l'interrompre. Résistant au sommeil, elle supporte du mieux qu'elle peut les interminables logorrhées de son mari. Ses histoires avec le juge, avec ses hommes, la pression que lui mettent Ferracci et « tous ces connards de la hiérarchie ». Elle patiente jusqu'au moment où il décide d'aller dormir. Ses nuits sont agitées, il se lève pour prendre des notes, téléphone parfois à l'un de ses enquêteurs pour vérifier une information et repart au travail dès l'aube, sans avoir croisé ses enfants.

Nicolas ne demande plus à son père s'ils peuvent regarder ensemble le foot à la télé. D'ailleurs, son père n'est plus là les soirs de match. Muriel, la cadette, a teint de mèches noires sa chevelure blonde. Sa mère lui a dit que son père allait se fâcher, mais il n'a rien dit.

« Papa ne me regarde même plus, il n'en a plus rien à faire de moi », a déclaré la jeune fille.

Quant à Sonia, elle a renoncé à parler de son bac à son père. « Je me demande s'il sait que je le passe cette année », a-t-elle lancé à sa mère.

Le pire pour Steph, c'est de se sentir impuissante à faire revenir parmi eux ce mari, ce père, qui chaque jour, inexorablement, s'échappe.

9

Quelques jours plus tard, Hervé a tenu Steph éveillée très tard. Il devait être 4 heures quand il est allé se coucher. Elle n'a pas eu la force de le suivre et elle est restée allongée sur le canapé. Elle était si fatiguée qu'elle n'a pas entendu les enfants se lever. Ils se sont préparés le plus silencieusement possible. Ils voient les efforts que fait leur mère, sa façon de leur dissimuler sa fatigue, ses angoisses. Comment, de toutes ses forces, elle tente de les rassurer.

Lorsqu'elle s'est réveillée, l'appartement était vide. Elle a goûté quelques instants à cette douce tranquillité. Elle voudrait tant qu'elle dure. Les souvenirs de la nuit lui reviennent par bribes. Les délires d'Hervé l'assaillent.

Là, toujours allongée sur le canapé, recroquevillée sous la couverture, elle mesure le désespoir de son mari. Encore une fois, il a tenté de la convaincre de la culpabilité de l'un des pères. Il lui a répété qu'il penchait plutôt pour Quenin. Mais cette nuit, il a reconnu que son enquête n'avançait pas. Il a accusé sa hiérarchie, particulièrement ce juge Lamberti, de lui mettre des bâtons dans les roues, et il a estimé que ses hommes manquaient de volonté. Il s'en est encore pris à Ferracci auquel il avait reproché de jouer un double jeu. « Il fait mine de m'aider, mais je suis sûr qu'il me débine dans mon dos. Je ne peux pas compter sur lui. »

De peur qu'il ne s'énerve, elle n'avait pas osé lui dire que Ferracci était peut-être l'un des derniers à croire encore en lui. Elle sait à quel point il s'est mouillé pour qu'il conserve son enquête. Hervé lui avait répété combien il se sentait abandonné. Combien il était difficile de lutter seul contre tous. Avant de rejoindre la chambre, il s'était retourné vers elle :

« Si ça continue comme ça, je vais tout envoyer balader, et je les laisserai se démerder. Ils verront bien qui a raison ! »

Steph ne l'avait pas cru. Hervé n'abandonnera son enquête que si on la lui enlève.

Elle a pris sa décision en avalant sa dernière gorgée de café. Elle est convaincue désormais qu'elle n'a pas d'autre choix. C'est la seule façon de le sauver.

Elle a demandé à parler au commissaire Ferracci. Elle est tombée sur sa secrétaire qui a demandé : « De la part de qui ? »

Elle a répondu :

« Steph.

– Steph qui ?

– Dites-lui simplement "Steph", il comprendra.

– Ne quittez pas, je vais voir si le commissaire divisionnaire est là. »

Quelques secondes plus tard, elle a entendu la voix de Ferracci :

« Steph, c'est toi ?

– Oui, Jean-Louis, c'est moi.

– Je suis vraiment heureux de t'entendre. Ça fait si longtemps... Tu sais que ton bonhomme m'en fait voir de toutes les couleurs avec son enquête. »

Stéphanie n'a pas voulu attendre plus longtemps.

« Jean-Louis, j'ai un service à te demander.

– Un service ?

– Un grand service.

– Tu sais bien que je ne pourrai jamais rien te refuser.

– Retire l'enquête à Hervé.

– Quoi ?

– Retire-lui l'enquête.

– Tu veux le tuer ? Tu sais à quel point elle compte pour lui, à quel point il s'est investi.

– C'est la seule façon de le sauver. Crois-moi, il va devenir dingue et il va nous entraîner avec lui. Retire-lui l'enquête, je t'en supplie. Fais-le pour lui et pour moi. Pour mes enfants. »

Elle a presque hurlé : « Sauve-nous, par pitié ! »

Le commissaire divisionnaire Jean-Louis Ferracci a su, à cet instant, qu'il n'avait pas d'autre choix.

« Je le ferai. Pour toi. Je te le promets.

– Merci, Jean-Louis.

– Tu sais, Steph, Hervé risque de disjoncter. »

Steph est restée muette un instant, puis, dans un souffle, elle a murmuré : « Il a déjà commencé. »

Et elle a raccroché. Il l'a imaginée sanglotant. Cet appel a dû être si douloureux à passer. Il a hésité à la rappeler.

Alors, par l'interphone, il a appelé :

« Simone, passez-moi Langelier à Châtenay-Malabry.

– Bien, monsieur. »

Ferracci la sait fidèle, dévouée, discrète, sans états d'âme. Omniprésente depuis plus de dix ans maintenant. Aussi, il se doute qu'elle n'ignore pas grand-chose sur lui au bout de ces années. Ses petits arrangements, ses maîtresses. Chaque matin, elle est là à 8 heures et elle lui apporte un premier café.

« Monsieur le commissaire, j'ai le commissaire Langelier sur la deux. »

Il s'est calé dans son fauteuil de cuir noir. Ce n'est jamais agréable de dire à un flic qu'on lui retire une affaire, surtout à un homme comme Hervé. Il sait d'avance qu'il ne va pas apprécier, mais il sait aussi qu'il n'a pas d'autre choix. Il l'a promis à Steph. Il veut faire vite.

« Hervé ? »

Il l'a entendu se racler la gorge, avant de répondre après quelques secondes de silence :

« Oui ?

– C'est Jean-Louis. »

Nouveau silence. Puis un simple « oui ».

« Hervé, je n'ai pas de bonnes nouvelles pour toi.

– Vous me retirez l'enquête ? Hein, c'est ça, Jean-Louis ? Ce putain de juge t'a convaincu ! »

Ferracci l'a senti plus agacé qu'étonné.

Hervé est primaire, songe-t-il. Il ne comprendra jamais ce qu'on lui reproche.

Ferracci est resté concentré. Il doit aller jusqu'au bout.

« Non, ce n'est pas exactement ça, a-t-il poursuivi.

– C'est quoi, alors ? Tu reprends l'enquête ?

– Oui, c'est nécessaire.

– Nécessaire... Pourquoi ? J'ai le droit de savoir.

– Pourquoi ? Parce que cette affaire prend une ampleur qui te dépasse, Hervé.

– Elle me dépasse ? C'est toi qui dis ça.

– Tout le monde a les yeux braqués sur ces meurtres. L'enquête doit changer de mains. Il faut un autre regard, une autre approche. Reconnais que tu ne sais plus où tu en es. Tu t'es entêté sur une seule hypothèse à la con. Voilà la réalité.

– La réalité, c'est que vous vous foutez le doigt dans l'œil. J'ai une autre théorie, moi, tu la connais, mais elle ne t'intéresse pas, c'est tout !

– Tu as raison, elle ne m'intéresse pas. C'est toi qui t'es fourré le doigt dans l'œil et on passe pour des cons. Alors arrête de la ramener. Tu as merdé, Hervé. Ça arrive aux meilleurs, si ça peut te consoler. »

Puis, agacé, il a frappé fort :

« Malheureusement pour toi, Hervé, tu ne fais pas partie des meilleurs. Tu as merdé, putain. Merdé !

– Je n'ai pas merdé, Jean-Louis. Reprenez l'enquête et vous verrez que j'ai raison. Allez, salut ! »

Ferracci n'a pas eu le temps d'ajouter qu'il comptait encore sur lui et sur ses hommes. Langelier avait déjà raccroché. Ferracci a préféré ne pas insister. Il s'est pris la tête dans les mains et a pensé à Steph.

10

Après le coup de fil de Ferracci, Langelier a gardé la main posée sur le téléphone. Il s'est fait violence pour résister à l'envie de le rappeler et de lui dire d'aller se faire foutre. Il s'est retenu de lui jeter sa démission à la gueule ! Et pas question que lui et ses hommes se mettent au service de Ferracci. Quand ils vont apprendre la nouvelle, ils n'apprécieront pas du tout. Il les connaît, ses flics. Dévoués, ils ne le lâcheront pas.

« Ils vont te chier à la gueule, Ferracci. Crois-moi ! »

Voilà ce qu'il aurait rêvé lui balancer. Mais il y a renoncé. Non pas parce qu'il a eu peur des conséquences, mais parce qu'il est trop abattu. Tellement dégoûté qu'il pourrait dire des choses définitives qu'il regretterait plus tard. C'est plus fort que lui : son côté flic respectueux des ordres et de la hiérarchie l'emporte encore. Et en cet instant où tout s'est écroulé, il n'aurait qu'une envie : quitter son bureau et rejoindre sa femme. Elle saurait lui dire comment agir maintenant. Mais il doit y renoncer aussi.

Cette humiliation, il va l'affronter seul. Il ne peut plus, il ne veut plus y mêler sa femme. Il sait ce qu'elle lui dira : qu'il faut accepter cette décision, ne pas se révolter. Il ne veut surtout pas l'entendre dire qu'il est un bon policier, qu'il a bien fait son boulot, qu'il n'a jamais commis d'erreurs et qu'ils s'en apercevront tôt ou tard. Il ne veut pas l'entendre répéter qu'elle est avec lui. Qu'en a-t-il à faire qu'elle soit avec lui désormais ? Il est seul. Il n'a besoin de personne, même pas d'elle.

Il ne s'est jamais senti aussi seul. Avec cette question qui l'étreint soudain : « Et si Ferracci avait raison ? Et si j'avais vraiment merdé ? » Mais ses convictions reprennent le dessus : « Non, ce sont eux qui se plantent. Ils ne sont pas au bout de leur peine. Je vais leur en faire baver. »

À cette simple idée, il a repris confiance en lui.

Trop absorbé à revivre les dernières semaines de sa vie, il n'a pas entendu frapper à la porte et il a sursauté à l'entrée de Dubosc.

« Patron, vous êtes là ?

– Oui, où veux-tu que je sois ? »

Langelier a tenté de dissimuler son trouble. Il refuse d'admettre la sanction que vient de lui infliger Ferracci. Il l'annoncera plus tard à ses hommes. Mais, surtout, il pense à ce qui lui reste à accomplir désormais. À cette idée, il n'a pu retenir un sourire.

« Vous souriez, patron ? » s'est étonné le capitaine.

Dubosc a vu que son patron n'était pas dans son état normal. Lui aussi vit mal cette situation. Depuis des jours, un étrange sentiment flotte au commissariat. Ici, tout le monde a été ébranlé par ces nouveaux assassinats, comme si l'ampleur des événements les paralysait. Ils ont tant donné qu'ils se sentent un peu perdus voyant que l'enquête n'a pas avancé d'un pouce.

« On a retrouvé la voiture de Quenin », s'est contenté d'annoncer Dubosc.

Le commissaire n'a pas réagi.

« Patron, on a retrouvé la voiture de Quenin, a-t-il répété en haussant la voix.

– Où ? » a demandé Langelier.

Il a l'air presque absent, comme si l'information ne l'intéressait pas.

« Dans le parking souterrain de la gare Montparnasse. »

D'ordinaire, le commissaire se serait aussitôt levé, excité comme aux premières heures. Il aurait demandé une voiture et il aurait foncé sirènes hurlantes. Au lieu de cela, il s'est contenté de dire :

« Prends deux hommes avec toi.

– Vous ne venez pas ? s'est étonné Dubosc.

– Non. »

Damien Dubosc a aperçu la main du commissaire toujours posée sur le combiné du téléphone. Jamais son chef ne lui a paru aussi énigmatique.

En réalité, le commissaire Langelier réfléchit à ces dernières semaines. Il reste persuadé que, contrairement à ce qu'a affirmé l'autre connard, il n'a pas merdé. IL NE S'EST PAS TROMPÉ ! Et s'il continue à sourire, c'est parce qu'il est décidé à leur montrer qu'il n'est pas fini.

Alors Dubosc, qui travaille à ses côtés depuis plus de deux ans, Dubosc, qui a vécu cette affaire comme la chance de sa vie de flic au point d'y donner toute son énergie, jour et nuit, Dubosc comprend tout.

« Ils vous ont retiré l'affaire, patron ?

– Oui, ce matin », a répondu Langelier d'une voix atone au bout de quelques secondes.

Il sourit toujours.

« Désormais, toi et les gars, vous obéirez à Ferracci. Il reprend l'enquête. Nous avons, ou plutôt, j'ai merdé. En tout cas, c'est ce qu'on raconte. »

Il aurait tant voulu que son subordonné s'insurge, crie au scandale. Au contraire, il demeure silencieux. Langelier sent le regard de son jeune adjoint posé sur lui. Il voit bien qu'il le juge.

« Vous ne voulez vraiment pas venir ? a fini par demander Dubosc après quelques longues secondes.

– Non, vraiment. J'ai rendez-vous avec ce connard de Ferracci. »

Langelier a attendu que son fidèle capitaine réagisse enfin au mot de connard et traite à son tour leur ennemi commun de salope ou d'enculé. Mais rien ne se passe comme il le voudrait.

« J'y vais », s'est contenté de dire Dubosc qui n'osait pas demander à son chef à quoi il pensait, ni pourquoi il continuait de sourire.

Langelier a trouvé la force d'ajouter:

« Pour l'instant, pas un mot aux gars. Je leur parlerai ce soir.

– Pas de problème, patron. Ça reste entre nous. Il faut que j'y aille, maintenant. »

Au ton de son adjoint, le commissaire a compris qu'il ne le soutenait plus. Il l'a rappelé:

« Dubosc !

– Oui ? », fait l'autre à travers la porte fermée.

Langelier est obligé de crier:

« Tu me tiens au courant pour la voiture ! »

Il n'a pas entendu la réponse de son adjoint. Il s'en moque. Il perçoit seulement l'agitation qui anime les bureaux derrière la porte vitrée. Quelques instants plus tard, il a sursauté au bruit strident de la sirène qui s'éloignait du commissariat.

À ce moment précis, il réalise que, comme Dubosc, ses hommes ne tarderont pas à le lâcher. Alors, poussé par un réflexe incontrôlable, il s'est levé pour aller chercher son carnet noir glissé dans la poche de son imperméable. Il a écrit quelques mots rapides avant de le ranger et de se rasseoir, toujours le sourire aux lèvres.

Même abandonné de tous, il poursuivra sa mission.

Ce sourire, il l'avait toujours lorsqu'il est rentré chez lui le soir. Il a trouvé sa famille à table. Sans un mot, il s'est assis au milieu des siens. Il a annoncé que l'enquête lui avait été retirée. Personne n'a réagi. Ils l'ont regardé manger avec appétit. Puis, il est parti en annonçant qu'il allait se coucher.

Steph a demandé à ses enfants de débarrasser et s'est installée dans le salon. Elle a lu l'effarement dans leurs regards pleins de questions. Elle y répondra plus tard. Pour l'heure, elle souhaite profiter seule de l'instant, heureuse que Ferracci ne l'ait pas abandonnée.

11

Avril 2001
Martin Blanchet

Le corps de Cécilia Blanchet, 41 ans, a été découvert assis à la table de la salle à manger, au rez-de-chaussée à gauche. La tête repose contre le dossier de la chaise. Ses yeux ouverts fixent la porte d'entrée. Dans un premier temps, son visage est tombé sur la table car la nappe blanche porte des traces de sang, mais le tueur a tiré sur ses cheveux pour le remettre à sa place. Lorsque l'on pénètre dans le pavillon, on ne voit qu'elle, figée dans sa raideur effrayante.

Ses deux mains sont posées de chaque côté d'une assiette propre. Il semble, selon les premières constatations, que son corps a été placé là après avoir été tiré depuis la cuisine. Des traînées de sang en attestent. Sa gorge a été tranchée de gauche à droite par une arme qui n'a pas été retrouvée. À l'étage de ce pavillon en crépi blanc, au 46 de la rue Pierre-Loti, à Malakoff, les policiers ont trouvé dans leurs chambres les corps sans vie de Félicien, 11 ans, Aurélie, 9 ans, et Pierre-Louis, 3 ans. Tous les trois ont été étouffés pendant leur sommeil. Un coussin, l'arme du crime, est posé devant chacun des lits. Le père, Martin Blanchet, a disparu. Les crimes ont été commis dans la nuit et signalés au commissariat de Châtenay-Malabry par un appel anonyme daté du 20 avril à 9 h 48. Cette fois encore, c'est le brigadier Léquipier qui a pris l'appel. Dans le procès-verbal (pièce n° 18 du dossier d'instruction de l'affaire Blanchet) recueilli l'après-midi même, il est indiqué que l'appel a été très bref et que Léquipier n'a pas pu affirmer avoir reconnu la voix (celle qui avait déjà appelé pour les assassinats des familles Saféris et Quenin). Le brigadier a été tellement bouleversé qu'il a été placé en arrêt maladie.

Cela fait douze jours que l'enquête a été retirée au commissaire Hervé Langelier.

Quand le juge Lamberti a pris connaissance de ce nouveau crime, sa première réaction a été la stupéfaction. Il n'est pas parvenu à admettre que le pire scénario imaginable ait pu se réaliser. Il tient Langelier comme le principal responsable de ce fiasco. Jean-Louis Ferracci, de son côté, comprend qu'il n'a pas le droit d'échouer. Son avenir en dépend.

Le massacre de la famille Blanchet s'est déroulé dans la nuit du 19 au 20 avril. Le même jour que les crimes de février et mars. Ce point n'a échappé à personne, surtout pas au commissaire Ferracci qui y a vu une preuve supplémentaire des agissements d'un tueur en série. Tous les signes concordent, jusqu'à la disparition du père.

Le tueur a reproduit le même crime, à la même date, avec le même mode opératoire.

Le soir, sans désigner Langelier, il a dit à ses hommes : « Trop d'erreurs ont été commises jusqu'à présent. Nous devons tout reprendre à zéro et nous concentrer sur la piste d'un tueur en série. »

Il s'en veut d'avoir laissé trop longtemps cette enquête à son ami.

12

MAI 2001

Jamais autant qu'en ce 19 mai 2001 la tension n'a été aussi palpable dans les commissariats des Hauts-de-Seine. À lui seul, Jean-Louis Ferracci a mis une telle pression que la nervosité a fini par gagner tout le monde. Même les plus aguerris ont été touchés.

Malgré l'ampleur des moyens déployés, le « tueur de familles », comme l'a surnommé la presse, est demeuré introuvable. La police n'a toujours rien obtenu d'exploitable. Les enquêteurs ont essayé en priorité de trouver un lien entre les trois familles. Mais cette piste n'a rien donné. Cet échec n'a pas étonné Ferracci. Au contraire, il a été conforté dans sa certitude : celle d'un tueur en série qui choisirait ses victimes après les avoir longuement observées. Devant son équipe, Ferracci a résumé comment l'homme aurait agi. Selon lui, il a d'abord enlevé le père et l'a tué dans un endroit que la police finira par découvrir. Puis il est revenu au domicile des familles où il a massacré femme et enfants. Le commissaire Ferracci a été affirmatif :

« C'est un méthodique et il s'est préparé pendant de nombreux mois. »

L'homme, car seul un homme est capable de cela, leur a lancé un défi et les assassinats vont continuer tant qu'ils ne l'auront pas arrêté. Comme le tueur a toujours agi le 19 du mois, Ferracci a ordonné que tout le monde soit mobilisé.

Les enquêtes de voisinage, menées maison par maison, habitant par habitant, ont donné un résultat que Ferracci a jugé plus qu'encourageant : un homme a été vu rôdant dans les quartiers où avaient été commis les assassinats. Un portrait-robot assez concordant a été établi grâce au témoignage de deux personnes : c'est le dessin d'un adulte, la quarantaine, assez grand, des sourcils épais, les cheveux courts et bruns.

« Aucun des pères ne ressemble à ce portrait », a fait remarquer Ferracci à Langelier qui s'est contenté de hausser les épaules, avant d'ajouter : « Tout le monde peut ressembler à ce portrait-robot. Même moi ! »

Le portrait a été diffusé dans la presse, mais sans résultat pour l'instant. Ce ne sont pourtant pas les appels qui ont manqué. La plupart ont été vérifiés, mobilisant les hommes et faisant perdre beaucoup de temps et d'énergie. Mais, comme l'a regretté Ferracci, « il est impossible de faire autrement ».

Il en a profité pour exiger des renforts. Vingt hommes supplémentaires lui ont été accordés. Pendant ces dernières semaines, rien ne lui a été refusé.

« Nous sommes sur le point d'aboutir », répète-t-il à l'envi.

Ses convictions ont tout emporté, même les doutes des plus sceptiques. Ses flics comme sa hiérarchie n'ont demandé qu'à le croire.

Et puis, en menant leurs investigations, les policiers ont réussi à éclaircir quelques affaires restées jusque-là sans solution. Ainsi, Eugène Menant prendra vingt ans de réclusion pour avoir assassiné sa femme Odette, quinze ans plus tôt. On l'a même soupçonné d'avoir éliminé sa première épouse dans des circonstances similaires, par électrocution.

La police a déterré tout ce qui pouvait l'être. Une affaire de violeur en série qui empoisonnait les commissariats des Hauts-de-Seine depuis des années a été résolue. L'homme, un Antillais de 42 ans, marié et père de trois enfants, était chauffeur routier à la Poste au dépôt d'Issy-les-Moulineaux. Il a été arrêté à

Boulogne au volant de son véhicule après avoir grillé un feu rouge. Dans la boîte à gants, les policiers ont trouvé le couteau de boucher dont il menaçait ses victimes. L'homme a commis l'erreur de paniquer. Dans un premier temps, les policiers ont fait le rapprochement avec l'affaire du « tueur de familles » et ils se sont dit qu'ils avaient peut-être arrêté le coupable. Ils se sont vus à la une des journaux, couverts de louanges, et avec une promotion à la clé. Ils ont été très déçus d'apprendre que « leur Noir » ainsi qu'ils le désignaient au commissariat n'avait « que » des viols à se reprocher. Il a été confondu par son couteau, une circonstance aggravante qui lui vaudra dix ans de prison, un divorce et le mépris des siens.

Au moins, Jean-Louis Ferracci, responsable de la PJ des Hauts-de-Seine, a pu continuer à garder la tête haute. Il a conduit son enquête en patron, sans négliger la moindre piste. Il a persuadé sa hiérarchie que, à ce rythme, le tueur qu'ils recherchaient d'arrache-pied depuis plus d'un mois, depuis qu'il avait repris l'enquête, n'en avait plus pour longtemps.

« Avec le filet que je lui ai tendu, il finira par se faire prendre », s'est-il vanté.

Langelier a continué à suivre tout cela de loin, comme indifférent à ce qu'il appelait, sans en faire mystère, « des gesticulations inutiles et grotesques ». Ferracci ne l'a pas écarté de l'enquête, et il a toujours été associé aux recherches, se contentant d'obéir aux ordres. Il a changé. Certes, il fait son travail sans rechigner, mais il se contente d'appliquer les consignes, étrangement lointain, comme étranger à l'effervescence générale. Comme s'il ne croyait pas à tout ce cirque.

Ferracci l'a croisé régulièrement – au minimum une fois par semaine – lorsqu'il réunissait les commissaires du département pour leur donner ses instructions et faire le point sur l'enquête. Il aurait pu lui parler, mais il n'a pas cherché à comprendre la passivité de Langelier ni pourquoi il s'installait en retrait des autres. Ce comportement, il l'a mis sur le compte de la déception. Et, malgré les avis contraires, il l'a gardé avec lui. Il lui devait bien cela.

Ferracci a appelé Steph à deux ou trois reprises. Il l'a trouvée toujours aussi inquiète et déprimée. Elle avait cru bien faire en demandant à Jean-Louis de retirer l'enquête à Hervé, mais elle le regrettait. Elle lui a confié que son mari était encore plus étrange qu'auparavant. Il lui adressait à peine la parole et passait ses nuits dehors. Ferracci lui a conseillé d'être patiente et lui a déclaré que tout redeviendrait comme avant, une fois l'affaire réglée.

« C'est une question de jours, lui a-t-il assuré.

– Je n'en suis pas si sûre, hélas ! » a-t-elle répondu.

Jean-Louis Ferracci est tellement pris par son enquête qu'il n'a pas le temps ni la volonté de s'occuper de Langelier. Et il doit se mobiliser car il est persuadé que le tueur va récidiver. L'ensemble des commissaires partage son opinion.

Pendant ces longs briefings, Langelier a été le seul à ne pas émettre d'avis. Il a peu parlé, il n'a jamais discuté les consignes et les a appliquées sans sourciller. Ses certitudes, il les a gardées pour lui, se répétant sans cesse : « Que Ferracci se démerde avec son enquête ! »

Beaucoup se sont étonnés de sa passivité et de ses silences qu'ils ont commencé à prendre pour un aveu d'incompétence. Ils se sont demandé pourquoi il n'avait pas réclamé sa mutation. Eux, ils l'auraient fait, ne serait-ce que pour ne pas sentir le mépris des collègues.

« Mais, lui, il a l'air de s'en foutre, s'est étonné devant les autres le commissaire Daguin, responsable du commissariat de Malakoff. On dirait un zombie. »

Le commissaire Hervé Langelier n'a plus la cote même auprès de ceux qui conservaient un brin de sympathie pour lui. Il est devenu « un chat noir », un mec avec lequel il est dangereux de frayer. À éviter, surtout si on ne veut pas se mettre le grand patron à dos. Sans oser encore le réclamer ouvertement, les flics du 92 auraient aimé qu'il dégage. Et quand ils ont dû travailler avec lui, ils ont préféré s'adresser à Damien Dubosc qui avait gagné les faveurs du patron.

« Il a les dents qui rayent le plancher », avait-on coutume de dire en parlant de lui.

La présence de plus en plus visible de Dubosc auprès de Ferracci les a agacés. « Mais au moins, il en veut, a commenté Zénatti, de Châtillon. C'est tout l'inverse de ce *bulot* de Langelier. »

Le bulot, voilà comment désormais, à la suite de Zénatti, tous les flics du département ont fini par le surnommer. *Le chat noir. Le nullard.* Ce *bulot* qui a encore la chance d'avoir Ferracci pour le soutenir. Plus grave encore : beaucoup se sont à peine cachés pour dire haut et fort que s'ils s'étaient aujourd'hui dans la merde, obligés de cravacher depuis des semaines sans prendre de repos, c'était à cause de lui.

Et lorsqu'au début, alors que le patron était sorti, il avait osé dire qu'il ne croyait pas à la thèse du tueur en série, ils l'avaient renvoyé dans les cordes et lui avaient fait savoir qu'il pouvait se la garder, son « autre théorie ». Ce jour-là, Daguin lui avait demandé de fermer sa gueule.

« Quand on a merdé, on la boucle. Compris, le bulot ? »

Langelier l'avait regardé sans un mot pendant d'interminables secondes. Tous s'étaient attendus à ce qu'il rue dans les brancards. C'est vrai que Daguin y était allé un peu fort. Daguin, ils le connaissent : c'est une grande gueule, un sanguin. Et il ne faut pas le chercher. Alors ils avaient attendu la réaction de Langelier. Peut-être avaient-ils espéré qu'ils en viennent aux mains.

À leur grande déception, Langelier était resté muet. Indifférent à la sortie de Daguin, il s'était contenté de le regarder en souriant. Ferracci était revenu et ils en étaient restés là. Mais depuis cet incident, la plupart des policiers n'ont vu dans le comportement de Langelier que de l'impuissance et de la soumission. Or, les flics n'aiment pas les vaincus. Quand une enquête patauge, et c'est bien ce qui est en train de se passer en dépit des certitudes affichées par le grand patron, il faut un bouc émissaire. Un rôle sur mesure pour Hervé Langelier. Pourtant, ils n'ont pas compris que celui-ci s'en moque. Sa priorité est ailleurs, très loin désormais de celle de ses collègues « englués dans leurs inutiles certitudes » comme le pensait Langelier.

En ce 19 mai, Jean-Louis Ferracci ne s'est jamais senti aussi près d'aboutir. Sa principale force, tout le monde le sait autour de lui, est qu'il ne doute jamais. Et cette force, il sait la communiquer à ses hommes. Quand il fait le bilan de ces semaines d'enquête, il se dit qu'il a bien bossé. Il a gagné le respect des flics du département et il a sa hiérarchie avec lui. D'accord, le tueur court toujours, mais il est certain de lui mettre la main dessus. Ainsi, ce matin, il la sent bien, son enquête. Il connaît tous les tenants et les aboutissants de l'affaire. Ce type ne va pas courir longtemps et c'est pour cela qu'il a maintenu la pression sur les flics du département. Toutes les équipes sont placées en alerte maximale.

Seul le commissaire Langelier ne s'est pas manifesté ce jour-là. Mais personne n'a remarqué son absence.

13

Nuit du 19 mai 2001
Édouard Garambois

Personne, dans le 92, n'oubliera cette nuit-là.

Les consignes données se sont résumées à cette note du divisionnaire Ferracci envoyée deux jours plus tôt aux chefs de district :

« Pour la nuit du 19 au 20 mai, je demande à tous d'être particulièrement vigilants. Nous pensons que l'homme recherché dans le cadre des affaires Saféris, Quenin et Blanchet pourrait se manifester. Il va falloir multiplier les patrouilles et réagir sans la moindre hésitation à tout comportement jugé comme suspect. Je compte sur vous et sur le professionnalisme des hommes dont vous avez la responsabilité. Je ne tolérerai aucun manquement durant la nuit. Cette affaire n'a que trop duré. Merci à tous pour votre dévouement. »

L'avertissement du divisionnaire a produit l'effet voulu : rarement les services de police des Hauts-de-Seine n'ont été autant mobilisés.

Les nuits dans les commissariats du 92 sont toujours bien remplies, souvent agitées. Celle-là n'a pas fait exception à la règle. Accidents de la circulation, bagarres, problèmes de voisinage, et même un homicide à l'arme blanche signalé à 22 h 43 à Gennevilliers commis dans le métro à la station Gabriel-Péri par un SDF de 53 ans. Seuls un brigadier-chef et un gardien de la paix se sont rendus sur place. Ce soir-là, la priorité est ailleurs.

L'appel au commissariat de Clamart est inscrit sur le rapport de nuit à 2h03. Rapport signé par le brigadier Emma Puygrenier à la fin de son service. L'appel a été enregistré. Il figure comme pièce à conviction n° 12 dans le non-lieu rendu le 26 septembre suivant par le juge Lamberti chargé de l'affaire.

Voici ce qu'écoutera le lendemain le divisionnaire Jean-Louis Ferracci entouré des principaux commissaires du département, y compris Langelier.

« Yves Garlant à l'appareil. Je suis bien au commissariat de Clamart ?

– Oui, monsieur Garlant, je vous écoute.

– J'appelle pour signaler une drôle d'agitation dans le pavillon des Garambois, en face de chez moi. Enfin, pas exactement en face. Sur la droite. »

La voix de l'homme tremble. Visiblement, il est bouleversé.

Ferracci a déjà tenu à saluer le professionnalisme d'Emma Puygrenier qui, très calme, a poursuivi :

« Que voyez-vous, monsieur Garlant ?

– De drôles de choses, je vous dis. Il faut que vous veniez. Vite ! Ils s'entre-tuent là-dedans. Vite ! Vite !

– Où résidez-vous, monsieur Garlant ?

– 10, chemin des Gardes. Vite, il s'en va !

– Qui s'en va, monsieur Garlant ?

– Un type avec la voiture des Garambois. Il sort du garage !

– Vous le voyez bien ?

– Non. Je peux aller voir de plus près si vous voulez.

– Ne tentez rien, monsieur Garlant. Regardez seulement la direction que prend le véhicule.

– Bien, madame.

– De quel véhicule s'agit-il ?

– La voiture des Garambois, ou plutôt celle de madame Garambois.

– Quelle marque ?

– Une Clio rouge. Elle a pris à gauche au bout de la rue.

– Surtout ne quittez pas, monsieur Garlant. Un instant. »

Ferracci a écouté et réécouté l'enregistrement, prélude à cette fin de nuit décisive.

« Elle bosse super bien, ta gonzesse, Chatelet, a-t-il dit en plaisantant à l'adresse du commissaire de Clamart.

– Et en plus elle est pas mal ! a renchéri le commissaire Doussière, pas mécontent de participer à l'euphorie régnant dans le bureau du patron.

– Il faudra me la présenter », a plaisanté Ferracci, déclenchant le rire de tous.

Seul le silence de Langelier, assis dans son coin, aurait pu gâcher l'euphorie générale. Mais qui aurait prêté attention à ce commissaire qui, comme à son habitude, un sourire insupportable aux lèvres, paraît étranger à toute cette agitation ?

Après l'appel, le brigadier Emma Puygrenier a aussitôt alerté son chef. Par chance, trois véhicules de police patrouillaient dans le secteur à la limite d'Issy-les-Moulineaux.

La suite figure dans le rapport du juge Lamberti.

« La Clio immatriculée 5472 GR 92, roulant à vive allure, a été repérée sur la commune d'Issy-les-Moulineaux à 2 h 07 et aussitôt prise en chasse. Les policiers l'ont perdue de vue, mais elle a été signalée avenue Paul-Vaillant-Couturier à 2 h 12. Deux véhicules se sont mis en travers de la route pour lui faire barrage. La Clio a aussitôt fait demi-tour. Le commissaire Ferracci a été informé à 2 h 13 et il a pris aussitôt le fuyard en chasse. Une dizaine de véhicules de police ont accouru sur zone, bloquant les principales sorties. La Clio a de nouveau été repérée quai de Verdun en direction de Paris à 2 h 17. Le conducteur a perdu le contrôle de la voiture et a percuté à vive allure une benne à ordures traversant la route à hauteur de l'usine de combustion de déchets ménagers. Le conducteur de la benne, Christian Marie-Jeanne, né le 25 juin 1969 à Blancafort, dans le Cher, expliquera qu'il pensait avoir le temps de traverser l'avenue à cette heure tardive et que la Renault Clio est arrivée à grande vitesse sur lui. "Je n'ai pas pu l'éviter", confessera-t-il avant d'être conduit à l'hôpital Pompidou en état de choc. Il sera mis à pied quelques jours plus tard pour ne pas avoir respecté la signalisation en place : à cet endroit, il est interdit de traverser la route à quatre voies. Il a eu beau expliquer que tous les chauffeurs le faisaient, il a servi d'exemple.

« La voiture a été projetée à plus de vingt mètres. L'intervention des premiers policiers arrivés sur place a permis d'empêcher que le véhicule ne s'enflamme. Deux heures ont été nécessaires pour extraire le corps du conducteur de l'intérieur de la voiture. À 2h27, les policiers ont confirmé que l'homme était décédé. Sous le choc, il a presque été décapité. »

Au même moment, un appel venu du domicile de la famille Garambois a indiqué que trois cadavres avaient été découverts dans le pavillon. Celui de la mère, Anne, dans le salon, la gorge tranchée, et ceux des deux enfants, Benoît et Ombeline, étouffés dans leur sommeil. Le capitaine Dubosc, arrivé le premier sur place, a signalé n'avoir relevé aucune présence du père, Édouard Garambois.

Dans son témoignage (PV n° 17), recueilli le 21 mai 2001 par Dubosc qui a tenu à l'entendre personnellement, Yves Garlant a confirmé l'agitation inhabituelle dans le pavillon de la famille Garambois. Il y est indiqué :

« Je ne dormais pas. J'ai remarqué une grande agitation dans la maison de mes voisins. Je suis allé à ma fenêtre. J'ai vu de la lumière au rez-de-chaussée et aux étages. Puis tout s'est éteint. De ce poste d'observation, j'ai vu un homme d'une quarantaine d'années aller et venir en s'éclairant d'une lampe torche puis sortir précipitamment. C'est à ce moment-là que j'ai appelé vos services. Le garage était ouvert, je l'ai vu monter dans la Clio rouge de madame Garambois et partir à toute allure.

– Au téléphone, vous avez parlé d'agitation, vous avez indiqué : "Ils s'entre-tuent là-dedans." Qu'avez-vous vu exactement ?

– De drôles de choses.

– C'est-à-dire, monsieur Garlant ? a insisté Dubosc.

– C'était pas normal.

– Qu'est-ce qui n'était pas normal ?

– Cette lumière. Cet homme qui se promenait dans la maison. C'était pas normal. »

Le capitaine Dubosc n'a pas cherché à en savoir plus. Il a surtout écrit dans son rapport que le témoin, en dépit de l'éclairage défaillant de la rue, avait reconnu le suspect sur les photos présentées. Il a également tenu à préciser qu'il entretenait d'excellentes relations avec ses jeunes voisins, qualifiés de couple charmant, parents de deux enfants adorables et polis.

Ce matin-là, Yves Garlant a quitté le commissariat de Vanves avec la fierté de celui qui a permis à la police de résoudre une affaire délicate. Dans l'après-midi, il a été interrogé par TF1. Pour la première et dernière fois de sa vie de retraité de la SNCF, il est passé à la télévision. Un succès : toutes les chaînes ont repris son témoignage.

14

Le commissaire divisionnaire Jean-Louis Ferracci a eu beau s'emporter contre la lenteur des services, il a dû attendre deux jours avant de savoir qui était le fuyard, identifié grâce à ses empreintes digitales. Les résultats lui ont enfin été faxés le mardi en début d'après-midi.

À leur lecture, le commissaire a claironné : « Cela valait le coup d'attendre ! »

Il n'en espérait pas tant. La responsabilité de l'homme découvert dans la Clio rouge sautait aux yeux : Bernard Eskenasi présentait toutes les caractéristiques du tueur psychopathe. À 42 ans, il avait déjà passé quinze années en prison, laissant le souvenir d'un détenu particulièrement violent. Cette violence répétée contre d'autres détenus et des gardiens lui avait valu au total plus de neuf mois de mitard.

Son casier, transmis aussitôt, faisait mention de plusieurs condamnations pour vol (la première à l'âge de 17 ans) et agressions sexuelles. Pour ces dernières, il avait été condamné à douze années de réclusion. Il s'était introduit à trois reprises au domicile de femmes vivant seules et les avait forcées à lui pratiquer une fellation sous la menace d'un revolver posé sur leur tempe.

Puis il volait leur argent liquide et leurs cartes de crédit. Il les menaçait de revenir les violer si le code était faux. Toutes ces agressions avaient eu lieu à Paris et dans les départements limitrophes.

À sa sortie de prison, « il a retrouvé son terrain de chasse pour passer à la vitesse supérieure » selon les termes de Ferracci.

Et peu importe si, cette fois, aucune des femmes n'a été violée, les enquêteurs ont rassemblé, en quelques jours, tellement d'éléments à charge qu'Eskenasi n'a plus été le principal suspect, mais « l'auteur de la quadruple série de crimes ».

Les rapports des psychiatres l'ayant suivi pendant sa détention ont convaincu les policiers. Ils sont parfaitement explicites. En résumé, Eskenasi est décrit comme un individu asocial et difficile à réinsérer dans la société.

« C'est un être fruste qui a du mal à déterminer la frontière entre le bien et le mal, précise le docteur François Fontang qui l'a examiné à la maison centrale de Clairvaux le 27 septembre 1999 à l'occasion de sa première demande de liberté conditionnelle. Il reste sujet à des pulsions sexuelles impossibles à contrôler. »

Dans sa conclusion, le médecin l'a jugé capable de récidive et a recommandé son maintien en détention accompagné d'un suivi psychiatrique qualifié d'« obligatoire ».

Cependant, aucun des différents rapports envoyés à Ferracci par la pénitentiaire ne fait état de ce suivi psychiatrique. Pendant des années, tenant compte de son comportement en détention et de l'avis des médecins, les juges d'application des peines ont continué à refuser ses demandes annuelles de remise en liberté.

Au bout de dix ans, il a bénéficié d'une remise de peine et a fini par être libéré. Pour l'administration pénitentiaire, il avait accompli la totalité de sa peine et n'était donc pas astreint à un contrôle judiciaire. C'était il y a un an et cinq mois.

Un article du magazine *Le Point* daté du 14 juin 2001 cite le commissaire Ferracci :

« C'est une bête féroce qui s'est retrouvée dans la nature. Et cette bête est devenue incontrôlable, poussée par sa pulsion de mort. »

Ferracci n'a pu s'empêcher de trouver que ses mots, approuvés par sa hiérarchie, « avaient de la gueule ».

Dès les premiers jours, Ferracci est sûr de son affaire : il tient le coupable.

Plusieurs éléments trouvés dans la voiture ont démontré, si besoin était, qu'Eskenasi s'était bien introduit dans le pavillon des Garambois. La liste de tous les objets volés figure ainsi dans le PV n° 27 : « des bijoux (détails en annexe), une montre de marque Chanel, un portefeuille de marque Vuitton contenant 525 euros en billets, un ordinateur de marque Nec, un téléphone portable de marque iPhone, une console de jeu volée dans la chambre du garçon. » Dans cette liste détaillée figurent aussi des sous-vêtements féminins. Pour les enquêteurs, Eskenasi les a emportés comme un trophée.

L'arme (un couteau avec une lame de 12 centimètres parfaitement aiguisée) n'a pas été retrouvée dans la voiture, mais rangée dans un tiroir de la cuisine et encore couverte du sang de la mère.

L'enquête de voisinage qui a établi qu'Eskenasi avait vécu dans un hôtel de Montrouge n'a fait que renforcer la conviction du commissaire divisionnaire. Le témoignage d'Abdel Louifi, gérant de l'hôtel Le Soleil où avait résidé Eskenasi depuis sa sortie de prison dix-sept mois plus tôt, figure à la cote 47 du rapport d'instruction. Il a été recueilli par le commandant Sigères le 31 mai 2001. Eskenasi avait payé 385 euros par mois pour une chambre sur cour de 12 mètres carrés avec lavabo. La douche et les toilettes sont au bout du couloir. Dans le procès-verbal, Eskenasi est décrit comme « un personnage taciturne et peu causant ». Il n'a jamais eu de visiteurs et il ne fréquentait personne dans l'hôtel. Il avait prétendu qu'il travaillait dans une entreprise de nettoyage où les enquêteurs, comme ils s'en doutaient, n'ont pas trouvé sa trace. Abdel Louifi a dû reconnaître qu'il s'était fait payer en liquide et qu'Eskenasi réglait toujours le 1er de chaque mois.

« Il n'y a jamais eu le moindre retard. Sinon, je l'aurais foutu dehors. Je ne pouvais pas le blairer. »

Dans sa déposition, le gérant indique qu'Eskenasi sortait tous les soirs après avoir dîné dans sa chambre et qu'il se déplaçait sur un scooter de marque Peugeot. À la suite de cette indication, le deux-roues a été retrouvé dans une rue adjacente au domicile des Garambois.

Des voisins ont été affirmatifs : ils ont vu un homme correspondant à son signalement rôder dans le quartier à la nuit tombante. Les époux Cachan se sont montrés encore plus catégoriques : ils ont reconnu formellement sur la photo l'homme qu'ils avaient vu surveiller la maison des Garambois plusieurs jours durant, fumant cigarette sur cigarette. Ce témoignage a été retenu, bien qu'il ait été établi qu'Eskenasi ne fumait plus depuis quelques mois.

Des investigations identiques ont été menées à Châtenay-Malabry dans les quartiers des familles Quenin et Saféris. Là aussi, des témoins se sont présentés spontanément. Lors de sa déposition, madame Bernadette Verhague, 73 ans, a été catégorique. Quand on lui a présenté la photo d'Eskenasi, elle l'a reconnu. Elle a affirmé que c'était bien l'homme qu'elle avait croisé devant chez elle le soir de l'assassinat de la famille Quenin. Elle lui avait trouvé un comportement bizarre et s'était même déplacée au commissariat pour signaler le fait, mais son témoignage, jugé peu fiable, n'avait pas été pris en considération.

Quand il a pris connaissance de ce témoignage, le juge Lamberti a saisi l'occasion de rédiger une note supplétive particulièrement sévère contre Langelier. Il attendait cette occasion depuis longtemps et, surtout, il avait lui aussi besoin de se couvrir après les ratés des premiers mois de son instruction. Dans ce rapport de trois pages, adressé aux ministères de la Justice et de l'Intérieur, il a listé les négligences et les erreurs du commissaire dans la conduite de son enquête.

« Le témoignage de madame Verhague, a-t-il écrit, est très révélateur des errances de l'enquête menée par le commissaire Langelier. Une enquête minutieuse de voisinage aurait permis d'alerter nos services sur la présence d'un individu suspect sur zone dans les jours qui ont précédé les crimes. »

Il a conclu par ces mots qui ont résonné comme une mise à mort : « En privilégiant la seule thèse des pères assassins de leur famille, au détriment de toutes les autres et surtout en dépit des avertissements de ses supérieurs et des nôtres, Langelier porte une grande part de responsabilité dans le retard des investigations. Sans ces erreurs, les deux dernières séries de crimes auraient pu être évitées. »

Heureusement pour Langelier, l'heure n'étant plus aux règlements de comptes, la note est passée inaperçue. Tout le monde n'a pensé qu'à une seule chose : se réjouir de voir l'affaire enfin réglée. Quant au commissaire divisionnaire Jean-Louis Ferracci, il a triomphé et il est désormais promis au meilleur avenir.

Pourtant, la note du juge Lamberti continuera de planer, toujours menaçante, sur la carrière ratée du commissaire. On ne se remet jamais d'un pareil réquisitoire. Et Langelier ne trouvera personne pour le sauver.

Au fil des jours, les enquêteurs ont rassemblé tellement d'éléments à charge que la culpabilité d'Eskenasi ne fait plus aucun doute. Seule la perquisition menée dans son meublé s'est révélée décevante. L'armoire ne contenait que quelques vêtements usagers, du café, trois bouteilles de bordeaux et des biscuits. Une somme de 350 euros, rangée sous le lit dans une boîte en fer, a été placée sous scellés. Les vêtements ont également été emportés pour analyse. Mais aucune trace de sang n'a été relevée.

Autre échec, et pas le moindre : les corps des pères de famille n'ont pas été retrouvés. Le bois de Meudon a été fouillé en vain et la façon dont Eskenasi s'est débarrassé des cadavres est restée un mystère.

15

Après l'euphorie des premiers jours, le commissaire divisionnaire Ferracci a eu hâte d'en terminer avec Eskenasi et ses quatre séries de crimes. Ce déchaînement humain et médiatique n'a que trop duré. Homme à l'efficacité reconnue, il a horreur de faire du surplace. Une fois une affaire bouclée, il s'impose pour règle de passer à la suivante. C'est ainsi que les choses doivent se dérouler dans la police : on n'a pas de temps à perdre. Car, aux yeux du divisionnaire, la responsabilité totale et personnelle d'Eskenasi – il a été démontré qu'il n'avait pas de complice – est établie. Cependant, le juge Lamberti persiste à lui réclamer un dossier complet avant de clore son instruction.

« Il n'y aura pas de procès et l'action est éteinte, il faut en terminer, monsieur le juge », a plaidé le divisionnaire.

En vain. Lamberti s'est montré intransigeant.

« Il me manque des éléments avant de conclure. »

En réalité, le juge s'est refusé à mettre fin à l'instruction. C'est plus fort que lui, mais il a ressenti comme un manque et il n'a pas voulu se précipiter malgré l'insistance du divisionnaire. Officiellement, il répète n'avoir pas de doute sur la culpabilité d'Eskenasi, mais vouloir s'assurer qu'il n'a pas commis d'autres crimes depuis sa sortie de prison. En réalité, il a voulu montrer à Ferracci qui est le patron.

« C'est pour cette seule raison que je ne veux pas conclure dans l'immédiat, a-t-il tenu à préciser à Ferracci, en ajoutant : il me faut un dossier en béton armé. Je ne veux surtout pas que, plus tard, on nous reproche d'avoir été négligents. Il y a eu assez de ratés dans cette affaire... Vous ne croyez pas, monsieur le divisionnaire ? »

L'allusion est claire et Ferracci n'a pu qu'acquiescer. Contre son gré.

Plus tard, il s'est plaint devant ses hommes de « l'obstination ridicule » de ce juge.

« C'est plus fort que lui, a-t-il répété, il faut qu'il fasse le malin. Ces abrutis veulent toujours avoir le dernier mot. »

Pour clore son enquête et faire pression sur le juge, Ferracci a décidé d'informer la presse et il l'a laissée diffuser largement la photo de celui que les journalistes ont appelé à leur tour « le tueur de familles ». Ils ont fait le compte de ses victimes : seize. Car la police lui a aussi imputé l'assassinat des pères, même si aucun corps n'a été retrouvé.

Partout, Eskenasi est présenté comme un monstre. Les éternels débats sur la liberté conditionnelle et la peine de mort ont été relancés, au plus grand agacement des autorités judiciaires. Un article bien informé, paru dans *L'Express*, a mis en cause les erreurs de l'enquête à ses débuts, citant nommément le commissaire Langelier, et a salué les résultats du commissaire divisionnaire Ferracci. Celui-ci a accueilli cet hommage avec beaucoup d'humilité, allant jusqu'à défendre le travail de son collègue.

La diffusion de la photo d'Eskenasi a provoqué une telle avalanche de témoignages que cinq hommes ont été détachés pour rassembler et trier la multitude de renseignements recueillis. À sa demande, Damien Dubosc a été nommé à la tête de ce petit groupe directement sous les ordres de Ferracci.

Dubosc ne peut plus supporter la présence de Langelier qui appartient toujours à la brigade. En théorie, car dans la pratique on ne lui confie plus rien. Il a même échappé aux planques de nuit. Personne ne veut plus partir en mission avec lui. Il est devenu hautain, méprisant, indifférent à tout et à tous. Avec toujours la même certitude : Eskenasi n'est pas l'assassin. Bref, on le fuit, espérant qu'il dégage enfin, et vite. Mais c'est le protégé de Ferracci et personne n'a encore osé demander ouvertement son départ.

Seul Dubosc s'est plaint de lui auprès de Ferracci :

« Il mine le moral de tout le monde. C'est une plaie, ce type-là. Croyez-moi, Jean-Louis, je vous dis tout haut ce que les gars disent tout bas : il faut l'éloigner, l'envoyer loin, très loin.

– Ne t'énerve pas ! Laisse-le creuser son trou, a répondu Ferracci. Il ne va pas nous faire chier très longtemps... »

Dubosc ne s'attendait pas à une réaction aussi violente. Comme les autres, il connaît les liens qui unissent les deux hommes et pensait que Ferracci continuerait à le protéger.

« C'est pour quand ? » a demandé Dubosc.

Pour une raison qui lui est étrangère, il a senti que Ferracci voulait la peau du commissaire et il sait qu'il l'aura forcément. Après un tel succès, on ne peut rien lui refuser.

« Pour bientôt, a répondu Ferracci. Et crois-moi, non seulement il ne va plus nous faire chier, mais c'est lui qui va en baver. Je lui prépare un job aux petits oignons ! »

Les deux hommes ont éclaté de rire à l'idée du « placard sur mesure » qui attend Langelier. Dubosc n'est pas mécontent de lui. « Ferracci et moi, on s'entend comme larrons en foire », s'est-il félicité.

Il a choisi le bon camp au bon moment. Cette affaire l'a révélé au *big boss*, et c'est en s'appuyant sur des supérieurs de cette trempe qu'on gravit les échelons dans la police. Dubosc en est persuadé : il est entre de bonnes mains. Ferracci l'aidera dans son ascension tant qu'il lui sera fidèle.

Pourtant, si cela n'avait tenu qu'à lui, Ferracci aurait épargné Langelier et l'aurait gardé à ses côtés. En dépit de son comportement qui a mis en péril sa brigade, il continue à ressentir de l'affection pour son vieux copain. Au fond de lui, il le comprend, Hervé n'a mérité ni cette sanction ni l'opprobre unanime qui le salissent. Mais il a aussi compris que ses hommes attendent qu'il le châtie. Alors il le fera, il entrera dans leur jeu. C'est pourquoi il s'était montré si dur avec son ancien compagnon en présence de Dubosc. Il faut que ses hommes se persuadent qu'il se montrera sans pitié. Et il est certain que le jeune capitaine ne manquera pas de répéter leur conversation aux autres. En accablant Langelier, Ferracci pense qu'il peut encore le sauver. Il le fait surtout pour Steph. Il a demandé à la revoir en tête à tête, mais elle a refusé. Alors il se contente de lui parler régulièrement au téléphone. Elle lui a dit qu'Hervé était toujours aussi absent et que, lorsqu'il était là, il les ignorait et restait distant. Quand il lui adresse la parole, c'est pour dire que les policiers se sont trompés, que ce sont des incapables, qu'Eskenasi n'est pas le coupable. Elle ne sait plus comment s'y prendre pour le ramener à la raison.

Ne lui avait-il pas dit qu'Hervé redeviendrait comme avant une fois l'affaire résolue ? Aujourd'hui, elle en doute plus que jamais. Son comportement a empiré.

« Ces crimes l'ont détruit », a-t-elle confié à Ferracci avant de le supplier encore une fois de ne jamais lui révéler qu'elle lui avait demandé de lui retirer l'affaire et surtout de le protéger. Toujours. « Ne l'abandonne pas, il n'a plus que toi », a-t-elle imploré.

Les témoignages recueillis durant les trois semaines qui ont suivi n'ont fait que confirmer le dossier monté par Dubosc avec les encouragements de Ferracci. Plusieurs dizaines de personnes ont été entendues à travers toute la France. Des amis d'enfance, des compagnons de cellule, quelques employeurs qui ont fait travailler Eskenasi « avant de s'en débarrasser » car, ont expliqué la plupart, « il y avait toujours des embrouilles avec lui ».

« Il était d'une force physique incroyable, mais on ne pouvait pas compter sur lui, a déclaré le patron d'une entreprise de déménagement de Libourne en Gironde. Il n'était jamais content. Quand je l'ai viré, il m'a menacé de me péter la gueule. Inutile de vous dire qu'avec moi ça ne marche pas et avec deux gars j'ai pris les devants... Après, on ne l'a plus revu dans la région ! »

Trois femmes se sont présentées comme d'anciennes compagnes du « tueur de familles ». Les témoignages de deux d'entre elles ont été retenus. La troisième, malgré ses protestations, a été qualifiée de peu crédible et personne n'a tenu compte de sa déposition. Les deux femmes ont dressé d'Eskenasi un portrait quasi identique : celui d'un homme violent, alcoolique.

« Un type vraiment bizarre. Parfois terrifiant », a déclaré l'une d'elles.

La seconde, Céline Perrier, née le 24 septembre 1968 à Sedan dans les Ardennes, domiciliée à Denain dans le département du Nord, sans emploi et mère célibataire de quatre enfants, a fait état des problèmes sexuels d'Eskenasi. Ils ont vécu ensemble pendant neuf mois, de février à novembre 1989. Elle a tenu à préciser au policier qui l'a interrogée « que c'était elle qui l'avait foutu à la porte ».

À la cote 29 du dossier, on peut lire : « Eskenasi ne parvenait pas à bander et cela le mettait dans tous ses états. Il me frappait et partait en disant qu'il allait se taper une pute. » Elle n'avait eu aucune nouvelle de lui jusqu'au jour où elle avait vu sa photo dans le journal. « J'étais certaine que cette pourriture allait mal finir ! »

Toutes les personnes interrogées dont on peut trouver l'essentiel des témoignages dans le rapport final du juge Lamberti ont dressé le portrait d'un homme capable du pire et aucune n'a exclu la forte probabilité qu'il soit l'auteur de cette série de crimes odieux.

« Il y avait chez lui quelque chose qui clochait. Il n'était pas comme nous », précise, dans la cote 31, Patrice Pelloux, condamné à vingt-deux ans de prison pour homicide avec préméditation.

Les deux hommes ont partagé pendant deux mois la même cellule à la maison d'arrêt de Fresnes en 1991. Le rapport de l'administration indique qu'Eskenasi a été hospitalisé à cette époque après avoir reçu un coup de couteau dans le ventre pendant la promenade. Le responsable de cette agression n'a pas été identifié, bien que les soupçons se soient portés naturellement sur le dénommé Pelloux. Dès sa guérison, Eskenasi a été transféré à la Santé car il criait haut et fort qu'il connaissait son agresseur et qu'« il avait l'intention de se venger ». Par ailleurs, il a laissé à chaque étape de son long parcours judiciaire, le souvenir d'un détenu difficile, incapable à maîtriser. Tous les témoignages de détenus joints au dossier en ont attesté.

Le capitaine Damien Dubosc est persuadé d'avoir réuni suffisamment d'éléments pour satisfaire son patron et convaincre enfin le juge Lamberti. Ferracci l'a félicité devant tout le monde pour l'excellence de son travail et l'a gardé à ses côtés. Il l'a pris à part pour lui dire qu'il espérait bien cette fois faire céder « cet enfoiré de juge ».

En revanche, son enquête n'a pas réussi à démontrer l'implication d'Eskenasi dans d'autres affaires restées sans solution. Pourtant, dans la mesure où quelques dates coïncidaient, Ferracci a laissé filtrer dans la presse qu'il y avait peut-être un lien entre certains de ces crimes et le « tueur de familles ». Les journalistes ont apprécié ces informations qui confortaient le portrait de « l'un des pires assassins que la France ait jamais connus ». Une définition confirmée grâce aux photos anthropométriques communiquées à la presse par Ferracci et qui ont donné d'Eskenasi une image encore plus sinistre. Par la suite, les journalistes ayant pu obtenir les coordonnées des proches du tueur les ont interrogés. C'est ainsi que Céline Perrier a fait la une du *Figaro* qui lui a consacré un article dans lequel elle dressait un portrait de son ancien concubin encore plus horrible que celui qu'elle avait livré aux policiers.

Cependant, vers la mi-juin, le juge Lamberti a continué à en demander toujours plus à Ferracci au point que celui-ci a ouvertement critiqué la mollesse du juge. Il a fini par comprendre pourquoi. Il a appris que Langelier avait demandé au juge de le recevoir. Selon ses informations, Lamberti l'aurait longuement écouté et aurait même été sensible à certains de ses arguments.

Langelier avait vu dans ce rendez-vous sa dernière chance. Personne n'ayant voulu l'écouter dans son service, il s'est rendu chez Lamberti avec l'énergie du désespoir. Lui, peut-être, l'entendrait. Il lui en a fallu de la volonté : il ne l'apprécie pas beaucoup et il sait que c'est réciproque.

En préambule, il a reconnu ses erreurs. Oui, son enquête avait eu des lacunes. Oui, il avait négligé des pistes. Oui, il aurait dû l'écouter davantage. Il a alors vu Lamberti prêter attention à ses propos. Enfin quelqu'un l'écoutait. Et puis Langelier disposait d'une excellente carte : jouer sur la rivalité entre le juge et Ferracci.

« Il conduit son enquête comme il le veut, a-t-il déclaré avec conviction, uniquement à charge, monsieur le juge. Il fait fausse route. »

À ces mots, le juge a levé les yeux. Il était ferré.

« Où voulez-vous en venir, commissaire ?

– Eskenasi n'est pas l'assassin, monsieur le juge ! Il était au mauvais endroit au mauvais moment. C'est un sale type, une merde, c'est sûr, mais pas un tueur. Ferracci est en train de fabriquer le coupable idéal. »

Enfin, il lui a donné ce conseil : « Ne vous laissez pas entraîner sur cette voie !

– Mais qu'est-ce qui vous fait croire que Ferracci se trompe, commissaire ?

– Mon enquête, monsieur le juge. »

Pour la première fois depuis plusieurs semaines, Langelier a pu développer sa thèse sans être pris pour un farfelu ou un flic obstiné qui niait la réalité des faits.

Il a bien vu qu'il avait ébranlé les convictions du juge après une demi-heure d'une démonstration des plus convaincantes.

« Je suis certain que le meurtrier est l'un des pères, n'a-t-il cessé de répéter. Depuis le début, le vrai tueur a cherché à nous embrouiller, monsieur le juge, et nous sommes tombés dans le piège. Reprenez le dossier d'Eskenasi et vous verrez que les éléments à charge le sont tout autant à décharge. Je vous le répète, Ferracci se trompe. »

Langelier a pensé qu'il était tout près de l'emporter. « Finalement, ce juge n'est pas aussi con que je le pensais, s'est-il dit, je le tiens. »

Mais il s'est emballé. Il a fait l'erreur d'affirmer :

« La série de crimes n'est pas terminée. Le tueur court toujours. Vous verrez. »

Il a surtout eu le tort d'ajouter :

« Suivez mon conseil, monsieur le juge : attendez le 20 du mois prochain avant de rendre votre ordonnance de non-lieu. »

En même temps qu'il a prononcé ces derniers mots, Hervé Langelier a réalisé qu'il était allé trop loin. Il n'aurait pas dû s'enflammer ainsi, mettre Lamberti au défi. Il aurait dû se contenter de distiller le doute dans son esprit.

D'un coup, le juge a changé d'attitude.

« Nous verrons bien, s'est-il contenté de répondre. Merci, commissaire. »

L'entretien terminé, Langelier a compris qu'il venait sans doute de perdre une partie qu'il était sur le point de gagner. En quittant le bureau du juge, il a surtout compris qu'à partir de ce jour il ne pourrait plus compter que sur lui-même.

Le juge a regardé l'homme s'éloigner. Il l'a vu s'arrêter au bout du couloir, s'appuyer au mur et allumer une cigarette. Il l'a observé attentivement tandis qu'il sortait un carnet noir de sa poche sur lequel il a écrit quelques mots avant de le remettre dans la poche intérieure de son imperméable et de s'en aller. À cet instant, le juge a éprouvé un peu de compassion. Mais il a repris ses esprits.

Le commissaire Langelier avait failli le faire douter, mais sa théorie était décidément trop folle.

16

19 JUIN 2001

Ce n'est pas pour laisser une chance à ce policier pitoyable accroché à des convictions farfelues que le juge a décidé de différer son ordonnance de non-lieu. Il a résisté parce qu'il n'a pas voulu donner l'impression de céder devant l'insistance de Ferracci. Il est le patron et Ferracci, tout grand flic qu'il soit, doit le savoir. Il ne supporte pas son arrogance. Alors il a maintenu sa position au prix d'échanges musclés avec le commissaire qui lui a reproché sa lenteur et lui a répété, de plus en plus agacé, qu'il y avait maintenant d'autres dossiers qui attendaient dans le département.

Le juge est resté inflexible.

« Patientez jusqu'au 20 juin », lui a-t-il enjoint.

Puis, sachant à quel point ces mots allaient énerver Ferracci, il a ajouté :

« Je vous conseille de vous montrer circonspect. N'oubliez pas que justice et police ne fonctionnent pas au même rythme. Vous devriez le savoir, commissaire. Avec votre expérience ! »

Pourtant, le juge a bien conscience que, si rien ne se passe dans la nuit du 19 juin, il sera forcé de céder.

Ferracci est blessé. Langelier, avec ses arguments à la con, a réussi à influencer Lamberti. Il est furieux contre lui. Il l'a trahi en allant voir le juge. Quel soulagement à l'idée de se séparer de lui.

« Il faut attendre le 20 juin avant de tirer un trait sur l'affaire, a-t-il dû concéder à ses hommes, Dubosc en tête. Cet enfoiré de juge pense qu'il peut se passer quelque chose le 19 juin. »

Par défi, il n'a mis en place aucun dispositif particulier pour cette nuit-là. Au contraire, il s'est vanté de passer la soirée au restaurant « avec madame Ferracci ». En réalité, il est resté la nuit entière sur le qui-vive entouré de ses hommes, prêt à intervenir.

Il n'y a plus de madame Ferracci depuis longtemps...

La nuit du 19 juin lui a donné raison : à l'exception d'une bagarre à Levallois qui avait mobilisé une unité entière, elle a été calme comme jamais. Mais il a patiemment attendu la fin de la journée du lendemain avant de triompher. Aucun crime n'avait été signalé et il était temps que le juge fasse son boulot. Il a convoqué ses hommes pour sabler le champagne.

Langelier non plus n'a pas beaucoup dormi cette nuit-là. Lorsqu'il s'est enfin décidé à rentrer chez lui, il était déjà très tard. Il a trouvé Steph endormie sur le canapé du salon. Ce soir encore, elle avait tenté de l'attendre. En vain. Malgré son angoisse, elle n'avait pas résisté à la fatigue. Il est passé à côté d'elle sans prononcer un mot. Sans s'en rendre compte, il l'a réveillée. Mais Steph a fait semblant de dormir, ne voulant pas le rejoindre dans la chambre. Depuis des semaines déjà, elle sait qu'entre eux rien ne sera plus comme avant. Que l'homme qu'elle a aimé pardessus tout ne compte plus sur elle pour surmonter ses épreuves.

Au matin, elle l'a croisé dans l'entrée déjà prêt à partir. Il ne s'est pas étonné qu'elle ait dormi dans le salon, et il n'a pas accordé un seul regard à ses enfants réunis dans la cuisine. Il s'est contenté de dire : « Je vais au commissariat. »

Nicolas a été le seul à dire « À ce soir, papa. »

Sonia, elle, lui a lancé par défi : « Tu sais que je passe le bac en ce moment ? »

Hervé Langelier n'a pas répondu. Son épouse a tenté d'accrocher son regard, mais il s'est éloigné sans un mot, sans embrasser ses enfants.

Ce matin du 20 juin 2001, Steph a la confirmation douloureuse que leur famille est perdue pour lui et que leur histoire commune est promise à l'échec. Tandis qu'elle arrange le lit qu'il n'a pas défait, elle s'aperçoit qu'il a dormi tout habillé. Son pyjama est toujours plié sous l'oreiller. Alors, à bout d'espoir, elle se demande si, un jour, elle aura la force de le quitter.

L'ordonnance de non-lieu a été signée par le juge Lamberti le 26 septembre suivant. Elle a confirmé, nombreuses preuves à l'appui, que Bernard Eskenasi était bien l'auteur de la série de crimes commis de janvier à mai 2001. L'homme, ayant péri dans l'accident de la voiture qu'il avait volée, ne pourra pas être jugé et l'affaire est définitivement close.

À l'automne 2001, on a annoncé à Hervé Langelier qu'il serait relevé de son commandement et muté. Ferracci a un peu hésité avant de choisir l'affectation de son ancien compagnon. Un temps, il a envisagé de le faire nommer dans un commissariat pourri de Seine-Saint-Denis, mais, son dépit oublié, il lui a proposé une affectation plus tranquille. Il a choisi pour lui le service des étrangers à la sous-préfecture de Boulogne. À Dubosc, il a expliqué qu'il préférait le garder sous la main, ou plutôt « sous les yeux ». Cependant, il sait que, quoi qu'il fasse désormais, la carrière de son ancien compagnon est fichue. Dans la police, on traîne ce genre de dossier toute sa vie. Langelier restera à jamais comme celui qui a échoué dans une affaire de première importance. Désormais, son ascension ne se fera plus qu'à l'ancienneté.

Quant à Jean-Louis Ferracci, il attend maintenant de récolter les fruits de son travail. Car il sait que si la hiérarchie peut être impitoyable envers les mauvais éléments, elle se montre toujours reconnaissante envers ceux qui le méritent. Même si elle y met le temps.

Deuxième partie

La solitude du commissaire

1

Jeudi 24 mars 2011

Le maire ne viendra pas. Personne ne prononcera mon discours de départ. Mais je préfère cela. Qu'aurait-on dit de moi ? Que j'ai été un bon flic ? Que j'ai fait une belle carrière ? Que je ne laisserai que des regrets, mais qu'à 55 ans j'ai de belles années devant moi ? Foutaises ! Je préfère la discrétion.

Sylvie Rabatel est déçue. Elle comptait sur le maire. Elle vient d'être prévenue par téléphone et elle prend mille précautions pour m'avertir :

« Monsieur le maire a un empêchement de dernière minute, mais il m'a assuré qu'il était de tout cœur avec vous. Il m'a demandé de vous adresser toutes ses amitiés ainsi que celles du conseil municipal. Et il a ajouté : "Le commissaire principal Langelier nous manquera." »

Je la rassure :

« Ce n'est vraiment pas grave. Croyez-moi, lieutenant, il ne me manquera pas ! »

La soirée traîne en longueur et cinq ou six personnes se sont déjà éclipsées discrètement. Lanelongue, que j'ai connu au Raincy, n'est même pas venu me saluer de peur, peut-être, que je ne remarque son départ prématuré. Les autres ont trouvé des excuses bidons. Je les comprends, on s'ennuie ferme à mon pot de départ.

Il est temps de mettre un peu d'ambiance, a dû se dire Sylvie Rabatel. N'est-ce pas elle qui a tout organisé ?

Elle entame à voix haute :

« Un discours, un discours ! »

Amusé, je suis son petit manège : elle a rameuté trois gars du commissariat de Meudon. Ils frappent le bord d'un verre avec une cuillère et réussissent à imposer le silence. Tous les regards se portent sur moi. Dans la salle, certains reprennent en cœur :

« Un discours, un discours ! »

Quelques personnes frappent du pied sur le carrelage, d'autres dans leurs mains. Ils s'écartent, reculent, finissent par se taire et attendent.

Je savais que je ne pourrais y échapper. Dans la police, comme partout ailleurs, on ne part pas à la retraite sans prononcer quelques mots. Mais, d'ordinaire, il y a toujours quelqu'un, un chef, qui réclame la parole en premier. Il dresse votre portrait, résume « votre carrière brillante » et il vous suffit de répondre en glissant ici ou là quelques traits d'humour. Cela se termine par des applaudissements et, enfin, vient le moment du cadeau. Je sais déjà ce qu'ils m'ont acheté : un vélo tout-terrain afin que, comme le dira sans doute Rabatel après m'avoir embrassé, je conserve la ligne de mes 20 ans ! Car « ça grimpe fort du côté de Meudon ». Le jeune lieutenant ajoutera peut-être :

« On veut que vous veniez nous voir avec, sinon on ne vous laissera pas entrer ! »

Tout le monde rira et applaudira à nouveau. Ensuite, à la demande générale, il faudra encore que je monte sur le vélo pour faire les photos. Ils seront satisfaits, ils viendront me serrer la main, m'embrasser peut-être, et ces derniers témoignages d'affection donneront le signal de la dispersion. Il sera 21 heures passées, quelques-uns traîneront pour achever les bouteilles de champagne tandis que les employés de la mairie commenceront à nettoyer la salle. Alors nous ne serons plus qu'une poignée et viendra le temps des ultimes confidences, celui où nous parlerons encore une fois du passé, des bons moments vécus ensemble. Car quand il faut se quitter, sans doute pour toujours, seul reste le meilleur. Enfin, ils m'aideront à charger mon cadeau dans le coffre de mon break. Il faudra que je les embrasse tous, ces derniers fidèles. Ils me souhaiteront bonne chance, et je m'éloignerai, devinant dans le rétroviseur de ma voiture le sourire satisfait de Rabatel, heureuse d'avoir réussi à si bien organiser le départ de son patron. À ce moment-là, je serai un peu triste, j'aurai envie de rouler en direction de Paris et de m'y perdre. Mais je rentrerai directement chez moi, là où personne ne m'attend.

Voilà comment j'imagine la suite des événements, alors que les gars réclament de plus en plus fort un discours.

Mais il en sera tout autrement.

Car à l'instant où je vais improviser mon discours de départ en m'appliquant à n'oublier personne – ils y seront très attentifs –, l'assistance se tourne en direction de l'entrée. Les hommes marquent un instant de surprise, puis du contentement. Je regarde l'entrée à mon tour et je vois Ferracci, tout sourires, s'approchant de moi. Il avance avec assurance, distribuant ici ou là des poignées de main. Trois hommes l'accompagnent et je reconnais, parmi eux, Damien Dubosc. Je ne les ai pas revus depuis longtemps, mais ils ont à peine changé. Plus élégants, peut-être, encore plus sûrs d'eux, sans doute. Ils sont de la race de ceux qu'il faut craindre et ce soir plus que jamais, on comprend, à la façon dont ils fendent la petite foule pour s'approcher de moi, qu'ils se comportent en maîtres des lieux.

Ferracci est à deux mètres de moi, la main tendue dans ma direction. Sylvie Rabatel l'intercepte et se place entre nous. Je l'entends lui dire assez fort pour que tout le monde en profite, moi le premier :

« Merci d'être venu, monsieur le divisionnaire. Nous n'attendions que vous. »

Ainsi, ils sont plusieurs dans la confidence... Pourtant, j'avais bien insisté pour qu'elle ne l'invite pas. Elle ne m'a pas écouté. Peut-être a-t-elle pensé que cela me ferait plaisir de le revoir. Je ne peux pas lui en vouloir. Elle ne sait rien de notre histoire.

Et c'est sous un tonnerre d'applaudissements qu'il me prend la main puis me serre dans ses bras. Je subis cette étreinte sans oser me dégager. Quelques flashes immortalisent cet instant. Ils sont heureux pour moi : ce n'est pas tous les jours qu'un grand flic se déplace pour honorer le départ d'un des leurs. Je les sens presque soulagés. Il leur aurait paru tellement insultant qu'aucun représentant de la hiérarchie ne soit venu me saluer. Par chance, Jean-Louis Ferracci, l'un des flics les plus puissants du pays, m'a évité cette humiliation. C'est tout juste s'ils n'en sont pas honorés eux-mêmes.

Les vivats redoublent et une voix s'élève : « Patron, un discours ! »

La demande est reprise à l'unisson au point que les murs en tremblent. Ferracci me lâche enfin. Je n'ai pas prononcé un mot. Il dit, provoquant des éclats de rire complices :

« Puisque vous insistez... messieurs... commence-t-il.

– ... et mesdames ! » lance quelqu'un.

Il s'incline devant Rabatel qui fait sa coquette, un brin rougissante.

« Et mesdames, bien sûr. Même si j'ai souvent dit qu'il fallait avoir des couilles pour entrer dans la police ! »

Les rieurs sont avec lui. Même Rabatel s'esclaffe. Des plaisanteries de ce genre, elle en a souvent entendu et, venant d'un patron, elle se dit qu'il n'y a pas de quoi s'en formaliser. Au contraire, elle apprécie. Je sais pour en avoir parfois parlé avec elle qu'elle considère Ferracci comme un grand flic à la carrière exemplaire. Elle m'a laissé entendre qu'elle adorerait être dans ses petits papiers. J'ai bien vu qu'elle n'avait pas compris pourquoi je ne voulais pas de lui à mon pot de départ.

Et si elle sourit de toutes ses dents, c'est parce qu'elle est certaine d'avoir bien fait et qu'au final je la remercierai.

Je réalise à quel point elle est contente que le grand patron ait tenu parole. Il lui a promis qu'il viendrait. Il est là. Elle me regarde. Mon visage n'exprime rien. Ni surprise ni plaisir. J'observe et j'attends.

« À propos de couilles, l'homme que vous avez devant vous en a une sacrée paire ! » poursuit Jean-Louis Ferracci, toujours aussi chaleureux, devant un auditoire tout acquis.

Les rires fusent.

Ferracci parle d'abord de nos années de jeunesse « où, déjà, pointait le flic de devoir qu'Hervé Langelier n'a jamais cessé d'être ». Je me demande à quoi il joue ! Il insiste et dresse de moi le portrait d'un « flic comme on n'en fait plus ». Il parle, avec parfois de l'émotion dans la voix, d'un homme aux qualités rares, d'un parcours professionnel qui ferait bien de les inspirer tous. Enfin, il conclut :

« Je vous ai beaucoup parlé du flic exemplaire. Ce soir, il nous quitte pour prendre sa retraite. Je voudrais seulement ajouter que, quoi qu'il lui arrive désormais, cet homme restera à jamais mon ami. »

Les applaudissements éclatent. Quelques-uns sifflent entre leurs doigts. Ils sont contents que le grand patron soit venu saluer leur collègue. Certains savent que les choses n'ont pas toujours été faciles entre nous, qu'il n'a pas été tendre avec moi. Mais tout cela est si vieux qu'ils apprécient de le voir passer l'éponge au moment du départ.

Moi, beaucoup moins. Je connais Ferracci par cœur : tout ce qu'il a dit sur moi, il n'en pense pas un mot. S'il s'est pointé ce soir avec Dubosc, son âme damnée – qui ne m'a pas salué –, c'est qu'il a une idée en tête.

Ferracci me prend à nouveau dans ses bras. Je me laisse faire. Il empeste l'eau de toilette. Je réalise à quel point je hais cet homme. L'écouter parler de moi m'a été intolérable.

Une humiliation de plus. Comment le responsable de tous mes malheurs a-t-il osé venir pérorer devant moi ? Je ne le supporte plus. Et encore moins les applaudissements qui accompagnent ses marques d'affection. J'entends : « Un discours, commissaire ! »

Je lance à la cantonade :

« Et maintenant, champagne ! »

Rabatel, à l'affût, se précipite avec deux flûtes en plastique. Ferracci s'apprête à trinquer. Il va dire : « À toi, au grand flic, à l'ami » ou une connerie de ce genre. Je ne lui en laisse pas le temps. Je lui jette le contenu de mon verre au visage. Je n'ai jamais été aussi calme et, avant qu'il ait le temps de réagir, je m'adresse à tous :

« Maintenant, vous allez m'écouter. Je vais vous raconter ma vie. Rassurez-vous, pas tout ! Seulement les dix dernières années ! »

Ils me regardent, atterrés. Ils ne s'attendaient pas à ça. Je commence aussitôt sans leur laisser le moindre répit tandis qu'à mes côtés Ferracci s'essuie maladroitement le visage avec une serviette en papier que lui a tendue Rabatel. Je m'adresse à lui simplement.

« Reste, la fête commence. »

Je l'entends murmurer, juste pour moi :

« Non, Hervé, la fête est finie. J'aurais voulu une autre sortie pour toi, mais, maintenant, ce n'est plus possible. »

Insensible à ses mots, je l'ignore.

Je me tourne vers l'assemblée. Je suis calme. Très calme.

2

Il est 21 heures et quelques minutes. J'allume une cigarette. J'attends qu'ils soient tous installés. Je devine leur curiosité. Je commence alors le récit de mes dix dernières années.

Au début, j'ai refusé toute espèce de mutation. J'en ai fait une affaire de principe. Je me suis obstiné à leur répéter qu'il n'y avait aucune raison que je quitte mon poste. J'ai soutenu que je n'avais pas fait d'erreur. J'ai refusé pour la forme car, au fond de moi, je n'ignorais pas que mon sort était scellé et que, d'une façon ou d'une autre, je devais payer. Je connaissais bien la police pour savoir que je ne pouvais pas continuer à diriger ma brigade.

Un matin d'octobre, ce devait être le 26 si je me souviens bien, Ferracci ici présent m'a convoqué à Nanterre. Il m'a pris par surprise et, au début, je me suis laissé faire. Il m'a embrassé et il m'a invité à m'asseoir. Il a commandé deux cafés et je crois que j'ai même souri. Il a commencé en disant :

« Je te parle au nom de notre vieille amitié. »

Puis il en a appelé à mon sens des responsabilités : « Tu as une famille, Hervé. Pense à eux au lieu de t'entêter bêtement. Tu sais à quel point j'aime Stéphanie et les enfants. »

Il a continué : « C'est une question d'autorité. Les hommes risquent de ne plus avoir confiance. Et dans la police, tu sais combien la confiance est importante. Après ce qui s'est passé, il faut que tu te fasses oublier. »

Il a même ajouté : « Pour un court moment. Ensuite, je te remettrai aux affaires. On a encore besoin de types comme toi.

Crois-moi, laisse l'affaire se tasser et ensuite j'aviserai. Tu sais que tu peux compter sur moi. Mais aujourd'hui il t'est impossible de rester à ton poste. Tu comprends ça, Hervé ? »

Au fond de moi, je savais bien qu'il avait raison et que je n'avais pas envie de continuer ainsi, mais j'ai répondu, plus par provocation qu'autre chose, que je ne comprenais pas, que je n'avais commis aucune faute et que je refusais de quitter mon poste. J'ai cru qu'il allait s'étouffer de rage. Il a hurlé : « Putain, Hervé. Tu n'as pas compris dans quel merdier tu t'es mis. J'essaie de te sauver la mise et, toi, tu m'envoies péter. Je te propose d'attendre que les choses se tassent. Après on avisera. Accepte, bordel ! Fais-moi confiance. »

J'ai dit que je considérais ça comme une sanction et que je pouvais refuser. Il m'a alors conseillé de ne pas faire le con et a ajouté : « Tu connais la règle : tu as merdé, tu paies. »

Je me suis défendu en lui répétant que je n'accepterais jamais qu'on dise que j'ai merdé et que je n'avais rien à payer, mais que, pour le rassurer, j'étais prêt à obéir.

J'ai claqué la porte, pas mécontent de ma sortie.

Quinze jours plus tard, il m'a à nouveau convoqué. Au son de sa voix, j'ai senti qu'il était gêné. Il m'a annoncé que, en attendant de me trouver un nouveau point de chute, j'étais relevé de mon poste et que j'allais rester sans affectation.

J'ai répliqué :

« Vous n'y allez pas de main morte !

– Écoute, Hervé, je me défonce pour toi. Je ne veux pas qu'ils te virent.

– Je n'ai rien à me reprocher, Jean-Louis.

– Tu ne vas pas recommencer avec ça. Accepte et tourne la page. »

Je ne suis pas idiot, je savais que j'étais battu. Mais j'ai continué, rien que pour le plaisir.

« Le ou les véritables assassins courent toujours, et ça, tu le sais parfaitement !

– Hervé, arrête tes conneries. L'affaire est terminée. C'est à cause de ton entêtement que tu t'es mis tout le monde à dos. Un conseil, laisse tomber !

– N'empêche que j'ai raison !

– Qu'est-ce que tu peux être con ! »

Mais cette fois il ne s'est pas vraiment énervé. Il m'a répété qu'ils voulaient faire un exemple et il m'a promis qu'il allait faire de son mieux.

« Heureusement qu'ils m'écoutent. En résolvant cette affaire, je leur ai retiré une sacrée épine du pied. Je vais essayer d'en profiter pour te sauver la mise. »

Je ne supportais plus de l'entendre rabâcher qu'il cherchait à m'aider. Je n'y croyais plus. Il m'a conseillé de tenir bon et il m'a embrassé. Je n'étais pas idiot au point de ne pas voir clair dans son jeu. Pourtant, en le quittant, je l'ai remercié. Je l'ai vu sourire et j'étais certain qu'il croyait m'avoir convaincu. En réalité, je n'avais plus l'envie de lutter. Ma priorité était ailleurs. Il avait raison sur un point, mais il l'ignorait : si je voulais poursuivre mon enquête, j'avais intérêt à me faire oublier et à accepter la mutation qu'on me proposait. En plus, ils y ont mis les formes, ces salauds. On m'a parlé de changement d'affectation, de promotion, etc. Personne n'a été dupe, mais, vous le savez tous, on aime sauver les apparences chez les flics.

Ils m'ont accordé deux semaines de répit. Cependant, j'ai quitté ma brigade le soir même après avoir salué tous mes hommes, les uns après les autres. Pas question que je parte comme un malpropre. J'avais été victime de mes convictions. Une voix discordante qui devait se taire. J'étais celui qu'il fallait écarter. Quel naïf ! En leur faisant mes adieux, ce soir-là, j'étais persuadé que la plupart de ces hommes partageraient mon avis. N'avaient-ils pas bossé comme des fous à mes côtés pendant des mois ? Aussi, avant de partir, je leur ai répété une dernière fois que le véritable assassin courait toujours et qu'ils devaient continuer à être vigilants. Je me souviens d'avoir insisté en leur disant : « Ne lâchez pas ! »

Aucun ne m'a contredit. Ils m'ont écouté poliment avec des hochements de tête que j'ai pris pour de l'approbation, même s'il était évident qu'ils ne me croyaient pas. Ils avaient surtout hâte que je dégage. Et je leur ai redit que j'avais été fier de travailler avec eux.

Seul Dubosc que je suis passé voir parmi les derniers a émis une objection : « L'affaire est réglée et bien réglée. Il faut tourner la page, commissaire. »

Je n'ai pas voulu m'engueuler avec mon ex-adjoint. Pas ce soir-là.

À quoi bon ? En l'apercevant toujours aussi docile assis à côté de Ferracci, je me rappelle que je l'ai beaucoup aimé, lui aussi, au point qu'on m'avait souvent reproché de le protéger. C'est faux, bien sûr. Je n'ai jamais privilégié personne, mais j'avais décelé dans ce jeune les qualités qui font un bon flic. Alors qu'on ne me parle pas de piston ou de protection. J'ai cru en lui plus que dans les autres. Point final. Aussi, j'avais préféré ignorer sa remarque. Il m'avait suffisamment déçu comme ça. Il ne méritait que mon mépris.

Ainsi, j'ai laissé ma brigade, sûr de moi, persuadé que tôt ou tard la vérité éclaterait. Je suis parti la tête haute. Sans regret. Aucun regret non plus à l'idée que Dubosc avait été le premier à me lâcher pour se mettre dans l'ombre de Ferracci. Ce jour-là, je ne lui en ai même pas voulu de m'avoir laissé tomber. Je me suis contenté de répondre : « Je ne sais pas encore », quand il m'a demandé où j'étais affecté.

En rentrant, je n'ai pas dit à Steph que j'avais été relevé de mes fonctions et que j'étais en attente d'une nouvelle affectation. Je n'ai pas non plus cherché à le lui cacher. Non, je me suis comporté comme d'habitude, j'ai dîné, je suis sorti fumer et je me suis enfermé dans mon bureau. Le lendemain matin, j'aurais pu faire semblant d'aller bosser. Au lieu de cela, je suis resté dans le salon à siroter mon café. Steph m'a interpellé. Je ne sais pas comment, mais elle avait appris ma mise à l'écart. Elle m'a reproché mon silence et j'ai seulement répondu :

« Je croyais te l'avoir dit. »

Ce matin-là, réfugié dans mon bureau, je l'ai entendue pleurer. Mais ses larmes ne m'ont pas ému.

Steph a emmené les enfants passer les fêtes de fin d'année chez ses parents, à Bordeaux. J'ai promis de les rejoindre, mais je ne suis pas descendu. À leur retour, ni elle ni les enfants n'y ont fait allusion.

Début 2002, j'ai revu Ferracci. Il rayonnait quand il m'a annoncé :

« J'ai été nommé à la tête de l'OCRB ! Putain, tu te souviens, la répression du banditisme, c'était mon rêve à l'école des commissaires. Et là, j'y entre par la grande porte ! »

Non, je ne m'en souvenais pas, mais j'ai répondu « oui ». Je me suis alors rappelé qu'à l'époque il était déjà dévoré par l'ambition. Cette superbe promotion lui faisait tellement plaisir que je l'ai félicité. J'en ai fait des tonnes. Je lui ai dit que j'étais content pour lui et qu'il la méritait. Je lui ai même tapé sur l'épaule en lui disant : « Bravo, commissaire ! »

C'est tout juste si je ne l'ai pas embrassé.

Je n'ai pas voulu lui dire qu'il devait cette nomination à une enquête bâclée. Je ne me formalisais plus des mœurs en vigueur dans la police. Ferracci a toujours eu de l'ambition et de l'intuition. Et surtout de la chance. Tout ce que je n'ai pas eu. Je n'étais pas amer ni jaloux, seulement réaliste.

Ce n'est qu'ensuite qu'il m'a annoncé qu'il m'avait dégotté un poste au service des étrangers à Boulogne, ajoutant que je restais dans le département et que Steph serait contente. Je lui ai demandé quand je commençais. Il m'a répondu : « D'ici quelques jours, je te ferai signe. En attendant, tu peux continuer à te la couler douce ! »

Sa remarque ne m'a pas plu. Je n'ai pas pu m'empêcher de lui demander ce que ça voulait dire « me la couler douce ».

Il m'a répondu que ne rien branler et être payé, c'était le rêve pour un flic. Ça m'a foutu en rogne. Je lui ai lancé : « Non, pas vraiment. Tu sais très bien que j'aime mon boulot. Et mon boulot, c'est être flic sur le terrain, pas dans un bureau. Mais, bon, j'accepte. Tu es content ? »

Il m'a regardé dans les yeux, plus surpris que fâché. Il a poursuivi, presque amical :

« Écoute-moi bien, Langelier, tu es passé à deux doigts de te faire virer et j'ai l'impression que tu ne t'en rends pas compte. Ils voulaient ta peau. Je me suis battu bec et ongles pour te sauver la mise. Alors contente-toi de ce boulot, fais-toi oublier et ne nous fais plus chier. Et surtout ne me dis pas merci, ça t'écorcherait les lèvres ! »

Je l'ai remercié. Il n'a pas compris que je me moquais de lui. J'étais sur le point de partir quand il m'a retenu pour me dire que je me laissais aller. Il m'a conseillé de me raser et de me fringuer. Il ne voulait pas que je lui fasse honte et il a fini par lâcher :

« Je me suis mouillé pour toi, ne l'oublie pas. »

Il a levé les yeux et a ajouté : « Je te l'ai déjà dit, tu devrais penser à tes gosses et à Steph. Tu as une femme formidable, Hervé. »

Je l'ai rassuré en lui affirmant qu'il n'avait rien à craindre et qu'il serait fier de moi.

Et je l'ai remercié à nouveau.

En réalité, je n'en avais rien à foutre. Boulogne ou autre chose... Ma priorité était ailleurs. Je n'avais personne pour la partager. Surtout pas lui. J'avais hâte de m'éloigner et j'avais surtout envie de fumer.

J'ai été muté au service des étrangers de la sous-préfecture de Boulogne le lundi 18 février 2002. Je me souviens d'un matin ensoleillé, mais froid.

J'y suis arrivé à 8 heures précises. J'avais déjà une place réservée avec mes initiales au premier sous-sol du parking. Deux policiers en tenue m'ont ensuite conduit au deuxième étage. Mon bureau était vaste et donnait sur la Seine. Ils m'ont abandonné là après m'avoir averti que le sous-préfet n'était pas encore arrivé. Je suis allé aussitôt à la fenêtre sans m'intéresser à mon nouveau bureau et j'ai regardé passer les péniches. Le premier souvenir agréable que je garde de mon arrivée à mon poste a été d'imaginer la vie nomade de ces hommes et de ces femmes dont j'apercevais les silhouettes dans leurs cabines. J'ai tenté d'ouvrir les fenêtres pour fumer ma deuxième cigarette de la journée, mais elles étaient scellées. Je me suis dit: « Tant pis pour l'odeur », j'ai allumé une Marlboro. J'avais trop envie d'en griller une en profitant du spectacle du fleuve. Pendant les mois que j'ai passés là, je ne m'en suis jamais lassé. De mon passage à Boulogne je ne regrette qu'une chose: ma vue sur la Seine.

Jeune, j'ai beaucoup fumé. Steph m'avait aidé à arrêter. Ç'a été dur, mais j'y suis arrivé. Pendant quinze ans, je n'ai pas touché à une seule clope. Et ce ne sont pas les occasions de replonger qui manquent chez nous, n'est-ce pas, messieurs? Mais, au printemps 2001, j'ai repris la cigarette. Vous savez comment ça se passe, on commence par une clope et on finit à deux paquets par jour. Je n'ai pas pu m'en passer. Steph me l'a beaucoup reproché. Quand elle a compris qu'il n'était pas question que j'arrête, elle m'a demandé de ne pas fumer dans l'appartement. Je sortais et je me promenais dans le quartier quel que soit le temps. Certains soirs, je grillais jusqu'à une dizaine de cigarettes avant de rentrer.

Un jour, elle m'a dit que je cherchais à fuir. Elle avait sans doute raison. C'était plus fort que moi, mais j'avais de plus en plus de mal à rester enfermé. Je ne supportais pas la façon dont elle et les enfants me regardaient. Ils épiaient le moindre de mes mouvements comme si j'étais une bête curieuse. Je me dis aujourd'hui qu'ils devaient avoir sacrément peur de moi et de mes réactions. Alors il fallait que je m'éloigne. Je disais que je sortais pour fumer et quand je revenais je me réfugiais dans mon bureau.

Cet été-là, Steph et les enfants sont partis en vacances chez ses parents qui possèdent une villa à Audenge, un bled pourri au fond du bassin d'Arcachon. J'ai prétexté, sans autre explication, qu'une enquête importante me retenait en région parisienne. J'ai eu l'impression que cela les arrangeait. Au calme, j'ai passé le mois à classer mes dossiers et surtout j'en ai profité pour vider la chambre de Sonia afin d'en faire le bureau dont j'avais besoin. J'ai déplacé ses affaires dans l'autre pièce et j'ai dégagé les murs.

À son retour, comme je m'y attendais, elle a protesté, elle a refusé d'être obligée de dormir avec son frère et sa sœur. Elle a même pleuré. Elle m'a supplié. Elle voulait sa chambre à elle. Steph a essayé d'intervenir. Je suis resté inflexible. Alors Sonia a explosé :

« Je te déteste ! »

Puis elle m'a demandé, toujours aussi agressive :

« Je vais te poser une question... J'ai eu le bac ou pas ? »

J'ai fait la moue, réalisant que je l'ignorais.

« Je te plains ! » m'a-t-elle lancé.

Et elle est sortie en claquant la porte.

Je peux comprendre qu'à 17 ans on aime avoir son espace à soi, mais je leur ai dit que j'avais besoin de cette pièce pour travailler en paix, m'y retrouver seul, réfléchir, rassembler mes dossiers. À moins de déménager, il n'y avait pas d'autre solution. Ce que je ne leur ai pas dit, c'est qu'il fallait que je mette en ordre et surtout à l'abri toutes les pièces que j'avais commencé à rassembler à la barbe de tous sur la série de crimes de l'année 2001. Comment auraient-ils pu comprendre que j'avais entrepris un travail colossal et que j'avais besoin d'un endroit à moi ?

Les souvenirs de cet épisode me reviennent en mémoire. Dès le jour où j'ai pris possession de sa chambre, Sonia ne m'a plus jamais adressé la parole. Je l'ai regretté, mais je ne pouvais pas faire autrement. À l'époque, j'étais convaincu que ma mission était plus importante que tout. Personne, même pas Steph, n'avait le droit de pénétrer dans mon bureau, et j'ai veillé à ce qu'il soit toujours fermé à clé.

Pas question de leur faire partager mes pensées.

Mais revenons à la préfecture.

Le sous-préfet Lemoine est venu se présenter vers 9 heures. Il est entré sans frapper et il m'a invité à le suivre dans son bureau. C'était un homme à peine moins âgé que moi. Il était petit, rondouillard et je me souviens qu'il portait un costume trois pièces prince-de-galles. D'entrée, je l'ai trouvé sympathique. Par la suite, nous nous sommes toujours bien entendus. Ça n'a pas été le cas avec le connard qui lui a succédé. J'ignore s'il le saura un jour, mais je regrette beaucoup son absence ce soir à mon pot de départ.

Bêtement, je l'avoue, et sans doute en raison de ses manières un peu précieuses, j'ai pensé qu'il était homosexuel. Puis il m'a montré la photo de sa femme et de ses quatre enfants posée sur son bureau. Du doigt, il a désigné les membres de sa famille : « Céline, ma femme, Victor, mon aîné, Simon, Aurélien et Sidonie, 3 ans. »

Il avait l'air très fier. Puis il a plaisanté :

« Nous voulions tellement une fille que nous nous sommes entêtés ! »

J'ai bien vu qu'il aurait aimé que, moi aussi, je lui parle de ma famille, de ma femme et de mes enfants, mais je me suis abstenu. À quoi bon ?

Ensuite, Lemoine m'a présenté à mon équipe. Il y avait là une douzaine de personnes, déjà au travail dans une seule grande pièce séparée par de petites cloisons. Certains – et parmi eux pas mal de lèche-bottes – m'ont accueilli avec de larges sourires en me souhaitant la bienvenue, d'autres avec un air interrogatif, parfois hostile. Tous, je l'ai aussitôt senti en les saluant, n'ont pas pu cacher qu'ils avaient déjà une opinion bien ancrée sur leur nouveau patron. Je suis arrivé précédé d'une réputation peu flatteuse. Je ne me suis fait aucune illusion : pour eux, j'étais le flic qui avait merdé dans l'enquête sur le tueur de familles. Ils se sont dit qu'ils avaient hérité d'un bras cassé. J'étais décidé à leur prouver le contraire. Je connais mon surnom, *le bulot*, qui a fait le tour des commissariats du département et sans doute au-delà. Franchement, je m'en moque. Je suis blindé contre toutes ces critiques et les regards de mes futurs collaborateurs.

Je leur ai donné rendez-vous à 11 heures pour un premier briefing et je suis sorti, abandonnant le sous-préfet devant l'ascenseur.

J'avais trop envie de fumer et de me retrouver seul.

Ce poste, à la tête du service des étrangers, je l'ai occupé pendant un peu plus de deux ans. Les demandes d'asile de toutes sortes nous parvenaient et nous étions chargés de les examiner une à une. La plupart étaient des demandes d'asile politique : des Iraniens poursuivis par les islamistes en place, des Africains fuyant les tueries, des Afghans menacés par les talibans, bref des hommes et des femmes qui disaient tous avoir de bonnes raisons pour s'installer en France.

Pourtant, pour l'essentiel, j'ai réalisé mes chiffres en particulier grâce aux Roumains et aux Bulgares. Ils peuvent chercher, ils ne trouveront rien à me reprocher, surtout pas d'avoir accompli mon travail avec application, ni même d'avoir manqué de zèle. J'ai fait tout au long de ces années ce que l'on attendait de moi. J'arrivais tous les matins à 8 heures précises et je ne quittais mon bureau qu'une fois mon boulot accompli, parfois tard le soir.

Voilà à quoi ressemblaient mes soirées : je rentrais vers 9 heures, je dînais rapidement, trop tard pour croiser les enfants, puis je sortais à nouveau. Je disais à Steph que j'allais fumer dehors. Je flânais, faisais durer le temps et quand enfin je revenais, elle dormait déjà. Je m'enfermais dans mon bureau pour travailler. J'ouvrais les fenêtres et je fumais.

Un soir, ce devait être en octobre ou novembre 2002, elle a encore tenté de se rapprocher de moi. Je ne l'ai pas entendue venir. Elle s'est assise en face de moi. Comme je continuais à manger, elle m'a pris la main pour me demander d'arrêter. Pendant un moment, nous sommes restés assis face à face, sans prononcer un mot. J'ai bien vu qu'elle cherchait mon regard. J'ai continué à fixer mon assiette. Dans ce silence, j'ai senti ses efforts, sa tentative inutile pour nouer des liens. La première, elle a rompu le silence et m'a demandé : « Qu'est-ce qui se passe, Hervé ? »

Je n'ai rien trouvé d'autre à répondre que : « Rien. Tout va bien, pourquoi ? »

Elle a quitté la cuisine. Je ne suis pas certain qu'elle ait pleuré.

J'ai terminé de dîner. J'ai fait la vaisselle, j'ai débarrassé et je suis sorti fumer. Qu'aurais-je pu lui dire ? Que je ne supportais plus cette vie ? Que mon travail à Boulogne ne m'intéressait pas ? Et surtout que je voulais rester seul ? Que je m'étais engagé dans un chemin où il n'y avait de la place pour personne ? Mais, comme les autres, elle n'aurait pas compris et il était préférable que je me taise.

À mon retour à l'appartement, j'avais déjà oublié la détresse de Stéphanie et je suis allé travailler dans mon bureau. J'en ai éprouvé le besoin avant de me coucher. J'y ai lu et relu tout ce que j'avais commencé à rassembler sur la série des crimes de 2001. J'ai regardé encore et encore le reportage de France 2 que j'avais enregistré. La bande est usée jusqu'à la trame, au point que certains passages sont brouillés, inaudibles. Mais je n'ai pas pu m'empêcher de continuer à la visionner sur le magnétoscope que j'avais récupéré dans le salon.

J'avais refusé d'être interrogé et, comme si on avait voulu se venger de mon silence, le documentaire insistait sur mes

« errements », comme ils disaient, pendant les premières semaines de l'enquête. J'ai encore le commentaire de ce journaliste en mémoire :

« L'erreur des policiers dirigés par le commissaire Langelier a été de se focaliser exclusivement sur la culpabilité des pères qui avaient disparu. Un temps précieux a été perdu. »

Puis il saluait le travail de Ferracci. Il disait que celui-ci avait dû tout reprendre à zéro et que, grâce au dispositif qu'il avait mis en place dans la nuit du 19 mai, le tueur avait pu être neutralisé. Ferracci faisait même son mea-culpa :

« Si nous avions réagi plus tôt, nous aurions été plus efficaces, mais rien n'indique que nous aurions pu éviter le dernier dramc. »

Plus tard, il répétait ce que je l'avais entendu dire tant de fois : « La vue de ces familles anéanties nous hantera longtemps, moi et mes hommes, mais, au moins, après la mort d'Eskenasi, nous avons eu le soulagement d'avoir échappé au pire. »

Il était très convaincant, comme se voulait convaincant le portrait d'Eskenasi. Je revoyais les lieux, les gens, le voisin qui avait averti la police, les visages de ceux qui avaient été tués.

« À ce jour, concluait le journaliste, avant d'enfiler une ridicule veste en cuir et de disparaître, les corps des pères assassinés par Eskenasi n'ont toujours pas été retrouvés. »

Je n'étais pas révolté, simplement fasciné, comme envoûté par ces souvenirs qui avaient détruit ma carrière, mais, j'en étais convaincu, pas ma vie. Le reportage terminé, je l'ai regardé à nouveau, jusqu'à l'épuisement, puis je me suis traîné dans notre lit où Stéphanie dormait déjà. Moi, il m'a fallu longtemps avant de sombrer dans un sommeil de quelques heures.

Après cette soirée, Steph ne m'a plus rejoint dans la cuisine. Elle n'a pas non plus cherché à me parler.

Le temps a passé.

Un matin de mars 2003, Stéphanie s'est levée avant moi. Elle m'a attendu dans le salon déjà habillée. Elle m'a annoncé qu'elle allait me quitter. Je n'ai même pas protesté tellement cette rupture m'est apparue comme une évidence. Aujourd'hui, je réalise qu'il lui a fallu beaucoup de courage pour m'annoncer sa décision... Je n'ai pas eu la force ni surtout le désir de lui dire que j'allais changer, que j'allais faire des efforts. En réalité, et c'est terrible à entendre aujourd'hui, j'ai été soulagé.

J'ai répondu d'une voix douce :

« Je comprends. Toi et les enfants, vous ne manquerez de rien, je te le promets. »

Ce sont les seuls mots que j'ai prononcés. Je n'ai pas cherché à embrasser mes enfants. J'ai pris mon imperméable et je suis sorti sans un mot. À quoi bon ? Tout était mieux comme ça.

Je ne m'étais pas senti aussi bien depuis longtemps. Je n'avais qu'une chose en tête : comment récupérer la pièce 82 du dossier d'instruction de l'affaire Blanchet. Elle n'était pas très importante, mais c'était une pièce supplémentaire du puzzle que j'avais reconstitué morceau par morceau, les mois précédents.

Le soir, lorsque je suis rentré, l'appartement était vide. J'ai fait le tour comme si je voulais m'assurer qu'ils étaient bien partis. J'ai vérifié : ils n'avaient emporté que des vêtements. Ils viendraient chercher le reste de leurs affaires plus tard. Ils ne l'ont jamais fait et j'ai fini par les jeter.

Je me suis alors occupé de mon dîner. Une entrecôte. Bleue, comme je les aime. Et une salade verte. Le tout accompagné d'un excellent bordeaux.

Parfois, Stéphanie remontait seule à Paris. Ses efforts pour tenter de renouer les liens ont été inutiles. À sa dernière tentative, je lui ai dit que les choses étaient mieux ainsi. J'ai été catégorique, et sans doute trop dur : « Plus tard, peut-être, mais pas maintenant, j'ai une autre priorité. »

Cela l'a horrifiée et elle m'a demandé laquelle. J'ai répondu : « Mon enquête. »

Alors elle a enfin compris. Je ne l'ai pas revue depuis sept ans. Ni elle ni mes enfants. Quelques mois plus tard, j'ai signé, sans même les lire, les papiers du divorce.

Je sais qu'aujourd'hui ils vivent à Bordeaux près de ses parents. Nicolas a 16 ans. Mes filles un peu plus. Il paraît que je suis grand-père. Personne ne me manque.

Cette nuit-là, fumant cigarette sur cigarette en buvant du whisky, assis dans le salon, les pieds sur la table basse, j'ai réalisé que j'étais enfin libre, entièrement disponible pour mon enquête.

J'étais impatient de m'y remettre.

À minuit passé, j'ai une nouvelle fois visionné le reportage. Ses erreurs m'ont sauté aux yeux. Jamais, autant que ce soir-là, mes certitudes ne me sont apparues aussi évidentes. Je suis allé dans mon bureau, j'ai pris les photos des quatre pères disparus et je les ai épinglées dans l'entrée face à la porte. Il fallait que ces photos soient un rappel permanent à ma mission.

Frédéric Saféris, Yves Quenin, Martin Blanchet, Édouard Garambois.

J'étais si excité que je n'ai pas réussi à trouver le sommeil, imaginant déjà toutes les pistes que j'allais désormais explorer. Je ne sais combien de fois je me suis levé pour regarder en face les visages de ces hommes. Sans parvenir à percer leur mystère.

Croyez-moi, mes amis, l'un d'eux était le coupable. Aussi, je vous le demande, ne partez pas si vous voulez connaître le nom du tueur. Je vais tout vous révéler par le détail. Je le dis surtout pour toi, Ferracci. Ne me regarde pas de cet air désolé. Tu le sais aussi bien que moi : il fallait bien qu'un jour cette vérité soit connue de tous. Et ce jour est venu.

3

Je vois bien qu'ils sont secoués par ce qu'ils viennent d'entendre. Ils mesurent, même si beaucoup ne le comprennent pas, l'ampleur de mon sacrifice. J'ai fait le choix de perdre ma femme et mes trois gosses pour poursuivre mon enquête en toute tranquillité. Certains sont choqués, d'autres bouleversés, peu parmi eux sont indifférents. Je regarde Ferracci et je n'aime pas ce que je lis dans ses yeux: de la tristesse, pire de la pitié. Et de sa pitié, je n'en veux surtout pas.

Pour que cette gêne qui les gagne peu à peu ne s'installe pas, je reprends mon récit.

Depuis toutes ces années, je n'ai fait que ça, donner à l'affaire tout mon temps, beaucoup de mon argent et de mon énergie. Je lui ai consacré mes soirées, mes week-ends, mes vacances. Les murs de mon appartement, où personne n'est entré depuis que Stéphanie est partie avec les enfants, sont couverts de photos, d'articles de presse, de dessins raturés, de numéros de téléphone, d'adresses, de noms récupérés au fil des années.

Si vous venez chez moi, vous verrez que dix années d'enquête, d'espoirs et de déceptions sont racontées là, sur ces murs, dans un désordre que je suis le seul à pouvoir déchiffrer. C'est un immense puzzle commencé dans mon bureau et qui, de mois en mois, a fini par envahir le couloir, les chambres, le salon. Jusqu'à la cuisine.

Je m'y sens bien. À force de m'y plonger, j'en connais les moindres secrets, les plus petits détails. Tenez, par exemple, le numéro de portable et l'ancienne adresse de Sarah Oudy, celle qui fut la maîtresse de Saféris, sont écrits au feutre rouge sur le montant droit, à mi-hauteur, de la porte de la salle de bains. Bien que ces informations ne me soient plus d'aucune utilité désormais, je ne les ai pas supprimées.

J'ai réservé la couleur rouge aux informations prioritaires. Le noir, aux importantes. Le bleu, à celles qui peuvent encore servir, et le vert aux pistes abandonnées, mais qu'il ne faut surtout pas perdre. Car, dans une enquête policière, vous le savez, messieurs, on ne doit rien négliger : le détail d'un jour peut se révéler capital le lendemain. Aussi, j'ai tout conservé. Tout !

Malheureusement, j'ai dû m'éloigner de mon appartement quand, après deux années passées au service des étrangers, j'ai été muté à Strasbourg, au service chargé de la sécurité au Parlement européen. C'était en juin 2004.

Ferracci m'a appelé. J'ai compris aussitôt qu'il continuait à guider ma carrière selon son bon vouloir. Cette fois encore, il a eu le culot de me présenter ce changement comme une vraie promotion encore mieux payée ! Il m'a félicité pour mes statistiques à Boulogne, mais seulement après m'avoir déclaré que j'y avais fait mon temps et que je devais bouger pour ma carrière et surtout dans l'intérêt des services.

De quels services parlait-il ? Ceux qui ont bâclé l'enquête sur les assassinats de ces familles ? Surtout, j'ai eu de plus en plus de mal à supporter qu'il dirige ma vie.

Je songe qu'il m'en avait fallu du temps pour comprendre que, pendant tous ces mois passés à Boulogne, il avait continué à me surveiller. Rien, aucun de mes faits et gestes, ne lui avait échappé : il avait appris que j'avais discrètement poursuivi l'enquête sur cette série de crimes. Il savait tout de mon secret. J'avais manqué de prudence et j'avais été bien naïf de penser que Ferracci m'oublierait.

Cet homme n'oublie jamais rien ni personne.

Je suis resté vingt-trois mois à Strasbourg, deux années douloureuses, non parce que le travail était difficile – au contraire, dans une autre vie il m'aurait comblé, et Steph aurait sans doute aimé cette ville –, mais parce que mon séjour là-bas m'avait détourné de mon enquête. Je n'ai pas trouvé le temps de m'y consacrer. J'y ai vécu, perdu, à mille lieues de mon univers et des preuves que j'avais accumulées sur mes murs. Certes, je suis parfois revenu chez moi, au Plessis, le temps d'un week-end, j'y ai passé mes vacances et mes jours de récupération, mais je ne suis pas parvenu à m'y remettre. Loin de ma base, je n'ai été bon à rien. J'avais besoin de me retrouver dans mon univers quotidien, face à mes murs couverts des éléments de l'enquête. J'aurais sans doute démissionné si, à force de réclamer mon retour en région parisienne, je n'avais obtenu satisfaction.

J'ai été muté au commissariat du Raincy en mai 2006, dans un secteur difficile et dans un département si éloigné de chez moi que certains jours je mettais près de deux heures pour rentrer. Mais il était hors de question que je déménage. Je ne me suis pas plaint et j'ai accepté immédiatement. Mes journées étaient chargées, mon travail était colossal, mais j'étais de retour chez moi. Soulagé, j'ai retrouvé mon appartement, mes habitudes, mon énergie, et j'ai pu reprendre mon enquête là où je l'avais laissée deux ans plus tôt.

J'avais passé les premières années de mon enquête, jusqu'à mon départ pour Strasbourg, à accumuler le maximum d'éléments. Je n'avais négligé aucune piste. Je m'étais consacré à chaque cas avec la même minutie, mais j'avais travaillé dans le désordre. J'avais rassemblé tant de choses, parfois sans importance, que mon appartement était devenu presque trop petit.

Je ne dirais pas que je n'avais pas mes préférences, ni que je plaçais tous les acteurs de ces drames sur un même plan. Ainsi,

Saféris ne me plaisait pas beaucoup et Quenin encore moins. Blanchet m'intriguait. Le seul qui ne me paraissait pas coupable, c'était Garambois. Il n'y avait pas beaucoup de failles dans son dossier : épouse parfaite, famille modèle, boulot bien payé. Je ne le voyais pas mettre un terme à tout ce bonheur.

Cependant, que ce soit Saféris ou un autre, je l'affirme ici, et ce n'est pas Ferracci qui me démentira, le nom du coupable est épinglé dans mon appartement, caché dans cette masse de documents.

Il suffit de chercher pour le trouver, hein, Ferracci ? Moi, je sais où il se cache.

Je sais que ces mots vont toucher Ferracci. D'ailleurs, il redresse la tête. Il est le seul ici à les comprendre. Un silence de mort règne dans la salle. Rabatel baisse les yeux. Dubosc regarde ailleurs. En moi-même, je ne peux m'empêcher de penser que Ferracci aussi connaît la vérité. S'il est là ce soir, ce n'est pas par hasard ni pour me faire plaisir, mais parce que cette vérité, qui l'anéantira lui aussi, il nous la doit.

Je reprends. Je sais qu'ils n'attendent que cela.

À mon retour en région parisienne, cette série d'assassinats était vieille de cinq ans. Certains des hommes qui avaient participé à l'enquête avaient été mutés, d'autres étaient même partis à la retraite. Du traumatisme qui avait frappé le département ne restaient que des bribes, déjà de lointains souvenirs.

J'ai regagné la région parisienne plein d'énergie, décidé à tout reprendre par le début. Jusqu'à présent, j'avais avancé dans le désordre, accumulant les informations. Je me lançais sur une piste que j'abandonnais pour en explorer une autre. Bref, si j'avais mal bossé, je ne pouvais m'en prendre qu'à moi. En déambulant dans mon appartement, j'étais partagé. D'un côté, j'étais heureux de revenir et de me replonger dans mon enquête. De l'autre, j'étais effrayé par l'ampleur de la tâche. Une évidence s'est imposée d'entrée: désormais, je devais procéder avec méthode, sinon je n'arriverais à rien.

J'ai décidé de reprendre le cas de chaque père. L'un après l'autre.

Saféris serait donc le premier.

4

L'excitation qui m'a envahi le soir où, de retour de Strasbourg, j'ai repris possession de mon appartement me revient si puissamment en mémoire que je suis obligé de m'interrompre un instant. C'était en mai 2006 et je devais prendre mon poste au Raincy quelques jours plus tard. J'y allais sans grand enthousiasme, mais, au moins, j'étais revenu en région parisienne, le seul endroit où je me sente bien. Ils doivent percevoir mon trouble. Rabatel s'approche et me tend un verre d'eau. Tandis que je bois lentement, je prends plaisir à les observer. J'ai dû parler à voix basse car je les découvre regroupés autour de moi, tout proches. Ils m'entourent et attendent la suite. Aucun n'est parti. Dans le regard de ces hommes qui ont croisé ma vie, je lis de l'étonnement, je devine quelques doutes, parfois un soupçon de pitié. Peut-être se demandent-ils si mon obstination n'a pas viré à l'obsession. Pensent-ils que je suis devenu fou, que je me suis laissé dévorer ? Que je ne suis plus moi-même ?

J'ai envie de les rassurer et de leur dire : « J'ai toute ma tête, messieurs. »

Je préfère me taire.

Comprendraient-ils que je sors de plusieurs années d'un labeur épuisant auquel j'ai tout donné ? Mon énergie, mes forces, c'est sûr. Et déjà, peut-être, mon âme.

Tous attendent, silencieux, les yeux fixés sur moi. Impatients que je reprenne mon récit. Seul Ferracci est resté à sa place, un peu à l'écart des autres. Je le cherche dans la foule. Je l'aperçois derrière Tramont, celui qui fut mon adjoint à la sous-préfecture de Boulogne. Un peu en retrait se tient Dubosc, les bras croisés. Le mépris narquois que je lis dans ses yeux ne m'intéresse pas. Je préfère fixer Ferracci. Il soutient mon regard, me défie. L'affrontement ne dure que quelques secondes, mais il n'échappe à personne.

Ferracci me cherche. Il ricane, hoche la tête et dit :

« Hervé, continue ! Tu ne vois pas que tout le monde attend la suite de ton récit passionnant ? Moi, surtout. »

Puis, il s'adresse à Rabatel :

« La salle est retenue jusqu'à quelle heure, lieutenant ? »

Prise de court, elle bredouille : « Jusqu'à minuit. »

Ferracci poursuit : « Il est bientôt 10 heures et demie, monsieur le commissaire principal Hervé Langelier, il faut se dépêcher. Et il n'y a pas que nous qui attendons. »

Il désigne du menton les deux employés de la mairie chargés du nettoyage. Ils attendent au fond de la salle, assis sur des chaises en plastique blanc.

« Un peu de patience, les gars, il a bientôt fini », dit-il en s'adressant à eux.

Puis, se tournant vers moi, il déclare en prenant tout le monde à témoin :

« Allez, continue ton histoire, Hervé. Il faut débarrasser le plancher à minuit. Sinon, on sera obligé de retenir les heures supplémentaires sur ta retraite ! »

Quelques éclats de rire fusent, mais ils s'éteignent vite. Il enchaîne, énigmatique : « J'aurai sans doute des choses à ajouter. »

Je ne relève pas.

Je reprends.

Ainsi, après cette parenthèse frustrante à Strasbourg, j'ai donc retrouvé mon ancienne vie, mon appartement, mon enquête.

Avec délectation, je me suis laissé emporter par ce quotidien rassurant qui m'avait tant manqué...

Pardonnez-moi si je me répète, j'ai été si heureux de retrouver mon refuge. Personne ne l'a occupé pendant mon absence. Steph, après notre divorce, s'est installée à Bordeaux. Je n'ai jamais répondu à ses lettres. Malgré cela, elle a continué à m'écrire tous les mois. Des lettres interminables que je parcours rapidement. Elle y parle peu de sa vie. Elle donne surtout des nouvelles les plus détaillées possible de nos trois enfants. Elle m'y parle du mariage de Sonia, sans oser m'avouer que ma fille n'a pas souhaité que je sois présent. Je n'y serais pas allé. Puis, quelques mois plus tard, de la naissance de son premier enfant. « Tu es grand-père », m'a-t-elle écrit. Elle joint des photos, des livrets scolaires, et toutes sortes de choses dont je me débarrasse vite. J'ai oublié le nom de mon petit-fils.

Depuis leur départ, je me suis interdit de penser à eux pour ne pas gêner mon enquête. J'ai fait le choix d'y consacrer tout mon temps. Ma famille n'y a pas sa place. C'est ainsi que j'ai vécu depuis leur départ. Je ne l'ai jamais regretté. Je me suis contenté de vérifier sur mon compte en banque que la pension était bien versée.

En poussant la porte de chez moi, je me suis moqué de la poussière et des toiles d'araignées qui l'avaient envahi. Peu importe qu'il m'ait fallu ouvrir toutes les fenêtres pour en chasser l'odeur de renfermé. J'ai retrouvé mes murs couverts de dossiers, de photos, de coupures de presse. Au milieu de ce capharnaüm, je me suis senti à nouveau en confiance, rassuré.

Je n'avais rien oublié, bien sûr, mais, pendant les jours et, surtout, les nuits qui ont suivi mon retour, je me suis plongé, presque corps et âme, dans les centaines d'informations qui recouvraient les murs. Ce furent des journées intenses. Réjouissantes. Enfin, je revivais !

L'euphorie m'a gagné. J'étais certain que je ne pouvais pas échouer. Car la solution était forcément là, quelque part, encore enfouie dans cette masse de documents épinglés.

J'ai donc commencé avec l'affaire Saféris. J'étais décidé à l'essorer, la travailler dans ses moindres détails. Et passer à la suivante si je ne débouchais sur rien.

Sa famille a été massacrée en février 2001. Malgré tous les efforts déployés à l'époque, nous avions été incapables de le retrouver. L'homme avait disparu. Mort ? En fuite ? À ce jour, un peu plus de dix ans après, nous ne savons toujours pas.

Son cas m'a occupé pendant une année entière. Dès juin 2006.

La plupart des éléments réunis sur l'affaire ont recouvert trois murs de mon bureau, la petite pièce qui fut autrefois la chambre de Sonia, et une partie du mur gauche du couloir avant la salle de bains. C'est là, sous son numéro de téléphone, que j'ai cloué tout ce qui a concerné une certaine Sarah Oudy.

Sarah Oudy. Vous vous souvenez, c'est cette femme qui, dans les mois qui ont précédé les premiers homicides, rejoignait régulièrement Saféris dans un hôtel. Il avait été trahi par ses relevés bancaires et la femme avait été retrouvée dans les jours qui ont suivi les faits. Nous avions vérifié si elle ne protégeait pas la fuite de son amant. Elle a été mise hors de cause et nous l'avons laissée partir après sa longue déposition. Elle nous avait convaincus qu'elle n'était pas l'instigatrice, ou la complice, du triple homicide. Par acquit de conscience, nous l'avions placée sur écoute téléphonique. Cela n'a rien donné, sauf les coordonnées de maris volages. Sa piste a été abandonnée.

En avril 2002, à l'époque où j'étais en poste à Boulogne, plus d'un an après les assassinats de Châtenay-Malabry, je m'étais à nouveau intéressé à elle. Car en relisant ses déclarations, et surtout les relevés de ses écoutes téléphoniques, j'avais été frappé par un détail qui nous avait échappé : elle n'avait jamais évoqué le triple homicide de Clamart. Pas un seul mot, nulle part. Cette secrétaire que nous avions prise pour une idiote m'a alors intrigué. Quelque chose clochait dans son dossier et j'ai voulu en avoir le cœur net.

J'ai passé un mois entier à la suivre sans qu'elle me repère. Mes nombreuses filatures, les noms et les adresses de ses amants sont toujours épinglés dans le couloir. J'en ai rencontré deux. Je les ai choisis mariés et leur ai fait peur en les menaçant de dévoiler leur liaison. Ils ne voulaient pas d'ennuis et ils m'ont déballé tout ce que je voulais savoir sur Sarah Oudy : ses hobbies, ses manies, jusqu'à ses fantasmes. En les écoutant, mes soupçons à son égard se sont confirmés. Elle s'était confiée volontiers à ces hommes et avait tout révélé de ses anciennes relations, sans aucun tabou. Cette femme aimait la vie, s'amuser, bouffer, baiser. Pourtant, et malgré sa facilité à se raconter, elle n'avait parlé à personne de sa liaison avec Saféris ni des assassinats. Mes interlocuteurs étaient formels : si je ne leur en avais pas parlé, jamais ils n'auraient su qu'elle avait été la maîtresse de Saféris.

Ce n'était pas normal. Ce silence m'a intrigué. Je n'avais rien de concret, mais je me demandais si ça ne cachait pas quelque chose. Ainsi, pendant des semaines, je ne l'ai pas lâchée. Au point de constituer un épais dossier.

Le lendemain de mon retour de Strasbourg, je me suis replongé pendant une nuit entière dans ce dossier, sans m'autoriser à aller dormir. Tout est encore bien lisible même si l'encre a pâli et si les moisissures ont moucheté le papier. L'humidité de la salle de bains n'a pas fait trop de ravages.

À sa lecture, je me suis souvenu des nuits inconfortables passées dans ma voiture, planqué au bas de son immeuble dans le vain espoir d'apercevoir Saféris.

En avril 2002, les 20 et 21, pour être précis, je l'ai suivie pendant tout un week-end. Elle l'a passé avec un homme dans un hôtel de charme perdu en Sologne. Ils ne sont pas sortis pendant les deux jours, se faisant servir les repas dans la chambre. Malgré le froid humide de la nuit, j'ai dormi dans ma voiture garée près de la grille d'entrée. Au matin, j'ai fait l'erreur d'abandonner mon poste pour aller prendre un café au village voisin. Je me suis absenté moins d'une demi-heure, mais, quand je suis revenu, sa voiture avait disparu. Je ne pouvais pas croire qu'ils avaient déjà filé. Alors j'ai encore attendu dans l'espoir de les voir revenir. Je me souviens qu'il s'était mis à pleuvoir fort et que, vers midi, je me suis présenté tout ruisselant à la réception. J'étais dans un sale état et le personnel m'a regardé d'un œil mauvais. J'ai dû sortir ma carte de policier. L'homme et la femme étaient partis dans la matinée, chacun de son côté. La note, 525 euros, avait été réglée en liquide par l'homme. Ce qui n'a pas surpris le personnel, au fait des us et coutumes des couples illégitimes. J'ai alors sorti la photo de Saféris, mais personne ne l'a reconnu.

« C'est à peine si on l'a aperçu », ont déclaré le portier et le garçon d'étage.

Ils m'ont indiqué que l'homme avait garé sa BMW aux vitres teintées à l'arrière du bâtiment. Ils étaient sûrs d'une chose : le numéro d'immatriculation finissait par un 5. Mais les uns disaient « 45 », les autres « 65 » ou « 85 ». L'homme portait un chapeau et des lunettes noires. Il connaissait déjà le numéro de la chambre et il était monté directement.

« Un grand classique, a fanfaronné le portier. Le mec voulait garder l'anonymat ! Il sentait l'adultère à plein nez. »

J'ai demandé à voir la chambre. Elle avait déjà été faite, les draps avaient été changés, les serviettes de bain remplacées. Je me suis appliqué à relever le plus d'empreintes digitales possible. Aucune ne s'est révélée plus tard correspondre à celles de Saféris. Mais en quittant l'hôtel, en milieu d'après-midi, je n'avais plus aucun doute : de qui pouvait-il s'agir, sinon de Saféris ?

Je devine une moue dubitative sur le visage de mes collègues. Qu'est-ce qu'ils croient ? Je connaissais mon dossier par cœur.

Et j'avais la certitude que je ne pouvais pas me tromper. Sarah Oudy et Saféris avaient bien passé la nuit dans cet hôtel.

À mon retour, en fin d'après-midi, j'étais convaincu de tenir une piste sérieuse et même que j'avais été à deux doigts d'arrêter cet homme. Au final, j'étais plutôt content de mon week-end. Cependant, avant de rentrer chez moi, j'ai d'abord voulu passer chez Sarah Oudy. L'appartement n'était pas éclairé, mais j'ai quand même sonné. Un chien a aboyé de l'autre côté de la porte et j'ai attendu, assis sur les marches jusqu'à 10 heures passées.

J'ai fini par abandonner. À l'époque, Steph et moi n'étions pas encore séparés et je me disais bien que, sans nouvelles de moi, elle avait dû s'inquiéter. Je ne l'avais pas appelée du week-end. J'étais sale, mal rasé. Les vêtements encore humides. Elle m'a demandé où j'étais pendant tout ce temps et m'a reproché de ne pas avoir donné de nouvelles. J'ai menti :

« Je n'ai pas eu une minute à moi. Nous avons travaillé samedi et dimanche sur une expulsion. Des Maliens particulièrement coriaces. »

Je me souviens de cet instant comme si c'était hier. Elle ne m'a pas cru. Elle m'a fixé du regard pendant quelques secondes et elle a simplement dit : « J'étais inquiète. »

L'appartement était silencieux. Je lui ai demandé où étaient passés les enfants. Elle m'a répondu, agacée : « Tiens, tu te soucies de tes enfants maintenant ? Tu l'as sans doute oublié, mais ce sont les vacances de Pâques et ils sont partis chez mes parents. » Elle a ajouté : « Ils sont mieux là-bas qu'ici. »

J'aurais pu la prendre dans mes bras comme je l'avais si souvent fait par le passé et l'incident aurait été oublié. Mais désormais nous étions au-delà de l'oubli. J'ai répondu : « Excuse-moi », et je l'ai laissée avec ses interrogations.

Je me suis enfermé dans mon bureau. Je n'avais pas de temps à perdre. J'avais besoin de noter les moindres détails de cette journée. Je me suis couché très tard, ce soir-là. J'ai vu que Steph ne dormait pas. Je l'ai ignorée.

Pendant les trois jours qui ont suivi, j'ai hésité à me présenter chez Sarah Oudy. Je ne savais pas trop comment procéder. Chaque fois, j'ai quitté de bonne heure la sous-préfecture de Boulogne. J'étais le patron et je n'avais pas d'explication à donner. J'ai attendu sa sortie du bureau et je l'ai suivie jusqu'à son appartement. Peut-être avais-je l'espoir d'apercevoir Saféris. Mais elle rentrait seule. Pendant ces trois soirées, elle n'a pas quitté l'appartement, elle n'a reçu personne. Je suis monté à son étage et j'ai posé l'oreille sur la porte espérant qu'elle ne serait pas seule, mais je n'ai entendu que les bruits de la télévision. J'ai regagné ma voiture et je ne me suis éloigné que lorsque ses lumières se sont éteintes. Trois soirs de suite, je suis reparti avec un fort sentiment de frustration. Il était si tard que Steph était déjà couchée.

Ce n'est que le jeudi soir que je me suis enfin décidé à la surprendre.

Aujourd'hui encore, je me souviens avec précision de chaque instant de ma rencontre avec la maîtresse de Saféris.

J'ai sonné. Je l'ai entendue approcher de la porte à pas feutrés et j'ai compris qu'elle m'examinait à travers le judas. J'ai présenté ma carte à hauteur de l'œilleton en annonçant :

« C'est la police, madame Oudy. »

Derrière la porte, un chien a aboyé.

Je n'ai pas eu besoin d'insister. Après avoir retiré la chaînette de sécurité, elle a ouvert la porte. Elle était pieds nus et portait une robe de chambre fuchsia. Ses cheveux blonds étaient tenus en arrière par une barrette sombre. Elle n'a montré aucun signe de surprise ni d'inquiétude. Elle m'a désigné le salon et elle m'a invité à m'asseoir. Elle était d'un naturel confondant comme si elle s'était préparée à cette visite, considérée comme un événement inéluctable. Je m'y attendais si peu que j'ai fait l'erreur de lui laisser prendre l'initiative. Elle m'a aussitôt demandé comment je m'appelais.

J'ai répondu que j'étais le commissaire Langelier et j'ai menti en ajoutant que je dirigeais le commissariat de Châtenay-Malabry où j'étais responsable de l'enquête sur l'assassinat de la famille Saféris. Je lui ai dit que nous nous étions déjà rencontrés l'année précédente, en février 2001, quand elle avait été placée en garde à vue. Elle m'a répondu avec tant de sincérité que je l'ai crue quand elle m'a dit qu'elle ne s'en souvenait pas et qu'elle préférait oublier tout cela.

Elle aurait dû s'étonner et me demander en quoi elle pouvait m'être utile ou si j'avais du nouveau. Au lieu de cela, elle a dit, sans se départir de son calme, qu'elle voulait revoir ma carte. Je la lui ai présentée pendant à peine quelques secondes en faisant de mon mieux pour cacher du bout du pouce mon affectation au service des étrangers à Boulogne. J'ai été maladroit, et je suis certain aujourd'hui que mes hésitations ne lui ont pas échappé. En tout cas, elle ne l'a pas montré. Puis, en un instant, elle a changé d'attitude et a pris un air grave pour me dire que cette affaire continuait à la tourmenter. Avec une sincérité déconcertante, elle m'a confié qu'elle ne parvenait pas à s'en délivrer. Elle a parlé de « ce pauvre » Frédéric, de « ses malheureux » enfants, ajoutant : « C'est triste, tellement triste. »

Elle aurait versé quelques larmes que cela ne m'aurait pas étonné. Pourtant, ses yeux sont restés secs. Cela aurait dû me faire réagir. Ensuite, elle m'a invité à m'asseoir en désignant un fauteuil en rotin recouvert de tissu à fleurs. Dès que je me suis installé, son chien, une sorte de bâtard yorkshire, m'a sauté sur les genoux. Heureux, il s'est allongé sur mes cuisses. Je me suis mis à le caresser. Toujours aussi accueillante, presque attendrie, elle m'a dit : « Il vous aime bien. Il n'est pas comme ça avec tout le monde. »

Je me suis surpris à lui demander son nom. Elle m'a répondu : « Bébé, comme un petit bébé », avant de me demander s'il ne me dérangeait pas.

Sur le moment, j'ai vraiment cru qu'elle ne me cachait rien. En réalité, elle n'a fait que répéter ce qu'elle avait déjà dit pendant sa garde à vue. Presque mot pour mot. Elle n'a rien pu dire de plus sur Saféris. Elle tentait d'oublier tout ça et elle a répété qu'elle était certaine que Frédéric était incapable de faire du mal à sa famille. Pour elle, c'était ce type, cet Eskenasi, qui avait assassiné Saféris.

Enfin, lorsque je l'ai interrogée sur l'homme avec lequel elle avait passé le week-end près d'Orléans, elle n'a pas eu l'air étonnée que la police soit au courant. Mais non, elle m'a servi sa version et, sur le moment, j'ai continué à la croire. Elle m'a paru tellement sincère et touchante. Après avoir un peu résisté « par égard pour lui », comme elle m'a dit, elle a fini par me donner le nom d'un industriel de la région. Et ce fut du bout des lèvres, avec une sorte de pudeur touchante, qu'elle m'a avoué qu'elle devait le retrouver la semaine suivante au même endroit. Elle m'a supplié de le laisser en dehors de toute cette affaire car il était marié.

Je suis resté avec elle une heure et demie. Quand elle m'a raccompagné à la porte, je me souviens qu'elle m'a demandé :

« Je croyais que tout était réglé. Pourquoi continuez-vous votre enquête ? Vous ne croyez pas qu'Eskenasi ait tué tous ces gens ? »

Ne sachant pas quoi trouver de plus convaincant, j'ai répondu que nous avions des doutes sur sa culpabilité. Pour la première fois, j'ai vu de l'étonnement dans son regard. Elle m'a longuement serré la main et m'a donné ce conseil :

« Vous devriez laisser tomber. C'est du passé, maintenant. »

Je n'ai pas réagi. Ses derniers mots ne m'ont pas atteint. Je l'ai regardée. Il faut bien regarder les gens avant de les quitter. Elle a dû retenir son chien qui voulait me suivre. Je l'ai entendue ordonner depuis le pas de sa porte : « Bébé, viens ici ! »

Puis elle a ajouté d'une voix enjouée : « Bonne fin de soirée, monsieur le commissaire Langelier. »

Je l'ai remerciée et je me suis retourné une dernière fois. Sa porte était déjà refermée. Elle avait su me convaincre.

En effet, dans le rapport établi le soir même de ma rencontre avec Sarah Oudy, j'ai écrit :

« Au vu des informations recueillies et établies sur place, il semble impossible que la susnommée Sarah Oudy continue à entretenir des liens avec Saféris. Faute d'éléments convaincants, cette piste doit être abandonnée dans l'immédiat. »

On devine que j'étais déçu par les conclusions de mon entrevue avec elle. Mais j'étais aussi soulagé que cette femme soit étrangère à l'affaire qui m'occupait. J'ai abandonné sa piste sans même prendre le soin de la suivre à Orléans le week-end suivant. Ni de vérifier l'identité de son amant.

Ce sont ces notes, écrites d'une main nerveuse en 2002, que j'ai relues la nuit de mon retour de Strasbourg, quatre ans plus tard. Plus j'ai avancé dans ma lecture, plus j'ai été convaincu d'être sur une bonne piste. J'étais si excité que, malgré la fatigue, je n'ai pas trouvé le sommeil. Ou, peut-être, pendant quelques minutes. Et encore, par intermittence.

Je me suis levé avec les premiers rayons du soleil, trop euphorique pour continuer à traîner dans mon lit. J'ai préparé un café et je suis allé chercher la photo de Sarah Oudy, épinglée sur la porte de la salle de bains. Je suis bien resté plus d'une heure à la regarder, comme hypnotisé. J'ai tenté de débusquer le mystère caché derrière ses yeux clairs, ses longs cheveux blonds, la finesse de son visage. Je n'ai pu m'empêcher de relever ce brin de tristesse que j'avais si souvent remarqué quand, quatre ans plus tôt, je l'avais suivie sans me faire repérer. Mais j'ai aussi retrouvé cette rudesse, cette puissante force intérieure, qui m'avait frappé le soir d'avril 2002 où j'avais forcé sa porte.

Les souvenirs de cette soirée me sont revenus avec précision et une évidence s'est imposée à moi : j'avais été bien naïf et je m'étais fait avoir par ses accents de sincérité.

En juin 2006, tandis que je finissais mon café, sa photo en main, la colère et le dépit m'ont envahi. Je m'en suis voulu. Quel imbécile ! Comment avais-je pu être aussi bête et naïf ? Cette femme m'avait caché des choses importantes. Elle m'avait baladé comme un débutant, c'était une évidence. Alors, sur la première page du rapport, j'ai marqué d'une écriture rageuse, en lettres majuscules rouges : PRIORITAIRE.

Cette fois, elle ne me duperait pas, je saurai lui faire cracher la vérité.

5

La retrouver ne m'a pris qu'une dizaine de jours.

C'est en fait son nom et deux dates inscrites sur la tombe familiale tout au bout du cimetière de Louyat à Limoges que j'ai finalement retrouvés : Sarah Oudy (1968-2004).

J'y suis descendu le samedi suivant, le 17 juin 2006.

Elle a été renversée dans une rue de Marseille par une voiture dont le conducteur s'est enfui. Il n'a jamais été retrouvé et, faute d'éléments et de témoins, l'affaire a été vite classée. Les documents que je possède (mur gauche du couloir) montrent que l'enquête a été bâclée et que rien n'a été fait pour retrouver son assassin. Le rapport d'autopsie (au-dessus de la porte de la salle de bains) indique que le choc a été très violent et qu'elle est morte sur le coup d'un traumatisme crânien. Les médecins ont également relevé de nombreuses fractures aux membres et un éclatement du foie.

Elle repose au côté de son père, Germain Oudy (1943-1999). La tombe est bien entretenue, fleurie. Son frère m'y a accompagné par un matin triste et pluvieux. Il n'a fait aucune difficulté pour accepter de me rencontrer. Je crois qu'il a d'abord voulu comprendre pourquoi un policier s'était déplacé pour l'occasion. Il m'attendait à la porte du cimetière. Il m'a reconnu le premier malgré ma barbe de plusieurs jours et mes vêtements froissés qui me faisaient davantage ressembler à un clodo qu'à un policier. Je dois reconnaître qu'à l'époque je me suis laissé aller. J'ai bien dû prendre une dizaine de kilos à force de bouffer n'importe quoi.

Il m'a tendu la main. Mais, cela m'a sauté aux yeux, il était sur ses gardes. J'ai dû le rassurer en lui présentant ma carte. Il l'a prise et l'a longuement détaillée avant de me demander si j'étais bien le policier qui l'avait appelé de Paris. J'ai répondu que oui. J'ai bien vu qu'il hésitait. Il a fini par me dire de le suivre, ajoutant qu'il s'appelait Simon.

Je lui ai proposé une cigarette. Il a refusé.

Nous avons rapidement traversé le cimetière et ce ne fut qu'une fois arrivés devant la tombe qu'il m'a invité à venir m'abriter sous son parapluie. C'était un homme d'une trentaine d'années. Je m'étais renseigné sur lui. Il était professeur de français dans un lycée de la ville. Marié, deux enfants. Un homme sans histoire, sans casier. Il avait perdu deux points sur son permis de conduire pour un excès de vitesse.

Nous nous sommes retrouvés devant la tombe, serrés sous son seul parapluie, quand il m'a interrogé, avec un brin d'angoisse dans la voix : « Vous avez arrêté celui qui l'a renversée ? »

J'ai dû lui expliquer que je n'étais pas venu de Paris pour cela. Il s'est montré très déçu : « Nous aimerions tant savoir. »

Son angoisse a été alors palpable : « Qu'est-ce qu'elle a fait ? »

Il m'a écouté dire tout ce que je savais sur elle sans me regarder, sans prononcer un seul mot. Je n'ai rien voulu lui cacher de mes soupçons. Quand j'ai enfin terminé, il m'a demandé si j'avais une photo du « type en question ». Je lui ai donc montré la photo de Saféris. Il a été formel : « Je ne le connais pas. »

Sa réponse ne m'a pas surpris. Saféris était trop malin pour se montrer.

Plus tard, devant un café, il m'a raconté que sa sœur venait toujours seule à Limoges. Il m'a confié qu'il n'avait pas compris pourquoi elle avait quitté la région parisienne pour s'installer à Marseille plusieurs années plus tôt. À l'époque, il était certain que c'était pour s'installer avec un homme.

Il m'a raconté que chaque fois qu'elle venait, deux ou trois fois par an, elle promettait à sa mère qu'elle le lui présenterait bientôt. C'était devenu une blague entre eux. Avec sa mère, il l'appelait « l'homme invisible » ! Ils étaient contents de la savoir casée. C'était ce qui comptait le plus pour sa mère. Ils savaient qu'elle avait toujours eu une vie sentimentale compliquée. Mais cette fois, d'après ce qu'elle leur disait, ça paraissait solide. Il a fini par me dire qu'ils n'avaient jamais rencontré cet homme.

J'ai insisté : « Jamais ? »

Il a confirmé que cet homme ne s'était pas déplacé le jour de l'enterrement. Pas plus que son ex-mari, d'ailleurs. Il n'a même pas envoyé une gerbe de fleurs. Par la suite, il ne s'est jamais manifesté. Pour sa mère et lui, le compagnon de Sarah est resté un vrai mystère. Mais ils étaient tellement abattus par la mort de sa sœur qu'ils n'ont pas cherché à en savoir davantage. Il a ajouté : « Il faut nous comprendre, commissaire, sa disparition a été un vrai traumatisme. »

Quelques semaines plus tard, il s'était rendu à Marseille pour vider l'appartement.

Il m'a raconté son étonnement quand il avait constaté que c'était l'appartement d'une femme célibataire. Il n'y avait pas la moindre trace de la présence ou même du passage d'un homme. L'appartement lui a laissé une drôle d'impression. Il était à peine décoré, comme si elle n'y habitait que par intermittence. Quand il est revenu à Limoges, il a dit à sa mère que Sarah vivait seule. Cela ne l'étonnait pas, sa sœur avait toujours été solitaire. Elle avait inventé une liaison sérieuse pour les rassurer. Et ils en sont restés là. Ça n'aurait servi à rien. Leur peine était déjà bien suffisante... Je lui ai demandé ce que sa mère en pensait maintenant et si je pouvais la rencontrer.

Il m'a paru désolé : « Maman ne vous en dira pas plus. Il vaut mieux que vous la laissiez tranquille avec cette histoire. Elle en souffre toujours. »

Puis il a répété, presque suppliant : « S'il vous plaît. »

Je n'ai pas insisté et je suis rentré à Paris par le train du soir. Allez savoir pourquoi, mais, à peine rentré chez moi, j'ai épinglé le billet sur le mur, à côté de la salle de bains, dans le coin réservé à Sarah Oudy. Il y est toujours.

Au cours des semaines suivantes, j'ai présenté la photo de Frédéric Saféris à tous ceux qui, de près ou de loin, avaient croisé la vie de Sarah de Paris à Marseille. Aucun n'a reconnu Saféris.

Mais dès ce soir-là, celui de mon retour de Limoges, tandis que j'accrochais au mur son épais dossier, j'ai compris: Sarah n'était pas allée à Marseille pour rejoindre un homme, mais pour s'y cacher. En réalité, elle cherchait à échapper à quelqu'un.

La conclusion s'est imposée à moi: Sarah Oudy n'était pas morte dans un banal accident de la route, tuée par un chauffard qui s'était enfui, mais elle avait été assassinée par Saféris. Elle connaissait la vérité et elle se méfiait de son ancien amant. Celui-ci avait fini par la retrouver et il l'avait tuée pour la faire taire.

C'était une évidence.

Cette nuit-là, je n'ai pas fermé l'œil tant j'étais persuadé de tenir la vérité. J'ai passé la nuit à parcourir l'appartement dans tous les sens, allant sans répit d'un élément à l'autre. Il fallait que je mette la main sur cet homme dont la photo ne me quittait plus. Je m'y suis épuisé des mois entiers.

Et je dois le reconnaître: en vain.

Mon insistance à exploiter toutes les pistes, ajoutée à mon manque de prudence, a fini par alerter ma hiérarchie. En novembre 2006, quelques mois après mon arrivée au commissariat du Raincy, j'ai été convoqué à la direction du 93.

Ce matin-là, je n'avais pas le moral. Pendant plusieurs semaines, j'avais tenté de convaincre la famille de Sarah Oudy qu'elle avait été assassinée. Dans un premier temps, le frère et la mère ont semblé approuver mes conclusions. Ils m'ont laissé fouiller les rares affaires de Sarah qu'ils avaient récupérées. Notamment un agenda où revenait un prénom, François, qui ne pouvait être que le prénom d'emprunt de Frédéric Saféris. J'ai dû descendre quatre ou cinq fois à Limoges. Au début, ils ont été sensibles à mes déductions, surtout son frère avec lequel j'avais fini par sympathiser. Et puis, soudain, du jour au lendemain, ils ont refusé de me parler. Ils raccrochaient dès qu'ils reconnaissaient ma voix. J'insistais. Je voulais savoir pourquoi ils résistaient, mais la seule phrase que j'aie réussi à arracher à Simon a été :

« Ma sœur est morte dans un accident. Son assassin s'est enfui et cette ordure n'a jamais été retrouvée. Point final. Laissez-nous tranquilles. »

Il fallait que je redescende à Limoges, persuadé que je parviendrais à leur faire dire qui les menaçait. Car on les menaçait, il ne pouvait pas y avoir d'autre explication. À l'instant où je suis arrivé devant la maison, j'ai aperçu Simon pousser la porte d'entrée. J'ai sonné, bien décidé à ce qu'il me parle à nouveau. À travers la porte close, j'ai entendu des pas approcher, puis la clé tourner. J'ai cru qu'il allait ouvrir. En fait, ils se sont enfermés. Seule la porte en verre dépoli nous séparait.

Simon a demandé qui c'était d'une voix si angoissée qu'elle confortait mes soupçons.

J'ai répondu : « C'est le commissaire Langelier. Il faut que je vous parle. J'ai découvert de nouveaux éléments. »

J'espérais que la curiosité allait le faire fléchir. Il y a eu un instant de silence. Sans doute de la stupeur. Puis, je l'ai entendu hurler : « Partez ! »

J'ai bien tenté de lui dire que j'avais de nouveaux éléments concernant la mort de sa sœur. Cette fois, il s'est fait menaçant. Il a crié : « Partez d'ici ou j'appelle la police ! »

Je n'ai rien trouvé de mieux à dire que j'étais de la police. Il s'est un peu calmé et il m'a accusé de me mêler de ce qui ne me regardait pas. Comme j'insistais, il m'a crié à travers la porte de foutre le camp et qu'*on* lui avait tout raconté ! J'étais estomaqué. Je lui ai demandé qui lui avait raconté ces conneries ? Qui était ce *on* ?

Il a bredouillé : « Personne. Arrêtez de faire votre cinéma avec nous. Nous n'avons plus confiance en vous. »

Ces derniers mots m'ont fait mal, je le reconnais. Mais je n'ai pas eu le temps de lui répondre car il a hurlé de plus belle : « Barrez-vous ! »

Il en fallait davantage pour m'impressionner, alors j'ai poursuivi, d'une voix calme, aussi persuasive que possible :

« C'est qui ce *on* qui vous menace ? Dites-le-moi, Simon. Qui vous a demandé de ne plus me voir ? Vous pouvez tout me dire. Vous savez que vous pouvez avoir confiance. C'est Saféris, hein ? C'est lui qui vous menace ? Il faut me le dire, je vous protégerai ! »

Il n'a pas répondu à mes questions. Je l'ai entendu s'éloigner après avoir dit d'une voix apeurée : « Vous êtes fou. »

J'aperçois quelques sourires, des interrogations dans le regard de ceux qui m'écoutent. Y en a-t-il parmi eux qui me croient fou ? J'ai envie de les rassurer, de leur dire que je n'ai jamais perdu la boule. Mais à quoi bon ?

Quelques minutes plus tard, j'ai vu approcher une voiture de police. Je n'ai pas tenté de m'éloigner, j'ai dit aux deux gars en uniforme en montrant ma carte que « j'étais de la maison, chargé d'une affaire importante ». D'habitude, cela impressionne, surtout quand on se déplace de la capitale. Mais ils n'ont pas été sensibles à mes arguments et, après avoir examiné ma carte, ils m'ont demandé de les suivre, ajoutant qu'ils ne faisaient qu'obéir aux ordres.

Je les ai suivis sans discuter. En montant dans la voiture de police, j'ai aperçu les silhouettes de Simon et de sa mère en ombres chinoises derrière le rideau du salon. Au commissariat, j'ai répondu aux questions d'un lieutenant qui a tout consigné par écrit. J'ai eu beau lui expliquer que j'enquêtais sur une série de meurtres commis à Paris et que la sœur de Simon Oudy pouvait y être mêlée, il n'a pas essayé d'en savoir plus et il m'a laissé partir à condition que je m'engage à ne plus « importuner le plaignant ». Je n'en avais pas l'intention. Y retourner n'aurait servi à rien. Mais je suis rentré de Limoges avec la certitude que c'était pour échapper aux menaces de Saféris que les Oudy refusaient de me voir.

Évidemment, il n'était pas question que j'abandonne cette piste brûlante. Pour la première fois, je me sentais tout près du tueur et, d'une façon ou d'une autre, Simon et sa mère allaient me conduire à lui.

Dès mon retour, j'ai consigné tout cela sur trois feuillets que j'ai accrochés dans le coin réservé à Sarah Oudy. Ils y sont toujours, tout près du plafond.

Trois jours plus tard, le 6 novembre 2006, le divisionnaire Martin Trochet, patron de la Seine-Saint-Denis, m'a fait attendre plus d'une heure avant de me recevoir. J'ignorais les raisons de cette convocation et j'étais loin de penser qu'elle pouvait concerner mon enquête. Peut-être voulait-il faire le point sur mes premiers mois passés au Raincy. Je suis arrivé l'esprit tranquille : j'avais rempli mon job avec sérieux et application. Mes statistiques étaient correctes. J'avais fait en sorte qu'on ne puisse rien me reprocher.

Pour l'occasion, je me suis rasé, je me suis lavé les cheveux et je les ai réunis en catogan. J'ai mis un costume gris et une chemise blanche. D'accord, j'avais pris du poids à force de me nourrir de pizzas ou de hamburgers. Je n'ai rien pu faire contre les cernes autour de mes yeux, résultat des nuits passées devant mes dossiers, ni contre mon teint grisâtre qui m'a frappé lorsque je me suis examiné devant la glace. Je fumais toujours beaucoup. Je n'ai pas pu non plus me débarrasser de l'odeur de tabac qui imprégnait mes vêtements. Mais dans l'ensemble, j'étais présentable.

Par l'interphone, j'ai entendu :

« Faites-le entrer, Sylviane. »

L'assistante, qui passait son temps à mentir à la plupart de ceux qui appelaient en répétant : « Le commissaire Trochet est absent », m'a fait signe de la tête que je pouvais y aller.

Quand je suis entré, le commissaire avait les pieds posés sur le bureau et il les a gardés ainsi pendant toute la durée de notre entretien. Il a refermé une chemise verte et, sans prendre le temps de me saluer ni de m'inviter à m'asseoir, il me l'a tendue :

« Ce n'est pas possible, Langelier. »

J'ai aussitôt reconnu le procès-verbal établi quelques semaines plus tôt au commissariat de Limoges.

« Qu'est-ce que tu branles ? »

Il ne m'a pas laissé le temps de répondre. Il m'a hurlé au visage :

« Je vais te dire, moi, ce que tu branles. Non seulement tu poursuis une enquête qui est close depuis des années, mais tu te mêles de ce qui ne regarde plus personne. »

J'ai à peine eu le temps de dire : « Laissez-moi vous expliquer... » qu'il a continué sur le même ton : « Tu ne vas rien m'expliquer du tout. Langelier, tu t'es mis en tort. Et c'est grave. Tu emmerdes tout le monde avec ton histoire à la con. Alors on a pris la décision de t'éloigner du Raincy. Tu es muté au service des pièces d'identité de la préfecture de police. Et tu peux t'estimer heureux : beaucoup réclamaient ta tête. Moi, le premier, crois-moi. Il y a déjà suffisamment de connards chez les flics pour s'encombrer d'un obsédé comme toi. Un dernier conseil, Langelier : arrête tes conneries et fais-toi oublier. La prochaine fois, c'est la porte, et tu finiras comme un clodo. J'allais dire "comme une merde", mais tu en es déjà une. Regarde-toi : tu pues la merde. Tu nous fais honte, tu déshonores ton métier. Allez, dégage, maintenant ! »

J'ai encaissé sans broncher. Je l'ai laissé me toiser avec mépris. Je n'ai vu que ses putains de godasses aux semelles trouées. Je ne sais pas ce qui m'a pris, mais j'ai souri et je lui ai dit : « Il va falloir que vous alliez chez le cordonnier, monsieur le divisionnaire ! »

Dans un réflexe, il a retiré ses pieds du bureau. Il m'a traité de connard et m'a dit de me casser. Histoire d'avoir le dernier mot, je lui ai demandé quand je commençais.

Comme je l'espérais, ma dernière remarque l'a mis dans une de ces colères ! Il a éructé :

« Le plus tôt possible. Maintenant, je ne veux plus voir ta tronche de flic de merde. Casse-toi, sale con ! »

J'étais ravi...

J'aurais pu lui balancer le dossier à la gueule, ce n'était ni l'envie ni le courage qui m'ont manqué, mais j'ai choisi de le lui tendre et de patienter, en silence, qu'il l'attrape. Il l'a fait sans me regarder, puis je suis sorti en prenant soin de ne pas claquer la porte. Je n'ai pas voulu lui donner ce petit plaisir.

Au final, cette mutation m'a arrangé. Débarrassé de toute responsabilité, avec des horaires de fonctionnaire, j'allais pouvoir me consacrer encore plus à mon enquête. Ferracci et sa clique ont cru m'humilier. Au contraire, ces crétins m'ont rendu service. Ils ignoraient que je n'avais plus d'ambition et que je n'en avais plus rien à foutre de la police. Ils pouvaient toujours s'acharner contre moi ! Ils ne se rendaient compte de rien : comment pouvaient-ils penser que j'allais abandonner mon travail et renoncer à trouver l'assassin de toutes ces familles ? Mon but était clair : terminer enfin ce qu'ils n'avaient pas su faire. Simplement, il fallait me montrer plus prudent. Car j'avais bien compris qu'ils ne me lâcheraient pas. Mais ils ne m'impressionnaient plus et je n'allais pas abandonner ma mission. Qu'ils me comprennent ou non, je continuerais malgré eux.

Lorsque je suis passé à hauteur de la secrétaire, j'ai entendu Trochet demander par l'interphone :

« Sylviane, appelez-moi Ferracci à la Répression du banditisme. »

Je crois qu'il l'a fait exprès, histoire que je sache qui était mon véritable ennemi au sein de la police.

Cela, je l'avais compris depuis longtemps.

Je guette la réaction de Ferracci. D'abord, il ne réagit pas, comme si tout cela lui était étranger. Alors je fixe mon regard sur lui. Il fait simplement « non » de la tête. Mais ce non à peine esquissé ne convainc personne. Je l'interpelle :

« Explique-toi, Ferracci. Pourquoi as-tu cherché à me nuire ?

– J'ai toujours voulu t'aider, Hervé », répond-il en s'adressant à moi.

Alors j'explose et prends les autres à témoin :

« Non, Ferracci, tu as toujours cherché à me nuire. Je te le demande ce soir : Pourquoi ? »

Il y a tant de regards hostiles contre lui qu'il préfère me dire de continuer. Je n'insiste pas. Ses mots sonnent comme un aveu.

Je ne suis jamais repassé au Raincy. Je n'y étais resté en poste que quelques mois, je n'ai pas eu envie de saluer mes gars et je n'ai pas eu de cartons à faire. Tout ce qui comptait à mes yeux était rassemblé chez moi. Le soir même de mon entretien avec Trochet, j'ai repris, ligne à ligne, tout le dossier Saféris, décidé à aboutir rapidement. Mon renvoi n'a fait que décupler ma volonté, j'étais décidé à leur montrer de quoi j'étais capable.

Mais quelques semaines plus tard, début 2007, un fait nouveau s'est présenté. Aussitôt, j'ai abandonné pour un temps la piste de Saféris pour me lancer sur une autre.

Celle de Martin Blanchet.

6

La famille de Martin Blanchet, ses trois gosses et sa femme, avait été massacrée dans la nuit du 19 avril 2001 dans leur pavillon de la rue Pierre-Loti à Malakoff. Comme les autres pères, Blanchet avait disparu.

À l'automne 2006, les éléments réunis sur son affaire étaient rassemblés dans l'ancienne chambre des enfants dont les idoles de rock vénérées par Sonia avaient été retirées des murs. Par la suite, ils ont envahi le mur droit du couloir qui conduit du salon à la chambre.

Je me suis dirigé vers la commode, à la gauche du lit de bois blanc débarrassé de son matelas. Là, j'avais épinglé des photos que j'avais subtilisées sans peine dans le dossier Blanchet. C'est une série de photos montrant une famille réunie, souriante, heureuse. Des photos de vacances, d'anniversaires, de fêtes. Des photos joyeuses d'une famille ordinaire. Au sourire forcé qui fige ses lèvres, on devine parfois que Blanchet s'est laissé surprendre par le retardateur de l'appareil. Il n'est pas allé assez vite et n'a pas eu le temps de prendre la pose avec sa femme et ses trois enfants. Mais la plus récente des photos datait d'au moins deux ans avant le drame : le petit Pierre-Louis, endormi dans les bras de Cécilia, sa mère, était encore un bébé. Par la suite, visiblement, la famille Blanchet ne s'est plus prêtée au petit jeu des photos de famille.

Martin Blanchet avait 35 ans au moment des crimes, soit six ans de moins que sa femme. Quand je me suis à nouveau intéressé à lui, il en avait donc 40. Il avait une allure de petit dur avec ses cheveux gominés coupés en brosse. Mais l'enquête de personnalité menée sur lui, punaisée dans le couloir, m'a laissé une tout autre impression.

En résumé, Blanchet y est décrit comme un individu sans grande envergure. Un besogneux, plutôt lâche.

« À la maison, raconte aux enquêteurs Denise Hatchuel, sa belle-mère, dans un PV daté du 3 mai 2001, c'est ma fille, Cécilia, qui dirigeait tout. C'est même elle qui remplissait la déclaration d'impôts. Il paraissait soumis en permanence. Sur le plan professionnel, elle et lui, c'étaient le jour et la nuit : ma fille menait une carrière parfaite comme chef de projet chez Nestlé tout en continuant à éduquer ses trois enfants, tandis que lui végétait dans l'immobilier. Il n'arrivait jamais à se fixer et changeait souvent d'employeur. Cécilia devait gagner deux fois plus que lui. Elle s'en est souvent plainte auprès de moi et je crois qu'il était question de séparation entre eux. Je sais qu'elle lui a souvent reproché son manque d'ambition. Elle n'était plus heureuse avec cet homme. Et pour tout vous dire, mon mari et moi, nous ne l'appréciions pas beaucoup. C'était un être trop falot pour ma fille. Je ne saurais l'expliquer, mais nous le trouvions sournois. »

À la question : « Le croyez-vous capable d'avoir perpétré ces assassinats ? », elle avait répondu au commandant Claret : « Cela me paraît difficile à imaginer à première vue. Il était tout de même très attaché à ses enfants. Mais je peux dire qu'il était plein de ressentiment. Il était jaloux de la réussite de ma fille. Alors, à la réflexion, je me dis que tout est possible de la part d'un tel minable. Vous savez, on ne sait jamais ce qui se passe dans la tête des gens. »

Sylvain Claret m'avait raconté être resté sans voix, tant il avait été surpris par cette soudaine animosité. Dans son rapport, il est indiqué plus loin que, selon madame Hatchuel, Martin Blanchet était depuis plusieurs mois la proie d'une profonde déprime. Ce témoignage a été confirmé dans les nombreux

PV affichés dans le couloir. Ils ont été recueillis auprès de ses collègues de chez Bouygues-Immobilier qui se sont plaints de son manque d'implication. Blanchet avait intégré la force de vente du quartier de la Ferme à Issy-les-Moulineaux, l'année précédente, et ses résultats étaient les plus mauvais de l'équipe.

« Il rechignait toujours à travailler le week-end alors que ce sont ces jours-là que nous faisons notre chiffre », indiquait François Duchâtel, responsable de secteur (PV 245). Il a ajouté, toujours devant le commandant Claret qui avait sans doute, à l'époque, choisi de creuser cette piste : « Blanchet n'était pas fait pour ce métier où il faut se bagarrer. J'avais demandé à ma hiérarchie qu'il soit remplacé sur mon secteur et il y a eu ce drame... Sinon il aurait été viré. Je l'avais averti à de nombreuses reprises. »

Claret avait aussi cherché s'il n'y avait pas une maîtresse là-dessous. Mais il était arrivé à la conclusion que non. En revanche, il n'était pas aussi affirmatif concernant Cécilia. Il n'avait pas eu le temps de creuser davantage, car il avait ensuite concentré ses investigations sur Eskenasi après l'assassinat de la famille Garambois.

Pourtant, il y a dans tous ces PV réunis désormais sur les murs de mon appartement beaucoup d'éléments à charge contre Blanchet.

La surprise se lit sur les visages de mes invités. J'ai réussi mon petit effet. Maintenant, ils se demandent pourquoi j'ai abandonné aussi vite la piste de Saféris sur laquelle je venais de passer plusieurs mois pour me concentrer sur celle de Blanchet au point de passer la nuit plongé dans son dossier. Je ne suis pas cruel. Ils sont impatients. Je ne vais pas les faire attendre plus longtemps.

Le soir même de ma mise à pied par Trochet, le 6 novembre 2006, j'ai reçu un appel troublant du dénommé Romuald Lacaze.

Je lui avais laissé mes coordonnées plusieurs années auparavant quand je m'étais rendu à Bruyères, près d'Épinal, où vivaient les parents de Blanchet. Il m'a d'abord demandé si je m'occupais toujours de l'affaire Blanchet. Sans réfléchir, je lui ai répondu : « Oui, bien sûr. »

Sur un ton péremptoire, il m'a affirmé qu'il avait vu Blanchet le matin même. Content de lui, il a tenu à préciser :

« Il a rendu visite à sa mère et ils sont allés ensemble à pied au cimetière sur la tombe du vieux. »

J'ai appris à cette occasion que le vieux Blanchet, qui, à l'époque où j'étais allé l'interroger, avait été incapable de parler tellement il pleurait, était mort.

« Un cancer fulgurant l'a emporté en quelques semaines. »

Du coup, j'ai oublié l'engueulade de Trochet et j'ai abandonné la piste de Saféris.

Romuald Lacaze m'attendait comme prévu à Épinal à la descente du train. Il avait à peine changé et je l'ai reconnu aussitôt. La quarantaine, grand, maigre, avec ce je-ne-sais-quoi d'inquiet dans le regard. C'est une raclure, un sale type. Mais j'ai dû m'en contenter. Par le passé, il m'avait déjà servi de guide en échange de quelques billets et je me suis souvenu que nous avions négocié pendant plus d'une heure pour qu'il accepte de me prévenir en cas d'événement majeur. Il m'a accueilli sur le quai avec un large sourire. Ses mains étaient toujours aussi moites.

« Bienvenue dans les Vosges, commissaire. Vous voyez, je ne vous ai pas oublié après toutes ces années ! »

Il a d'abord réclamé son argent de sa voix de fausset. Je n'ai pas discuté et je lui ai donné les 150 euros promis. Il a vérifié les billets. Ce gars-là ne m'a jamais plu, mais c'était la seule personne sur laquelle je pouvais compter dans le coin. Il a ajouté :

« J'aurais dû demander plus, le coût de la vie a augmenté, commissaire », comme s'il s'attendait à ce que j'allonge davantage d'argent.

Mais je n'ai pas eu envie de lui faire ce cadeau. Avant de prendre la route, et malgré mon impatience, il a tenu à m'offrir un café au bar de la gare. J'avais apporté avec moi une dizaine de photos de Blanchet récupérées sur le mur de la chambre des enfants. Je les lui ai montrées. Il a à peine pris le temps de les examiner :

« Je ne vous aurais pas fait venir pour rien, commissaire. Vous pouvez ranger vos photos. C'est bien lui que j'ai vu hier avec sa vieille. Vous ne regretterez pas votre fric. Parole de Lacaze ! »

J'ai quand même insisté. Pour seule réponse, il a haussé les épaules. Je n'ai pas pu dissimuler mon excitation. Cet enfoiré s'en est aperçu et il s'est moqué de moi en me recommandant d'être patient. Déjà, je ne le supportais plus. J'ai bu mon express d'une seule gorgée, tandis qu'il a tranquillement siroté le sien. Je me suis demandé s'il ne le faisait pas exprès. J'ai patienté jusqu'à ce qu'il finisse par payer. Il a ramassé la monnaie sans laisser le moindre centime. Nous sommes partis dans son break gris où son chien, une sorte de bâtard de rottweiller, m'a accueilli par des aboiements en se jetant sur la portière. Il a encore plaisanté :

« N'ayez pas peur, commissaire ! Sandie est gentille comme un agneau. Sauf qu'elle n'aime pas les flics ! »

Il a hurlé, le poing tendu :

« Ta gueule, sale bête ! Couchée ! »

Il lui a donné un coup sur le museau. La bête a couiné, puis a sauté dans le coffre où elle s'est recroquevillée entre une caisse à outils et des pots de peinture. Il a ajouté, toujours rigolard :

« Elle est moins dangereuse que ce fumier de Blanchet, croyez-moi, commissaire ! »

J'ai posé ma petite valise sur le siège arrière et je me suis assis devant. Son chien ne grognait plus. En sortant de la ville, il s'est arrêté pour faire le plein dans une station Total. Il a tapoté ma vitre de son majeur en m'invitant à la baisser. Il m'a dit avec un sérieux désarmant que c'était à moi de payer.

J'ai payé.

La veille, lorsqu'il m'avait proposé de venir me chercher à la gare, il avait fallu que je lui promette de régler les frais d'essence. Il avait bien calculé son coup, le réservoir était presque vide. Je m'attendais à ce qu'il garde la monnaie, mais, en reprenant le volant, il m'a rendu l'argent au centime près. Il m'a lancé d'un ton ironique :

« Les bons comptes font les bons amis ! »

Je me suis demandé s'il ne se foutait pas de ma gueule. Mais, bon, j'ai décidé de rester patient. Dès qu'il a repris la route, je l'ai fait parler. Méthodiquement. J'ai consigné le tout sur trois feuillets, toujours épinglés sur le mur droit du couloir.

Je n'aurais pas aimé m'apercevoir que ce porc était en train de me balader. Pendant le trajet, il m'a parlé du père Blanchet, mort du « crabe » pendant l'été 2001, de « sa vieille » qui traîne sa « carcasse » tous les matins pour aller aux commissions et qui reste enfermée le reste de la journée. Pour lui, elle est devenue maboule. La preuve, m'a-t-il dit, elle va à la messe tous les dimanches et ensuite elle passe au cimetière. Je ne l'ai pas cru quand il m'a assuré qu'il l'avait toujours eue à l'œil. Puis il m'a affirmé que, pendant ces dernières années, personne n'était jamais passé la voir. Sauf son fils, l'autre jour.

Je lui ai demandé d'être précis : « L'autre jour ou hier ? »

Ma question ne l'a pas démonté.

« Oui, hier. Hier, dans l'après-midi. J'étais chez moi. Je ne bosse pas en ce moment. »

Lacaze m'a raconté qu'il avait aperçu une Opel Corsa noire se garer devant la maison. Il avait vu la vieille tirer les rideaux. Pour lui, elle attendait son fils.

Quant à l'homme, il avait patienté le temps que la porte s'entrouvre avant de descendre de voiture. Ils étaient ressortis une vingtaine de minutes plus tard et étaient montés dans l'Opel pour aller au cimetière. Il avait vu la voiture garée devant. Je lui ai fait remarquer qu'il m'avait dit qu'ils y étaient allés à pied. Cette fois encore, il ne s'est pas démonté :

« Non. En voiture. Ensuite, la vieille est rentrée à pied. Toute seule. Blanchet avait filé, le salaud. Il n'a même pas ramené sa mère, ce fils de pute. »

D'un coup, je me suis énervé si fort que le chien s'est mis à grogner à l'arrière. Je lui ai hurlé dessus :

« Tu te fous de ma gueule ? Qu'est-ce qui me prouve que c'était lui ? Tu l'as à peine vu. Tu t'es dit : "Je vais niquer ce con de flic." Putain, je te promets que tu vas me rendre mon pognon si je suis venu pour rien. »

J'étais furieux, mais cela n'a pas eu l'air de le troubler. Il m'a dit d'une voix toute calme que je ne devais pas m'énerver et qu'il était sûr de son coup car il connaissait le fils Blanchet depuis toujours, depuis l'école primaire. Et il a juré sur la tête de sa défunte mère qu'il ne m'aurait jamais dérangé pour rien après toutes ces années.

Quand nous sommes arrivés au village, je me suis senti un peu découragé. Je n'avais que le témoignage de cet abruti. Je lui ai demandé de me conduire d'abord au cimetière, désert à cette heure-là. Sur la tombe mal entretenue de Gustave Blanchet était posé un bouquet de roses blanches. Il a triomphé : les fleurs étaient la preuve qu'il ne m'avait pas raconté des craques et qu'il méritait son pognon.

J'ai attrapé le bouquet. Les fleurs étaient toutes fraîches. Je me suis contenté de lui demander de me conduire chez la mère de Blanchet. Lacaze s'est garé devant chez lui, un peu plus loin à droite. La maison de Clémence Blanchet est une masure de briques rouges sans caractère. Les fenêtres donnent directement sur la rue. Deux des trois volets sont encore fermés malgré l'heure. Il est déjà 13 heures passées. À se demander si la vieille n'est pas partie. Lacaze a deviné ma question. « Elle les ouvre rarement. Rassurez-vous, commissaire. Elle est toujours là. Elle vit dans le noir, la vieille. »

Puis il m'a proposé d'aller manger d'abord, ajoutant d'un air rigolard que la vieille ne s'envolerait pas. J'ai répliqué que je n'avais pas faim. Je lui ai ordonné de rentrer chez lui. Son chien a sauté sur la banquette arrière, prêt à sortir. Il a gratté ses pattes sur la vitre. Lacaze l'a à nouveau frappé violemment, sur le flanc. L'animal a encore couiné avant de sortir, l'oreille basse. Lacaze a souri : « Ces chiens, il faut qu'ils comprennent qui est le patron. C'est comme avec les voyous, hein, commissaire ? »

Lorsque j'ai sonné, Clémence Blanchet est apparue derrière le rideau tiré. Elle m'a examiné avec dédain. J'avais face à moi une femme chétive aux cheveux blancs coupés très court. J'ai fait un petit signe amical de la main, histoire de la rassurer. Quelques instants plus tard, la porte s'est entrouverte, retenue par une chaînette. Elle a parlé la première d'une voix forte :

« Je n'ai rien à dire, monsieur le commissaire Langelier, c'est bien ça votre nom ? »

Stupéfait, je n'ai pas réagi immédiatement. Je comptais la surprendre, mais elle m'a pris au dépourvu. Comment savait-elle qui j'étais ? Pourquoi Lacaze – je ne voyais que lui – l'avait-il avertie de ma venue ? J'ai tenté de reprendre le dessus, mais j'ai manqué de conviction. J'ai répondu que j'étais bien le commissaire Langelier de Paris et que je travaillais sur l'assassinat de la famille de son fils et sa disparition.

Elle a d'abord dit qu'on l'avait prévenue de mon passage. Puis elle m'a toisé avec une pointe de mépris : « L'affaire est close, vous ne le savez pas ? »

Son attitude m'a surpris. Lacaze m'avait dit qu'elle était un peu folle, certes, mais inoffensive. Et surtout très gentille. Je n'en revenais pas : j'avais face à moi une vieille femme agressive, sûre d'elle et pas folle du tout. Bien au contraire, elle maîtrisait la situation.

J'ai d'abord cherché à savoir qui l'avait prévenue. Décidément, après Limoges, l'histoire se répétait. Elle m'a bien regardé dans les yeux et elle m'a assené que ça ne me regardait pas. Elle en a remis une couche : *on* l'avait avertie qu'un policier indiscret allait venir chez elle aujourd'hui. Puis elle s'est à nouveau énervée et m'a répété qu'elle n'avait rien à dire. Alors j'ai fait une ultime tentative. Pour l'intimider, je lui ai balancé que je savais que son fils lui avait rendu visite la veille.

« Mon fils est mort, monsieur le commissaire. »

Puis elle a refermé la porte, me laissant seul sur le trottoir. J'ai entendu la clé tourner dans la serrure. Quelques secondes plus tard, elle est à nouveau apparue derrière le rideau. De la main elle m'a fait signe de m'éloigner. J'ai bien vu à son regard qu'elle triomphait. Insupportable. J'ai appuyé et appuyé encore sur la sonnette sans la quitter des yeux. Elle n'a pas bronché, se contentant de continuer à me faire signe de partir. J'ai retiré mon doigt de la sonnette et j'ai crié que je reviendrais.

J'ai voulu avoir le dernier mot, mais j'ai dû me rendre à l'évidence : elle ne me parlerait pas aujourd'hui. Lorsque je me suis retourné, elle était toujours là. Effrayante, dans la pénombre de sa maison. Si sûre d'elle.

Au loin, j'ai aperçu une voiture de la gendarmerie, gyrophare allumé, et j'ai juste eu le temps de me réfugier chez Lacaze. Il m'a ouvert la porte en me disant qu'il avait tout vu et que je n'avais pas eu la partie facile avec cette vieille salope !

Je n'ai pas répondu, résistant à l'envie de lui balancer mon poing dans la gueule. Je suis allé à sa fenêtre et j'ai vu la voiture de la gendarmerie s'arrêter devant chez la vieille Blanchet. Elle a entrouvert la porte d'entrée et, du doigt, elle a désigné la maison de Lacaze. Pour la première fois depuis longtemps, j'ai résisté à l'envie de pleurer, même si je savais que les larmes ne viendraient pas. Je me sentais humilié, vaincu. Derrière mon dos, Lacaze, qui observait la scène, m'a dit que les emmerdes allaient me tomber dessus. Il s'est alors collé à moi et nous les avons espionnés, dissimulés derrière ses rideaux sales qui puaient l'urine de son chien. Les deux gendarmes ont jeté un bref regard interrogatif en direction de la maison. Ils n'attendaient qu'un mot de la vieille Blanchet pour intervenir. Elle a dû les en dissuader car ils sont remontés dans leur voiture et ils se sont éloignés. Lacaze a dit : « Ouf ! Putain, on a eu du bol. Les flics, ici, vous ne les connaissez pas, mais c'est des vraies salopes ! »

Puis il m'a demandé si je n'avais pas une clope. Il était si proche que j'ai senti le souffle de son haleine chargée de tabac froid.

La vieille dame est demeurée dans l'embrasure de sa porte d'entrée, le regard fixé dans notre direction. J'ai pris cela comme un nouveau défi qu'elle me lançait. Elle nous avait devinés cachés derrière le rideau et elle attendait que je me découvre. J'ai ouvert la fenêtre et nous nous sommes observés, séparés par la largeur de la rue. Nous sommes restés silencieux pendant d'interminables minutes. Je ne suis pas parvenu à me délivrer d'elle, cherchant les réponses à mes questions dans son regard pointé sur moi. J'aurais pu rester des heures, tant j'espérais qu'elle finisse par s'approcher et qu'elle me raconte tout. Je l'ai suppliée de toute la force de mon regard. J'étais alors convaincu qu'elle détenait la vérité. Mais elle a mis fin à mes espoirs inutiles. Elle a reculé, les yeux toujours plantés dans les miens, et elle a tiré la porte derrière elle. Comme un point final.

Encore aujourd'hui, je me rappelle l'immense tristesse de ses yeux, mêlée à l'impérieuse demande de la laisser tranquille. Je sais qu'elle voulait alors me faire comprendre qu'il était inutile que j'insiste. Que je n'apprendrais jamais rien d'elle. Qu'il ne fallait pas que je revienne sonner. Que sa porte m'était définitivement fermée.

Sur le moment, je n'ai pas compris. Ou plutôt je n'ai pas voulu comprendre. J'étais en colère contre elle, contre moi et ma naïveté, contre cette saloperie de Lacaze, contre tous ceux qui m'empêchaient d'avancer dans ma quête de la vérité.

Le premier, Lacaze a rompu le silence. Il a voulu qu'on reparte aussitôt à Épinal. Pour lui, il valait mieux s'en aller maintenant.

Il craignait que les flics ne changent d'avis. Cela m'a échappé, mais je n'ai pas résisté à l'envie stupide de le remettre à sa place. Je lui ai balancé :

« Ce ne sont pas des policiers, mais des gendarmes, espèce de connard ! »

Ma remarque ne l'a pas troublé. Il a souri et il m'a dit : « Il ne faut pas vous fâcher, commissaire. Pour moi, c'est bonnet blanc, blanc bonnet. Ils sont là pour nous faire chier. »

Ça m'a foutu en rogne et je lui ai répliqué que moi aussi j'étais flic et que je pouvais le faire chier.

C'est là qu'il m'a dit : « Vous, c'est pas pareil.

– Pas pareil ?

– Non, pas pareil. Vous, vous êtes passé de l'autre côté. »

Je me rappelle que sur le moment je me suis demandé ce qu'il avait voulu dire.

C'était quoi ça, « de l'autre côté » ? De l'autre côté de quoi ? Est-ce qu'il voulait dire que j'étais « différent » ? Différent de qui ? Différent de quoi ?

Ce n'est que plusieurs mois plus tard, peut-être des années, que ses mots me sont revenus en mémoire et que j'ai réalisé que Lacaze avait dit vrai. Que j'étais déjà bel et bien passé de l'autre côté.

Je n'ai pas le temps de m'attarder sur le sujet. Je poursuis.

J'ai préféré ne pas insister. Ce type ne comprenait rien. Je faisais mon boulot de flic, celui que les autres n'avaient pas fait. Point barre. Avec pour seule conviction que le tueur courait toujours et qu'il fallait que je l'arrête.

Sur le moment, j'ai oublié sa remarque et, au lieu de m'abattre, cet échec m'a stimulé. Blanchet était forcément quelque part et j'allais le trouver, cet assassin. Et leur prouver à tous que le commissaire Langelier avait raison. C'était bien l'un des pères, Blanchet en l'occurrence, qui avait tout manigancé avant de disparaître. Un jour, je me le suis promis, je reviendrais triompher sous les fenêtres de la vieille. Elle paierait son affront.

Cependant, alors que je désespérais de tout, Lacaze m'a réservé une surprise. Toujours collé à moi, comme s'il voulait me faire profiter de son haleine repoussante, il m'a murmuré à l'oreille qu'il avait un truc important pour moi. Sans ménagement, je l'ai repoussé en reculant. Un instant, il a eu peur, cela s'est vu dans ses yeux. Je n'en pouvais plus de ce type et j'avais hâte qu'il me raccompagne à Épinal. Je ne le supportais plus, pas plus que je ne supportais cette ville. Ma seule envie était de me retrouver chez moi, au milieu de mes dossiers.

Il a insisté avec son insupportable sourire aux lèvres et c'est là qu'il m'a dit avoir relevé le numéro du véhicule. Il a tenté de monnayer ce renseignement, mais il n'a pas insisté. Il a fait semblant de chercher le bout de papier où il avait noté l'information, puis il me l'a enfin tendu, triomphant, en s'exclamant : « Un cadeau de la maison ! »

Je ne lui ai pas laissé le temps de faire le malin. J'ai répliqué : « On file à Épinal. »

Il a quand même demandé si j'en avais fini avec la vieille.

J'ai dit : « En route », il a répondu : « C'est vous le boss. »

Il a sifflé son chien et nous sommes montés dans la voiture sans prononcer un mot. Nous avons quitté ce bled pourri en passant devant la gendarmerie. Il a murmuré : « Sale race ! » en tendant le poing vers le bâtiment.

Son clébard a aboyé.

« Elle est bien dressée, hein ? »

Il m'a laissé à la gare vers 16 heures. J'ai négligé sa main tendue. Il ne s'en est pas ému et il m'a demandé s'il devait m'avertir en cas d'alerte. J'ai répondu oui et que ce serait au même tarif. Il a semblé satisfait et a promis que je pouvais compter sur lui.

Avant de disparaître, il a ajouté : « Si seulement tous les flics étaient comme vous... »

Mais j'étais déjà trop loin pour entendre la fin de sa phrase. Ce type ne m'intéressait déjà plus. J'ai pensé que je ne le reverrais jamais, mais je me suis trompé. Je n'ai pas bronché quand il est passé à ma hauteur. Il a klaxonné d'un coup bref. Je ne me suis pas retourné. J'ai entendu son chien aboyer dans le coffre.

Je disposais de plusieurs heures avant de prendre mon train et j'en ai profité pour faire le tour des agences de location de voiture autour de la gare. Sans résultat. Partout, mon allure a intrigué, j'ai dû présenter à chaque fois ma carte de flic. Chez Hertz, le patron a voulu faire le malin et m'a viré en me demandant de revenir avec une commission rogatoire. Il a voulu m'impressionner en déclarant qu'il connaissait le droit, et que dans les maisons sérieuses les informations sur les clients étaient confidentielles. J'ai essayé de parlementer avec ce trou du cul. Il n'a rien voulu savoir. J'ai sorti la photo de Blanchet, mais il a aussi refusé de la regarder. Il a dit, content de faire le malin devant les filles du comptoir :

« Je vous prie de sortir, maintenant. Nous avons du travail ! »

Je ne sais pas comment j'ai résisté à l'envie de lui en mettre une, mais j'ai abandonné quand il a fait mine d'appeler sa direction centrale. Quand je suis sorti, il a triomphé à nouveau devant ses employées :

« Chez Hertz, mesdames, le client est roi ! »

De rage, j'ai claqué la porte vitrée de toutes mes forces, espérant qu'elle éclate en morceaux. Le patron est sorti, il m'a traité de connard et il m'a cette fois menacé d'appeler la police. Je ne lui ai pas fait le plaisir de me retourner. Ni de lui répondre.

Un peu plus tard, la chance m'a enfin souri. J'ai découvert que la voiture avait été louée chez Europcar deux jours plus tôt par un certain Antoine Delay. Il avait rendu le véhicule le jour même. Ils se souvenaient de lui parce qu'il avait payé en liquide. Une précaution inutile, car il avait dû présenter son permis de conduire. Ils m'ont laissé prendre la photocopie du contrat de location. J'ai montré la photo de Blanchet, mais aucun n'a pu dire que c'était lui, sauf une jolie petite blonde qui en était certaine. Elle a reproché aux autres filles, surprises par son assurance, de ne pas le reconnaître. Ses certitudes ont suffi à mon bonheur. Et je me suis laissé envahir par une douce euphorie. J'avançais.

La fille a fait du zèle en me montrant que l'Opel était toujours là. Puis, continuant à faire son intéressante, elle a ajouté d'une voix aiguë pour que ses collègues entendent : « Avec un peu de chance, vous pourrez relever des empreintes. »

J'ai toujours mon matériel avec moi et j'ai trouvé des empreintes sur le volant, sur la radio, sur la commande des vitres électriques. Ce jour-là, la chance était enfin avec moi : j'ai aussi découvert des cheveux bruns sur le siège avant. Blanchet n'était-il pas brun ?

J'avais son identité et son adresse à Bourges. Bêtement, je me suis dit que je le tenais et que, maintenant, je n'avais plus qu'à le serrer. Pendant quelques secondes, j'ai été si content de moi que je ne me suis même pas demandé pourquoi Blanchet avait été aussi naïf, au point de laisser autant de preuves de son passage.

Il était temps que je rentre. Arrivé à Paris, j'ai dîné dans un McDo en face de la gare de l'Est, puis j'ai regagné mon appartement du Plessis-Robinson. Le lendemain, je me suis rendu à la gare d'Austerlitz où j'ai pris le premier train pour Bourges. Le trajet a duré un peu plus de deux heures. Enfermé dans les toilettes, indifférent aux gens qui se sont énervés à la porte, j'en ai profité pour me raser à l'eau froide, me peigner, changer de chemise, me redonner visage humain. J'ai surtout vérifié mon arme de service.

Une demi-heure plus tard, quand je suis sorti des toilettes, j'ai ignoré les trois ou quatre passagers mécontents et le contrôleur auprès duquel ils étaient allés se plaindre. Encouragé par ces individus, il était prêt à me rentrer dans le chou, mais, après cette mauvaise nuit, je n'étais pas d'humeur à me laisser emmerder. Je l'ai pris à part en le tirant par le bras avec autorité et je lui ai présenté ma carte de police. Il a suffi que je dise que j'étais en mission pour qu'il me laisse tranquille. J'ai regagné ma place et je me suis enfin assoupi, songeant que je m'étais montré beaucoup trop docile jusqu'à présent.

Je m'interromps un instant pour allumer la cigarette que me tend Tramont.

« Ça va te requinquer, camarade ! »

Je le remercie et, en cet instant, je me souviens du sentiment de victoire qui m'a envahi au moment où je me suis endormi dans ce train.

7

Nous sommes le dimanche 15 avril 2007. Il fait beau. L'horloge de la gare de Bourges, quasi déserte, indique 8 h 46. J'ai commandé un grand crème avec une tartine de beurre. Je ne suis même plus impatient. J'ai pris mon temps comme si j'avais voulu savourer chaque instant qui me séparait de ma confrontation avec Blanchet, caché, j'en étais convaincu, sous l'identité de Delay. J'ai commandé un second café et un croissant. J'avais peu dormi, pourtant, je ne ressentais aucune fatigue. L'euphorie, peut-être.

Aujourd'hui encore, je ne saurais expliquer pourquoi j'étais à ce point sûr de moi. Mais je dois me rendre à l'évidence : j'ai vécu ces instants comme les derniers d'une trop longue histoire. J'avais sacrifié six ans de ma vie à ma mission, il était temps qu'elle s'achève. Mon plan, si on peut parler de plan tellement les choses me paraissaient simples, était le suivant : j'allais me présenter chez Blanchet. Une fois que je l'aurais neutralisé, je le ferais avouer et ensuite seulement je préviendrais la police.

Mais ses aveux, je les voulais d'abord pour moi tout seul. Je les avais bien mérités, non ?

J'ai négligé les taxis et j'ai marché une demi-heure environ jusqu'à l'adresse de Blanchet, celle qui était inscrite sur le contrat de location. J'avais vérifié avant de quitter Paris qu'un certain Delay vivait bien à cette adresse. Je l'ai trouvé gonflé, ou plutôt stupide, de prendre aussi peu de précautions. Il devait être certain qu'il ne risquait plus rien.

Je parcours la petite foule du regard, pas mécontent de ce que je découvre. Ils sont passionnés par mon récit. Alors, histoire de détendre un peu l'atmosphère, je lance :

« Il ignorait que désormais il avait un as de la police qui lui collait aux fesses ! »

Rabatel nous sert du champagne. L'euphorie nous gagne à nouveau.

Je souris avec eux.

Un petit vent frais soufflait à travers les rues calmes. Quel plaisir de marcher ainsi en fumant cigarette sur cigarette ! Quand je suis enfin arrivé, mon paquet était vide. J'ai eu de la chance, un bureau de tabac était ouvert au coin de sa rue. J'ai trouvé au 3, rue des Vertugadins un petit immeuble de quatre étages. Il n'y avait pas de code, la porte d'entrée était ouverte. Avant de monter, j'ai terminé ma cigarette, appuyé contre le mur de l'immeuble. Quand je me suis décidé, j'ai croisé un homme âgé sur le point de sortir. J'en ai profité pour lui demander où habitait Antoine Delay.

« Delay, c'est le deuxième étage porte de droite. »

Je lui ai souhaité une bonne promenade.

Il m'a répondu, assez fier de lui : « Une heure tous les matins, quel que soit le temps ! Et une heure en fin d'après-midi. C'est bon pour la santé, monsieur... »

Pris d'une soudaine inspiration, j'ai répondu : « Ferracci, je suis un ami d'Antoine Delay. »

Cette simple évocation arrache à nouveau quelques sourires, et même des rires. Ils guettent la réaction de Ferracci. Celui-ci hoche la tête d'un air désolé. Je le prends à témoin et je dis :

« Il n'y a pas de quoi être consterné, Ferracci, c'était juste une plaisanterie comme ça, en passant. »

Quelques rires partent ici ou là.

J'ai patienté le temps que le vieux et son chien s'éloignent, et j'ai monté les marches. Sur la porte était inscrit « A. D. » J'ai collé mon oreille. Aucun bruit. J'ai sonné : l'appartement de Delay est resté silencieux.

Je ne pouvais pas l'attendre dans la cage d'escalier ni dans la rue, de peur de me faire repérer. J'ai marché dans le quartier et je suis allé jusqu'à la cathédrale. Je suis repassé à midi, puis à 14 heures. Delay était toujours absent. J'ai alors envisagé le pire : rentrer à Paris bredouille par le dernier train. Je me suis dit que j'avais encore de la marge sauf si ce fumier n'était pas à Bourges. Mais j'ai refusé cette hypothèse. C'était juste une question de patience. Il allait finir par venir. Je ne sais pas pourquoi, mais j'en étais sûr.

Un groupe de jeunes discutait devant l'immeuble. À droite, un type bricolait le moteur de sa voiture et, plus loin, dans la rue, des femmes promenaient leurs gamins. Je ne pouvais pas planquer dans un coin pour guetter son arrivée, je me serais fait repérer aussitôt. Aussi, je suis passé rapidement. J'ai sonné à la porte d'entrée et, comme il ne répondait toujours pas, je suis reparti.

Je suis revenu vers 16 heures. J'ai croisé le vieux et son clébard dans l'escalier. Il a été étonné de me voir à nouveau. J'ai dû lui expliquer qu'Antoine n'était pas là ce matin et que je tentais ma chance à nouveau. Pour faire bonne figure, je lui ai à nouveau souhaité une bonne promenade et de profiter du beau temps. Il m'a répondu qu'ils annonçaient de la pluie pour le lendemain. J'ai donc ajouté : « Raison de plus pour en profiter. »

À propos de Delay, il m'a déclaré qu'il ne l'avait pas vu de la journée et qu'il pensait qu'il n'était pas encore rentré. Il s'était trompé. En approchant de la porte, j'ai entendu le son d'une radio. Je me suis senti envahi par un indicible sentiment d'euphorie qui m'a fait oublier toutes ces heures d'attente interminable. Il était là.

Mais il y avait trop d'allées et venues. J'ai décidé d'attendre la nuit. Peu importe que je ne sois pas au travail demain matin, puisque je vais leur livrer un assassin. Ils me féliciteront ! J'ai trouvé un banc dans un parc à trois rues de là. Et je me suis assoupi, indifférent aux cris des gamins et au babillage des femmes qui discutaient fort en surveillant leurs enfants. Je me suis réveillé vers minuit. J'avais raté mon train, mais je m'en foutais. Le parc était fermé à clé et j'ai dû escalader la grille. Mon pantalon s'est pris dans une tige de fer. Je me suis égratigné au mollet. J'étais si excité que je ne me suis pas soucié du sang souillant ma chaussure. J'ai presque couru jusqu'à la rue des Vertugadins. Ses fenêtres étaient encore éclairées et je l'ai aperçu, derrière de fins rideaux blancs. Par chance, la porte de l'immeuble était restée grande ouverte. Je m'y suis engouffré. Sans attendre, j'ai sonné et, quelques secondes plus tard, la porte s'est ouverte.

La première chose que j'ai aperçue, c'est une grosse valise posée dans l'entrée. J'ai immédiatement songé qu'il projetait de se tirer et que j'avais bien fait de ne pas traîner.

Je m'arrête encore. Ma Marlboro est terminée. Si je compte bien, je dois en être à plus d'un paquet. La plupart des gars qui sont là savent ce qui m'est arrivé ensuite. Mais ils en ignorent les circonstances exactes... Je m'adresse à eux: « Maintenant, laissez-moi vous raconter dans le détail comment les choses se sont passées ce soir-là. »

D'abord, j'ai entendu une voix: « Commissaire, je vous attendais. »

Ce n'est qu'ensuite que j'ai réalisé qu'il braquait un revolver sur moi.

« Entrez. »

J'ai obéi. À ce moment, je m'en suis voulu de m'être fait avoir aussi bêtement. Il était plus malin que je ne l'avais cru. Il était sur ses gardes, attentif à mes mouvements, laissant un peu plus d'un mètre entre lui et moi. Je n'avais que quelques secondes pour reprendre l'avantage. Mais j'étais dans l'impossibilité d'attraper mon arme. La seule solution qui me restait était de me jeter sur lui. À la première occasion, il faudrait que je saisisse ma chance. Pour l'instant, il demeurait à bonne distance. Il fallait que je gagne du temps. Je n'avais pas peur, j'étais seulement en colère contre moi.

Il a refermé la porte du pied et il m'a laissé passer sous la menace de son revolver. À l'instant où j'ai voulu me retourner pour tenter de dialoguer, il a tiré sur moi. À deux reprises. Sans rien dire d'autre que : « Saloperie de flic ! »

Le rapport de police indique que la première balle m'a gravement atteint sur le côté de l'abdomen, frôlant le foie, et que la seconde m'a touché à la cuisse, sans gravité. Les choses se sont passées si vite que je n'ai pas eu le temps de prononcer un seul mot, mais ce dont je suis sûr, c'est que l'homme qui m'a abattu n'était pas Martin Blanchet. Plus que la douleur, c'est le souvenir de ce visage sans émotion qui me hante encore aujourd'hui.

Un visage inconnu.

Les deux coups de feu ont alerté les voisins et on m'a retrouvé peu après. En mauvais état, mais vivant. Je ne vous cache pas que j'ai eu peur de crever là. Et j'avais tellement mal ! Pourtant pendant tout ce temps, une seule question m'obsédait :

« Pourquoi j'ai merdé ? »

C'est le vieil homme, celui que j'ai croisé quand il sortait son chien, qui m'a découvert le premier. J'ai su que c'était lui car j'ai senti son épagneul venir me renifler le visage, puis lécher mon sang avant que son maître ne l'éloigne de moi en le tirant par la peau du cou. Son chien a grondé et le vieux s'est précipité chez lui en appelant à l'aide. Sans doute craignait-il que mon agresseur ne soit toujours là. Plus tard dans la nuit, une fois remis de ses émotions, il a reconnu devant les enquêteurs qu'il n'avait jamais eu aussi peur de sa vie.

Je suis resté conscient jusqu'à l'arrivée des secours. Des gens, même des enfants en pyjama, se sont approchés de moi. Je les ai entendus me demander si ça allait. Un type maigre avec un grand nez m'a soufflé à l'oreille : « Tenez bon, les secours arrivent ! »

Visiblement, il avait pris les choses en main et avait appelé les flics. Un autre, je crois que c'est celui qui réparait sa voiture, était plus pessimiste. Je l'ai entendu dire : « Il ne va pas s'en tirer, le pauvre gars. »

Je l'ai fixé si intensément du regard qu'il a reculé derrière les autres. Une femme m'a soulevé la tête pour y glisser un oreiller. Je me souviens de tout dans les moindres détails. J'ai même entendu un jeune s'exclamer en désignant l'arme de Delay sur la moquette à un mètre de moi : « Vous avez vu le flingue ! »

Le type au grand nez lui a ordonné : « Ne touche à rien. C'est une pièce à conviction. »

Je me souviens de tout. Du prénom de ce gamin, Kevin, et même de la couleur de la moquette. Grise. Quand j'ai entendu la sirène, assuré que j'allais m'en sortir, je n'ai plus résisté et je me suis doucement laissé aller après un dernier regard en direction de l'arme toute proche.

Les pompiers m'ont découvert inconscient, baignant dans mon sang. Le rapport de police est épinglé en bonne place dans mon salon à côté des photos prises par les enquêteurs. On y voit la flaque de sang qui imprègne la moquette et l'impact de la balle qui, après m'avoir traversé l'abdomen, est allée s'enfoncer dans le mur. D'autres photos montrent l'appartement, un petit trois pièces meublé avec le strict minimum, sans aucune décoration, à l'exception d'une immense carte du monde punaisée dans le salon et des photos d'adolescents, les enfants de Delay. Car, et ce n'est pas le seul mystère de cette histoire, cet homme s'appelait bien Delay et il s'agissait de ses deux filles. Le rapport indique que la fouille de l'appartement n'a apporté aucune indication. Le petit réfrigérateur était bien rempli. Son contenu (PV n° 18 rédigé par le lieutenant Perrier) est épinglé sur le mur de la chambre du fond. Aucune empreinte, en dehors des siennes et des miennes, n'a été relevée. Les locataires ont décrit un voisin sans problème, souvent absent. Denise Lecaplain, du premier, parle d'un bel homme, poli quoique assez taciturne. Le rapport conclut que « le dénommé Antoine Delay a prémédité sa fuite ». Sa voiture, une Peugeot blanche, a été retrouvée le lendemain matin sur le parking de la mairie.

Ce soir-là, personne dans le petit immeuble n'a rien remarqué d'anormal avant les deux coups de feu « tirés presque à bout portant ». J'ai soutenu aux enquêteurs que je n'avais pas eu le temps de voir l'arme et que je m'étais fait surprendre. Je n'ai jamais changé de version. J'ai toujours affirmé qu'il avait tiré dès que j'étais entré.

L'arme, un 38, a été trouvée tout près de moi. Elle porte les empreintes de Delay. L'enquête n'a pas pu établir son emploi du temps du dimanche. On sait seulement qu'il a quitté son domicile tôt dans la matinée. Il a été aperçu montant dans sa voiture, accompagné d'un homme. Le témoignage a été fourni par une habitante du 8, rue des Vertugadins, une certaine Geneviève Cadenat (58 ans). Elle connaissait Delay de vue, mais elle était trop loin pour décrire celui qui l'accompagnait. Les enquêteurs ont eu beau faire le tour de ses connaissances, l'identité de cet homme reste un mystère, au point que les collègues chargés de mon affaire ont douté du témoignage de cette femme.

Delay devait passer la journée avec ses filles, mais il n'est pas venu les chercher au domicile de leur mère. Celle-ci l'a appelé à plusieurs reprises ce dimanche-là, mais sans résultat. Elle a été incapable d'expliquer le geste de son ancien mari. Ils se parlaient peu depuis leur divorce. Elle a précisé qu'elle ignorait qu'il possédait une arme.

Les rapports de personnalité que j'ai également épinglés sont plus troublants. Antoine Delay vivait à Bourges depuis quatre mois. Les PV décrivent un homme paisible, sans histoire. Quarante-deux ans, divorcé, père de deux enfants, il vivait seul.

Au chômage, il cherchait un emploi de commercial et s'était installé à Bourges pour se rapprocher de ses enfants. Ces derniers mois, il avait répondu à de nombreuses annonces. Sans résultat ; mais on a noté plusieurs déplacements à travers la France, dont l'un dans les Vosges, quelques jours avant mon agression.

La plupart de ceux qui sont là à écouter mon récit savent combien j'ai souffert. La douleur des blessures, surtout de celle que j'ai reçue au ventre, m'a poursuivi longtemps. Favier, assis au premier rang juste à côté de Dubosc, peut en témoigner. Il était avec moi à la préfecture de police. Certains jours, comme je refusais qu'on m'emmène à l'hôpital, la douleur était si puissante qu'ils devaient m'allonger sur le carrelage, le temps qu'elle se calme. C'est lui que je regarde, mais je m'adresse à tous.

« Pourquoi Delay a-t-il voulu me tuer ? Que faisait-il dans cette histoire ? Je regrette, mais, à ce jour, je n'ai toujours pas les réponses. »

Favier a hoché la tête d'un air de dire : « Continue, Hervé. »

J'ai repris conscience durant quelques minutes dans l'ambulance. J'ai vu une lueur d'espoir dans les yeux de la femme penchée sur moi. Et croyez-moi, il n'y a rien de plus beau dans la vie. Car dans son regard, j'ai compris que, malgré la douleur, j'allais m'en sortir. Elle m'a demandé, en me serrant la main :

« Vous êtes avec nous, monsieur ? »

J'ai répondu par un clignement de paupières. Puis par un geste du pouce. Elle a souri et m'a assuré que ce n'était pas aujourd'hui que j'allais mourir. Avant qu'elle pose un masque à oxygène sur mon visage, j'ai eu le temps de lui demander de ne pas prévenir ma famille.

Et quand elle s'est penchée sur moi, j'ai répété :

« Ne prévenez pas ma famille, s'il vous plaît. »

Je l'ai entendue me demander : « Pourquoi ? », puis j'ai à nouveau perdu connaissance avec la certitude que j'allais vivre.

Je ne sais pas si elle a suivi mes consignes, mais, en tout cas, personne n'est jamais venu me voir. Ni ma femme ni mes enfants. J'étais divorcé, loin d'eux, je ne voulais pas qu'ils partagent mes ennuis. Telle que je la connaissais, Steph, malgré tout le mal que je lui avais fait, aurait accouru à mon chevet.

Le second rapport, daté du lendemain de mon agression et signé d'un certain lieutenant Lassus, est la déposition du voisin, le premier à s'être précipité après les coups de feu. François Balland est né en 1930 à Lunéville en Moselle. Il est veuf et retraité de la Poste. Sa chienne s'appelle Marquise. Il la sort tous les matins, et les après-midi à 16h30 précises. On y apprend que Delay s'est installé dans l'immeuble quatre mois plus tôt. C'était un locataire discret qui, selon Balland, ne recevait jamais de visite à l'exception de ses deux filles. Il confirme que Delay s'absentait souvent. De moi, il a dit qu'il m'avait croisé dans la matinée et que je lui avais demandé où vivait Delay. Il m'avait revu dans l'après-midi. Pour lui, j'étais quelqu'un de « calme, poli et aimable ».

À aucun moment de la journée, il n'a aperçu Delay.

Les policiers ont dû attendre que je sorte du coma artificiel où les médecins m'avaient plongé. J'y suis resté deux jours et il a fallu qu'ils patientent huit jours de plus avant que je sois en état de leur répondre. Un détail les intriguait : pourquoi Delay avait-il abandonné son arme sur les lieux de mon agression ? Mais sur ce point je n'ai pu leur fournir aucune explication. Pour moi aussi, ce détail reste une énigme. Je me suis contenté de leur répondre que je ne comprenais pas son geste et que je ne me souvenais de rien (procès-verbal n° 28, épinglé lui aussi dans le salon). J'ai dit que j'étais encore trop épuisé pour continuer l'interrogatoire et ils m'ont laissé tranquille pendant encore une semaine.

Quand ils sont revenus, j'étais capable de me lever et de faire quelques pas. Une surveillance permanente a été mise en place devant ma chambre. Officiellement pour des raisons de sécurité, mais je les ai soupçonnés de penser que j'avais l'intention de filer. Un jour, ils sont venus, précédés de Ferracci. Il y avait longtemps que je ne l'avais pas vu. Dès qu'il est entré dans ma chambre, je lui ai demandé ce qu'il foutait là. Il a répondu par une plaisanterie :

« Tu as l'air en pleine forme, Hervé ! »

Mais j'ai vite vu qu'il se posait un tas de questions. Les flics sont restés en retrait. Ils l'ont laissé mener la discussion. Car cela a plus été une discussion qu'un interrogatoire. Personne n'a pris de notes. Pourtant, même si le ton s'est voulu chaleureux, Ferracci ne m'a pas laissé le moindre répit, refusant de m'accorder les instants de repos que je réclamais sans trop y croire. Car j'avais compris qu'il n'abandonnerait pas. Je me suis alors plaint d'être crevé et je lui ai demandé de revenir le lendemain. J'ai ajouté : « J'ai pris une balle dans le bide et une autre dans la cuisse. »

Ça ne l'a pas ému puisqu'il a ajouté : « Ça va aller, Hervé. Nous n'en avons plus pour longtemps. Après, on tournera la page. Tu connais le dicton : "Il faut battre le fer tant qu'il est chaud." »

Il m'a demandé à plusieurs reprises ce que j'étais venu faire là, mais je n'ai rien lâché. Il ne s'est énervé qu'une seule fois.

« Ne te fous pas de ma gueule ! »

J'ai vu qu'il s'agaçait vite quand je fermais les yeux et que je restais un long moment silencieux. Comme si j'avais du mal à me souvenir. Je n'ai rien dit sur l'arme, rien sur ce qui s'était passé dans l'appartement entre Delay et moi. J'ai répété comme une litanie que je ne me souvenais pas, que je ne comprenais pas. Ferracci a insisté. Il voulait évidemment savoir pourquoi j'étais venu à Bourges. Qui était ce Delay pour moi. S'il avait un lien avec mon enquête « à la con » sur la série de meurtres de 2001. J'ai menti et je m'en suis tenu à cette seule version : j'étais venu lui acheter sa voiture.

La suite n'est qu'une prise de bec entre lui et moi, sous les regards muets des hommes restés en retrait. Il a répliqué que j'avais déjà une voiture. Je ne me suis pas laissé démonter et j'ai lâché :

« Je veux en changer.

– Je ne te crois pas. Tu n'as pas fait autant de kilomètres pour une caisse. Ne te fous pas de moi, Hervé. Dis-moi maintenant ce que tu faisais chez lui à minuit. »

Imperturbable, j'ai répliqué : « Antoine Delay m'a demandé de passer dans la soirée. Nous devions signer le certificat de vente et je devais prendre les clés. Quand je pense que je comptais rentrer à Paris en voiture ! »

J'ai répété que j'étais désolé de ne pas pouvoir les aider et que je ne comprenais toujours pas pourquoi Delay m'avait tiré dessus. J'ai émis une hypothèse qui a eu le don de le mettre hors de lui : « Peut-être qu'il a découvert que j'étais flic et, comme il devait avoir des choses à se reprocher, il a sans doute voulu m'éliminer. J'ai frappé à la mauvaise porte, monsieur le divisionnaire. Je n'ai pas de pot ! »

Et j'ai insisté, voyant qu'il était à deux doigts d'exploser : « Je ne vois pas d'autre explication : la scoumoune, mon vieux, la scoumoune. »

Je marque un temps d'arrêt dans mon récit et m'adresse à l'assemblée : « Vous en conviendrez avec moi : je me suis bien foutu de sa gueule ! »

À ma remarque, ils se tournent vers Ferracci et l'observent avec attention. Il ne bronche pas.

Pendant l'heure qu'il a passée dans ma chambre, je l'ai nargué avec une telle obstination que je m'attendais à ce qu'il s'énerve à nouveau. Mais, à ma grande surprise, il est resté étrangement calme et il m'a dit, presque résigné :

« Je crois que tu n'es qu'un pauvre imbécile et que tu poursuis des chimères. Tu ne veux pas qu'on t'aide. Tant pis pour toi. Mais sache que tu me fais de la peine. Beaucoup de peine, car je ne sais plus quoi faire pour toi. En réalité, Hervé, je crois que tu es malade. Très malade. »

Je lui ai répondu plus par défi que par envie de lui démontrer une nouvelle fois que j'étais dans le vrai :

« Tu sais que j'ai raison, c'est ça qui te rend dingue, Ferracci. Casse-toi, maintenant. Je n'ai plus rien à te dire. »

J'ai détourné la tête et fermé les yeux. Pour la première fois, c'est moi qui me suis énervé. Je l'ai regretté aussitôt, mais je n'ai pas supporté sa pitié. Et encore moins qu'il me traite de malade, moi qui, sans cette erreur de débutant, aurais résolu l'affaire la plus douloureuse de ces dernières années.

Il a murmuré : « Mon pauvre vieux. »

Ce furent ses derniers mots. Quand il a ouvert la porte, j'ai aperçu Dubosc qui l'attendait, assis dans le couloir. Il s'est levé dès que son chef est apparu.

Voilà comment se sont passées nos retrouvailles ! Je lui lance : « Tu t'en souviens, Ferracci ? »

À ma grande surprise, il répond qu'il n'a pas oublié, que ce que j'ai dit est l'exacte vérité. Je réplique par un « enfin ! » bien appuyé et je poursuis pour les autres.

Les bobards que je leur avais racontés ne tenaient pas, je le savais parfaitement, mais je n'en ai pas varié. Les flics de Bourges m'ont dit qu'ils ne comprenaient pas mon entêtement. Ils s'étonnaient de mes silences alors qu'ils avaient déployé les grands moyens pour trouver celui qui avait tiré sur un des leurs. Ils m'ont informé régulièrement de leurs investigations, ou plutôt de leurs échecs. Les documents qui tapissent la moitié d'un mur de la chambre du fond en attestent : ils ont tout fait pour retrouver Delay. Mais au bout de trois semaines, le temps qu'a duré mon hospitalisation avant que je regagne la région parisienne pour être placé en maison de repos, ils m'ont avoué qu'ils ne disposaient d'aucun élément susceptible de le coincer. La diffusion de sa photo, d'abord dans les commissariats, les gendarmeries, aux frontières, puis dans la presse, n'a rien donné. Personne parmi son entourage familial ou ses relations n'a reçu le moindre coup de fil.

Delay avait disparu.

Effacé, peut-être sous une fausse identité, ou mort, quelque part. J'avoue que j'ai été aussi perplexe que les enquêteurs. « Perplexe » n'est pas le mot, disons plutôt abasourdi.

Pendant tout ce temps, j'ai gardé pour moi la seule information qui leur aurait permis d'avancer : Delay avait rendu visite à la mère de Blanchet et il l'avait accompagnée sur la tombe de son mari deux jours avant de me tirer dessus. Jamais je ne leur ai révélé que Delay était lié à Martin Blanchet. C'était ma seule carte et je n'avais pas l'intention de m'en dessaisir.

Régulièrement, Ferracci a envoyé ses hommes pour m'interroger. À l'hôpital, puis à la maison de repos. Malgré mes allusions appuyées, aucun n'a fait référence à mon *ennemi*. Lui seul savait que j'avais raison. Moi qui, par ma détermination à découvrir la vérité, mettais sa carrière en péril. J'avais suffisamment d'expérience pour ne pas tomber dans leur piège grotesque. Certains ont manié la menace de me faire virer et m'ont promis le pire, tandis que d'autres en ont appelé à l'esprit de « notre grande famille », celle de la police.

Ils n'arrêtaient pas de répéter : « Nous ne pouvons pas laisser l'agresseur d'un collègue en liberté. »

Invariablement, j'ai répondu que je comprenais, que je ne demandais qu'à les aider, mais je leur ai toujours servi la même histoire : « Je suis venu acheter la voiture de Delay. Je ne comprends toujours pas pourquoi il m'a tiré dessus. Non, je ne me souviens pas dans quel journal j'ai repéré son annonce. »

Et à nouveau, ils ont insisté pour savoir pourquoi j'étais passé à minuit. Je les mettais au supplice quand, après un hochement de tête, je leur disais que, à cause du coma, j'avais du mal à me concentrer et que tous mes souvenirs de cette période s'étaient effacés.

Derrière leur ténacité – ils se relayaient sans cesse –, il y avait de toute évidence la présence permanente de Ferracci. Il a dû enrager de ne rien obtenir, de les voir se heurter à un mur infranchissable. Mon entêtement a été ma revanche et j'avoue que j'y ai pris un certain plaisir. Parfois j'ai poussé la provocation jusqu'à leur dire que je n'arrivais pas à comprendre pourquoi ils n'étaient pas parvenus à mettre la main sur un homme qui avait voulu tuer un flic. Je suis allé jusqu'à mettre en doute leurs compétences.

« À croire que vous avez des consignes pour ne pas vous remuer ! »

Et j'ai ajouté : « On jurerait que vous préférez vous acharner sur moi. Je suis la victime, je vous le rappelle. »

Je savais que tout *lui* était répété dans le moindre détail.

Cependant, je me suis vite aperçu que j'étais coincé. Car, à défaut d'obtenir de moi des informations, Ferracci m'a fait surveiller. Cela ne pouvait venir que de *lui.* Il ne supportait pas que je poursuive son enquête bâclée. Pendant mes trois mois de convalescence, je n'ai rien pu faire, perdant un temps précieux. Je n'ai pas pu sortir de la maison de repos. Un flic me suivait ostensiblement, l'air de dire : « Ce n'est pas la peine de tenter quoi que ce soit. » J'ai bien essayé à deux reprises de lui échapper, mais je suis incapable de dire si j'y suis parvenu. J'aurais voulu appeler Lacaze, mon seul lien avec Blanchet, mais j'y ai renoncé de peur d'être sur écoute. Je ne pouvais pas leur dévoiler mon jeu.

Chaque effort m'épuisait et plusieurs semaines m'ont été nécessaires avant de retrouver une forme correcte. Enfin, j'ai pu rentrer chez moi. L'administration, qui n'était pas pressée de me reprendre, m'a accordé six mois de congé maladie. Une véritable aubaine, dont j'ai bien compté profiter pour me consacrer entièrement à mon enquête. Je devais retrouver Delay. Il me conduirait à Blanchet, j'en avais la certitude.

Dès que j'ai poussé la porte de mon appartement, j'ai tout de suite compris que j'avais eu de la visite. Rien n'aurait dû me mettre la puce à l'oreille, car tout était à sa place comme avant. Mais c'est à de petits détails que je m'en suis aperçu. Des tiroirs ont été parfaitement refermés, moi qui me suis toujours appliqué à les laisser entrouverts de quelques millimètres. Des rapports et des notes ont été enlevés puis remis en place. Je m'en suis rendu compte à cause du deuxième trou laissé par l'épingle, juste à côté du trou d'origine. Cette découverte m'a consterné, même si elle ne m'a pas surpris. Ferracci était capable de tout pour m'anéantir. Je me suis affalé dans le canapé et je n'ai pas pu contenir mes larmes. La dernière fois que j'avais pleuré, c'était dans les bras de Stéphanie.

J'ai mis longtemps avant de me calmer, tellement, bien plus que les souvenirs anciens, la haine m'a submergé. Je me suis senti si seul. Ils avaient violé mon secret.

Encore aujourd'hui, je suis certain de l'acharnement de Ferracci. Toutes les traces laissées par lui et ses hommes en sont la preuve. À voir maintenant leur mine étonnée, je préfère poursuivre. Et Ferracci a beau faire non de la tête, il ne me fera pas changer d'avis.

Enfin, j'ai réussi à me lever et je me suis dirigé vers la cuisine. J'avais besoin de boire. J'ai ouvert la porte. Quelque chose, derrière, a résisté. J'ai découvert le cadavre de mon chat. Ah ! oui... J'ai oublié d'en parler. Ce chat, je l'avais recueilli à Strasbourg et je l'avais ramené à Paris, allez comprendre pourquoi, moi qui n'aime pas les bêtes. Mes visiteurs ne se sont pas préoccupés de lui et il a fini par mourir de faim et de soif, enfermé dans la pièce. Les traces de ses griffes sur le bas de la porte attestent de son calvaire.

J'ai attrapé un sac et je l'ai glissé dedans. Puis je l'ai jeté dans le vide-ordures. Le lendemain, j'ai changé les serrures et j'ai fait installer une alarme, décidé plus que jamais à découvrir la vérité. Contre tous.

J'avais désormais la certitude que Ferracci ne me lâcherait plus, mais cela ne m'a pas inquiété. Au contraire, j'avais un avantage : je connaissais mes ennemis et ils n'arrêteraient pas la mission du commissaire Langelier. Par chance, ils n'avaient pas découvert mon petit carnet noir dissimulé derrière la cuvette des toilettes. J'y ai noté quelques mots sur une page que j'ai arrachée et épinglée dans le couloir sous une photo de Blanchet. Puis je suis sorti sur le balconnet, et j'ai fumé la dernière cigarette de mon paquet.

Depuis ce jour, je n'ai jamais plus pleuré. Les larmes ne servaient à rien.

J'ai fait le plein de nourriture et de Marlboro. Je suis resté enfermé chez moi pendant les trois jours qui ont suivi. J'espérais ainsi décourager ceux qui me surveillaient. J'ai acquis la certitude qu'ils étaient en planque devant mon immeuble. J'ai observé un étrange ballet de voitures banalisées au coin de ma rue. Quand l'une partait, une autre prenait sa place quelques minutes plus tard. Le conducteur en sortait, parfois accompagné, mais je savais que c'était pour mieux y revenir plus tard. Malgré l'éloignement et l'obscurité, je devinais une silhouette restée à l'intérieur du véhicule. Qui d'autre qu'un flic peut passer autant de temps à attendre dans une voiture... ?

J'ai vécu dans l'obscurité, n'allumant jamais. Je travaillais à la lumière d'une lampe torche. Parfois j'entendais des pas approcher de ma porte. J'en étais certain : c'étaient eux qui venaient écouter, vérifier que j'étais là. Alors je restais immobile, le temps de les entendre s'éloigner. J'ai fouillé l'appartement dans la crainte de découvrir des micros. Mais s'il y en avait, ils étaient bien cachés car je n'ai rien trouvé. Je sais qu'ils disposent maintenant de techniques beaucoup trop sophistiquées pour moi. J'avais été sûrement placé sur écoute. Aussi, je n'ai jamais répondu au téléphone et je n'ai passé aucun appel.

J'ai mis ces trois jours à profit pour me replonger, avec frénésie, je l'avoue, dans mes dossiers et à mettre par écrit tous les détails de ma traque de Delay. J'ai caché mes notes dans les toilettes, derrière la cuvette. Il ne fallait surtout pas qu'ils les trouvent. Car même si j'ai changé les serrures et fait poser une alarme, je les savais capables de s'introduire chez moi.

Enfin, je suis sorti le matin du quatrième jour. Malgré mes efforts pour tenter de les repérer, j'ai été incapable de dire s'ils avaient maintenu leur surveillance. La voiture que j'avais vue se garer la veille n'était plus là et la place était libre. Mais il était impossible qu'ils m'aient laissé tomber. Je connaissais trop les flics, et surtout Ferracci, pour savoir qu'ils étaient toujours après moi. Aussi, ce matin-là, j'ai usé de tous les moyens pour leur échapper. J'ai grillé un feu rouge et j'ai garé ma voiture dans une impasse. Puis j'ai pris le RER après avoir laissé passer deux rames et, lorsque je suis arrivé à Saint-Michel, je suis descendu de la rame au dernier moment. J'ai marché jusqu'à Châtelet en vérifiant que je n'étais pas suivi. J'ai retiré de l'argent dans un distributeur du boulevard Sébastopol et j'ai pris le métro jusqu'à la station Château-Landon. Ensuite, j'ai rejoint à pied la gare de l'Est, le visage dissimulé sous une casquette et des lunettes noires, achetées boulevard Sébastopol (les quais sont forcément truffés de caméras). J'ai payé en liquide et j'ai pris le train de 10 h 12 en y grimpant à la dernière seconde.

Je suis arrivé à Épinal à 14 h 26. J'ai d'abord marché au hasard dans la ville pour vérifier que « personne ne m'attendait ». Enfin, j'ai rejoint Bruyères en autocar. Le car était quasiment vide. Je me suis installé à l'arrière pour surveiller la route. Quand je suis descendu dans la grand-rue de Bruyères, j'étais rassuré. J'ai enfin pu profiter d'une excellente cigarette et, évitant la gendarmerie, j'ai marché en direction de la rue Lagrange, celle de la vieille Blanchet, bien décidé, cette fois, à ce qu'elle crache le morceau. Il faudrait qu'elle me dise qui m'avait tiré dessus en me laissant pour mort et quel était le lien entre Delay et son fils.

Les volets étaient fermés. J'ai sonné et j'ai attendu. Aucun bruit n'est sorti de la maison. Un instant, j'ai craint que, prévenue par je ne sais qui, elle n'ait fui ma venue. Pour lui montrer ma détermination, j'ai laissé mon doigt sur la sonnette, comme je l'avais fait la fois précédente, espérant qu'elle se dévoile enfin. Une voix a rompu le silence :

« Qu'est-ce que vous foutez là, commissaire ? »

J'ai reconnu Lacaze qui m'avait interpellé depuis le pas de sa porte, retenant son chien par la peau de cou. J'ai eu envie de lui dire de rentrer chez lui, mais je ne lui ai pas répondu car j'espérais que la porte s'entrouvre enfin. J'étais décidé à pénétrer de force chez elle. Je la menacerais et elle devrait tout m'avouer. J'étais tellement concentré sur les mouvements venant de la maison que je n'avais pas entendu approcher Lacaze. Je ne l'ai senti à mes côtés que lorsqu'il a posé sa main sur mon bras.

« C'est inutile d'insister, commissaire, la vieille est clamsée. »

Il y avait comme un brin de moquerie dans sa voix.

Là, dans la rue, Lacaze m'a raconté que Clémence Blanchet était « morte et enterrée ».

« Nous n'étions que six à ses funérailles, à la vieille. Son fiston ne s'est même pas déplacé. Tu parles d'un salopard ! Elle a été retrouvée par les pompiers, allongée dans la salle de bains, une mauvaise plaie à la tempe. C'est moi qui ai averti les secours, s'est vanté Lacaze. Cela faisait huit bons jours que je ne la voyais plus, la vieille. Comme vous me l'aviez demandé, je gardais un œil sur elle. »

Puis il a ajouté, rigolard :

« Ça ne sert plus à rien que vous continuiez à sonner, commissaire. Personne ne vous répondra ! Ça m'étonnerait qu'elle vous entende là où elle est ! »

J'ai enlevé mon doigt et il a enchaîné :

« Paraît qu'elle était pas belle à voir, la mémé. Son chien avait commencé à la becqueter. Fallait qu'elle ait rien à bouffer, la pauvre bête ! »

Quelques jours plus tard, je me suis procuré le rapport de gendarmerie. Il a conclu à une mort accidentelle. Elle aurait perdu connaissance et aurait heurté le coin du lavabo. Ils n'ont pas cherché plus loin et son chien a été euthanasié : il avait tenté de mordre l'un des pompiers. Moi, j'ai eu une tout autre explication bien que Lacaze m'ait affirmé qu'il n'avait rien noté de suspect :

« Personne ne lui a rendu visite. Je l'aurais vu, je travaillais pour vous, commissaire. »

Aucun doute : la vieille a été assassinée, elle aussi. Par Delay ? Par son propre fils ?

Lacaze a essayé de m'extorquer 150 euros, le prix de sa surveillance. Mais je l'ai planté là, refusant qu'il me raccompagne à Épinal. Incapable de le supporter davantage, je ne lui ai même pas demandé pourquoi il ne m'avait pas averti.

Il m'aurait encore menti.

Je devine que certains pensent que j'y vais un peu fort en racontant que la vieille avait été assassinée, et que je faisais l'objet d'une filature. Ils imaginent sans doute que mon obsession à poursuivre mon enquête m'avait rendu marteau. Qu'ils soient rassurés, je n'étais pas fou.

TROISIÈME PARTIE
FIN DE NUIT

1

« Vous voulez boire quelque chose ? »

Le lieutenant Sylvie Rabatel m'arrache à mon long monologue et au souvenir douloureux de ce Delay. Elle insiste à nouveau. Mais je suis tellement pris par mon récit que j'ai l'impression d'émerger d'un long sommeil. Elle se tient debout devant moi, toujours aussi sérieuse, amicale et souriante, un verre d'eau à la main.

« Du champagne, peut-être ? » demande-t-elle.

Elle me regarde, surprise :

« Eh ! Oh ! Commissaire ! Nous sommes là ! »

Je réalise enfin où je suis : dans une salle communale en train de fêter ma retraite. Je suis un vieux flic sur le départ et, depuis des heures, je raconte à ces hommes une histoire incroyable. La mienne. Je réponds par une plaisanterie :

« Ce n'est pas encore l'heure, lieutenant ! L'eau m'ira très bien. Et puis, non, donnez-moi encore du champagne. C'est la fête, non ? »

Quelques rires s'échappent mais l'instant n'est pas à la plaisanterie, et les rires s'éteignent vite. Le silence s'impose, un silence lourd, où perce l'impatience. La tension est si puissante que tous se taisent. Quelques raclements de gorge ici ou là, mais un silence assourdissant.

Il est bientôt 1 heure du matin. Je prends le verre et je bois lentement, parcourant du regard les visages qui m'entourent. À l'exception peut-être de deux ou trois gars, aucun n'est parti. Je vois bien qu'ils ne s'en iront que lorsque j'aurai terminé mon récit. Je repère quelques hochements de tête, des signes rapides d'encouragement. Beaucoup d'interrogations.

Aucun ne me juge. Au contraire, je suis sûr qu'ils commencent à me comprendre. Je vois même de la tendresse. Ils me laissent profiter de l'instant : ils espèrent sans doute que moi, commissaire Langelier, j'ai résolu l'affaire et que, avant de reprendre mon histoire, je fais durer le plaisir.

En vérité, ce n'est pas faux. J'aime ce moment.

Ils sont fatigués, cela se voit, mais aucun ne me demande de me hâter. Ils ont compris que c'est « ma nuit » et que je l'ai bien méritée. Ils sont décidés à rester jusqu'au matin, s'il le faut, pour savoir. Curieux et attentifs. Conscients de vivre un moment rare dont ils ne finiront pas de parler. Ils pourront dire : « J'étais là la nuit où Langelier a mis Ferracci en morceaux. »

Je suis le seul à être debout. Ceux qui n'ont pas trouvé de chaise sont assis par terre, un verre à côté d'eux. Des bouteilles de whisky, de vin et de champagne jonchent le sol. Leurs yeux sont rouges, ils savent que la journée de demain sera rude, mais aucun ne laisserait sa place pour tout l'or du monde. J'allume une cigarette. À mes pieds, j'aperçois quelques mégots écrasés, laissant une trace brune sur le parquet. Je les disperse du bout de la chaussure. Je prends le cendrier que me tend Rabatel et j'y dépose les premières cendres. Ils m'observent, toujours silencieux, mais je profite de ces instants de calme, de silence total. Je ne reprendrai que lorsque j'aurai tiré la dernière bouffée.

« Vous ne voulez pas vous asseoir ? demande encore Rabatel.

– Non, ça va. Merci. »

Et j'ajoute :

« Pour une fois que je domine la situation ! »

Quelques rires encore ici ou là. Et à mon tour, je leur souris, soufflant vers le plafond la fumée épaisse de ma cigarette à moitié consumée.

Ferracci est assis au premier rang, avec Dubosc à sa droite. Ils sont maintenant un peu à l'écart des autres, comme si ceux-ci avaient choisi leur camp : le mien. Il m'observe d'un air goguenard, presque moqueur. Comment ne réalise-t-il pas que cette soirée sera mon apothéose ? Et son déclin ? Quelle que soit la façon dont tout cela se terminera.

Je le vois murmurer quelques mots à l'oreille de Dubosc qui opine de la tête. Tous, nous voyons son larbin acquiescer avec servilité. Il se lève et quitte la pièce, suivi par des dizaines d'yeux étonnés. Moi, la sortie de Dubosc ne m'intéresse pas, je préfère me concentrer sur Ferracci. Lui aussi a les yeux fixés sur moi. Je n'ai pas peur de le provoquer du regard. Pendant de longues secondes, nous nous défions, indifférents aux autres qui observent l'intensité de notre affrontement, muet mais si puissant. Ils devinent que ce qui va suivre n'est plus qu'une affaire entre lui et moi. À cet instant, je lis dans leurs regards qu'ils se demandent comment Ferracci, l'un des flics les plus puissants de France, va bien pouvoir s'en sortir.

Et je réalise qu'ils restent autant pour connaître la fin de l'histoire que pour le voir au tapis. Les regards posés sur lui sont si hostiles que je sens leur bienveillance à mon égard. La victoire a changé de camp ! C'est la revanche des sans-grade. Et quand je dis : « Allons-y, maintenant », ils comprennent que ce n'est pas à eux que je m'adresse, mais à lui. À lui seul.

J'allume une nouvelle cigarette et il trouve la morgue de m'apostropher dans un éclat de rire :

« Tu fumes trop, Hervé. C'est mauvais pour ta santé ! »

Un silence glacial accueille sa remarque. Peut-être se demandent-ils si Ferracci n'a pas encore quelques cartouches en main. Ou est-ce le dernier sursaut d'une bête aux abois ?

Je crache la première bouffée en direction de son visage autant ironique qu'énigmatique. Et je reprends mon récit.

2

Grâce à mon congé maladie, j'ai disposé de plusieurs mois et, malgré le rappel permanent de mes blessures tout juste refermées, je ne me suis pas accordé un seul instant de repos. Ces mois de liberté, c'était une chance dont j'ai voulu profiter au maximum. Les efforts m'étaient interdits car la douleur était parfois si violente que je ne pouvais plus bouger. Il fallait alors que je m'assoie et je ne parvenais à retrouver mes esprits qu'après d'interminables minutes. Mais je me devais à ma tâche et tant pis si j'ai retardé ma guérison définitive.

Quatre mois après mon agression, Delay est resté introuvable. Malgré les moyens importants déployés, les enquêteurs ne sont arrivés à rien. De mon côté, je n'ai pas voulu en rester là. Je devais continuer, coûte que coûte, réalisant que sans cela je serais irrémédiablement perdu. En fouillant leurs dossiers, j'ai trouvé une piste que les policiers avaient négligée. Certes, elle était mince, mais je n'ai pas voulu la laisser passer. Vous allez voir à quel point elle s'est révélée probante. Cela montre qu'avec un peu de ténacité on peut avancer. Même lorsque tout semble bouché.

Je m'adresse à eux tous espérant déclencher quelques rires :

« Que cela serve de leçon à tous les flics de France ! »

Ma remarque ne provoque aucune réaction. Sans doute sont-ils trop absorbés par mon récit. Je poursuis sans attendre.

Il fallait que je retrouve Delay afin d'établir le lien entre lui et Blanchet. Pour cela, j'ai dû retourner à Bourges, échappant aux hommes de Ferracci qui, j'en suis persuadé, ont continué à me surveiller. Je ne suis pas parvenu à les repérer, mais mon intuition ne m'a jamais trompé. Il y a eu de petits riens qui les ont trahis : des véhicules suspects, des hommes derrière moi qui disparaissaient d'un coup, remplacés par d'autres, des bruits inhabituels dans l'escalier, des inconnus dans la rue qui levaient les yeux vers mes fenêtres éteintes.

C'est pourquoi, chaque fois que je quittais mon appartement, j'usais d'un maximum de précautions pour leur échapper. J'ai même pris un certain plaisir à le faire rien qu'à l'idée de les imaginer en train d'enrager chaque fois qu'ils perdaient ma trace.

Aussi, avant de partir, je mettais en place quelques pièges, comme coller avec de la salive un cheveu au bas d'une porte fermée ou faire un demi-tour de clé à la porte de ma chambre, pour vérifier s'ils avaient fouillé l'appartement en mon absence. Cela me prenait du temps, mais au moins j'étais rassuré lorsque je rentrais. Et dans les premiers temps, ils ne sont jamais revenus. Mes pièges sont restés intacts.

Je suis donc retourné à Bourges, fin 2007, dans l'espoir de recueillir un élément capital qui, je le savais, avait sans nul doute échappé aux collègues. J'en suis moi-même étonné, mais je dois reconnaître qu'ils ont consacré à l'enquête beaucoup de temps, surtout au début. J'ai pu suivre attentivement leur travail. Grâce à une petite rétribution et à un vieux copain dont je préfère taire le nom, je me suis procuré la copie des PV. J'en ai tellement recueilli (preuve que les flics se sont démenés) qu'ils ont fini par couvrir tout un mur de ma cuisine. Je les ai épinglés par ordre chronologique autour de la photo de Delay, celle qui avait été largement diffusée. Jusque-là, j'avais épargné cette pièce car je voulais que mes repas, pris souvent à la hâte, soient une pause dans ma mission. Quelques instants de calme, pendant lesquels je me contenterais de manger sans penser à rien. Mais mon enquête m'a rattrapé là aussi.

J'ai toujours pensé que seule l'influence de Ferracci avait permis de déployer autant d'énergie et de recueillir des dizaines de témoignages. Même si la plupart se sont révélés farfelus. À coup sûr, il leur a mis la pression pour qu'ils retrouvent rapidement Delay, espérant sans doute qu'il lui apporte les réponses que j'ai refusé de donner. Je connais bien Ferracci : il a horreur de l'échec. Une vraie sangsue qui s'accroche tant qu'il n'a pas obtenu ce qu'il veut.

Avec le temps, les rapports de police sont devenus beaucoup plus rares. Le dernier que j'ai épinglé – il est sur la porte de la cuisine – est un document classé confidentiel, daté du 21 octobre et adressé à la direction centrale de la police judiciaire. Me le procurer m'a coûté 175 euros. Un commissaire, Paul Chartier, y reconnaît que leurs recherches n'ont rien donné de probant. Il écrit :

« Malgré les nombreuses pistes et hypothèses suivies, le dénommé Antoine Delay est à ce jour introuvable. Je recommande d'alléger le dispositif de recherche en attendant de nouveaux éléments. »

La réponse qui a suivi, signée de la direction centrale de la police judiciaire, lui a donné satisfaction. Fin 2007, l'affaire Langelier-Delay n'était plus une priorité. La réponse ne m'a pas surpris. Je m'attendais à ce qu'ils finissent par abandonner car la trace de Delay était impossible à retrouver.

Mais un mot m'a interpellé, pire, m'a gêné dans le rapport de Chartier : le mot « hypothèses ». Pourquoi parlait-il d'« hypothèses suivies » ? Et lesquelles ?

J'ai eu beau lire et relire les rapports, j'ai trouvé des pistes, mais pas d'hypothèses. Sur quelles hypothèses se sont-ils lancés ? Encore une fois, j'en suis persuadé, il n'y a eu derrière tout cela que l'acharnement de Ferracci contre moi. Leur a-t-il suggéré l'hypothèse selon laquelle j'aurais tout inventé ? Aussi, messieurs, vous comprendrez aisément pourquoi j'ai pris autant de précautions. Désormais, il fallait que je me méfie de tous et de tout. Une vigilance de chaque instant a été nécessaire pour parvenir à poursuivre mon enquête.

Ils ne me rateraient pas. Surtout Ferracci. Celui-là voulait ma peau, c'était sûr. Mais il ne l'aurait pas. Voilà ce dont j'étais convaincu à l'époque, ce qui m'a donné l'énergie de continuer.

À Bourges où je suis arrivé en fin de matinée, je me suis rendu avenue Simon-Bolivar, une route à quatre voies, bruyante et animée. C'est tout proche de la gare, j'y suis allé à pied. Au 9, à la sortie d'un rond-point, décoré avec un ours en grillage recouvert de lierre, j'ai trouvé un petit pavillon de brique. Il était entouré d'immeubles remis à neuf. Cette maison m'est apparue comme le dernier vestige d'une époque où le quartier devait être paisible, avant que l'avenue Simon-Bolivar ne devienne l'une des principales artères routières permettant de quitter la ville.

C'est là que vit un certain Vincent Robert.

Il s'était présenté spontanément à la police trois jours après mon agression, alors qu'il venait de découvrir la photo de Delay en première page de *La République du Centre*. Il a été reçu par le lieutenant Bastien Michard, après avoir patienté pendant près de deux heures. Ce Vincent Robert est de toute évidence un emmerdeur, car il a tenu à ce que ce point figure en préambule dans le procès-verbal. Je l'imagine parfaitement dire à ce Michard:

« Écrivez que vous m'avez fait poiroter deux heures sinon je me barre », et je vois assez bien Michard lui obéir après un hochement de tête et un soupir, sans cacher son envie d'en finir au plus vite avec ce connard.

Il a eu tort. Il aurait dû l'écouter davantage. Le témoignage de Vincent Robert tient dans à peine plus d'une page – il se trouve sur le mur de la cuisine, à droite de la fenêtre. Je l'ai lu et relu pendant l'interminable et inconfortable voyage jusqu'à Bourges au point de le savoir presque par cœur.

Vincent Robert est né le 24 juin 1959, il est marié à Aurélia, 40 ans, née Larue. Sans enfants, il est employé comme agent d'entretien à la mairie. Dans son témoignage, il affirme avoir croisé à plusieurs reprises Delay au café-restaurant Le Commerce où il passe régulièrement en fin d'après-midi, en sortant du travail. Il indique surtout qu'il l'a vu attablé et en grande discussion avec un homme d'une quarantaine d'années la veille du drame. Ces informations ont paru suffisamment intéressantes pour que les policiers envoient aussitôt une équipe. C'était peut-être l'homme avec lequel Delay avait quitté son logement le dimanche matin. Mais les investigations menées dans le café n'ont rien donné de probant. À mon sens, personne n'a voulu prendre le risque de reconnaître le fugitif. Certains citoyens pensent que plus ils tiennent la police à distance, mieux ils se portent. À les croire tous, ils n'ont jamais vu Delay et encore moins en discussion avec un inconnu. En revanche, Robert est décrit comme un habitué, pour ne pas dire plus.

« C'est un casse-couilles qui carbure au pastis », a indiqué le patron du café.

Ainsi, le témoignage de Robert a été abandonné à peine recueilli et il a rejoint la pile des PV jugés inexploitables. Ils avaient tant de pistes à suivre, alors pourquoi s'attarder sur celle d'un poivrot notoire ? Le dénommé Michard, qui à mon avis ne fera pas de prouesses chez les flics, ne lui a pas accordé beaucoup d'attention.

J'ai lu des dizaines de PV et j'ai passé un temps fou à les étudier un à un. Et le témoignage de Robert a été le seul à retenir mon attention. Ce n'est pas Delay qui m'a intéressé, mais l'homme qui l'avait accompagné ce soir-là. Je comptais bien montrer à ce Robert la photo de Blanchet. La piste était maigre, mais elle méritait d'être explorée.

J'ai sonné, espérant que Vincent Robert était rentré chez lui pour déjeuner, mais personne n'a répondu. J'ai insisté. J'ai à peine entendu le tintement de la sonnette couvert par le fracas des camions relançant leur moteur après avoir franchi le rond-point. Ma blessure à l'estomac m'a élancé à nouveau et j'ai dû m'asseoir sur le perron. Je n'ai guère de souvenir de cet après-midi-là, sauf que jamais la douleur n'a été aussi forte et que j'ai été incapable de bouger. Assommé par la fatigue du voyage, je me suis endormi... Je suis sorti de ma torpeur quelques heures plus tard lorsqu'une femme m'a tapé sur l'épaule en me demandant ce que je faisais là. Je ne devais pas être beau à voir, ainsi avachi, le teint blême, pas rasé, les yeux rougis. Elle m'a examiné d'un œil suspicieux, hostile, comme si elle était sur le point d'appeler la police. Je me suis redressé en m'aidant du muret de brique, sans parvenir à masquer une grimace. Mais j'ai trouvé la force de me relever et de présenter ma carte :

« Je suis le commissaire Langelier. Vous êtes madame... ? »

J'ai regretté de ne pas avoir dit « Ferracci », comme d'habitude. Trop tard. Elle a marqué un instant d'étonnement. C'est incroyable l'effet que peut faire une carte de police. Elle s'est aussitôt radoucie, presque soumise :

« Je suis madame Robert, monsieur le commissaire. »

Je l'avais imaginée autrement, la femme de Robert, mon témoin à la réputation d'ivrogne invétéré. Elle était mince, les cheveux blonds coupés court, assez jolie. La douleur, impitoyable, s'est manifestée, et je me suis appuyé au montant de la porte avant de dire dans un souffle que je venais voir son mari.

Elle a réagi d'une voix si faible qu'avec le bruit de l'avenue je n'ai rien entendu. Je lui ai demandé de répéter. Elle a haussé le ton, criant presque :

« Il n'a pas fait de bêtises, au moins ? Il ne boit plus beaucoup, vous savez, monsieur le commissaire. Juste un verre en rentrant du travail. Et pas tous les jours. »

L'ardeur qu'elle a mise à défendre son mari était pathétique. Je l'ai sentie perdue, impressionnée. Je ne sais pas pourquoi, mais cette femme m'a fait de la peine. Elle n'a pas pu cacher ses tremblements. J'ai tenté de la calmer en lui disant que nous n'avions aucun problème avec lui. Et pour la rassurer, j'ai ajouté que j'avais besoin de l'entendre dans le cadre d'une enquête que nous menions sur son mari venu apporter spontanément son témoignage. Il fallait que je le voie à nouveau.

Elle a frémi et s'est défendue : « Mon mari est un honnête homme. Je peux le certifier, monsieur le commissaire. »

J'ai répondu que je le savais. Ça l'a rassurée et elle m'a proposé d'entrer, disant que je serais mieux à l'intérieur pour l'attendre.

Je lui ai demandé à quelle heure il rentrait.

« Vers 7 heures et demie, 8 heures, ça dépend. Jamais après. »

Cette femme n'a pas osé me dire que son mari était, comme tous les soirs, en train de se bourrer la gueule au pastis. Il aurait été plus sage que je l'attende là, mais, malgré la douleur insistante de ma blessure, j'ai refusé de la suivre à l'intérieur. Je n'ai pas voulu rester ni surtout supporter plus longtemps la misère affective qui émanait de cette femme. Assister à une telle détresse était au-dessus de mes forces. J'ai résisté à l'envie de la prendre dans mes bras et de la serrer contre moi avec toute l'affection qui me restait. Aussi, j'ai préféré lui dire que je reviendrais plus tard.

Ils ne sauront pas que ma rencontre avec cette femme n'a eu aucune importance pour la suite de mon enquête, pourtant j'ai voulu en parler. Dans ma vie, j'ai croisé beaucoup de malheurs, mais s'il y a un visage que je garderai en mémoire, c'est celui d'Aurélia Robert.

Plus encore peut-être que le souvenir du visage de Delay.

Souvent, je me demande ce que cette femme est devenue, si elle continue à vivre dans ce pavillon déprimant au côté d'un homme vaincu par l'alcool. Je me suis retourné à plusieurs reprises tandis que je m'éloignais. Elle n'avait pas quitté le perron. Et son regard empli d'un profond désespoir m'a suivi jusqu'au moment où j'ai tourné à droite, abandonnant l'avenue pour une rue plus tranquille. Si, à ce jour, je ne l'ai pas oubliée, c'est sans doute parce que j'ai reconnu mon désarroi dans le sien. Je crois que je n'ai pas voulu y être confronté. Ce souvenir, je le garde pour moi. Personne n'aurait compris.

J'ai rassemblé mes forces et j'ai marché jusqu'au café du Commerce en suivant les indications des passants. En cette fin de journée, l'endroit était bondé, mais il ne m'a fallu que quelques secondes pour repérer Vincent Robert parmi les clients éméchés installés le long du bar. Je ne l'avais jamais vu auparavant, mais ce ne pouvait être que lui : un homme fatigué, de forte corpulence, à l'apparence joviale. Une moustache mal taillée lui barrait le bas du visage. On devinait vite qu'il se sentait à son aise dans ce café. Mieux, sans doute, que chez lui. Assis sur un tabouret, près de la caisse, il lisait le journal local en vidant à petites gorgées son verre de pastis. Il a tenté de commenter les infos en interpellant le patron. Celui-ci lui a à peine prêté attention, se contentant d'un vague hochement de tête avant de filer à l'autre bout du comptoir. Robert n'a pas eu l'air de s'en soucier et il s'est tourné vers son voisin qui ne lui a pas accordé plus d'intérêt. Il fallait que je fasse avec, c'était mon dernier espoir. J'ai attendu qu'il finisse son verre avant de l'approcher. Je l'ai touché à l'épaule. Comme il ne réagissait pas, j'ai répété mon geste, avec un peu plus de fermeté, en demandant :

« Monsieur Robert ? »

Il s'est retourné lentement comme s'il avait du mal à abandonner son verre et son journal. Il n'a marqué aucune surprise, m'examinant en silence des pieds à la tête. Il a eu un léger renvoi et il a éclaté de rire. J'ai compris qu'il était ivre.

« Vincent Robert en personne ! »

Il a parlé si fort que tout le monde s'est tu dans le café. Tous les regards se sont fixés sur nous. Le patron s'est approché et s'est adressé à moi pour savoir ce qui se passait. J'ai sorti ma carte, ajoutant que j'étais de la police et qu'il fallait que je parle à monsieur Robert.

Le patron a eu l'air rassuré. Il a plaisanté : « Si vous pouviez m'en débarrasser ! »

Robert a réagi en prenant les autres ivrognes à témoin : « Tu veux te débarrasser d'un bon client comme moi ? Ingrat ! Avec tout le pognon que je te laisse ! »

Le patron a préféré l'ignorer et il m'a indiqué une table libre à l'écart où nous serions tranquilles.

« Je vous sers quelque chose ? »

Robert a réclamé deux pastis *on the rocks* !

J'ai précisé : « Pour moi, ce sera un Perrier rondelle, mais si monsieur Robert veut deux pastis... »

Tandis que les conversations reprenaient autour de nous, je l'ai attrapé par le bras et il m'a suivi sans rechigner, son verre presque vide à la main. À cet instant, j'ai pensé à sa femme, si touchante et si désespérée. S'il n'y avait eu autant de monde autour de nous, j'aurais été capable de le corriger à coups de poing, tant il m'écœurait. Je n'ai jamais aimé les ivrognes. Pour moi, je l'ai déjà dit, ce sont de pauvres types, des minables. Il a encore fallu que je l'aide à s'asseoir. Sans moi, je crois bien qu'il serait tombé. Une fois installé, il a commencé par se plaindre, clamant à haute voix que la dernière fois qu'il avait eu affaire à des gens comme moi, ils s'étaient bien foutus de sa gueule.

J'ai répliqué que je le savais et que c'était pour cela que j'étais là. Il a souri, découvrant des dents en piteux état. Notre conversation n'a pas échappé à nos voisins, mais cela ne m'a guère préoccupé. J'ai continué, indifférent à la présence du patron qui a posé nos verres sur la table en formica rouge :

« Monsieur Robert, vous avez signalé à la police la présence dans ce café d'un homme soupçonné de l'agression d'un de nos collègues. C'est bien ça ?

– J'ai fait mon devoir, monsieur l'agent ! »

Il était vraiment bourré. Au-delà de ce que je pensais. J'ai commencé par lui rappeler qu'il l'avait reconnu sur la photo diffusée dans le journal, que c'était un client de ce café et que la veille de l'agression il l'avait surpris en conversation animée avec un homme.

À chaque question que je lui posais, il répondait par un « Exac ! » tonitruant. Il a ajouté, penaud, que personne ne l'avait cru. Je lui ai alors demandé de prendre son temps et de me dire si l'homme qu'il avait vu en compagnie du dénommé Delay était « celui-ci ».

J'ai sorti la photo de Blanchet de mon imperméable et je l'ai posée sur la table face à lui. Il a vidé son verre d'un trait, faisant mine de se concentrer.

« J'en prendrais bien un second, comme promis. Ça m'aidera à me souvenir.

– Après. Dites-moi d'abord si c'est lui. »

Mon ton était sans appel. Il a saisi la photo, l'a examinée en détail, puis il a dit d'une voix pâteuse, chargée d'alcool :

« Inexac ! »

Tout s'est effondré d'un coup, ma douleur au ventre s'est réveillée.

« Quoi, inexact ? Ce n'est pas lui ? »

De rage, j'ai hurlé si fort que tout le monde s'est tu à nouveau. Les clients nous ont regardés, stupéfaits. Il m'a dit qu'il était désolé, mais que l'homme que je lui avais montré n'était pas avec Delay.

J'ai continué même si j'avais compris que c'était peine perdue. Je n'avais rien à attendre de cet ivrogne. J'étais si énervé que je lui ai collé la photo sur la gueule.

« Regarde bien, putain d'ivrogne. C'est lui, hein ! »

Il m'a supplié de ne pas me fâcher, puis il m'a réclamé son pastis.

Je ne me suis pas rendu compte que j'avais pris son verre. Je l'ai traité de pauvre type. Il a encore dit : « Désolé, inspecteur, je suis désolé. »

J'étais vraiment énervé. Je lui ai dit que j'étais commissaire, et je l'ai traité d'enculé de poivrot. J'ai eu envie de le saisir au col et de le jeter dehors. Comme la merde qu'il était. Mais la douleur me tordait le corps et j'ai vu venir le moment où je ne parviendrais pas à la maîtriser.

Aujourd'hui encore, je ne sais toujours pas comment l'idée m'est venue, mais j'ai sorti les photos des trois autres pères disparus dont je ne me séparais jamais. Je l'ai laissé boire et j'ai posé les trois portraits sur la table. Je devais être effrayant car il m'a dévisagé, apeuré. Paniqué.

« Et ceux-là, tu les reconnais ? »

Il a regardé les trois photos d'un œil fatigué et il a d'abord répondu non. Je suis resté calme. J'ai insisté :

« Regarde bien. »

Enfin, il a posé le doigt sur l'une d'entre elles.

« Lui, je le reconnais. »

Il m'a tendu la photo d'Yves Quenin. J'ai ramassé les photos et je me suis levé. Il transpirait comme un porc, mais il a paru content de lui. Il a souri, cet abruti.

« Je l'ai bien mérité, mon pastis, hein, inspecteur ? »

J'ai posé un billet de 20 euros sur la table. Il a levé son verre et a crié : « À votre santé, inspecteur ! Pardon, commissaire ! »

Le patron a accouru pour me demander si tout allait bien. J'ai répondu que tout allait bien et que j'avais ce que je voulais.

Il s'est inquiété : « Vous êtes tout pâle. »

Il m'a demandé si je voulais boire quelque chose. J'ai refusé car je ne souhaitais pas qu'il ameute les flics de Bourges.

Quand je suis sorti, après avoir fait quelques pas dans la rue, la douleur a été si violente que j'ai dû m'agripper à la grille d'une maison pendant de longues minutes avant de reprendre ma route vers la gare. Incapable de penser à quoi que ce soit.

J'ai pris le train à 20 h 28. J'ai oublié de composter le billet et, sans discuter, sans sortir ma carte de flic qui aurait calmé le contrôleur, j'ai payé l'amende sous l'œil réprobateur de mes voisins.

Ils ne pouvaient pas se douter que j'avais hâte de revenir chez moi et de me plonger dans le dossier d'Yves Quenin.

3

À la suite d'un arrêt en rase campagne, le train a eu plus de deux heures de retard, ce qui a eu le don de me foutre en rogne. J'ai retrouvé le contrôleur dans le petit compartiment réservé au service, à trois voitures de la mienne. Il avait achevé sa tournée et finissait une salade de riz dans un Tupperware. Je lui ai fait regretter d'avoir travaillé ce soir-là. Ma carte de police l'a beaucoup moins impressionné que mon flingue quand je l'ai sorti. Il a fini par accepter de déchirer ma contravention et il a juré sur ses gosses qu'il ne parlerait jamais de notre petit échange. Je crois qu'il a tenu parole, car personne n'a jamais évoqué cette affaire...

Je n'aurais pas dû leur raconter cet incident. J'en vois qui frémissent à l'idée que j'ai pu sortir mon arme de service pour cette simple broutille. Ce que j'ai fait est stupide, complètement idiot. Je ne veux surtout pas qu'ils pensent que j'ai disjoncté. J'étais seulement à cran, impatient de rentrer.

Je n'aime pas la façon dont Ferracci me regarde, ce mélange d'étonnement et de pitié.

Je suis arrivé à mon domicile vers 3 heures du matin. Un chat noir dormait sur le paillasson et dès que j'ai ouvert la porte il s'est faufilé à l'intérieur. Il a négligé la poignée de croquettes que j'ai trouvées sous l'évier, seul souvenir de mon ancien chat, celui qu'ils ont laissé crever. Après avoir allumé une cigarette, je l'ai regardé boire le lait que j'ai versé dans une soucoupe en verre. Je me suis penché pour le caresser, mais il s'est aussitôt enfui en direction de la porte d'entrée. J'ai ouvert et il a disparu dans les escaliers. J'ai pensé ne jamais le revoir. Le lendemain, je l'ai retrouvé assoupi sur le paillasson. Il est entré à nouveau, il a bu le reste de lait. Depuis, il ne m'a plus quitté. Dans les jours qui ont suivi, j'ai bien vu sur les arbres du quartier l'affichette promettant une récompense de 100 euros à celui qui ramènerait un chat noir. J'ai lu que Benjamin, un petit garçon de 7 ans, « était très triste de la perte de Manu et qu'il espérait le revoir très vite ». Mais je ne me suis pas manifesté. Les annonces ont fini par disparaître, arrachées par la pluie et le vent. Depuis, le petit garçon a dû se trouver un autre animal de compagnie. À cet âge, on oublie vite.

Dès mon retour, je me suis précipité sur les rapports et les coupures de presse consacrés à Quenin. Ils sont rassemblés sur le mur droit de l'entrée et continuent dans le salon. J'y ai passé la nuit.

Au matin, je partageais la conviction des frères de Quenin. Pauline avait un amant et voulait divorcer. Et Sidonie Piette avait vu juste : Quenin était un malade pervers qui non seulement avait assassiné sa famille, mais imaginé le pire des scénarios pour échapper aux poursuites. Mais moi, commissaire Langelier, je serai désormais à ses trousses. J'allais le retrouver, cet assassin.

Oubliés, Saféris et Blanchet. À partir de ce jour d'octobre 2007, je me suis consacré exclusivement à l'affaire Quenin. Durant des mois.

Vous retrouverez la déposition de Sidonie Piette à sa place sur le mur à côté d'une série de photos découpées dans les journaux. Je ne possède aucun descriptif d'elle, mais je pense qu'il s'agit de la femme habillée de noir, saisie en pleurs au premier rang de la foule qui a accompagné Pauline et sa fille à leur dernière demeure à Bagneux en 2001. Les photos prises pendant les obsèques par mes hommes sont disponibles sur le mur du salon, à droite de la fenêtre.

Je me souviens qu'à l'époque, alors que j'étais toujours responsable de l'enquête, j'avais donné l'ordre d'infiltrer la foule avec l'infime espoir que Quenin s'y soit glissé. Mais il n'avait pas eu l'audace de venir.

Ce furent sans doute ces photos qui me donnèrent l'idée, bien des années plus tard, en mars 2008, de retourner au cimetière de Bagneux où sont enterrées la mère et la fille.

Je me suis passé de l'eau fraîche sur le visage et, avant de sortir, je me suis assuré que la photo de Quenin était toujours dans la poche intérieure de ma veste. En ouvrant la porte, j'ai aperçu le chat noir assis sur le palier. Il a miaulé doucement et s'est glissé entre mes jambes pour pénétrer dans l'appartement.

4

Les corps de Pauline et de sa fille Perrine avaient été rendus à la famille huit jours après leur assassinat. L'autopsie avait confirmé les causes de leur mort. Elles n'avaient pas été droguées et aucune trace de lutte n'avait été relevée. La mère et la petite fille ne s'étaient pas défendues. La photo de Pauline découverte la gorge tranchée, les yeux clos et la bouche grande ouverte, dans un ultime cri, reste épinglée sur le mur du salon, comme un rappel permanent de ma mission.

Elles ont été enterrées le matin du 28 mars 2001 au cimetière de Bagneux dans le caveau familial. De ce jour-là, des années plus tard, je me suis souvenu de tout. De l'immense foule, des journalistes tenus à distance, des frères de Quenin en retrait, incapables d'approcher les parents de Pauline et de se mêler à la famille. Douleur, incompréhension, haine, il y avait tant de sentiments retenus dans cette foule. Prêts à exploser. Les parents de Pauline, les yeux secs, avançaient seuls en tête du cortège, précédant tout le monde de deux ou trois mètres, comme si tous ceux qui étaient venus avaient voulu respecter la solitude de leur deuil. Ils m'avaient impressionné, ces deux vieillards, marchant en silence derrière les deux cercueils en se tenant par le bras, comme enfermés dans leur douleur, indifférents aux autres, à la foule immense de leurs proches, des curieux, des policiers et des journalistes.

C'étaient leur fille unique et leur seule petite-fille, qu'ils accompagnaient à la tombe. Et sans oser le dire, beaucoup, moi le premier, se demandaient comment ils allaient pouvoir survivre à tant de malheur. De fait, ils se sont suicidés en avalant des barbituriques fin novembre de la même année, laissant ces simples mots : « Rien ne nous retient plus. »

Avant de disparaître, ils avaient pris soin de léguer tous leurs biens aux Orphelins d'Auteuil.

Comme à chaque fois que je sortais, je me suis appliqué à brouiller les pistes pour qu'*ils* ne me suivent pas. Négligeant ma voiture, j'avais d'abord pris un bus, puis le métro en direction de Paris, un taxi pour rejoindre le centre de Bagneux et enfin un bus pour atteindre le cimetière. Au moins, j'étais certain de ne pas avoir été suivi.

J'ai retrouvé la tombe de la famille Desplat sans avoir eu besoin de demander au gardien. Les lieux sont imprimés dans ma mémoire, tant l'émotion que j'avais ressentie le matin des funérailles avait été puissante. Elle porte le n° 75, avenue de la Frênaie. Car l'endroit est tellement vaste qu'ici les allées sont des avenues !

Les mots FAMILLE DESPLAT ont été inscrits en lettres dorées toujours parfaitement lisibles. Sur le caveau de marbre gris sont gravés les noms de plusieurs générations de Desplat. De Georges, 1885-1948, à Perrine, 1990-2001. Seuls les noms des parents, décédés les derniers, n'y figuraient pas. Personne n'avait pris cette peine, comme si la lignée s'était éteinte après la mort de Françoise et Bertrand Desplat.

Les parents de Pauline avaient été entendus trois jours après les assassinats. Ils étaient mal en point, encore incapables de concevoir leur malheur. Aussi les enquêteurs n'avaient-ils rien obtenu d'intéressant. Les Desplat étaient convaincus que leur fille était heureuse. Il n'avait surtout pas fallu évoquer « ces stupides rumeurs de divorce ». Ils ont affirmé qu'ils aimaient bien leur gendre qui la rendait heureuse. La seule chose qui leur importait était de savoir quand ils pourraient récupérer les corps.

« Nous avons besoin d'organiser les funérailles », avaient-ils expliqué à Karl Chaffanjon, l'un des hommes chargés de les interroger.

En rentrant, je me suis souvenu que Chaffanjon s'était étonné que les vieux parents fussent seulement obsédés par l'organisation des funérailles. Ils n'avaient posé aucune question sur les circonstances du drame ni sur les chances de retrouver le coupable. Il m'avait dit à son retour que cet interrogatoire avait été hallucinant.

« Ils sont devenus à moitié maboules, les pauvres vieux ! »

J'aurais pu lui faire la leçon. Mais à quoi bon ? Je l'avais laissé dans son ignorance. Ce que ne savait pas encore ce jeune lieutenant, c'est que chacun vit sa douleur différemment. Il nc faut pas juger, car personne ne sait comment il réagira le jour où un malheur le frappera. Chacun souffre à sa façon. Et leur façon à eux avait été dans un premier temps de nier la vérité du drame que leur fille et leur petite-fille avaient vécu. Organiser les funérailles restait leur seule raison de survivre. Plus tard, viendraient les interrogations. Sur ce point, je ne me suis pas trompé.

Ainsi, j'ai choisi d'attendre plusieurs jours avant de demander à les rencontrer. Je n'ai pas voulu les brusquer. Ce fut bien après les obsèques, début mai 2001, le 3 à midi, pour être précis. À cette date, l'enquête m'avait été retirée, mais je poursuivais mon travail sans en informer quiconque.

Je suis arrivé au cimetière avec les notes que j'avais prises ce jour-là. Je les avais relues pendant le long trajet jusqu'à Bagneux, tout en m'assurant que je n'étais pas suivi.

Les Desplat avaient bien changé depuis le jour de l'interrogatoire de Chaffanjon. Ils m'avaient paru résignés, encore plus vieux. J'avais aussitôt senti à quel point ils ressassaient leur malheur. Ils avaient tant besoin de parler. C'est probablement pour cela qu'ils avaient tenu à ce que je reste déjeuner. J'avais noté le menu sur mon petit carnet noir après les avoir quittés : salade de concombres, rosbif purée et, pour dessert, des fraises au sucre. Le vieux avait ouvert une bouteille de bordeaux Château-Illac, que j'avais terminée à moi seul. Les Desplat m'avaient expliqué que l'alcool ne faisait pas bon ménage avec les médicaments qu'ils prenaient.

Au café, Françoise était allée chercher un album de photos. On ne voyait Quenin que sur trois clichés qu'ils m'ont ensuite laissé emporter. Ce qu'ils m'ont dit ce jour-là n'avait rien à voir avec les propos qu'ils avaient tenus quelques semaines plus tôt avec Chaffanjon. Car chaque fois que Quenin était apparu ils avaient laissé éclater leur ressentiment. Ils l'avaient traité de tous les noms, et surtout d'« assassin ». Leur haine était si violente qu'ils l'avaient exprimée sans aucune retenue. D'un coup, monsieur Desplat s'était emporté disant que Pauline n'aurait jamais dû épouser Quenin ! Dès le début, ils avaient senti que c'était un type peu recommandable. Un vrai salaud. Madame Desplat avait alors craché sur le carrelage, une réaction difficile à imaginer venant de cette femme discrète. Puis, surenchérissant l'un après l'autre, ils m'avaient dressé le pire portrait que l'on puisse faire d'un homme. Ce fut un quart d'heure de haine comme j'en ai rarement entendu. À plusieurs reprises, ils m'avaient fait jurer que j'arrêterais l'assassin de leur fille et de leur petite-fille.

« Promettez-nous que, lorsque vous l'aurez, vous le ferez souffrir comme il a fait souffrir Perrine et Pauline. »

Je leur avais caché que je n'étais plus le responsable de l'enquête, mais lorsque je les avais quittés, j'avais répété ma promesse.

« Oui, quand j'aurai Quenin, il souffrira. »

Ils m'ont écrit en septembre 2001, mais leur lettre ne m'est parvenue à la sous-préfecture de Boulogne que fin mai 2002. Tous les deux l'avaient signée.

Monsieur le commissaire Langelier,

Nous ne croyons pas à la culpabilité de Bernard Eskenasi, l'homme que la police accuse du meurtre de notre fille

Pauline et de notre petite-fille Perrine, notre ange. Le véritable coupable est notre gendre, Yves Quenin. Nous comptons sur vous pour le retrouver et tenir la promesse que vous nous avez faite.

Respectueusement,

Françoise et Bertrand Desplat

L'affaire avait été close par le juge Lamberti dans son ordonnance de l'automne 2001 et c'est sans doute cela qui les a conduits à la mort, dans l'indifférence générale des enquêteurs. Et, malheureusement, je dois le reconnaître, de la mienne. À l'époque, trop occupé à suivre la piste de Saféris et de sa pute, je n'avais pas accordé beaucoup d'attention à leur lettre, me contentant de l'épingler sur la porte de mon bureau.

Des années plus tard, ce sont les photos des obsèques qui m'ont poussé à Bagneux, mais c'est le souvenir de la promesse faite aux vieux parents qui m'a accompagné pendant tout le trajet jusqu'au cimetière, après une nuit sans sommeil. Ce matin-là, j'ai répété pour moi seul : « Oui, je vais coincer Quenin. Oui, quand je l'aurai, il souffrira. »

Puis j'ai dit à haute voix, sans me soucier de savoir s'il y avait du monde autour de moi : « Cette promesse, je la tiendrai. »

À nouveau, j'étais sûr de moi.

5

La tombe était toujours bien entretenue. Les plaques « À Pauline, notre fille éternellement aimée » et « Perrine, un ange qui vit en nous » étaient réunies, presque collées l'une à l'autre. Je les ai séparées et j'ai répété à haute voix la promesse faite aux vieux parents.

Je suis incapable d'expliquer pourquoi j'y suis revenu le lendemain matin. Bien m'en a pris car j'ai fait une découverte capitale pour la suite de ma mission. Sur la tombe était posé un bouquet de roses blanches, encore fraîches. Les deux plaques avaient été rapprochées.

Ce bouquet était le signe que j'attendais. Qui avait bien pu le déposer ? Qui avait continué à perpétuer ce souvenir tant d'années plus tard ? J'ai pris le bouquet en main et je n'ai pas été loin de penser que cela pouvait être Quenin qui passait ainsi dans ce cimetière, peut-être poussé par le remords. Avec de pareils assassins, tout est possible.

C'était trop beau, mais il fallait que j'en aie le cœur net. J'ai repéré un jardinier un peu plus loin. Il ratissait autour des tombes et semblait me surveiller. Appuyé sur son râteau, il m'a regardé approcher d'un œil soupçonneux. Je ne devais pas avoir fière allure et ces gens-là n'aiment pas que l'on fume dans un cimetière. J'ai devancé ses reproches et lui ai présenté ma carte de flic. Il n'a pas eu l'audace de vérifier de près.

Oui, il s'était aperçu qu'un bouquet avait été déposé sur la tombe 75 de l'avenue de la Frênaie. Oui, quelqu'un déposait des fleurs depuis des années. Oui, il voyait des gens venir. Un homme seul, le plus souvent. Oui, à chaque nouveau bouquet, il retrouvait les fleurs fanées dans la poubelle. Oui, il s'en souvenait maintenant : l'homme croisé à quatre ou cinq reprises portait des lunettes noires. Je lui ai montré la photo de Quenin. Dans un premier temps, il a vaguement déclaré que ça pouvait bien être l'homme aux bouquets. J'ai insisté.

Il s'est alors montré catégorique : « Oui, c'est bien lui. »

J'ai souri et le vieil homme m'a rendu mon sourire, ajoutant, content de lui :

« À votre service, commissaire. »

Je lui ai donné mon numéro de téléphone pour qu'il me prévienne si l'homme revenait. J'ai quitté le cimetière, persuadé que je l'aurais avant. Et peu importe si chez les fleuristes en face de la sortie personne ne l'a reconnu. Je n'y ai accordé aucun intérêt car Quenin pouvait parfaitement acheter ailleurs les fleurs qu'il venait déposer en signe de son rachat.

Je suis aussitôt rentré chez moi, pressé de me replonger dans le dossier.

Dès que j'ai poussé la porte d'entrée, sans prêter attention à l'odeur de tabac froid ni au désordre, j'ai senti que ces fumiers étaient revenus. Le chat s'est frotté contre mes jambes en ronronnant. Il ne m'a pas quitté, me suivant partout, tandis que je relevais des traces d'intrusion. L'alarme ne s'était pas déclenchée, mais mon appartement avait bel et bien été visité. J'en étais certain.

Le cheveu que j'avais collé avec ma salive sur la porte de la chambre était à terre. Les tiroirs avaient été ouverts puis refermés sans précaution. La porte de la cuisine était toujours entrouverte. J'ai mesuré avec une règle : 32 centimètres contre 28. Une photo de Quenin posée sur mon bureau, coincée sous le cendrier rempli de mégots fumés jusqu'au filtre, avait été légèrement déplacée. Mon ordinateur avait sans doute été exploré. Peu importe, il ne contenait rien de précieux. Mes sauvegardes se trouvaient à l'abri. Je ne m'en servais que pour taper des notes que je punaisais ensuite. Tout était sur mes murs, à portée du regard !

Par acquit de conscience, j'ai essayé de relever des empreintes. Mais je savais d'avance que je n'en trouverais pas. J'avais affaire à des pros. J'ai aussi appelé la société Sécurité. Comme il fallait s'y attendre, ils n'ont pas relevé de traces d'intrusion dans mon appartement. Je me suis demandé, au ton de l'opérateur, si eux aussi n'étaient pas complices. Décidément, je ne pouvais faire confiance à personne. Ces boîtes sont truffées d'anciens flics toujours prêts à rendre de menus services. Et Ferracci a ses entrées partout.

Le chat m'a rejoint et a grimpé sur mes genoux.

« Toi, tu les as vus, ces fumiers ! Dis-moi à quoi ils ressemblent. »

J'avais beau m'attendre à leur venue, cela me rendait furieux que l'on viole mon intimité, mon seul refuge.

J'ai dû serrer le chat un peu trop fort quand j'ai répété ma question, car il m'a griffé au visage d'un coup de patte en se dégageant. Je lui aurais volontiers donné une rouste, mais il s'est réfugié sous le lit. Je me suis allongé tout habillé, sans retirer mon imperméable. Je me suis assoupi aussitôt, trop fatigué pour me lancer sur le dossier de Quenin comme je me l'étais promis.

Lorsque je me suis réveillé en milieu d'après-midi, j'ai pris une douche. Dans la glace, j'ai vu le visage d'un homme fatigué, aux yeux rougis, aux traits tirés. La griffure du chat n'arrangeait rien. Je me suis à peine reconnu. Se pouvait-il que cet homme vieilli, presque totalement chauve, avec quelques cheveux trop longs tombant dans le cou, ce soit moi ?

J'ai nettoyé la plaie avec de l'alcool à 90 degrés, sans pousser le moindre cri, indifférent à la morsure du liquide.

Dans la cuisine, après avoir allumé une Marlboro, j'ai bu une longue lampée de lait frais. Le chat m'a rejoint. Je l'ai écarté d'un coup de pied. Trop violent car il s'est échappé en poussant un miaulement de douleur. Il a réapparu peu après, tandis que je versais du lait dans son bol. J'étais si occupé à le caresser que je n'ai pas entendu tout de suite le téléphone sonner. La sonnerie a cessé au moment où je me redressais, puis elle a repris, insistante.

J'ai décroché et j'ai entendu la voix d'un homme demander si j'étais le commissaire Hervé Langelier. Je suis resté sans voix. Il a alors déclaré : « Je sais ce que vous cherchez. »

J'étais tellement surpris que je n'ai pas réagi immédiatement. L'homme s'est contenté de me dire qu'il voulait me rencontrer et il m'a donné rendez-vous pour le soir même. C'était presque un ordre. Quand j'ai voulu demander qui il était, il avait déjà raccroché comme s'il n'avait pas voulu être repéré. La voix était masquée, à peine audible. Je me suis dit que cet inconnu ne pouvait être que Quenin.

Vous auriez eu la même réaction que moi, n'est-ce pas, mes amis ? Qui d'autre que lui aurait voulu me rencontrer ?

Aucune réaction dans l'assistance. Personne ne bronche. Le silence est total. Je savoure cet instant.

Il m'a donné rendez-vous à 20 heures le soir même, dans le hall des trains de banlieue à la gare Montparnasse. Il n'a pas eu besoin d'ajouter qu'il me reconnaîtrait. Il devait se douter que j'étais sur écoute car il a fait vite. Il a choisi un lieu très fréquenté à cette heure-là. Il saurait se signaler sans attirer l'attention. Sur ce point, je lui ai fait confiance. Je n'avais qu'à attendre qu'il se manifeste.

Dehors, j'ai allumé une cigarette, appuyé contre une fourgonnette blanche aux vitres teintées d'où, j'en étais certain, ils m'espionnaient. Ma présence a dû les tétaniser car je n'ai perçu aucun bruit venant de l'intérieur. Je suis resté quelques minutes contre le véhicule, le temps de terminer ma Marlboro. J'ai écrasé le mégot sur la carrosserie, histoire de laisser une marque. Histoire aussi qu'ils sachent que je les avais repérés.

J'étais certain d'être sur écoute, ils savaient donc où j'allais et je n'ai pas pris la peine de les semer. C'était sur place que j'allais devoir me montrer plus malin qu'eux.

Je ne voulais pas leur donner Quenin. Je voulais d'abord m'expliquer avec lui. Qu'il me raconte son histoire. À moi seul. J'avais une promesse à tenir. Une promesse répétée sur la tombe de la famille Desplat. Ensuite seulement je déciderais si je le livrais ou non. Mais, d'abord, il serait à moi. *À moi seul.*

Je suis arrivé à la gare bien en avance. L'horloge indiquait 19 h 26. J'ai compté profiter de cette demi-heure pour essayer d'apercevoir des flics en planque. Mais il y avait tant de monde que je n'ai pas réussi à les identifier avec certitude. J'ai bien cru en voir un qui, comme dans un mauvais film, lisait *L'Équipe* appuyé contre le guichet des renseignements. Au moment où je me suis approché, il s'est éloigné et je l'ai suivi du regard. Ostensiblement pour qu'il sache bien que je l'avais repéré. L'homme, une vraie gueule de flic, est monté dans le train de 19 h 48 pour Versailles-Chantiers et j'ai vérifié depuis le bout du quai qu'il n'est pas redescendu. Bon voyage ! J'ai continué à surveiller les hommes dans la gare, mais je dois reconnaître qu'ils se sont montrés à la hauteur. Impossible de les débusquer.

À 20 heures, j'ai choisi de me mêler aux voyageurs qui sont descendus en masse du train de Trappes. J'ai avancé le plus lentement possible. Emporté par cette petite foule, je me suis laissé bousculer. Ainsi malmené, j'ai attendu qu'un signal me donne une indication ou qu'une voix m'invite à la suivre. Rien. Quand les gens se sont dispersés vers les sorties, j'ai fouillé dans mes poches dans l'espoir d'y trouver un message. Mais Quenin ne s'était toujours pas manifesté. Et pas davantage dans les minutes qui ont suivi. Je suis resté à côté d'une cabine téléphonique. Peut-être allait-il m'appeler. Mais j'ai renoncé quand je me suis aperçu que le combiné avait été arraché.

20h32. J'ai déjà compris qu'il ne se manifesterait pas ce soir. Mon téléphone portable, que j'avais gardé en main, est resté désespérément muet.

Malgré tout, j'ai attendu jusqu'à 21 heures, adossé au guichet des renseignements. La gare était alors presque déserte. Je n'ai plus eu la force de bouger tant ma blessure me faisait souffrir. Quant à Quenin, il valait mieux qu'il ne se montre pas, car je crois que j'aurais été incapable de le suivre. Plus la douleur me tenaillait, plus je me sentais envahi de haine à l'égard de cet homme. Il s'était moqué de moi, mais je saurais bien me venger de lui. Je lui ferais payer ce rendez-vous manqué. La promesse faite aux parents de Pauline m'est revenue en mémoire. Comme un encouragement.

J'ai trouvé assez de ressource pour me traîner jusqu'à la station de taxi et je suis rentré chez moi. Je n'ai même pas eu le courage de me retourner pour vérifier si j'étais suivi. Je n'avais qu'une hâte : prendre mes médicaments, m'allonger dans mon lit et sombrer dans un sommeil qui me ferait oublier ces instants pitoyables. Je ne devais pas être beau à voir. Mais je m'en moquais. Le chauffeur, un jeune Black au crâne rasé, m'a observé dans le rétroviseur avec tant d'insistance que je me suis demandé si lui aussi n'était pas flic. Il m'a demandé si j'allais bien. Je n'ai pas répondu et il n'a pas insisté. Au moins, il a cessé de me fixer. J'ai senti qu'il était soulagé de se débarrasser de moi quand il m'a déposé devant l'immeuble. Je lui ai dit de garder la monnaie et il a filé sans me remercier.

Avant de monter, je me suis assis sur le perron et j'ai allumé une cigarette. J'en avais trop besoin avant d'attaquer les escaliers de mon immeuble. La rue était déserte, mais la camionnette blanche était toujours là. J'ai jeté mon mégot dans sa direction, j'ai pris ma respiration, serré les dents et je suis monté.

Je n'ai pas vérifié si mon appartement avait été visité pendant mon absence. J'ai pris mes médicaments et quand je me suis allongé tout habillé j'ai senti le chat se blottir contre mon ventre en ronronnant. Je ne l'ai pas repoussé tant la chaleur de son corps m'a apaisé.

À mon réveil, vers 6 heures, il était toujours contre moi. J'ai pris trois aspirines et ce n'est qu'après que j'ai aperçu le mot glissé sous ma porte. Je ne sais pas s'il était là quand je suis rentré ou s'il avait été déposé pendant la nuit.

« Je vous attends à 15 heures à Montparnasse, au Saint-Malo, rue du Départ. »

La haine, tenace, m'a submergé. L'espoir aussi. L'espoir que cet homme allait bientôt souffrir autant que je souffrais.

Collé à mes jambes, le chat m'a harcelé pour que je lui donne à manger. Je l'ai enfermé dans la chambre. Insensible à ses miaulements insistants, j'ai relu encore une fois les pièces réunies sur Quenin. À force, j'en connaissais les moindres détails, mais, pour m'occuper et pour lutter contre mon impatience, je n'ai rien trouvé de mieux à faire.

J'ai encore avalé trois aspirines et petit à petit la douleur a disparu.

6

Avant de sortir, j'ai fini par céder au chat, remplissant à moitié son bol de lait frais. Puis j'ai glissé mon arme de service sous ma ceinture après avoir vérifié qu'elle était bien chargée. Ils auraient été capables de la vider en mon absence, ces fumiers qui rentrent chez moi comme chez eux.

Cette fois, je me suis vraiment appliqué à les semer. Je suis parti de bonne heure, vers midi trente, afin de prendre mon temps pour leur échapper. J'étais convaincu que ce rendez-vous allait être capital et que ce salaud de Quenin ne m'accorderait pas de nouvelle chance. La veille, il avait sans doute renoncé, s'apercevant que j'étais suivi. Il fallait donc que je sois particulièrement vigilant.

Je me suis entièrement changé, j'ai laissé mon imperméable si reconnaissable et mon portable qui pourrait leur permettre de me suivre à la trace. Ensuite, j'ai appliqué les méthodes classiques : Bus, RER, métro, changement de direction, descente au dernier moment.

Bref, quand je suis parvenu aux abords de la gare Montparnasse, j'étais certain de leur avoir échappé. Pas mécontent de savoir qu'ils étaient en train de se bouffer les couilles ! Mais j'ai pris une dernière précaution : quand j'ai eu le café en point de mire, j'ai fait le tour du pâté de maisons et je me suis caché dans le recoin d'une porte cochère. J'ai ainsi pu examiner les passants et j'en suis sorti dix minutes plus tard, convaincu qu'ils avaient perdu ma trace. Quenin pouvait se montrer, il ne risquait pas d'être vu. Et moi non plus.

J'ai fumé une cigarette en observant les environs. Peut-être était-il déjà en train de m'observer. Mais je ne l'ai pas aperçu. Alors je suis entré dans le bar et je me suis installé, choisissant une table à l'écart, près de la vitre, où nous pourrions discuter sans être écoutés. Je suis arrivé avec une vingtaine de minutes d'avance et j'ai commandé une « 16 » et un saucisson-beurre. J'ai dévoré mon sandwich sans me préoccuper des miettes qui tombaient sur mon blouson de toile. Je n'avais rien mangé depuis la veille. Le garçon m'a regardé d'un drôle d'œil et je me suis aperçu que mon arme dépassait de ma ceinture, visible de tous. Je l'ai dissimulée du mieux que j'ai pu en tirant sur ma chemise. Il ne fallait surtout pas que Quenin la voie.

J'étais prêt à l'accueillir, incapable de détacher mon regard de la porte d'entrée. Pas de Quenin. Je ne pouvais pas croire que Quenin continuait à jouer avec moi. Plus j'ai attendu, plus la douleur s'est manifestée. Pendant combien de temps encore continuerait-elle à me tourmenter ?

J'ai dû me lever pour tenter de l'apaiser. C'est à ce moment-là que je l'ai aperçu. Debout, à la sortie du métro. Mais ce n'était pas Quenin qui fixait, immobile, les bras ballants, la façade du Saint-Malo. L'homme que je voyais portait une longue veste grise. Ses cheveux avaient blanchi, sa silhouette s'était affaissée. Mais je l'ai aussitôt reconnu. Nos regards se sont croisés, j'en suis certain. Combien de temps cela a-t-il duré ? Deux, trois secondes ? Malgré la trentaine de mètres qui nous séparaient, je n'oublierai jamais la lueur de désespoir que j'ai lue dans ses yeux. Il ne m'a pas défié. Il ne m'a pas souri. Son visage s'est fermé, comme interrogatif. Triste, malheureux.

J'ai posé, à la hâte, un billet de 20 euros sur la table et, au lieu de l'attendre, je me suis précipité vers la porte. Si vite qu'en heurtant le dossier d'une chaise mon pistolet est tombé de ma ceinture. Il a glissé près des pieds d'un consommateur. Je l'ai récupéré aussitôt, indifférent à la douleur qui, en temps ordinaire, m'aurait empêché de me baisser, et je l'ai rangé dans la poche de mon blouson. Indifférent aussi aux clients qui avaient vu mon arme tomber et qui avaient esquissé un geste de recul. Indifférent enfin au patron qui appelait déjà la police.

Je me moquais de tout, de ma douleur, des gens, des flics qui n'allaient pas tarder, des voitures qui m'ont évité de justesse en klaxonnant tandis que je traversais la rue d'Odessa.

Une seule chose occupait mon esprit : rejoindre l'homme que j'avais aperçu. Mais il avait disparu. Où avait-il pu passer ? J'ai d'abord exploré du regard le boulevard. Pas de trace de l'homme à la longue veste grise. J'ai cru apercevoir sa silhouette rue de Rennes. J'ai à nouveau traversé la place aussi vite que j'ai pu, mais l'homme que j'ai rejoint n'était pas celui que je cherchais. J'ai perdu un temps précieux. J'étais sur le point de renoncer quand je l'ai vu devant le centre commercial de la gare. Il m'a encore fixé du regard et j'y ai vu comme une invitation à le suivre à l'intérieur. Mais soudain les sirènes de plusieurs voitures de police ont retenti. Il s'est alors précipité dans la galerie, tandis que les véhicules de police se garaient devant le Saint-Malo et bloquaient la circulation. Deux agents en tenue, suivis d'un inspecteur en civil, se sont rués dans le bar. J'ai dû faire tout un détour pour les éviter. Je suis entré dans le centre commercial par la gauche. Je l'ai arpenté pendant plus d'une heure. Sans résultat. L'homme s'était évanoui dans les allées, sans doute effrayé par l'arrivée de la police. Je n'ai jamais autant transpiré, rageant à l'idée qu'il avait pu penser que j'avais alerté les flics. Il a pris peur, c'est certain. Je m'en voulais : pourquoi ne l'avais-je pas attendu tranquillement à l'intérieur du bar ?

J'ai fini par renoncer une nouvelle fois et j'ai décidé de rentrer chez moi. J'ai pris le train de 16 h 47. Jusqu'au dernier moment, je me suis retourné dans l'espoir qu'il se montre à nouveau. Mais je n'étais pas abattu ni même frustré par ce rendez-vous avorté. Bien au contraire ! Car cet homme, je l'ai reconnu. C'était l'un des visages qui me hantait depuis 2001. Ce n'était pas Quenin comme je l'avais pensé, mais Édouard Garambois.

Le mari d'Anne, égorgée le 19 mai 2001, et le père d'Ombeline, 8 ans, et de Benoît, 6 ans, étouffés dans leurs lits d'enfant.

Tandis que le train s'éloignait de la gare, j'étais sûr d'une chose. L'un des pères était bien responsable de la série de ces crimes atroces. Bêtement, j'avais cru que c'était Quenin qui m'avait téléphoné et qui m'avait laissé un message. Cela m'avait semblé si logique. Je m'étais bien trompé ! Il me restait maintenant à retrouver Garambois pour boucler mon enquête et enfin prendre ma revanche.

Voilà, messieurs, la conclusion à laquelle je suis arrivé ce soir-là : c'est Garambois l'auteur de tous ces assassinats. Celui que, depuis le début, j'ai le plus négligé. J'ai été bien naïf. Cet homme s'était joué de moi et il continuait. Mais pas pour longtemps, je me le suis juré.

Il avait bien changé. L'homme, le cadre supérieur qui autrefois affichait sa réussite et son bonheur insolents, était presque méconnaissable. Sauf pour moi. Tant les visages de ces pères de famille ont occupé mon esprit pendant toutes ces années.

Je me souviens que j'ai pris mon petit carnet noir dans la poche de mon blouson. Il était maintenant bien mince à force d'en arracher les pages. Malgré les soubresauts du train, j'ai réussi à écrire quelques mots.

J'étais si soulagé.

7

Cela faisait presque un an que je n'avais pas revu Ferracci. Depuis Bourges.

S'il s'attendait à ce que je montre ne serait-ce qu'un brin d'étonnement quand je l'ai trouvé assis sur les marches de l'escalier, entre le deuxième et le troisième étage de mon immeuble, il a dû être déçu. Depuis que j'avais compris qu'il était mon plus redoutable adversaire, je m'attendais à tout de sa part, y compris qu'il soit sur le pas de ma porte. Ferracci n'est pas homme à oublier ses proies.

À l'instant où je l'ai aperçu, j'ai eu le sentiment désagréable que nous ne nous étions jamais quittés, tant sa présence et celles des hommes qu'il a chargés de me surveiller ont continué à planer sur ma vie. Ferracci n'est jamais bien loin... D'abord, nous nous sommes regardés sans prononcer un mot. Nous nous sommes mesurés en silence. Ma blessure m'a fait tellement mal que je me suis accroché quelques secondes à la rampe. À peine quelques secondes, car je ne voulais pas lui donner le plaisir de lui montrer ma douleur. Il aurait été capable de me plaindre.

Il s'est contenté de m'examiner, la tête inclinée. Lui, en revanche, il n'avait pas changé, ou si peu. Il y avait longtemps que je ne l'avais pas détaillé avec une telle intensité. Même à Bourges, je l'avais à peine regardé. Ses tempes avaient blanchi, quelques rides profondes marquaient son front, mais il m'est apparu aussi affûté qu'avant et toujours aussi élégant. Il portait un costume gris sur une chemise noire. Un détail m'a surpris : il était pieds nus dans ses mocassins noirs. J'ai aperçu la bosse de son holster sous sa veste. Sa froide assurance ne m'a pas dérangé. J'ai attendu qu'il rompe le premier le silence.

Il m'a dit : « Salut, Hervé. »

J'ai répondu : « Salut, Ferracci. »

Je n'avais pas envie de l'appeler par son prénom.

Il m'a regardé des pieds à la tête. Je n'ai vraiment pas aimé quand il m'a dit : « Putain, tu n'as pas l'air en forme, Hervé. »

Il a insisté en disant « Hervé », comme s'il cherchait à m'amadouer. Il me prenait vraiment pour un crétin. Je n'allais quand même pas lui tomber dans les bras ! Je lui ai tourné le dos et je me suis dirigé vers ma porte d'entrée, feignant de ne pas lui accorder plus d'attention. Tandis que je glissais ma clé dans la serrure, il m'a demandé s'il pouvait entrer. Sans me retourner, j'ai répondu non. Qu'est-ce que nous aurions à nous dire ?

Il a insisté : « Il faut que nous parlions seul à seul, Hervé.

– Nous n'avons rien à nous dire, Ferracci. Ni en public ni seul à seul. »

Il s'est levé. J'étais décidé à ne pas lui serrer la main, mieux, à l'ignorer s'il me la tendait, mais il a été assez malin pour s'en abstenir. Il a poursuivi sur le même ton chaleureux, trop chaleureux. Il m'a proposé de discuter dans l'escalier ajoutant qu'il se foutait de savoir si on nous écoutait.

J'ai hésité à lui parler des micros dissimulés chez moi, des fouilles dans mon appartement, mais je n'ai pas bronché. J'ai simplement dit, sachant qu'il savait lire entre les lignes, que, moi, je n'avais rien à cacher. J'ai donné un premier tour de clé.

Ferracci a toujours été un sanguin. Combien de fois je l'ai vu monter dans les tours pour pas grand-chose ! Il était déjà comme cela à l'école des commissaires. Il ne m'a pas déçu, il a commencé à s'énerver : « Arrête de te foutre de ma gueule, Hervé ! »

J'ai joué l'étonné, je lui ai lancé : « Moi, me foutre de ta gueule ? », sachant que l'ironie de ma réplique va l'agacer encore plus.

« Arrête ! Et écoute-moi. Je suis venu en ami et, crois-moi, je dois être l'un des derniers que tu as dans la police. »

J'ai continué à l'asticoter pour le seul plaisir de le voir s'énerver un peu plus. Un régal. Et lorsque je lui ai dit que j'étais très fatigué et que j'avais surtout envie de m'allonger et de me reposer, il a explosé et m'a balancé :

« Tu vas m'écouter, bordel de merde. Que tu le veuilles ou non !

– T'écouter ? Je veux bien, mais de quoi tu veux me parler, au juste ? Je ne pige pas.

– De tes conneries !

– Mes conneries ? Je ne vois pas !

– Ne me prends pas pour un con, Hervé !

– Parle moins fort, Ferracci, tu vas alerter les voisins. J'ai une bonne réputation ici, tu sais. »

Nous étions à moins d'un mètre l'un de l'autre. Si j'avais voulu, j'aurais pu l'abattre là, sur le pas de ma porte, sans qu'il ait le temps de sortir son arme. Mais, franchement, j'avais mieux à faire qu'éliminer cette pourriture.

Au seul mot de « pourriture », je vois qu'il lève les yeux vers moi. Il semble malheureux. Pourtant, c'est bien le mot qu'il mérite, non ? Je ne veux plus lui accorder davantage d'intérêt. Je poursuis :

Il me restait à boucler mon enquête ! Alors je l'ai encouragé, ce qui a eu le don de le mettre en boule.

« Vas-y ! Lâche-toi, qu'on en finisse. »

Si je me souviens bien de son interminable logorrhée, il a dû me traiter de malade et même « de grand malade » à sept ou huit reprises. Je crois aussi qu'il a utilisé les mots de « paranoïaque » et de « schizophrène ». Il a dit qu'il fallait que je me fasse soigner et qu'il m'aiderait. Je ne voyais pas en quoi j'avais besoin d'aide...

Ensuite, dans ses pitoyables et vaines tentatives à me faire renoncer, il en a appelé à la raison. Il a tenté de me convaincre que je faisais fausse route. « Hervé, tu te détruis. Il est temps que tu te reprennes. »

Il m'a presque supplié. Je l'ai écouté sans l'interrompre, sans manifester la moindre émotion. J'ai résisté à une seule envie : celle de saisir le doigt qu'il pointait sur moi et de le briser. Mais je suis resté maître de moi et si j'ai sagement écouté ses inepties, c'est parce que je souhaitais savoir où il voulait en venir. Car Ferracci, je le connais, ne s'était pas déplacé jusque chez moi pour me prodiguer ses conseils. J'en avais assez entendu. Alors j'ai lâché d'un ton sarcastique : « Ça y est, tu as fini ? Monsieur le commissaire s'est bien défoulé ? »

Cette fois, il n'a pas perdu son calme. Il a posé sa main sur mon épaule. Je l'ai laissé faire, je ne me suis pas dégagé, malgré mon envie de lui balancer mon poing dans l'estomac.

Et là, au moment où je m'y attendais le moins, il m'a proposé le poste de principal à Meudon : « Il va se libérer d'ici à la fin de l'année. Il est pour toi. »

Il m'a pris par surprise et je n'ai su que répondre : « Pour moi ? Tu sais, je suis très bien à la préfecture. »

J'avais retrouvé mon poste au service de l'identité, début 2008, et cela m'arrangeait, mais il avait senti mon intérêt et il a insisté : « Oui, il est pour toi. À une condition : il faut que tu arrêtes tes conneries. »

J'ai repris mes esprits et je lui ai dit que si ça pouvait lui faire plaisir, je promettais tout ce qu'il voulait, mais que je ne voyais pas à quoi il faisait allusion...

Il m'a répondu, agacé : « Tu sais de quoi je parle, Hervé ! »

Puis il s'est calmé, m'a conseillé de ne pas faire l'imbécile et il a ajouté : « À Meudon, tu iras tranquillement jusqu'à la retraite. Accepte et on oublie tout. »

C'était donc ça : un bon poste, histoire que je finisse en beauté ma carrière de flic. Et surtout sans faire de vagues. Ils ont dû paniquer en haut lieu quand ils ont réalisé que je touchais au but. Beau bordel en perspective !

S'ils savaient à quel point je me foutais de ma carrière. Une fois de plus, je me suis abstenu de lui révéler le fond de ma pensée. Au contraire, j'ai souri et j'ai accepté sa proposition, ajoutant : « Tu sais à quel point je suis un homme de terrain. Meudon, ça me va ! »

Il a retiré sa main de mon épaule, visiblement satisfait. Puis il s'est rapproché de moi et m'a murmuré à l'oreille :

« Je suis content, Hervé. Il faut que tu oublies ce qui s'est passé en 2001. »

Et il a ajouté d'une voix chaleureuse :

« Laisse tomber. Fais-le pour toi. Et un peu pour nous. 2001 n'a jamais existé. C'est du passé, rien que du passé. Abandonne, sinon je ne pourrai plus rien pour toi. »

Il a été plus chaleureux encore, presque suppliant. Ses mots, je m'en souviens comme si c'était hier :

« Tu ne peux pas imaginer tout ce que j'ai fait pour t'aider pendant ces années. Et pas seulement pour préserver ton boulot. J'ai fait bien plus, Hervé, crois-moi. C'est de tout cela que je voudrais te parler maintenant. Allez, laisse-moi entrer, il faut que je te parle. S'il te plaît, Hervé. C'est important. Si tu ne le fais pas pour moi, fais-le pour toi. »

Il a répété : « S'il te plaît. C'est très important. »

Autrefois, il m'aurait baisé. Plus maintenant. Je n'ai pas cédé. Le piège était trop gros pour que j'y tombe. Je n'avais pas oublié le mal qu'il m'avait fait. Ferracci était mon ennemi et, en cet instant, je me demandais s'il avait la moindre idée du mépris et du dégoût que j'éprouvais à son égard. J'ai avancé et il a dû s'écarter pour me laisser passer. Il m'a presque imploré de rester encore un instant. Tout cela sonnait tellement faux. J'ai dit : « Adieu, Ferracci », et je suis rentré chez moi sans rien ajouter.

Quelques-uns de ses mots m'ont pourtant troublé, je ne peux pas le cacher. Ils ont réveillé tant de souvenirs enfouis. Mais je les ai vite oubliés, préférant, dès que je me suis retrouvé seul, me plonger dans le dossier de Garambois.

Je l'avais vu, il était vivant. C'était le plus important.

De ma fenêtre, dissimulé derrière les rideaux de coton qui n'avaient de blanc que le souvenir tant ils étaient imprégnés de la fumée de mes cigarettes, j'ai observé la rue à de nombreuses reprises. Certes, la camionnette blanche, sans doute trop voyante avait disparu, mais j'ai relevé la présence de voitures suspectes. Preuve que Ferracci n'avait pas fait lever ma surveillance. En l'observant monter dans sa berline aux vitres teintées après avoir lancé un dernier regard en direction de mes fenêtres, j'ai su que, tout grand flic qu'il était, il ne pouvait plus m'atteindre.

J'ai passé le reste de la journée et une partie de la nuit sur le dossier Garambois, fumant plus d'un paquet et ignorant le chat qui me harcelait tant il avait faim. Le dossier est épinglé pour une partie dans le salon et pour le reste dans l'ancienne chambre des enfants où il ne reste plus rien. Je disposerais de quelques mois avant de rejoindre Meudon.

Au matin, ce que m'avait dit Ferracci n'était plus qu'un lointain souvenir. Sans importance.

8

Nous étions en mai 2008.

Au début, je n'ai pas eu grand-chose à me mettre sous la dent. Les éléments – quelques photos, des coupures de presse, des procès-verbaux, les rapports d'autopsie et le dossier d'instruction – réunis sur Édouard Garambois n'occupaient qu'une maigre surface de mon appartement. Au fil des mois, ils ont pris une telle importance qu'ils ont fini par recouvrir une partie des dossiers des autres familles. Ceux-là, je les reléguais dans les pièces du fond, le salon, le couloir et mon bureau étant désormais réservés à Garambois. Les documents que j'ai réunis petit à petit sur lui étaient parfois si épais qu'il m'a fallu des pointes de 3 centimètres pour clouer au mur tous ces dossiers.

Cette nuit-là, après ma rencontre vite oubliée avec Ferracci, j'ai dû me contenter du peu dont je disposais.

À l'époque, la mort d'Eskenasi avait clos les recherches de la police, pas fâchée d'en avoir terminé avec cette affaire qui empoisonnait tous les services. Si bien que les enquêteurs s'étaient contentés du strict nécessaire. La plupart des documents avaient servi à soutenir la thèse de Ferracci et de ses sbires : Eskenasi avait éliminé Garambois puis il s'était introduit chez lui et avait liquidé la famille, avant de finir à moitié décapité dans sa voiture en cherchant à échapper aux policiers. Peu importe si le corps d'Édouard Garambois n'avait pas été retrouvé.

Les rares témoignages recueillis auprès de la famille, des proches et des collègues de travail de Garambois allaient tous dans le même sens. Ils décrivaient une famille heureuse et sans histoire. Édouard et Anne s'étaient connus à HEC, promo 83. La photo de l'époque qui figure au dossier les montre lui debout, elle, assise devant lui. Il a la main sur son épaule. Il sourit alors qu'elle apparaît plus réservée. J'ai épinglé cette photo en face de mon bureau après avoir dégagé tout ce que j'avais rassemblé sur Blanchet et qui ne m'intéressait plus. Autour de la photo de promotion, j'ai disposé deux clichés que j'avais réussi à dérober en 2001 quand, le lendemain des crimes, je m'étais glissé parmi les enquêteurs. J'avais bien tenté d'en voler d'autres, mais quand il m'avait vu, rôdant dans les lieux, ce fumier de Ferracci m'avait demandé de partir. Il m'avait attiré à l'écart des autres. Il avait passé son bras autour de mon épaule et m'avait conseillé à voix basse de rentrer chez moi. Et il avait ajouté : « Tu n'as rien à faire ici. Toute cette affaire est terminée. Nous allons pouvoir passer à autre chose. Et toi aussi. Enfin ! »

Il avait un ton si aimable... Je n'étais pas dupe. J'avais compris qu'il tentait de me faire croire qu'il voulait me protéger. Les événements de la nuit m'avaient fragilisé aux yeux de tous. Beaucoup, sans l'exprimer, me considéraient comme le responsable de cette nouvelle tuerie. Je le vois encore me raccompagnant à la porte en me prenant par le bras. Tandis que je m'éloignais, il avait dit à haute voix : « Tiens bon ! » pour que tout le monde l'entende.

En quittant le pavillon des Garambois, je n'avais aucune illusion sur Ferracci. Je ne croyais déjà plus en lui. J'ai réalisé qu'il avait simplement voulu m'écarter du lieu du crime, de peur sans doute que je ne perturbe son enquête. J'étais le seul à pouvoir gâcher son triomphe. Il ne voulait pas de moi. Je m'étais retourné, je l'avais aperçu en pleine discussion avec Dubosc. J'ai compris qu'ils parlaient de moi.

Cependant, j'avais ma petite revanche, bien dissimulée sous ma chemise : les deux photos que j'avais dérobées.

Des années plus tard, dans le calme de mon refuge, j'ai longuement examiné ces photos volées. Elles confirmaient l'impression de bonheur donnée par la photo prise en 83. Sur la première, on voit Édouard et Anne devant la tour de Pise dans une pose grotesque: les mains tendues comme s'ils accompagnaient l'inclinaison de la tour. Au dos était inscrit « été 1993 ». Sur la seconde, toute la famille souriait autour d'un gâteau d'anniversaire aux bougies encore allumées. La même écriture indiquait: « Les 5 ans d'Ombeline. »

Ce bonheur affiché m'est soudain devenu insupportable et je n'ai retrouvé mon calme qu'après avoir punaisé ces photos parmi celles, terribles, prises par l'identité judiciaire. Surtout le cliché montrant Anne, la gorge tranchée, les yeux clos, avec sa belle chevelure blonde inondée de sang. La vie et la mort côte à côte. Sur mon mur, face à moi.

Je ne vais pas leur raconter que, par pure fantaisie, j'ai penché la photo de telle façon que le visage supplicié d'Anne et la tour aient la même inclinaison. Je n'ai pas envie qu'ils me prennent pour un malade !

Puis je me suis plongé dans les procès-verbaux. À l'époque, Édouard occupait, à 38 ans, un poste élevé comme directeur de clientèle privée au Crédit lyonnais. Il gagnait plus de 12 000 euros par mois, sans les primes qui lui permettaient parfois de doubler son salaire. Ses employeurs affirmaient qu'avec sa disparition ils avaient perdu l'un de leurs meilleurs éléments et n'ignoraient pas qu'il avait été approché par plusieurs chasseurs de têtes. Il était décrit comme « sérieux, combatif et inventif ». C'était dans sa spécialité l'un des cadres parmi les plus performants, « promis à aller très, très haut ».

Jusqu'à ce jour, je ne lui avais pas accordé beaucoup d'intérêt. Inconsciemment, je l'avais écarté de mes priorités. Les autres pères avaient des failles. Pas lui. Et puis, au terme de ma recherche, je me suis dit que cet homme était trop parfait pour être honnête... Avec ses bonnes manières, son passé irréprochable, il m'a intrigué encore plus.

J'ai mis mon réveil à 7 heures et demie et je me suis couché, rejoint par le chat noir.

Je n'ai jamais été aussi serein ni surtout aussi impatient de découvrir ce que cachait cet homme apparemment au-dessus de tout soupçon.

9

Le lendemain matin, je suis retourné au cimetière de Bagneux. Je suis d'abord allé voir le jardinier. Je lui ai présenté la photo de Garambois. Il était tout aussi formel que la fois où je lui avais montré celle de Quenin.

« Je le reconnais, c'est l'homme qui vient déposer des fleurs tous les mois. »

Vous le savez, messieurs, les déclarations des témoins sont parfois sujettes à caution. Il leur arrive de vous raconter ce que vous voulez entendre. Certains cherchent même à vous faire plaisir. Aussi, j'ai insisté :

« Vous êtes certain ? C'est capital ! »

J'ai ajouté que je ne lui en voudrais pas s'il changeait d'avis. J'ai même dit pour ne pas l'affoler : « L'erreur est humaine. »

Mais il n'en démordait pas et il m'a convaincu même si les autres employés du cimetière ne m'ont été d'aucune aide : ils ne travaillent pas dans ce secteur. Certains ont été vraiment décevants : ils n'avaient jamais vu un homme déposer des roses blanches. Heureusement, devant ses collègues, mon jardinier a maintenu son témoignage ajoutant que personne n'était mieux placé que lui.

« L'avenue de la Frênaie est mon secteur et rien de ce qui se passe ici ne m'échappe. »

Le comportement de Garambois est longtemps resté une énigme pour moi. J'ai beaucoup cherché, mais je n'ai pas trouvé le moindre lien entre lui et les Quenin. J'ai même imaginé qu'il avait pu être l'amant de Pauline Quenin, mais non. Elle avait trompé son mari, j'en avais acquis la certitude, mais pas avec lui. Alors pourquoi venait-il fleurir la tombe des Quenin avec une régularité qui frisait l'obsession ? Était-il poussé par le remords ? Impossible de répondre à ces questions. Je me suis dit qu'il me donnerait ses raisons bientôt le jour où je le tiendrais.

Encore aujourd'hui, je pourrais réciter de mémoire les noms des familles qui entourent le caveau des Desplat, n° 75, avenue de la Frênaie : les familles Durand, Martichoux, Marples, des Britanniques probablement égarés et vite oubliés dans cette banlieue car leur tombe n'est jamais fleurie et à peine entretenue, ou encore les Flanet, qui est un nom bien choisi pour un lieu pareil. Et d'autres encore... J'y ai passé tant de journées à l'attendre, celui qui à intervalles réguliers venait déposer un bouquet de roses blanches.

Je suis resté parfois des journées entières dans ce cimetière, toujours à la même place, assis sur un banc, abrité des intempéries par un cèdre ancestral. De là, j'avais une vue directe sur la tombe des Desplat à une cinquantaine de mètres. J'ai sympathisé avec le jardinier, Germain Lestrade, que j'ai chargé de me prévenir lorsque le bouquet commençait à se faner. Nous étions convenus qu'il me dirait : « Le fleuriste va passer », pour que je sache que les fleurs dépérissaient. J'ai acheté un téléphone à carte qui me mettait à l'abri de *leurs* écoutes. Mais j'ai dû continuer à être prudent et c'est pourquoi nous nous étions mis d'accord sur cette phrase codée. À chaque signal, je me précipitais à Bagneux sans négliger les précautions obligatoires pour *leur* échapper.

Mes horaires à la préfecture ne me permettaient pas une surveillance permanente. Quand le jardinier m'appelait, je me faisais mettre en congé, prétextant une maladie ou évoquant les souffrances dues à ma blessure. Pourtant, je n'ai pas disposé du temps nécessaire à une planque efficace. Je l'ai raté en mai, en juin et en juillet. J'ai passé tout le mois d'août sur place. Pour rien. Ce mois-là, il n'est pas venu. Et je l'ai encore raté en septembre.

Gégé – c'est ainsi qu'il a exigé que je l'appelle – est devenu un bon compagnon qui m'a aidé à supporter ces journées monotones. Il m'apportait du café, du vin et de la bière fraîche quand il a commencé à faire chaud. Nous avons partagé nos cigarettes. Nous avons discuté de tout et de rien, et, je l'avoue, l'alcool aidant, nous avons aussi beaucoup ri. Ce type est incollable sur les tombes des gens célèbres du cimetière, Barbara, Claude Berri, Alfred Jarry et plein d'autres encore qu'il a tenu à me montrer. Mais j'ai toujours gardé un œil sur la tombe 75, même le jour où j'ai pissé derrière l'arbre. Normalement, celui qui apportait les fleurs n'aurait pas dû m'échapper.

J'étais furieux contre moi et contre la terre entière. Pourtant, plus d'une fois, j'ai découvert un bouquet de roses sans savoir à quel moment il avait été déposé. Les plaques de la mère et de la fille que j'écartais volontairement étaient à nouveau réunies. Gégé non plus ne voyait rien, mais il me déclarait qu'il avait beaucoup de boulot. Je l'ai surtout soupçonné de cuver son pinard dans un coin tranquille. Gégé était encore plus désolé que moi de ces échecs. À plusieurs reprises, il a répété : « Putain de putain de merde, c'est un fantôme, ce gars-là ! »

Il s'excusait plus que nécessaire, puis il me reprochait de ne pas accourir assez vite quand il m'appelait. Bref, si nous le rations, c'était ma faute. Un jour, il m'a entraîné au café de l'Égalité, près de la porte de Bagneux, prendre un calva suivi d'un second et d'un troisième. Nous y avons passé une bonne partie de la journée et nous nous sommes séparés en nous promettant que nous l'aurions la prochaine fois. Je suis rentré pas mal éméché. Si cela avait duré encore longtemps, j'aurais fini ivrogne !

Malgré ces échecs répétés, je n'ai pas perdu espoir. J'ai continué à m'accrocher. Les années passées m'avaient appris la patience. Celui que je recherchais continuerait à venir au cimetière. Je monterais la garde la nuit s'il le fallait, mais je finirais par l'avoir.

Je n'ai pas eu besoin de le faire. Je l'ai vu le mardi 14 octobre 2008, à 15 h 32 précises, comme l'atteste la note rédigée le soir même. Elle est toujours épinglée dans mon bureau. Cela faisait six jours que j'attendais. Six jours sous une pluie glacée. Je l'ai aperçu en train d'approcher. Malgré la pluie, malgré le parapluie qui l'abritait et qui lui cachait le visage. D'abord, il n'a été qu'un passant anonyme marchant le long de l'avenue des Sophoras, mais, au moment où il a tourné dans l'avenue de la Frênaie, je l'ai vu qui tenait un bouquet à la main.

Je m'étais toujours demandé comment je réagirais le jour où il viendrait. Est-ce que je l'intercepterais aussitôt et appellerais la police ? C'était la solution la plus évidente. Est-ce que je lui laisserais le temps de déposer les fleurs ? L'arrêterais-je devant la tombe ou attendrais-je qu'il commence à s'éloigner avant d'intervenir ? Dans ce cas, j'aurais au moins eu le temps de l'observer devant la tombe et, peut-être, de commencer à le comprendre. Car malgré le temps que j'ai passé sur son cas et la quantité d'éléments que j'ai récoltés, je ne suis jamais parvenu à cerner sa personnalité. Depuis des semaines, je m'étais exclusivement consacré à lui, accumulant tant de nouveaux documents qu'ils avaient recouvert tous les murs du salon et presque une partie du couloir. Pourtant, cet homme restait un mystère. Autant avec les autres pères de famille, Saféris, Quenin, et même Blanchet, j'avais trouvé des explications, autant, avec lui, je n'avais toujours pas découvert la moindre faille. De celle qui aurait poussé cet homme au pire : assassiner les siens, après avoir tué de sang-froid des familles entières. J'ai ouvert quelques pistes, bien sûr, échafaudé des hypothèses, mais rien de vraiment convaincant. C'était devenu une obsession. Obtenir les réponses à toutes les questions que je n'avais pas arrêté de me poser à son sujet était presque devenu aussi capital que de l'arrêter.

En l'observant à moitié dissimulé derrière un parapluie, j'ai murmuré pour moi seul : « J'ai tant de questions à te poser que je ne peux pas te livrer maintenant. »

Il m'est resté une dernière solution : le laisser partir et le suivre jusque chez lui. C'était beaucoup plus risqué, mais tellement plus efficace. Je l'aurais à ma merci. Je serais maître de son destin, mais aussi du mien. C'est moi seul qui déciderais du jour où la vérité éclaterait enfin. Du jour de ma victoire. De ma revanche. J'ai donc choisi cette option, sachant que je n'avais pas le droit d'échouer. Cette chance ne se représenterait probablement plus.

Ce 14 octobre 2008, à 15 h 32, c'est un immense soulagement qui m'a envahi en le voyant. Je ne sais toujours pas comment l'expliquer, mais j'ai eu la certitude que rien ne pouvait plus m'arriver.

J'ai pensé : « Je vais gagner. Mieux, j'ai gagné ! »

J'étais récompensé de toutes ces années d'efforts, de doutes, de sacrifices. Tout ce que j'avais enduré valait bien ce court instant d'abandon, si intense. Je me suis laissé envahir par le bonheur. D'abord, tout à mon plaisir, je suis resté assis sous mon arbre et je l'ai laissé avancer d'un pas assuré en direction de la tombe, toujours abrité sous son parapluie. Il ne pouvait pas me voir, mais, heureusement, j'ai repris très vite mes esprits. Pour plus de sécurité, je me suis caché derrière le tronc du vieil arbre. Ce moment était trop délicieux pour que j'intervienne. Arrivé devant le caveau, il m'a fait face et j'ai enfin découvert son visage. Cela n'a duré que quelques secondes. Son visage a vite disparu derrière le parapluie. Mais c'était bien celui que j'attendais depuis des mois.

Moins d'une cinquantaine de mètres nous séparaient. Édouard Garambois a posé le bouquet de roses, puis, dans le même mouvement, il s'est accroupi. Je n'ai pas bien vu, mais je pense qu'il a réuni les plaques de la mère et de la fillette. Il s'est ensuite redressé et son visage est apparu de nouveau. Il n'exprimait aucune émotion. Il s'est contenté de fixer du regard le tombeau comme s'il se moquait de tout, comme s'il n'accomplissait là qu'un rituel obligé. J'ai tenté de deviner s'il priait ou s'il murmurait quelques mots pour celles qu'il avait tuées, mais je crois qu'il a conservé la bouche fermée pendant tout ce temps. Et si ses joues étaient humides, ce n'était pas à cause des larmes, mais de la pluie glaciale qui lui frappait le visage.

M'offrant pendant quelques brèves secondes son visage impassible, Garambois s'est à nouveau penché sur la tombe pour pousser le bouquet de quelques centimètres. Puis il a commencé à s'éloigner par l'avenue des Noisetiers-de-Byzance. Il est passé à moins de vingt mètres de ma cachette. Se savait-il observé ? Je ne le crois pas. Il s'est dirigé vers la sortie, calmement, sans regarder à droite ou à gauche comme le ferait un homme en danger. Non, il s'est appliqué à éviter les flaques d'eau, emportant son mystère au rythme de sa lente progression dans les allées désertes.

À quelque distance de là, j'ai aperçu le jardinier en train d'accourir, agitant la main. J'ai d'abord cru qu'il me faisait signe que l'homme que je venais de voir n'était pas celui que j'attendais depuis des mois. Mais je n'avais rien à faire de son avis. Moi, je l'avais reconnu. Pendant un instant, j'ai eu peur que cet imbécile ne me fasse repérer et j'ai dû me découvrir pour lui faire signe de ne pas bouger. Par miracle, il s'est immobilisé, la main toujours en l'air. C'est la dernière image que je garde de lui.

Je n'ai plus jamais revu le jardinier du cimetière de Bagneux.

Tenté de mettre fin à cette histoire, j'ai hésité à intercepter Garambois tout de suite. Il était si près de moi que j'étais à deux doigts d'être enfin délivré. Délivré de ces mois de labeur, de planque et de renoncement. J'aurais retrouvé une vie ordinaire, devenant sinon un héros, du moins un exemple : l'exemple de celui qui n'a jamais renoncé. J'avais l'esprit tranquille, celui que donne le sentiment d'avoir accompli son devoir. J'aurais pu l'arrêter sur-le-champ et le livrer à la police. Tout serait terminé.

J'ai saisi mon arme, décidé à l'abattre sur place s'il essayait de m'échapper, quelles qu'en soient les conséquences. La revanche tant espérée était à portée de main. Il ne me restait plus qu'à la saisir. Pourtant, j'ai renoncé à intervenir sur l'instant et je l'ai suivi. Garambois ne m'avait pas encore livré toute sa vérité. Il me la devait avant de la donner aux autres. Dès cet instant, il m'appartenait. J'avais conscience des risques que je prenais, mais je n'ai pas pu résister à l'envie de continuer. Il était encore trop tôt pour tout lâcher.

Mais rassurez-vous, messieurs, Garambois ne m'a pas échappé. Bien au contraire !

Il est monté dans le bus 128. J'ai juste eu le temps de prendre ma voiture et de le suivre jusqu'à la porte d'Orléans. J'ai dû l'abandonner au hasard dans un couloir de bus. J'ai rabattu mon pare-soleil avec le mot POLICE en évidence. Je l'ai suivi dans le métro. Je ne l'ai pas perdu malgré deux changements. Il ne s'est jamais douté que j'étais après lui.

Avec le temps, la douleur de ma blessure s'était estompée, au point de presque disparaître. Pourtant, cet après-midi-là, elle s'est réveillée avec une rare violence. Elle m'a obligé à m'arrêter, adossé au mur d'un immeuble ou contre la vitrine d'un magasin. J'ai attendu qu'elle se calme un peu, mais j'ai su trouver la force de ne pas interrompre ma mission.

C'est ainsi qu'après plus d'une heure de filature il m'a conduit chez lui. Nous sommes descendus à la station Jacques-Bonsergent dans le 10e arrondissement et nous avons marché à peine cinq minutes. Lui d'un pas rapide, moi souffrant mille morts. Il est entré dans un immeuble en crépi blanc de cinq étages de la rue de Lancry, comme il y en a tant à Paris.

Ce soir, et malgré l'heure tardive, je me souviens de l'immeuble et de l'appartement dans leurs moindres détails. Je pourrais y aller les yeux fermés ! Le code, par exemple, je m'en souviens encore aujourd'hui : 1418 B.

Je ne veux pas qu'ils me prennent pour un obsédé du détail, mais je ne peux résister à l'envie de leur décrire l'endroit où Garambois a caché sa nouvelle vie. Je veux surtout qu'ils réalisent à quel point j'ai mené mon travail avec précision et, j'ose le dire, avec professionnalisme. D'ailleurs, j'ai tout noté.

Derrière la porte d'entrée, un long couloir sombre recouvert de moquette marron toute neuve. Les boîtes aux lettres sur le côté gauche ont également été remplacées il y a peu de temps. Au fond, l'escalier, lui aussi tapissé de la même moquette. Pas d'ascenseur. J'ai vite appris que Garambois logeait au deuxième étage, sur la cour, dans un appartement de trois pièces où je me suis introduit si souvent par la suite en profitant de ses absences. Sur le palier, un paillasson avec une inscription : WELCOME.

La première fois, un simple coup de tournevis, comme on l'apprend entre flics, m'a permis de forcer la porte sans laisser de trace. Ensuite, pour plus de facilité, je me suis fait faire un double de la clé grâce à un trousseau trouvé dans le tiroir du guéridon de l'entrée. Une clé toute simple pour une serrure ordinaire. Je l'ai prise avec moi et un serrurier de la rue Yves-Toudic l'a réalisé en moins d'une heure. J'ai attendu devant la boutique, le temps de fumer quatre cigarettes...

On pénètre dans l'appartement par une petite entrée décorée par un beau tableau représentant un bouquet de fleurs. Des iris bleus pour être précis. La cuisine est sur la gauche. Elle est vaste, propre et bien équipée. Le frigo à double porte est garni de produits frais et de packs de bière. Au fil des jours, je me suis senti à l'aise dans cet appartement et je n'ai pas hésité à me servir.

J'ai inspecté les placards : ils sont bien fournis en vaisselle et en ustensiles. Au centre de la pièce, la table de bois peinte en rouge est assez grande pour accueillir six personnes. À droite, le salon. Classique, avec une télé à écran plat, un canapé et des fauteuils en cuir blanc disposés autour d'une table basse en verre sur laquelle est posé un livre de décoration montrant des intérieurs new-yorkais. Une étagère occupe tout un pan de mur de chaque côté de la cheminée. Elle abrite beaucoup de livres de poche (des polars !) et une collection d'encriers anciens. Dans un coin, un ordinateur portable est posé sur un petit bureau de chêne. J'ai copié son contenu dès ma deuxième visite. Il ne m'a rien révélé sur les secrets de Garambois, mais j'ai eu accès à sa comptabilité, tenue avec application. Une vraie mine d'informations même si elle ne concerne que les trois années précédentes. J'ai ainsi appris plein de choses, car la moindre de ses dépenses est notée et j'ai pu retracer son passé récent. Je n'ai rien trouvé au-delà, ce qui a semblé indiquer qu'il n'a repris une vie « normale » que depuis peu. Comme si, enfin, il se sentait à l'abri. J'ai aussi eu accès à ses fiches de salaire et à ses avis d'imposition. Il travaille sous le nom d'Étienne Garrigue. Cette ordure s'est fabriqué une nouvelle identité ! Il a payé 8 524 euros d'impôts l'année passée. Il travaille comme courtier d'assurance dans une importante société dont le siège est à la Défense. Il gagne 3 850 euros nets. Il dispose d'une assurance vie contractée auprès de la GMF (avec des versements mensuels de 150 euros) et d'un plan épargne logement au Crédit lyonnais sur lequel il a déjà accumulé 25 846 euros avec un rendement à 3,25 %.

Le couloir donne sur deux chambres. La sienne d'abord, à droite. Au-dessus du lit recouvert de lin blanc, est accrochée une imposante lithographie représentant la campagne normande au soleil couchant. Beaucoup plus intéressant : sur la table de nuit, j'ai trouvé une photo dans un cadre de bois sombre. Elle représente un couple avec un petit garçon. Elle a été prise dans une chambre d'hôpital. Un homme et une femme rayonnant de bonheur déposent un baiser sur la joue d'un nourrisson. L'homme a les yeux rougis. Impossible de savoir si c'est à cause de l'émotion ou du flash de l'appareil photo. La femme, comme je l'ai rapidement appris ensuite, c'est Myriam, sa nouvelle épouse, et le bébé, Auguste. Son fils. Il a 2 ans et demi. L'homme, c'est Garambois.

L'homme présent sur cette photo est différent de celui qu'on voit sur celles prises quelques années plus tôt, avant qu'il assassine les siens et s'enfuie. Il a la même taille, la même carrure.

Il a un peu maigri, les cheveux se sont raréfiés sur le haut du crâne, mais ils sont toujours aussi noirs. La raie qu'il portait autrefois sur la gauche est désormais tracée à droite. Le nez s'est épaté, les pommettes sont davantage affirmées, ses oreilles ne sont plus décollées. Mais il y a ce regard, cette lueur dans le regard qui n'appartient qu'à lui et qui ne me trompe pas. Malgré la chirurgie esthétique, ce nouveau visage est bien celui de Garambois.

Ainsi, Garambois a réussi à refaire sa vie et son visage. Il a échappé aux recherches, à son passé. Le passé d'un criminel qui a éliminé sa femme, ses deux enfants et trois autres familles pour brouiller les pistes avant de disparaître. En plus, il a bénéficié d'une chance inespérée : un autre a été accusé à sa place. Mais cet homme est resté une énigme. Une question lancinante me poursuivait : comment avait-il pu s'en tirer ?

Mes visites régulières dans l'appartement m'ont apporté quelques réponses. À chacun de mes passages, j'ai mené une fouille minutieuse. Les éléments que j'ai réunis m'ont permis de reconstruire les cinq dernières années de sa vie. Tout est encore punaisé, agrémenté des copies des photos prises dans les albums que j'ai trouvés rangés dans sa chambre.

Édouard Garambois a pris le nom d'Étienne Garrigue, conservant, peut-être par défi, ses initiales. Son passeport, dont la photocopie figure en bonne place sur mon mur, a été établi en 2003 par l'ambassade de Lomé au Togo. Aujourd'hui encore, c'est le seul élément dont je dispose sur sa fuite. J'en ai conclu qu'il s'était réfugié en Afrique après ses crimes. Malgré mes efforts *(et Dieu sait à quel point je me suis démené...)*, je ne suis pas parvenu à retrouver sa trace sur le continent africain. Peut-être s'y est-il caché sous une identité différente. Revenu sans doute fin 2003 en France, il a trouvé du travail chez AXA. Son dossier professionnel que je suis parvenu – cette fois, sans débourser un sou – à me procurer indique qu'il a travaillé pendant de nombreuses années en Afrique dans des sociétés de construction. Sans autre précision, ni de lieu ni d'employeur. Il a présenté un diplôme de l'école de commerce de Toulouse que personne chez AXA n'a cherché à vérifier. Moi, je l'ai fait : il y a bien un Étienne Garrigue, promotion 90. Il avait donc usurpé cette identité.

J'aurais bien aimé savoir comment Myriam et lui se sont rencontrés, mais, là encore, je n'ai pas trouvé. Je suppose que ce fut dans le cadre de leurs activités professionnelles. Elle travaillait depuis neuf ans dans un cabinet d'expertise comptable, Polygone consultants, dans le 8e, rue de Saint-Pétersbourg. Salaire : 2254 euros nets. C'était une grande femme, brune, élégante, vraiment jolie. Elle avait été mariée une première fois avec un expert-comptable. Elle avait 23 ans et leur union n'avait pas duré. Il était donc inutile que je le rencontre.

Elle s'était mariée avec le dénommé Étienne Garrigue le 12 mai 2004. Elle avait 31 ans et lui 38, selon le contrat de mariage (à lire sur mon mur). La cérémonie, si l'on peut dire, s'est déroulée à la mairie du 10e en présence de deux témoins. Un collègue de chez AXA pour lui, un certain Sébastien Ingrand, et une femme du nom de Nadia Montibert pour elle. Cette Nadia, une blonde d'une trentaine d'années, revenait souvent sur les photos de l'album, notamment sur des clichés pris en vacances, preuve qu'elle était très liée au couple Garrigue. Je l'ai d'ailleurs aperçue à plusieurs reprises lors de mes surveillances nocturnes de l'appartement. Et j'ai eu l'occasion de la rencontrer plus tard dans des circonstances assez pénibles. Ils l'avaient choisie comme marraine du petit, né un an après leur mariage.

La fouille de leur chambre ne m'a livré aucun secret, sauf quelques détails de leur intimité sans grande importance, mais amusants à savoir. Par exemple, ils partaient sans faire leur lit, laissant la chambre en désordre. J'ai trouvé les boîtes de pilules contraceptives dans le tiroir de la table de nuit. En face, la chambre d'Auguste ressemblait à n'importe quelle chambre d'enfant. Bourrée de jouets et de DVD. Bref, sans aucun intérêt pour moi. J'ai régulièrement fouillé la poubelle, sous l'évier. Je me suis imposé cette règle, même s'il n'est pas agréable de plonger la main dans les ordures des autres. Je n'y ai jamais rien trouvé d'important, mais ce travail rebutant m'a permis de m'imprégner encore plus de leur vie. De leurs petits secrets. À la fin, je les connaissais presque aussi bien que moi-même !

J'ai aussi visité la cave. J'ai espéré y trouver des éléments plus convaincants. Des souvenirs cachés de son passé. Une arme, peut-être ? Mais Garambois n'y a rangé que des outils, plusieurs valises et trois caisses de vin. Uniquement du bordeaux. Château-Lagravière. À en croire la comptabilité de Garambois, elles avaient été achetées deux ans plus tôt chez un négociant bordelais du nom de Deltil.

Je suis ensuite revenu à l'appartement, deux ou trois fois par semaine. Et tous les jours pendant leur semaine de vacances en Bretagne en novembre. J'avoue que j'ai pris plaisir à me glisser ainsi dans leur existence. Je suis toujours arrivé tôt le matin. J'ai suivi leurs mouvements depuis la cour et j'ai attendu qu'ils sortent, toujours un peu après 8 heures. Tout se passait selon un scénario immuable : ils s'embrassaient dans la rue avant de se séparer. Elle partait sur la droite avec le petit qu'elle déposait à la crèche. Lui attendait qu'ils disparaissent au coin de la rue avant de se diriger vers le métro. Les jours où il sortait seul, j'en déduisais que le petit était malade et que Myriam était restée à ses côtés. Ces jours-là, je me contentais de le suivre en métro jusqu'à la Défense. La ligne 1 est tellement bondée qu'il est facile d'y passer inaperçu. Parfois, je me suis approché si près de lui que j'aurais pu lui faire les poches.

Je reconnais que j'ai parfois joué un peu avec le feu, prenant quelques risques inutiles. Je l'ai aussi suivi à la mi-journée quand il s'est rendu à des rendez-vous beaucoup plus secrets, mais, je vous le promets, nous aurons bientôt l'occasion d'en reparler. Pour le reste, il n'a jamais dérogé à ses habitudes : il quittait son travail vers 19 heures et il rentrait directement chez lui où il était sûr de retrouver sa famille, et c'est ce bonheur affiché que j'ai eu de plus en plus de mal à supporter.

Par sécurité, j'attendais encore une demi-heure avant de monter à l'appartement. Je le fouillais à nouveau dans ses moindres recoins, plus par jeu ou par habitude car je savais que Garambois avait effacé toute trace de son passé. Parfois je venais tard le soir et je me contentais d'observer leurs fenêtres éclairées depuis la cour. Puis je rentrais chez moi.

Au bout de plusieurs semaines, j'ai tout su d'eux et j'ai dû me rendre à l'évidence que Garambois avait bien manœuvré pour que rien ne laisse soupçonner que cette vie ordinaire cachait une autre vérité. Que derrière cette façade banale se dissimulait un criminel. Mais au lieu de me décevoir, cela n'a fait qu'attiser davantage mon envie d'en finir. J'ai appris peu de chose sur son passé, mais j'en suis arrivé à une seule conclusion : cet homme était vraiment très fort. Comment avait-il procédé ?

Après toutes ces semaines dans son sillage, je ne suis pas parvenu à répondre à cette question et il m'est apparu évident que je n'en apprendrais pas davantage. Il était temps de « changer de braquet », comme on dit. Je crois aussi que j'ai fini par me lasser de lui. Mais surtout, je n'ai pas eu envie de le voir profiter plus longtemps de la nouvelle vie qu'il s'était construite en toute impunité. Il était temps qu'il paye. Je n'avais pas envie qu'il fête Noël et la fin d'année avec sa femme et son gosse. J'ai donc décidé qu'il était temps que je goûte enfin à ma revanche : le démasquer, l'écouter me raconter sa vérité et, ensuite seulement, le livrer à la police.

Nous étions à la mi-décembre, le 20 précisément.

Ce soir encore, messieurs, chers collègues, quand je repense à ce jour-là, je ne m'explique toujours pas pourquoi j'ai voulu passer chez eux. J'étais fatigué, je n'avais pas le moral et il faisait un temps de chien, froid et humide.

Réveillé à 6 heures, réfugié bien au chaud sous la couverture, j'ai traîné dans mon lit plus longtemps que d'habitude, le chat lové contre moi. J'avais décidé d'agir le soir même et c'est en caressant mon chat que j'ai échafaudé mon plan. Un plan très simple : il rentrait toujours vers 19 h 30. Je l'intercepterais au moment où il rentrerait dans son immeuble. Sous la menace de mon arme, je le conduirais chez moi et il faudrait qu'il réponde à mes questions. Ensuite, je l'abandonnerais au commissariat du coin et j'en aurais fini avec toute cette histoire.

Il m'aurait suffi de patienter jusqu'au soir. Alors pourquoi ai-je voulu y aller ce matin du 20 décembre ? Peut-être parce que j'avais besoin de me plonger dans leur intimité. Besoin d'en jouir seul une dernière fois avant que l'histoire ne m'échappe.

La veille au soir, j'étais resté un long moment dans la cour à les observer, attendant que leurs lumières s'éteignent. J'étais rentré chez moi en me demandant s'ils avaient fait l'amour avant de s'endormir. J'aurais dû me contenter de l'ultime image de la façade dans la nuit, mais il a fallu que je revienne, incapable de résister au besoin impérieux de me rendre sur place.

Malgré mon impatience, je me suis obligé, comme chaque fois que je quittais mon logement, à laisser les indices habituels afin de savoir si je recevrais de la visite pendant mon absence. Puis je me suis appliqué à *les* semer avant de récupérer ma Ford garée dans un parking souterrain de la place de la République. Pour ne pas laisser de trace, j'ai toujours payé en liquide. Car j'étais certain qu'*ils* suivaient les mouvements de ma carte de crédit. Même ce jour-là, il n'était pas question que je baisse ma garde. Exceptionnellement, j'aurais pu y aller en transport en commun, mais j'avais pris l'habitude de me rendre sur place en voiture et je n'ai pas voulu déroger à cette règle. Cette voiture était mon refuge lorsque je décidais de passer la journée sur place.

Ce matin-là, malheureusement, je suis arrivé plus tard que d'habitude, vers 8 heures et quart, à cause d'un camion de livraison qui bloquait la rue du Château-d'Eau. J'ai abandonné ma voiture sur une place réservée aux handicapés et j'ai terminé à pied. En nage. Mais il était déjà trop tard pour que je les aperçoive quitter leur appartement. J'aurais aimé les voir s'embrasser et donner l'image de leur couple si parfait avant de partir chacun de leur côté.

Avant que leur monde ne s'écroule.

Comme je n'avais encore rien avalé, j'ai pris un café et une tartine beurrée au comptoir du bar en face de chez eux. J'ai encore patienté sur le trottoir en fumant une cigarette. Déjà la troisième de la matinée. Dans le couloir, j'ai croisé un homme qui sortait promener un chien. L'animal a reniflé mes souliers avec une surprenante insistance et l'homme a tiré sur la laisse pour l'éloigner. Il ne s'est même pas excusé. Je suis monté rapidement. Avant de pénétrer dans l'appartement, j'ai écouté à travers la porte. Aucun bruit n'a filtré. Pour plus de sécurité, j'ai sonné, prêt à filer si j'entendais des pas approcher.

Je l'ai découverte dès que j'ai refermé la porte. Myriam était assise sur une chaise paillée de la cuisine. Sa tête reposait, comme abandonnée sur la table. La flaque de sang s'était confondue avec la couleur rouge de la table. Je me suis approché et je l'ai redressée en tirant sur sa chevelure brune imbibée de sang. Elle avait la gorge tranchée. À ses pieds s'étalait une large tache de sang déjà coagulé.

Je me suis dirigé vers la chambre, certain déjà de ce que j'allais y trouver. Le petit semblait endormi. Au pied du lit était posé le coussin qui avait servi à l'étouffer.

J'aurais pu fuir, mais je ne me suis pas affolé. En fouillant la chambre, j'ai pu vérifier que des vêtements d'homme avaient disparu du placard. Je le savais car j'en connaissais le contenu pour l'avoir inspecté maintes et maintes fois. J'ai emporté l'ordinateur afin de mettre les secrets de Garambois hors de portée des enquêteurs. J'ai refermé la porte d'entrée à double tour et j'ai quitté l'immeuble sans hâte. Avant de partir, je me suis appliqué à effacer les empreintes que j'aurais pu laisser malgré mes précautions.

Une fois dans la rue, je me suis mis à courir. Arrivé à ma voiture, j'ai allumé le gyrophare et j'ai foncé aussi vite que possible en direction de Bagneux.

Sur la tombe de la famille Desplat, on avait déposé un bouquet de roses blanches. J'avais raté Garambois de quelques minutes.

Puis, devant la tombe, j'ai pensé à la mère et à son petit assassinés, réalisant que si j'avais dénoncé Garambois plus tôt, Myriam et le petit Auguste seraient toujours en vie. Mes amis, je me le reprocherai toute ma vie.

Mais cela m'a donné la force de continuer, de ne pas lâcher Garambois.

J'ai pris le bouquet de roses et je l'ai jeté dans une poubelle.

En prononçant ces paroles devant l'assistance, je saisis, et je suis le seul, toute l'intensité du regard de Ferracci. Comme s'il était effrayé par ce que je venais de raconter.

10

Le souvenir du corps martyrisé de Myriam, ce sang, cette souffrance, s'empare de moi. Images insupportables et douloureuses. Je tremble si fort que je parviens à peine à me contrôler. Il faut que Tramont me prenne vigoureusement par les épaules pour que je finisse par me calmer. Il ne sait rien dire d'autre que : « Ça va mieux, commissaire ? » Rabatel, jamais très loin, me tend un verre d'eau.

« Merci, Sylvie. Ça va aller, j'en ai vu d'autres, les gars ! »

J'ajoute dans un souffle :

« Ces images, cette femme, ce petit... Jamais je n'oublierai. »

Rabatel me donne une tape affectueuse dans le dos. J'apprécie...

Je me suis assis sur une chaise en plastique blanc, une cigarette allumée aux lèvres. Le cendrier à mes pieds est rempli de mégots fumés jusqu'au filtre. Tout ce temps, j'ai fumé sans m'arrêter, cigarette sur cigarette, sans même m'en rendre compte.

Les derniers mots de mon récit les ont glacés. Ils sont comme tétanisés par l'horreur que je viens de leur raconter. Ils m'observent, attentifs et intrigués. Aucun n'a quitté la salle pendant mon long monologue. Ferracci, lui aussi, est toujours là. Il s'est rapproché. Au premier rang, sur ma gauche. Dubosc, son chien fidèle, est à ses côtés. J'ai vu Dubosc quitter les lieux tout à l'heure sur un ordre de son maître. Il est revenu. Quelques regards se portent sur le patron de la PJ. Puis, c'est l'ensemble de l'assistance qui se tourne dans sa direction. Ils guettent une expression sur son visage. Les gars ont compris qu'il est en difficulté. Qu'il ne va pas sortir indemne de cette nuit. Aussi, ils voudraient l'entendre réagir. Ou, pour le moins, lire dans ses yeux quelque chose qui le trahisse. Et pourquoi pas de la crainte ? Car je l'ai mis à mal, le superflic, celui qui a fait et défait tant de carrières. Celui qui a fait trembler plusieurs des types qui sont là ce soir et qui, grâce à moi, prennent eux aussi une sorte de revanche. Mais Ferracci ne montre rien. Il reste impassible. Il n'a même plus ce petit sourire en coin qui m'avait tant agacé tout à l'heure.

Nous faisons bloc contre lui. Cette unité me bouleverse.

Nous ne regardons que Ferracci, mais il semble ne pas y prêter attention. Nous le voyons à nouveau glisser quelques mots à l'oreille de Dubosc. Il parle si doucement, la main devant la bouche, que personne ne parvient à saisir ce qu'il vient de lui souffler. Dubosc se contente d'écouter, approuvant d'un simple hochement de la tête. Puis il se lève, passe à quelques centimètres de moi, soutient mon regard et sort à nouveau de la pièce.

Il est temps que je rompe le silence général, que je reprenne la main sur ma soirée. Je plaisante :

« Il est 3 heures et demie du matin, les mecs, si certains veulent partir, je ne leur en voudrai pas ! »

Puis j'ajoute, peut-être parce que je ne veux pas qu'ils s'en aillent :

« Mais ceux qui partiront maintenant vont le regretter. Cette histoire est loin d'être terminée. »

Nous surveillons Ferracci du coin de l'œil. Il ne bronche pas. Toujours la même attitude. Après ce que je viens de révéler, il devrait commencer à paniquer. Mais il s'obstine à ne rien laisser paraître.

Une voix s'élève :

« Je n'ai pas sommeil, Langelier ! Personne n'ira dormir tant que tu n'auras pas fini ton histoire. Crois-moi, on a envie de savoir si tu l'as chopé, ce fumier. »

C'est Crosson qui vient de parler. Il est assis au troisième rang, perdu au milieu des autres. Bertrand Crosson (ça date !) faisait partie de ma brigade en 1999. Je me souviens qu'il pouvait passer des nuits à planquer sans se plaindre. C'est un flic comme on les aime dans la police. Un mec avec des couilles, toujours partant, prêt à tout.

« Tu me ressembles, Bertrand, je lui avais dit un jour, tu n'as pas su grenouiller !

– Au moins, les types comme nous peuvent se regarder dans la glace le matin », m'avait-il répondu.

Il est aujourd'hui à la retraite du côté de Royan. Il est veuf depuis deux ans et il a répété à tout le monde, moi le premier, qu'il regrette « le bon temps », qu'il « se fait chier comme jamais ». Il nous a tous bassinés avec son petit bateau et ses journées à la pêche à rabâcher que la retraite, ce n'était pas fait pour les flics.

« Arrête de lui saper le moral », ont tenté de plaisanter les gars dans l'espoir qu'il la ferme. Mais ça ne l'a pas arrêté : « La retraite, c'est de la merde. »

On l'aime bien, Crosson, mais, à force, il a fini par gaver tout le monde avec ses histoires de pêche au bar de trois livres. Et ils l'ont laissé se bourrer la gueule, seul dans son coin. Ce n'est pas cette image-là que nos gars veulent avoir de leur retraite !

Je l'aperçois, avachi sur sa chaise blanche, un verre de rouge à la main. Il a enlevé ses chaussures. Ce n'est pas beau à voir un flic à la retraite.

« Bertrand, tu veux savoir si j'ai retrouvé Garambois ?

– Évidemment, commissaire !

– Oui, Bertrand, je l'ai retrouvé ! Cela n'a pas été sans mal, vous vous en doutez, mais j'y suis arrivé ! »

Dans une sorte de réflexe, ils se sont tous tournés en direction de Ferracci. Mais, cette fois encore, il n'a pas réagi. Toujours impassible, en dépit des regards hostiles que mes compagnons ne dissimulent plus.

Tous, et moi encore plus, savent que son heure va venir. À les regarder les uns après les autres, je sens qu'ils sont impatients de voir tomber un grand flic. Quitte à y passer la nuit.

Crosson s'est endormi, son verre vide posé à ses pieds.

Tant pis pour lui, les autres attendent la suite.

11

Ce jour-là, le 20 décembre 2008, je n'ai pas prévenu la police. Ils découvriraient les deux cadavres bien assez tôt.

Surtout, je voulais mettre la main sur Garambois avant eux.

J'avais un petit espoir : qu'il repasse chez lui avant de disparaître à nouveau. Ainsi, j'ai abandonné mon appartement et j'ai planqué devant son immeuble. Jour et nuit. En dépit du froid qui m'a obligé à laisser tourner le moteur de ma voiture. J'y ai dormi, réfugié dans un sac de couchage. Je me suis réveillé toutes les deux heures et je suis allé dans la cour pour vérifier si la lumière était allumée.

Je me suis aussi risqué à retourner dans l'appartement à trois reprises après avoir pris la précaution élémentaire de passer des gants. Je suis monté de nuit afin d'éviter les voisins. Chaque fois, je suis resté quelques instants auprès des corps de Myriam et d'Auguste Garrigue, sans les toucher, éclairant leurs visages morts à la lampe torche. Je leur ai promis que je retrouverais leur assassin. Une nuit, je me suis allongé sur le lit. Je me suis même endormi. Pas longtemps, à peine une heure. Je me suis appliqué à bien refaire le lit et à effacer toute trace. Et avant de redescendre, je suis allé voir les deux corps une dernière fois.

Pourquoi suis-je monté ? Pour vérifier que Garambois ne s'était pas glissé dans l'appartement pendant les rares moments où il a fallu que je quitte ma planque ou pendant que je me suis assoupi, vaincu par la fatigue.

J'ai éteint le chauffage pour que les corps ne se décomposent pas trop vite. L'appartement est devenu glacial, mais, malgré cette précaution, l'odeur est restée insoutenable. Tôt ou tard, elle finirait par attirer l'attention des voisins. Dans la nuit de Noël, elle était si puissante que je n'ai pu rester que quelques minutes, le temps de m'assurer que le sang sous le corps de Myriam n'avait pas traversé les joints du carrelage.

Pendant toutes ces journées, je me suis dit que Garambois allait revenir. Une idée stupide. Par chance, personne ne s'est étonné de ma présence. Les gens devaient être trop pris par les fêtes de fin d'année pour s'intéresser à un pauvre type qui dort dans sa voiture. Je suis resté cinq jours, fumant cigarette sur cigarette, me nourrissant de sandwichs et pissant dans une bouteille dont je vidais le contenu dans le caniveau.

Les corps ont été découverts le matin de Noël. J'ai tout suivi depuis ma planque en buvant du café à même la thermos que j'avais remplie au bar du coin la veille au soir. Une voiture de police est arrivée un peu avant 10 heures. J'ai appris plus tard qu'ils avaient été alertés par les parents de Myriam, inquiets de ne pas voir leur fille et sa famille qui devaient venir dîner la veille. La voiture s'est garée en double file juste devant moi et deux hommes en uniforme en sont sortis. L'un d'eux est entré dans l'immeuble. Quelques minutes plus tard, il s'est précipité sur le trottoir, et, le visage défait, a rejoint son collègue et s'est s'appuyé contre sa voiture. J'ai alors compris que les corps avaient été découverts et que ma surveillance allait se terminer. Plutôt que de partir, ce qui aurait été plus sage, je suis resté toute la journée pour le plaisir, très égoïste, je l'avoue, de les voir s'agiter. J'ai noté sur mon carnet toutes les allées et venues, et je ne suis parti qu'en fin d'après-midi quand les deux corps ont été emmenés en ambulance à l'institut médico-légal du quai de la Rapée.

Je me suis mêlé à la petite foule des curieux et des journalistes, et les deux sacs noirs sont passés si près de moi que j'aurais pu les toucher. J'ai espéré jusqu'à la dernière minute que Garambois allait revenir, profitant de l'extrême confusion qui régnait dans la rue. Mais je ne l'ai pas vu.

J'ai croisé le regard de l'homme au chien et je pense qu'il m'a reconnu. J'ai reculé quand il s'est approché de moi. Il était temps que je parte. Je n'avais pas envie que ce type donne mon signalement aux flics. Mais alors que j'allais monter dans ma bagnole, j'ai aperçu Ferracci, accompagné de son cher Dubosc. Ils sont descendus d'une grosse berline grise aux vitres teintées. La voiture des pontes. Ils ont franchi le rideau de curieux d'un pas vif sans prêter attention aux journalistes qui ont reconnu le « grand flic» et ont lancé leurs questions dans le vide. J'ai eu envie de rester encore un peu. J'aurais tant voulu voir sa tête au moment où il sortirait. Mais le vieux a continué à me regarder et la prudence l'a emporté. Je suis parti.

Lorsque je suis enfin rentré chez moi, j'ai d'abord vérifié que personne n'était venu. Puis j'ai pris une longue douche, sans doute la meilleure de ma vie. Je me suis rasé, j'ai mis tous mes vêtements, y compris mon imperméable, dans le lave-linge. Ils sentaient la mort.

Ensuite, j'ai nourri le chat qui n'avait pas cessé de miauler depuis mon arrivée. Bien plus tard, il m'a rejoint dans la chambre et il s'est lové contre mon ventre, me réchauffant. Je me suis surpris à le caresser. Il a ronronné de plaisir. Puis, enfin, je me suis endormi, plongeant dans un sommeil apaisant comme je n'en avais pas connu depuis longtemps.

Un long coup de sonnette m'a réveillé. Il était 9 heures passées. J'avais presque fait le tour du cadran. Je n'en suis pas revenu : il y avait si longtemps que je n'avais pas autant dormi. Si longtemps que je ne m'étais pas senti, au matin, aussi calme et reposé.

Il y a eu un second coup de sonnette encore plus appuyé. Je me suis levé, curieux de savoir qui venait me déranger. J'ai rejoint la porte d'entrée dans l'obscurité, sans allumer les lumières. J'ai senti le chat se frotter contre mes jambes.

Par l'œilleton, j'ai découvert Ferracci. Je l'ai observé. Mal rasé, la mine défaite, il avait dû passer une sale nuit. Après les événements de la veille, sa présence ne m'étonnait pas. Mais je ne l'attendais pas si tôt.

D'abord, je ne me suis pas manifesté et j'ai continué à l'observer. Je n'étais pas pressé... En revanche, son impatience était palpable. J'ai hésité : lui ouvrir ou pas. Mais je me suis bien amusé à le voir soupirer, s'agiter. Il portait un long manteau noir avec, autour du cou, une écharpe rouge. C'est incroyable comme cet homme s'est toujours soucié de son apparence. C'est vrai qu'à côté de lui je ne fais pas le poids, avec mon allure et mes manières de flic de base.

Je m'interroge un instant, puis je prends les autres à témoin. Je désigne Ferracci, raide sur sa chaise en plastique, et je lance :

« Mais moi, au moins, je peux me regarder dans la glace... »

Cette fois encore, il est venu seul. Son bras s'est tendu en direction de la sonnette qui a retenti pour la troisième fois. Il a fixé l'œilleton avec intensité. Pas comme s'il cherchait à voir si j'étais derrière. Il avait déjà compris que j'étais là en train de l'observer. Il n'a pas cherché non plus à m'impressionner, à affronter mon regard. Ses yeux m'ont simplement demandé d'ouvrir. Cela a duré plusieurs secondes, puis je l'ai entendu dire d'une voix doucereuse, cette voix qui m'a si souvent berné par le passé :

« Je sais que tu es là, Hervé. »

D'abord, je n'ai pas répondu. Mais il a insisté :

« Il faut que je te parle. Ouvre-moi. C'est important. »

J'ai continué à garder le silence. Il a poursuivi :

« Hervé, s'il te plaît. »

C'était sa dernière tentative, je l'ai senti au ton de sa voix. Avant de renoncer, il m'a lancé : « Dommage. Il fallait que je te voie. »

Il était déjà engagé dans l'escalier quand j'ai entrouvert ma porte. Je suis sorti sur le palier, laissant la porte entrebâillée derrière moi. Pas question qu'il pénètre dans mon refuge. Mais j'étais curieux de l'entendre m'expliquer les raisons de son passage. Si c'était encore pour me faire la morale, je saurais lui claquer la gueule, sinon cela pouvait être intéressant. Je crois qu'il était là pour les assassinats de la rue de Lancry. Je lui ai demandé ce qu'il faisait là.

Le chat s'est aventuré sur le palier, mais, à la vue de Ferracci, la pauvre bête s'est enfuie dans l'escalier. Il s'est étonné de voir un chat sortir de chez moi. Il a plaisanté : « Il est comme toi, pas très sociable ! »

Je n'ai pas réagi. J'aurais dû répliquer que ce chat savait reconnaître les ordures et qu'il les fuyait. Mais à quoi bon ? Je n'avais plus envie de jouer avec lui. J'ai réalisé que désormais un océan nous séparait. Un océan d'incompréhension, bien sûr, mais aussi un océan de haine. Cela m'a sauté au visage à l'instant où il s'est retourné. Jamais, plus jamais, nous ne nous retrouverions. Je lui ai à nouveau demandé pourquoi il était venu me déranger si tôt le matin. Il a répondu : « Je voudrais te parler. »

Je lui ai dit de ne pas s'inquiéter pour moi. Que si c'était pour me souhaiter un bon Noël, c'était trop tard et pour une bonne année, trop tôt. Cela ne l'a pas fait sourire. Ensuite, je l'ai assuré que je prendrais bien mon poste à Meudon début janvier, comme convenu.

J'ai toujours aimé jouer avec ses nerfs. Il a conservé son calme et a murmuré sur un ton amical : « Ne fais pas l'imbécile avec moi, Hervé. »

J'ai continué : « Je ne vois pas. »

Je savais parfaitement pourquoi il était là.

Il a posé sa main sur mon épaule avec une telle autorité que je ne suis pas parvenu, comme souvent avec lui, à me dégager.

« Si, Hervé, tu vois très bien. »

Il a continué sans me laisser le temps de réagir :

« Hier matin, une femme a été trouvée la gorge tranchée dans un appartement du 10e arrondissement de Paris. Elle a été assassinée dans sa cuisine. Son fils, un gamin de 2 ans et demi, est mort, lui aussi. Il a été étouffé dans son sommeil. Ils ont été tués il y a plusieurs jours déjà et figure-toi que le père, un certain Étienne Garrigue, a disparu. C'est un homme sans histoire, bon mari, bon père de famille. Ça ne te dit rien ? »

Je lui ai répondu que la veille j'avais fêté Noël avec des amis et que cette nuit je dormais. Il a osé me dire que je n'avais plus d'amis ni de famille... et qu'à Noël j'étais seul.

Je lui ai alors lancé que j'aimais la solitude et que je n'avais besoin de personne. Et j'ai ajouté : « Tu ne l'as pas compris après tout ce temps ? »

Il n'a pas sourcillé et m'a dit que je me trompais : « Si tu as encore des amis, c'est dans la police que tu les trouveras. Moi, le premier. Quoi que tu penses de moi, je ne te laisserai pas tomber. »

Je ne sais pas ce qui m'a retenu de lui claquer la porte au nez, de lui cracher à la gueule tout le mépris qu'ils m'inspiraient, lui et toute sa clique de fumiers. Mais je me suis tu, autant par manque de force que par indifférence. Il a poursuivi :

« Ces assassinats ne te rappellent rien, commissaire Langelier ?

– Si. »

Il m'a pris le visage entre ses deux mains. Il a été si proche que j'ai senti son haleine. Il m'a presque supplié : « Qu'est-ce que tu me caches, Hervé ? Qu'est-ce que tu sais ? Dis-le-moi. S'il te plaît, dis-le-moi ! »

J'ai repoussé ses deux mains et j'ai reculé contre la porte. Nous nous sommes affrontés du regard quelques secondes avant que je réponde :

« Tu sais, Ferracci, si j'avais des choses à dire, ce n'est pas à toi que je les confierais. Mais j'ai un conseil à te donner, de flic à flic. Oui, ces crimes nous ramènent loin en arrière. J'espère seulement que cette fois tu ne te tromperas pas. »

Ferracci, il ne faut pas le chercher. Vous le connaissez, il perd vite son sang-froid. Comme le jour où il m'avait attendu dans l'escalier, il s'est énervé d'un coup. J'ai fait à peine attention aux conneries qu'il a déversées sur moi. Il a ajouté, et c'est la seule chose qui m'a laissé un peu perplexe :

« Tu n'as pas idée de tout ce que j'ai fait pour toi pendant toutes ces années. Je t'ai protégé, Hervé. Tu ne peux pas savoir à quel point. Maintenant, c'est terminé. Je te le dis les yeux dans les yeux : je t'aurai. Je t'aurai parce que je ne pourrai pas faire autrement. »

Jamais je n'aurais imaginé qu'il finisse en larmes. Pourtant, c'est la vérité, Ferracci a éclaté en sanglots. Mais, rassurez-vous, je ne me suis pas laissé avoir par son cinéma.

« Je n'ai jamais eu besoin de ton aide, Ferracci. Je me débrouille très bien tout seul, crois-moi. Je te l'ai dit, j'aime la solitude. Et maintenant tire-toi d'ici. Je ne veux plus voir ta tronche. »

Ses larmes ont cessé et il a ajouté, sans me regarder, comme s'il ne parlait qu'à lui seul :

« Quel gâchis.

– Oui, Ferracci, quel gâchis ! »

Il n'y avait rien d'autre à ajouter. Nous nous sommes compris.

Il a disparu dans l'escalier. J'ai crié : « Casse-toi, sale connard, barre-toi ! Je n'ai pas besoin de toi. »

Il a refermé bruyamment la porte d'en bas.

Je n'étais pas mécontent de l'avoir mis dans cet état.

Puis j'ai pris une cigarette que j'ai allumée sur le palier. Madame Rouard, la vieille du quatrième, et la gardienne allaient encore râler. Je les ai souvent entendues à travers la porte se plaindre des habitants de l'immeuble. Tout le monde y a droit. Mais s'il y a bien une chose qu'elles ne supportent pas, c'est les odeurs de tabac dans l'escalier. J'ai soufflé une belle et longue bouffée, puis une seconde, avant de rentrer chez moi, me demandant comment j'allais réussir à choper Garambois avant Ferracci.

J'ai entrouvert ma porte et je n'ai pas eu besoin d'appeler le chat pour le voir rappliquer et se précipiter à l'intérieur.

Il avait mérité son bol de lait.

J'ai vérifié que Ferracci était parti et suis descendu acheter les journaux en terminant ma cigarette.

12

Dès que je suis rentré, j'ai dégagé un nouveau pan de mur du salon pour Garambois. Le mur de droite était vierge, prêt à recevoir tout ce que j'allais rassembler sur l'assassin en fuite.

Après les avoir lus, relevé les erreurs et les invraisemblances – c'est fou la quantité de bêtises racontées dans les premiers jours –, j'ai découpé et épinglé tous les articles sur le double crime de la rue de Lancry. Il a fait la première page du *Parisien* sous le titre « Découverte macabre en plein Paris ». La photo montre la façade de l'immeuble et les deux corps transportés sur des civières dans un sac de nylon noir. La photo de Garambois, que le journal s'obstinait à appeler Garrigue, illustrait la page 4 avec cette légende : « Le père activement recherché. » *Le Parisien* laissait entendre qu'il était considéré par les enquêteurs « comme le principal suspect ». Il insistait sur le fait qu'il avait disparu sans laisser de trace. Comme à chaque fois, plusieurs voisins, « sous le choc », avaient accepté de témoigner. Ils ne comprenaient pas. Ils parlaient d'un « couple charmant », « sans histoire », « bien intégré dans la vie de l'immeuble », d'un « enfant adorable ». Bref, ce n'était que le ramassis d'idioties qu'on lit à chaque nouveau drame.

J'ai eu l'impression de relire les mêmes articles qu'en 2001. Eux aussi décrivaient des « couples charmants », « sans histoire », « des voisins bien intégrés, toujours prêts à rendre service, quoiqu'un peu discrets », etc. Mais aucun article n'a fait le rapprochement avec les événements de l'époque. Cela ne m'a pas étonné : il est bien connu que les journalistes ont la mémoire courte, et, surtout, l'affaire avait été classée avec la mort d'Eskenasi. Et puis comment auraient-ils pu faire le rapprochement avec Garambois après ses opérations de chirurgie esthétique ?

Le lendemain, l'affaire « Étienne Garrigue » a continué à faire la une de toute la presse. Garrigue n'était déjà plus « le principal témoin » mais « l'auteur probable de ce double crime » et, pour *Le Figaro*, « l'homme le plus recherché de France dont le signalement a été lancé dans tous les commissariats, les gendarmeries, aux aéroports et à tous les postes frontières ». Le même journal précisait : « Une source proche des enquêteurs indique que les policiers pensent que l'homme s'est suicidé. »

Moi, bien sûr, j'étais convaincu du contraire : Garambois était vivant. Comme en 2001, il se cachait quelque part et s'apprêtait à refaire sa vie. Il n'était pas homme à mettre fin à ses jours, sinon il l'aurait fait depuis longtemps.

Pendant toutes ces journées, je n'ai guère quitté mon appartement. Je ne suis sorti que pour acheter les journaux, des cigarettes et de quoi manger. À chaque fois, bien que je ne sois jamais parvenu à les repérer, j'ai senti la présence des hommes chargés par Ferracci de me coller au train. Qu'espéraient-ils ? Que je me dévoile et que je les conduise au tueur ? Je n'ai pas cherché à leur faire lâcher prise. J'allais les avoir sur les talons tant que leur patron leur en donnerait l'ordre. Mais j'ai éprouvé un certain plaisir à les voir perdre leur temps. J'ai imaginé la réaction agacée de Ferracci quand ils l'appelaient régulièrement pour lui dire :

« Rien à signaler. Il n'a pas quitté son appartement de la journée. »

Mais on ne discute pas les ordres du patron et c'est probablement en le maudissant qu'ils ont poursuivi leur surveillance inutile.

Je suis bien placé pour le savoir, planquer le soir du réveillon de la Saint-Sylvestre, il n'y a pas pire !

Pour ma part, j'ai eu de quoi m'occuper. J'ai passé mes journées à consigner par le détail tous les éléments relatifs aux dernières semaines, tous ces instants que j'ai vécus au plus près de Garambois. J'ai terminé de rédiger dans la matinée du 1er janvier plus d'une trentaine de pages très éclairantes sur sa personnalité. Durant toutes ces journées solitaires, je n'ai eu que lui en tête et j'en suis sorti avec l'absolue certitude que j'allais le retrouver tôt ou tard. Je me suis si bien imprégné de lui que j'ai refait surface, ce 1er janvier, avec le sentiment qu'il ne pouvait plus m'échapper. J'avais, que vous me croyiez ou non, trouvé sa faille. Le point faible qui me conduirait à lui : une femme, Nadia Montibert, la « meilleure amie » de Myriam, leur témoin de mariage, la marraine du petit Auguste.

Certain d'être suivi par deux jeunes flics qui m'ont abandonné à l'entrée du magasin, j'ai acheté deux bouteilles de champagne que j'ai bues presque entièrement dans l'après-midi en fumant mes Marlboro rouges. Après tout, c'était le nouvel an et je le méritais bien, non ?

Le soir même, mon téléphone a sonné. C'était Ferracci. Il m'a dit qu'il voulait vérifier que je n'avais pas oublié que le lendemain je devais prendre mon poste à Meudon. J'ai répondu sur le ton le plus amical possible : « À 8 heures pétantes, chef ! », me retenant de lui conseiller de relever sa surveillance.

Mais cet appel n'était qu'un prétexte. Il tenait à m'informer en personne que l'affaire du double homicide de la rue Lancry avait été résolue. Il m'a annoncé que le corps d'Étienne Garrigue avait été retrouvé.

J'ai feint de m'y intéresser, histoire de le foutre en boule : « Qui ça ? Étienne Garrigue ? Je ne vois pas. »

Ça marche à tous les coups avec Ferracci. Comme je l'avais prévu, il s'est encore énervé et m'a dit de ne pas me foutre de sa gueule et que je voyais très bien de quoi il parlait.

Je lui ai fait :

« Ah, oui ! L'affaire du 10e... La femme égorgée et son petit étouffé. Vous avez retrouvé le père ?

– Noyé dans la Seine. Il était coincé entre deux péniches du côté de Suresnes. Le corps commençait à se décomposer, mais il ne fait aucun doute que c'est lui. »

J'ai demandé si l'affaire était close.

« Terminée ! »

Il m'a semblé content de lui. Terminée ! Pour moi, elle était loin de l'être. J'ai gardé cette réflexion pour moi. J'ai abondé dans son sens : « C'est logique. Il a tué sa femme et son môme, et il s'est suicidé. »

Il m'a répondu que les choses s'étaient passées exactement comme cela. Puis il a ajouté :

« Hervé, je ne vois pas qui d'autre aurait pu faire le coup.

– C'est parfait. Vous allez pouvoir passer à autre chose maintenant. »

Il a répondu que ce n'étaient pas les affaires qui manquaient à la PJ, mais que celle-là au moins était résolue. Je lui ai alors demandé s'ils allaient enfin me lâcher.

Il a réagi du tac au tac : « Je ne te lâcherai jamais, Hervé. Je serai toujours là. Allez, salut ! »

Il a raccroché sans attendre ma réponse. Mais ses derniers mots m'ont laissé plus que perplexe. C'est difficile à expliquer, encore aujourd'hui je ne trouve pas les mots, mais j'ai senti dans ses paroles comme une menace. Un danger. Et surtout je me suis demandé pourquoi il m'avait menti. Pour quelles raisons avait-il cherché à dissimuler la vérité ?

J'ai vraiment eu besoin d'une cigarette. Je l'ai fumée en terminant la bouteille de champagne directement au goulot. Puis j'ai caché les nombreuses photos que j'avais prises dans l'appartement de Garambois. Myriam, la gorge tranchée, et le petit, endormi.

J'ai passé la fin de l'après-midi à nettoyer et à ranger mon appartement. Il en avait besoin. Je ne m'en étais pas beaucoup occupé ces derniers temps. Mais la saleté et la crasse m'ont sauté aux yeux. Il fallait que je m'en débarrasse. Je me suis mis au travail avec une sorte de rage obstinée. J'ai vidé la litière du chat, les cendriers, j'ai savonné les assiettes qui traînaient dans l'évier, lavé les vitres à l'alcool à brûler, passé l'aspirateur. J'ai laissé les fenêtres ouvertes en grand malgré le froid vif, espérant faire fuir l'odeur de l'animal et du tabac qui imprégnait tout. J'ai remplacé mes draps et j'ai répandu dans l'appartement le contenu d'un désodorisant à la lavande. Jamais sans doute, même à l'époque où j'étais marié, l'appartement n'avait été aussi propre. J'ai terminé un peu avant minuit. Puis j'ai pris une douche et je me suis rasé le crâne. J'ai repassé mes vêtements.

J'ai vécu cette fin de journée comme une renaissance. Comme si j'avais réalisé que l'année qui commençait serait capitale. Si décisive que je n'avais pas le droit de me laisser aller. Je ne voulais plus donner ce plaisir à mes ennemis.

Épuisé par tant d'efforts, je me suis glissé dans mon lit, rejoint par le chat noir dont les ronronnements réguliers m'ont aidé à trouver le sommeil. Je m'y suis enfoncé loin de Ferracci et de ses menaces à peine voilées. Il ne m'impressionnait pas. Au contraire, j'allais poursuivre mon enquête tranquillement. Il suffirait, pour cela, que je me montre docile pendant quelque temps. Mais je n'étais pas pressé, car si je ne savais pas encore où se cachait Garambois, je savais déjà comment le retrouver.

13

J'ai pris un café au bar de la Place, tout près du commissariat central de Meudon, une sorte de gros pavillon de banlieue derrière une grille noire. Je suis arrivé en avance, vers 7 heures. J'ai pu observer toutes les allées et venues des flics qui se mettaient en ordre de marche, entre ceux qui avaient fini leur nuit et ceux qui commençaient leur journée. Je voyais l'activité classique d'un commissariat d'une ville plutôt tranquille de la proche banlieue avec une petite délinquance ordinaire, quelques quartiers un peu chauds, mais sans plus, des plaintes par dizaines, des querelles de voisinage, des maisons à surveiller pendant les vacances, et, parfois, quand on a de la chance, une affaire qui défraie la chronique. Pour l'avoir vécu ailleurs, je connaissais tout cela par cœur.

Des policiers en tenue parlaient de moi au comptoir. Ils avaient terminé leur nuit, mais ils attendaient pour voir la gueule de leur nouveau patron. À les entendre, je n'avais guère bonne réputation. C'était même le contraire. Mais il est normal que les gars se renseignent sur leur futur chef et j'avais suffisamment de recul pour savoir que je n'arrivais pas avec le meilleur des CV. Je les ai entendus exprimer sans se cacher les doutes qu'ils avaient sur moi. Ici aussi le surnom de *bulot* m'avait précédé.

Mais je n'étais pas inquiet. Car je savais que j'étais un bon flic et que j'allais tout faire pour qu'ils s'en aperçoivent rapidement. Il se trouve que depuis plusieurs années, j'avais une autre priorité dans ma vie. Et cela, ils ne pouvaient pas le savoir. J'ai renoncé à une carrière bien notée, mais je ne le regrette pas.

En les écoutant, j'ai aussi appris que mon prédécesseur n'avait pas laissé un souvenir inoubliable. Quand l'un d'eux a affirmé qu'« ils risquaient de ne pas y gagner au change », j'aurais pu les interrompre pour les rassurer. Leur dire : « Je vais faire le job, les gars. Ne vous tracassez pas. »

Car j'avais bien l'intention de prendre mon travail au sérieux. Ferracci n'attendait qu'une chose : que je me plante. Mais j'ai choisi de les ignorer, préférant me concentrer sur la lecture des journaux du matin.

Ferracci, comme à son habitude, a bien bossé. Les journaux ont repris avec une belle unanimité la thèse qu'il m'avait servie la veille. Ils ont annoncé à la une la découverte du corps du meurtrier. Ils ont parlé d'acte insensé, de suicide. Déjà, des spécialistes, des psys, ont tenté d'expliquer son geste. Et, franchement, pour moi qui connaissais la vérité, il y avait de quoi rire. Mais à nouveau je n'ai pas pu m'empêcher de m'interroger sur ce que cherchait Ferracci.

J'ai consacré la matinée à faire le tour du commissariat, en compagnie de Briand, celui auquel je succédais. Tout était conforme à ce que j'attendais. Rien de bien excitant, en réalité. En saluant les collègues, les uns après les autres, je me suis demandé lequel était l'homme de Ferracci, celui qui serait chargé de renseigner mon adversaire sur mon travail et mes agissements. De celui-là il faudrait que je me méfie.

Ce fut facile. Une évidence. Je l'ai débusqué dès ce premier jour. C'était un jeune lieutenant du nom de Sylvie Rabatel.

À ce moment, j'ai résisté à l'envie de regarder Rabatel droit dans les yeux et de la prendre à partie devant ses collègues : « N'est-ce pas, Sylvie, que vous rendiez compte à Ferracci ? »

A-t-elle compris ma question muette ? Je suis sûr qu'elle a baissé les yeux de honte.

J'ai poursuivi mes confidences, face à une salle médusée, mais un rien dégoûtée. On n'aime pas les balances dans la police.

En la découvrant, jolie et souriante, assise derrière son bureau dans un préfabriqué érigé sur le côté du bâtiment central, je l'ai aussitôt repérée. Il y avait en elle quelque chose de différent, quelque chose qui me disait que ce serait elle la taupe de Ferracci. Elle a été la seule à fuir mon regard. J'ai tout de suite reconnu en elle une jeune femme futée, intelligente et ambitieuse : elle est de ces policiers qui ne se contentent pas d'une carrière dans un modeste commissariat comme celui de Meudon. En sortant du bureau, je me suis demandé si elle aussi couchait avec Ferracci. C'est bien son genre à ce type. Une femme d'autant plus dangereuse qu'elle était dévouée.

J'interromps un instant mon récit pour m'adresser à elle :
« Voilà ce que j'ai pensé sur l'instant, lieutenant, mais je vous demande de m'excuser. »

Pendant les trois premiers mois passés à Meudon, je ne lui ai pas donné l'occasion de me prendre en faute. Je me suis appliqué à faire tourner le commissariat. Avec un certain succès. Au point que les gars, réticents au début, ont fini, je crois, par m'apprécier. J'arrivais tôt et je partais tard. Je me suis rendu sur le terrain chaque fois que j'en ai eu l'occasion. Sans doute ont-ils noté que je fumais trop, mais qui n'a pas ses petits défauts ?

Pour le reste, je me suis contenté de continuer à découper dans la presse les articles de plus en plus rares sur le suicidé de Suresnes, l'homme qui, à les croire tous, avait été atteint d'un incompréhensible accès de folie, au point de massacrer sa famille et de se tuer ensuite. Il ne pouvait pas y avoir d'autre explication.

J'ai également appelé régulièrement mon ami Gégé au cimetière de Bagneux. Aucun bouquet de roses blanches n'avait été déposé. Je suis allé aussi au Père-Lachaise sur la tombe de Myriam Garrigue et de son petit à deux reprises ces dernières semaines. J'y ai trouvé un bouquet au milieu des gerbes fanées que personne n'avait enlevées. À part ces deux « écarts », passés inaperçus, je n'ai pris aucun risque qui aurait pu laisser penser que j'étais sorti du droit chemin...

Les murs du salon ont vite été recouverts de coupures de presse et des rares éléments que je suis parvenu à me procurer, dont le réquisitoire de non-lieu. Comme en 2001 avec la mort d'Eskenasi, l'instruction relative au double homicide de la rue de Lancry a été éteinte avec la mort de l'assassin. Le réquisitoire a conclu à la culpabilité d'Étienne Garrigue. Les douze pages sont signées du juge Peyrot. Comme par hasard, je n'ai pas pu obtenir son rapport d'autopsie. Il ne fait pas partie du dossier du non-lieu.

Il était temps que je reprenne mon vrai travail. Celui qui allait me conduire à Garambois. Car vous vous doutez bien qu'il n'avait pas quitté mon esprit un seul instant. Je tentais seulement de me faire oublier. Et peut-être avais-je réussi à faire croire à Ferracci que j'avais accepté mon sort.

Mes amis, j'étais assez sûr de moi pour attendre avant de me remettre à la tâche.

Un soir, en rentrant, ce devait être à la mi-février, je me suis aperçu que mon appartement avait encore été visité. Les pièges que j'ai continué à placer tous les matins avant de partir avaient sauté.

Ferracci était venu. J'en étais sûr.

Je l'ai noté sur l'une des dernières pages de mon petit carnet. Puis j'ai arraché le feuillet et je l'ai épinglé à côté de mon lit sous la photo de mon « vieux copain », le grand flic.

14

Le samedi 4 avril 2009, j'ai mis mon réveil à 6 heures, mais j'étais déjà réveillé quand il a sonné. Depuis plusieurs semaines déjà, je n'avais pas surpris de mouvements suspects sous mes fenêtres et j'en avais conclu que la surveillance de mon domicile avait été levée. Ferracci a beau avoir le bras long, il n'a pas pu la maintenir aussi longtemps sans de bonnes raisons. Cependant, j'ai pris les précautions habituelles pour m'éloigner de mon immeuble. La journée qui commençait était capitale et je ne pouvais pas me permettre de me montrer négligent. Bus, puis métro. Je ne suis descendu qu'à la dernière seconde, m'appliquant à brouiller les pistes, bien que les quais aient été déserts et les rames quasi vides. Je suis sorti à Mabillon, l'esprit tranquille.

Nadia Montibert habitait un deux pièces rue des Canettes. Au n° 22, troisième étage en face de l'ascenseur. D'elle, j'avais appris qu'elle était célibataire et vivait seule. Elle travaillait comme avocate associée dans un cabinet spécialisé dans le droit des affaires. Elle avait parlé au *Figaro* deux jours après le drame. Dans cette unique interview, durant laquelle, à en croire la journaliste qui l'avait rencontrée, elle avait beaucoup pleuré, elle avait répété qu'elle ne comprenait pas.

J'ai sorti la coupure de presse de la poche de ma veste et j'ai lu ce qu'écrivait la journaliste : « Elle ne peut pas croire à la culpabilité d'Étienne Garrigue. Elle décrit les Garrigue comme un couple sans histoire, un couple amoureux. »

Elle avait également déclaré : « Ils avaient plein de projets. Je les ai vus pour la dernière fois, deux jours avant le drame.

Nous avions passé, comme toujours, une soirée très agréable. Ils projetaient de déménager dans un appartement plus grand. Nous devions fêter ensemble le réveillon du nouvel an. C'est incompréhensible. »

L'interview se terminait par ces mots : « J'ai quitté une femme dévastée par la douleur. Il lui faudra beaucoup de temps avant de la surmonter. Mais y parviendra-t-elle un jour ? »

À cette heure matinale, la rue était déserte, presque silencieuse, les magasins et les restaurants encore fermés. J'ai attendu plus d'une demi-heure avant que quelqu'un ne sorte pour m'introduire dans l'immeuble. J'ai écrasé ma troisième cigarette et j'ai foncé avant que la porte se referme. J'ai pris l'escalier.

J'ai dû sonner deux fois, d'abord un coup bref, puis plus longuement, avant d'entendre Nadia approcher. À ma grande surprise, elle a ouvert sans demander qui c'était. Visiblement, elle venait de se réveiller. Elle ne portait qu'un long tee-shirt blanc. À vous, chers collègues, je peux bien avouer que j'ai été saisi par sa beauté en cette heure matinale. Elle était encore beaucoup plus belle que sur les photos que je m'étais procurées, rassemblées sur mon mur, plus belle encore que les jours où je l'ai suivie. En la découvrant, nue sous son tee-shirt, ses longs cheveux blonds cachant une poitrine généreuse, j'ai compris pourquoi Garambois s'envoyait en l'air avec elle. Je ne sais pas avec précision depuis combien de temps cela durait, mais ces deux-là se retrouvaient secrètement. Je n'avais pas tardé à m'en apercevoir lors de mes filatures à l'heure du déjeuner. Ils se voyaient chez elle deux à trois fois par semaine. Pourtant, malgré cette liaison, elle avait continué à fréquenter son amie. Je les ai suivies toutes les deux, courant les magasins le samedi après-midi, à la salle de sport, affichant leur complicité par de grands éclats de rire. Nadia jouait parfois les baby-sitters et passait des soirées entières avec eux. Parfois, ils la raccompagnaient jusqu'à la station de taxi et ils l'embrassaient chaleureusement avant de se quitter. Je l'ai tout de suite devinée sournoise, calculatrice. Une vraie salope. J'ai souffert pour cette pauvre Myriam. J'ai résisté à l'envie de mettre fin à ce manège désolant. Un appel anonyme aurait été si simple à passer... Si je l'avais fait, Myriam aurait quitté son mari, et elle et son gamin seraient peut-être en vie. Mais je n'ai pas voulu bousiller mon enquête et, après tout, c'étaient leurs affaires, pas les miennes. Cette Montibert a fini par m'écœurer presque autant que Garambois. Elle en savait forcément beaucoup et c'est pour cela que j'étais aussi serein après la disparition de son amant.

Je me suis montré suffisamment patient. Trois mois. Ce matin-là, je suis venu chercher ce qu'elle cachait. Ma détermination à lui faire cracher la vérité coûte que coûte était totale, quitte à employer la force. Repartir bredouille me paraissait impensable.

Je lui ai présenté ma carte et décliné « mon » identité :

« Commissaire divisionnaire Ferracci, de la PJ. »

J'ai pénétré dans l'appartement sans lui en demander la permission. Profitant au mieux de l'effet de surprise, j'ai refermé la porte. Elle n'a pas prononcé un seul mot. J'ai parlé le premier. Je lui ai déclaré que j'étais chargé de l'enquête sur le double assassinat de la rue de Lancry et que nous avions encore des points à éclaircir. Et j'ai ajouté : « Je crois que vous pouvez nous aider. C'est la raison de ma présence chez vous ce matin. »

L'effet de surprise n'a pas duré. Elle a repris ses esprits. Elle a fait face et elle s'est approchée de moi, menaçante, sûre d'elle : « Vous n'avez pas le droit de venir chez moi. »

Elle a à nouveau demandé mon identité. J'ai répliqué sans réfléchir :

« Ferracci, Jean-Louis Ferracci de la police judiciaire, madame.

– Mademoiselle, a-t-elle rectifié avec un brin de défi. Je suis avocate, vous le savez ? Et je connais mes droits. Ferracci, je le connais. Ce n'est pas vous ! »

Si elle avait voulu m'impressionner, c'était raté. Elle a menacé de me dénoncer à mes supérieurs si je ne partais pas sur-le-champ, mais il en aurait fallu davantage pour me faire reculer. Elle ne pouvait pas imaginer à quel point j'étais déterminé. Je lui ai lancé : « J'ai tous les droits, mademoiselle Montibert. Nadia Montibert, c'est bien ça ? »

J'ai bien insisté en disant « mademoiselle ».

Et je l'ai giflée si fort qu'elle a perdu l'équilibre et qu'elle est tombée sur la moquette. J'ai alors pris soin d'enfiler des gants de nylon et je l'ai aidée à se relever, mais, avant qu'elle puisse dire quoi que ce soit, je l'ai frappée violemment à l'estomac. Elle est à nouveau tombée à terre. J'ai relevé sa tête en la tirant par les cheveux et je lui ai dit d'un ton sans appel : « Maintenant tu vas tout me raconter, espèce de pute. »

J'étais résolu à aboutir, sûr de moi. Je me sentais capable de la tuer. Elle a longtemps résisté, mais elle a fini par me dire ce que je voulais savoir : l'endroit où se cachait Garambois. Puis elle s'est mise à pleurnicher et m'a supplié de m'en aller. C'est à peine si elle avait la force de parler. Un léger filet de sang s'échappait de sa bouche. Je l'ai essuyé avec un bout de chiffon avant de le lui enfoncer dans la bouche, de crainte que ses cris n'alertent les voisins. Je me suis assuré que les liens autour de ses poignets et de ses jambes tiendraient jusqu'à mon retour. Avant de sortir, j'ai effacé toute trace de mon passage.

Dans la rue, adossé à la façade de l'immeuble, j'ai écrit quelques mots dans mon carnet noir où ne subsistaient plus que trois feuilles vierges. Il était temps que tout cela se termine...

Je ne suis pas retourné à l'appartement pour la délivrer. Cela n'aurait servi à rien.

Vous le savez tous : le corps de Nadia Montibert a été retrouvé le soir même par nos collègues du 6e. Ils ont été prévenus par un appel des voisins du studio du dessous. Une tâche de sang s'était formée sur leur plafond. Ils ont sonné. Personne n'a répondu et ils ont téléphoné à la police. Les flics l'ont trouvée, ligotée dans le salon, baignant dans son sang, la gorge tranchée.

Pour moi, cela ne faisait aucun doute : Garambois l'avait exécutée comme ses autres victimes. Il ne lui avait même pas retiré le torchon que je lui avais fourré dans la bouche.

L'assassinat d'une jeune femme en plein Paris a remué la presse pendant quelques jours. Les journaux ont évoqué ses relations avec la famille Garambois. Je sais que la police a suivi cette piste, mais elle a été incapable de relier les deux affaires. Finalement, les journaux ont parlé du crime d'un rôdeur, de viol et de je ne sais quoi encore. La dernière fois que j'ai lu quelque chose sur elle, c'était en page 6 du *Parisien* ! Cette pauvre Nadia n'a même pas eu droit à la une...

Son assassin n'a jamais été retrouvé et le meurtre de cette femme est venu s'ajouter à la liste des affaires non résolues.

15

« Voilà, messieurs, mon travail est terminé. Tous les efforts que j'ai déployés depuis tant d'années ont abouti. J'ai retrouvé Garambois et je tiens son adresse à la disposition des enquêteurs. »

Je me tourne vers Ferracci : « Il est à toi maintenant, monsieur le divisionnaire. Je te le laisse. Ce soir, j'en ai fini avec tout ça. Cette fois, fais-moi plaisir, ne le loupe pas ! »

Impossible qu'il n'accuse pas le coup, mais il ne montre rien. Il paraît impassible, mais, moi qui le connais bien, je devine comme une ombre de tristesse dans son regard. Car il doit bien réaliser que je viens de ruiner sa carrière. Que sa défaite est patente et que, désormais, aux yeux de tous, Ferracci sera « le grand flic que Langelier, le sans-grade, le pestiféré, le bulot, a mis à terre ».

Je l'abandonne à son sort et je continue pour les autres.

« Je n'en tire aucune vanité, croyez-moi. J'ai donné une partie de ma vie pour résoudre cette histoire et vous savez, mes amis, tout ce que j'ai perdu, les sacrifices que je me suis imposés. Maintenant, alors que vous avez eu la patience de m'écouter aussi longtemps, et je vous en remercie, sachez que je n'éprouve que du soulagement. Un peu de fierté aussi d'y être parvenu tout seul. J'ai eu des moments difficiles, très durs. La solitude m'a souvent été insupportable. Mais au bout du compte, je crois que cela en valait la peine. Je me dis que j'ai fait mon travail de flic et j'en suis fier. »

Je suis au bord des larmes en prononçant ces derniers mots et je ne peux contenir mon émotion quand soudain ces hommes se lèvent, m'applaudissent et me prennent dans leurs bras. Je pleure et je me dis que je n'ai pas fait cela pour rien. C'est tout juste s'ils ne me portent pas en triomphe !

J'ai tant rêvé de cet instant.

Seuls Ferracci et Dubosc n'ont pas bougé. Ils restent assis. Ils parlent ensemble sans se soucier de l'euphorie générale, des bouchons de champagne qui sautent à nouveau. Il est plus de 4 heures du matin et une sorte d'hystérie incontrôlable s'est emparée de l'assemblée. Ce que je leur offre n'a pas de prix, c'est la victoire des petits, des flics de base, de ceux qui se tapent le sale boulot, et même, pour certains, des humiliés. Et peu importe si Ferracci semble s'en moquer.

Je le vois se lever. Il n'a pas besoin de réclamer le silence. Il s'impose de lui-même, car les hommes attendent de voir comment il va réagir. Ils se disent qu'il va faire son mea-culpa, même si ce n'est pas son genre au patron de la PJ. Il les ignore et il s'adresse à moi. À moi seul.

« Dis-nous où est ce Garambois, Hervé. Qu'on aille le cueillir. »

Et il ajoute :

« Tu nous accompagnes ?

– Pourquoi pas...

– Maintenant ? »

Je pourrais tout arrêter là. Mais je veux encore savourer ma victoire.

« Un peu de patience, commissaire. Je n'ai pas encore terminé mon histoire. Asseyez-vous, les amis, je n'en ai plus pour très longtemps.

– Comme tu veux, c'est toi le patron, maintenant, réplique Ferracci en retrouvant son siège à côté de Dubosc, étrangement calme lui aussi. Profites-en, tant qu'il en est encore temps. »

Personne ne relève ces derniers mots, tant ils paraissent déplacés. Indécents presque, en un moment pareil. Ils n'y voient que l'ultime sursaut d'une bête vaincue tandis que, moi, je les ressens comme un avertissement. Pourtant, qu'est-ce que j'ai à craindre de lui désormais ? Rien.

Etcheverry, un commandant de Meudon qui a travaillé sous mes ordres, s'approche de moi. Au cours de ces derniers mois, il n'a cessé de me demander d'intervenir pour qu'il soit muté dans son pays, du côté de Saint-Jean-de-Luz. Nul doute qu'il surestimait mon pouvoir !

« La dernière pour la route ! » me dit-il en me tendant une cigarette allumée.

Tout le monde sourit en regagnant sagement sa place. Mais, pour la première fois de la soirée, je sens que mes auditeurs ont hâte que j'en finisse.

Avec les informations que venait de me livrer Nadia Montibert, je suppose que n'importe lequel d'entre vous se serait précipité à l'adresse de Garambois. Mais la matinée avait été éprouvante et j'ai ressenti le besoin de rentrer chez moi.

J'ai d'abord écrit en détail le compte rendu de mon entrevue avec la maîtresse de Garambois. Je n'ai rien voulu omettre ni même les coups que j'ai été obligé de lui donner pour arriver à mes fins. Je l'ai laissée en piteux état. Mais je ne l'ai pas regretté : elle avait mérité ce châtiment. Elle avait couché avec celui qu'elle s'était entêtée à appeler Étienne Garrigue jusqu'à la fin de notre entretien. Elle avait même osé me soutenir qu'il n'aimait plus sa femme. Pour elle, c'était aussi simple que cela.

« J'étais la femme de sa vie. Celle avec laquelle il allait tout recommencer. Même son gosse ne comptait plus tellement, il m'aimait. Il m'avait promis de les quitter et il me demandait de patienter un peu. Je l'ai cru. »

Elle avait continué à jouer le jeu de « la meilleure amie » pour être près de lui.

« Je l'aimais autant qu'il m'aimait. Et nous avons souvent bien ri de la naïveté de cette pauvre Myriam. Qu'est-ce qu'elle était stupide ! »

Si un jour vous lisez le compte rendu que j'ai écrit sur son interrogatoire, vous trouverez ces lignes :

« En l'entendant parler ainsi de la défunte Myriam Garrigue, je n'ai pas pu retenir mes coups. Le cynisme de sa trahison m'a mis hors de moi et je l'ai frappée au visage. Mon poing a touché son oreille si violemment qu'elle a perdu connaissance. J'ai dû attendre plusieurs minutes avant qu'elle reprenne ses esprits et que je puisse poursuivre. »

En toute franchise, je sais que je n'ai pas agi selon les codes de notre métier. Mais elle méritait une bonne correction, non ? Je me proposais de la délivrer plus tard, mais, dans l'immédiat, j'ai voulu qu'elle reste ainsi ma prisonnière. Longtemps, elle a maintenu la thèse du suicide. Elle a même eu le toupet de se plaindre de son sort :

« J'ai tout perdu, jusqu'à l'homme de ma vie. »

Elle a encore trouvé la force, ou plutôt l'arrogance, de le pleurer. Elle a eu l'audace de me dire qu'elle avait la preuve de son suicide. Une lettre qui disait :

« Je n'ai pas voulu leur mort. Maintenant, il m'est impossible de continuer à vivre. Je ne pourrai pas t'imposer ma douleur et ce fardeau trop lourd pour moi. Pardonne-moi. Je t'aime. »

Je lui ai demandé où était la lettre. Entre deux sanglots, elle a répondu qu'elle ne l'avait pas gardée, que c'était trop douloureux et qu'elle l'avait brûlée.

Bien sûr, je ne l'ai pas crue. J'ai insisté : « En avez-vous parlé aux enquêteurs ? »

Elle a répondu oui et a ajouté d'une voix de petite fille prise en défaut : « Je suis désolée, monsieur le commissaire. »

Elle se foutait vraiment de ma gueule. Comment avait-elle pu imaginer que je goberais sa version ? Elle et son amant avaient bien préparé leur coup ! Garambois se cachait quelque part avec la complicité de cette femme, sa maîtresse... Elle devait me révéler où il était. Elle a poussé le cynisme jusqu'à pleurer à chaudes larmes en murmurant : « Étienne... Étienne... »

Quand elle a réalisé que je ne croyais pas un mot de son histoire, elle a encore tenté de m'attendrir.

« Il faut que vous découvriez l'assassin, monsieur le commissaire. S'il vous plaît. »

Ma parole, elle me prenait pour un con ! Alors j'ai mis mon arme sur sa tempe et j'ai hurlé : « Tu vas tout me raconter. »

Elle a compris que j'étais sérieux et, terrifiée, elle a enfin avoué. À ma question : « Le dénommé Étienne Garrigue est-il passé chez toi dans la nuit du 19 décembre ? », elle a répondu « oui ». « Oui » encore, quand je lui ai demandé s'il l'avait mise dans la confidence. Et elle l'avait revu à de nombreuses reprises. « Oui » enfin à la question : « L'aides-tu dans sa fuite ? »

Il m'a été facile ensuite d'obtenir l'adresse de sa cachette. Avant de la laisser, j'ai voulu qu'elle apprenne ce que je savais d'Édouard Garambois. Je lui ai raconté dans le moindre détail mon interminable enquête commencée en 2001. Tout au long de mon récit, confrontée à la vérité, elle n'a cessé de me regarder avec un mélange d'incompréhension, de stupéfaction et surtout de peur.

Enfin, je l'ai prévenue :

« Tu seras la prochaine sur sa liste, crois-moi. Garambois ne te ratera pas. »

Je ne sais pas si elle m'a entendu, car elle a de nouveau perdu connaissance. Avec mon portable, j'ai pris une dizaine de clichés d'elle et de l'appartement.

Je l'ai sortie de son évanouissement en versant un verre d'eau sur son visage. Après l'avoir attachée et bâillonnée, j'ai pris son visage et je l'ai tourné en direction de la porte d'entrée. J'ai voulu qu'elle me regarde partir avant de sombrer. Je lui ai dit qu'elle ne m'était plus d'aucune utilité et que je reviendrais bientôt la délivrer.

En refermant la porte, je lui ai lancé : « Bonne journée, mademoiselle. »

Sur le palier, j'ai retiré mes gants couverts de son sang.

Mais, tandis que je regagnais le métro en grillant une cigarette, je ne pouvais pas savoir que Garambois lui trancherait la gorge avant.

16

Comme je vous l'ai dit, je ne me suis pas rendu à l'adresse que m'avait révélée Nadia Montibert. Je suis rentré chez moi. J'avais un travail prioritaire à effectuer: mettre par écrit les événements de la matinée.

Je vois leur étonnement. Il est facile à deviner dans leurs regards éberlués. N'importe lequel d'entre eux se serait précipité chez Garambois. Ne serait-ce que pour vérifier que Montibert m'avait dit la vérité. Moi, non. J'ai choisi de prendre mon temps. Je savais qu'elle ne m'avait pas menti. J'étais à la fois tranquille, sûr de moi, serein comme jamais et surtout soulagé. J'avais le temps. Je suis aussi un policier scrupuleux. Quand on mène une enquête de cette ampleur, il ne faut rien laisser au hasard. J'avais un travail prioritaire qui m'a pris une bonne partie de la journée. Ils ne peuvent pas me comprendre, ils n'ont pas passé des années sur ce dossier comme je l'ai fait. Je continue sans prêter plus d'attention que cela à leur étonnement.

Une fois la rédaction du compte rendu (onze pages) achevée et relue avec application, j'ai tiré les photos de Nadia prises dans l'appartement et je les ai cachées dans mon armoire. Je ne voulais pas que Ferracci les découvre, il avait largement de quoi faire avec les documents épinglés sur les murs. Je suis alors ressorti, l'esprit en paix. Il était 18h30 et l'obscurité, mêlée à une rafraîchissante pluie fine, avait déjà envahi les rues.

J'ai appliqué les précautions habituelles et j'ai pris la direction de Levallois, au 5 de la rue du Maréchal-Lyautey. C'est là que se cachait l'homme que je traquais. Cette fois, j'étais décidé à le livrer à la police. Plus j'ai approché, plus j'ai senti qu'il fallait que tout cela s'achève enfin. Mais avant il était important qu'il me raconte son histoire. Toute son histoire.

Le 5 de la rue du Maréchal-Lyautey est un immeuble récent d'une dizaine d'étages. J'ai suivi les indications de Nadia : le studio où s'est réfugié Garambois est au sixième étage sur rue. Une porte anonyme, sans nom sur la sonnette, à droite en sortant de l'ascenseur. De l'appartement m'est seulement parvenu le bruit d'une télévision allumée. L'homme, à l'intérieur, a toussoté. Il était seul, sans aucun doute.

Je voulais le surprendre.

J'ai vérifié que mon arme, glissée à ma ceinture, était chargée et j'allais sonner quand une voix, derrière moi, m'a surpris.

« Vous cherchez quelqu'un, monsieur ? »

Je n'ai pas entendu arriver l'ascenseur. Une femme d'une cinquantaine d'années m'a fait face, un sac Monoprix dans chaque main. Je n'ai pas perdu mon sang-froid et j'ai demandé si c'était bien là qu'habitait monsieur Ferracci.

Elle a réfléchi un instant puis, agitant la tête avec une moue désolée, elle a dit :

« Ferracci... Je ne connais pas. Non, je ne vois pas. »

Elle voulait vraiment m'aider.

Elle m'a conseillé d'aller voir la gardienne. Je l'ai remerciée et j'ai repris l'ascenseur. J'ai attendu quelques secondes, le temps de la voir disparaître dans le logement voisin.

J'ai passé une partie de la nuit sur le trottoir à observer les fenêtres allumées de Garambois et je ne suis parti que lorsque les lumières se sont éteintes. Rassuré, je l'ai aperçu aller et venir à plusieurs reprises. Nadia ne m'avait pas menti. Malgré la barbe épaisse et la paire de lunettes derrière laquelle il croyait se cacher, c'était bien lui. Je l'aurais reconnu entre mille.

L'intervention inattendue de cette femme m'avait obligé à remettre à plus tard ma visite à Garambois. Pourtant, je n'éprouvais aucun agacement. Aucune impatience ni colère. Cela peut sembler étrange, mais je me sentais parfaitement serein. Certes, tandis que, indifférent à la pluie, je me suis éloigné à la recherche d'un taxi, j'avais hâte d'être au lendemain et d'en finir, mais c'était plus fort que moi : j'avais pris goût à cette surveillance. Et je l'ai laissé vivre.

Ces dernières années, ce salaud s'est cru à l'abri. Pourtant, je n'ai jamais été bien loin. Je lui ai accordé un sursis dont, je l'avoue, j'ai bien profité.

Il m'appartenait et il ne pourrait plus m'échapper.

Souvent, et ce soir encore, je me suis demandé pourquoi je l'ai laissé vivre librement. Pourquoi j'ai préféré rester dans son sillage, plutôt que, comme je me l'étais souvent promis, forcer sa porte, arracher ses aveux et le livrer à la police. En fait, je crois que je l'ai préféré ainsi, à ma disposition. Pendant des mois, sa survie, son sort a dépendu de moi seul. Il était mon prisonnier, un prisonnier en liberté surveillée !

Je vois bien leurs interrogations. Je n'y répondrai pas. Je ne peux pas leur dire à quel point se sentir le maître du destin d'un homme est jouissif. Ils me prendraient pour un malade. Or, je ne suis pas malade. C'était mon enquête, n'est-ce pas ? Et j'avais réussi ! J'avais bien le droit de la poursuivre à ma guise sans rendre de compte à personne. Où étaient-ils quand je me débattais seul ? Lequel m'a aidé ? Aucun. Qu'ils gardent leurs questions, je continue.

Assurer la surveillance de Garambois a été très facile : il n'a pas déménagé de son studio de Levallois, reconstruisant sous mes yeux une existence ordinaire dont j'ai noté scrupuleusement chaque instant (sur le mur à droite dans le salon). Quelques conquêtes féminines dont j'ai consigné les noms et les adresses par le détail (sur le mur à droite de la fenêtre du salon), un nouveau travail comme responsable du fret dans une entreprise de transport basée à Courbevoie, ce qui lui permettait de se rendre au boulot à pied. J'ai pu me procurer sa fiche de paie : son salaire net mensuel est de 2846 euros. Je l'ai laissé partir en vacances pendant une semaine en avril dernier dans un club à Zarzis en Tunisie avec une dénommée Sophie Hollinger, 38 ans, divorcée, mère d'une adolescente de 14 ans, Arielle. Elle est pharmacienne de profession. Je me suis rendu à deux reprises dans l'officine de l'avenue du Roule à Neuilly pour des vitamines et de l'aspirine. C'est, à en juger par l'impression rapide qu'elle m'a laissée, une petite femme autoritaire, au corps mince et tonique. Elle fait tous les matins son jogging dans le bois de Boulogne et fréquente deux fois par semaine la piscine de Neuilly (j'ai eu l'occasion de faire quelques brasses à ses côtés, mais elle m'a distancé facilement). Elle n'est pas très belle (trop musclée à mon goût). Garambois m'avait habitué à mieux ! Il n'avait pas dû faire beau pendant leurs vacances car ils n'étaient pas revenus très bronzés de leur voyage. J'étais à Orly, à l'arrivée de l'avion. J'avais attendu à la sortie des passagers et ils étaient passés à quelques centimètres de moi. Je les avais observés tandis qu'ils se séparaient dans le hall après un rapide baiser qui ne laissait rien augurer de bon. De fait, ils avaient rompu peu après. Peut-être a-t-elle échappé à la mort elle aussi. Allez savoir, avec un type comme lui. En tout cas, pendant cette période, ce fut la plus longue liaison de Garambois. Elle a commencé fin mai 2009 et s'est terminée onze mois plus tard. Le souvenir de l'assassinat de Nadia Montibert n'a pas semblé le perturber.

J'ai oublié de préciser qu'il avait coupé sa barbe en septembre de l'année passée, preuve qu'il se sentait à l'abri. Il n'a jamais soupçonné ma présence. Je lui ai consacré mes soirées, mes week-ends, mes vacances. Mais tu auras beau chercher, Ferracci, tu ne pourras rien me reprocher. J'ai fait plus que mon boulot à Meudon. J'ai obtenu de bons résultats et tu as même eu le culot de me faire part de ta satisfaction dans une note écrite datée du 24 octobre 2009. Tu penses bien que je l'ai conservée et elle est accrochée sur ma porte d'entrée. Je la vois chaque fois que je sors !

J'émerge à nouveau lentement et j'annonce en balayant l'assemblée muette du regard :

« J'ai fini. Garambois est à vous maintenant. »

J'ajoute, un brin triomphant :

« J'oublie un dernier détail : désormais, il vit sous l'identité de Gilles Mallet, né le 25 août 1970 à Nantes. Célibataire sans enfants. »

Puis je répète, fixant Ferracci :

« Il est à toi, commissaire. »

Ferracci est debout. Il demande :

« Tu nous accompagnes ? »

Une seconde, j'ai envie de répondre par l'affirmative. Je me ravise :

« Non. Je vous le laisse. Ses aveux sont à toi et à ta bande. Mon travail est fini. Je te rappelle que je suis à la retraite maintenant ! »

Je ne peux m'empêcher de conclure par ces mots : « Je me contenterai de lire les journaux. »

Tous pensent que Ferracci va partir. Ils attendent encore un peu, certains que la dispersion est toute proche. Ils se disent qu'il va enfin s'occuper de Garambois, comme il aurait dû le faire il y a dix ans. Ils l'ignorent presque. Ils s'approchent de moi, me serrent la main, me félicitent. Une euphorie difficile à décrire s'empare d'eux. Elle est encore plus puissante que tout à l'heure. Baratier me dit :

« Putain, j'ai jamais vu un flic comme toi ! »

Il marque un instant de réflexion, puis il ajoute :

« Mais, dis-moi, pourquoi tu ne l'as pas serré toi-même ? »

La question ne me surprend pas. Mieux : je m'y attendais. Je réponds à la cantonade, pour lui et tous les autres :

« Parce que j'ai réalisé que je n'avais plus rien à apprendre de lui. Je ne sais pas comment vous l'expliquer, mais j'en avais fini avec lui. J'ai réussi mon enquête et vous connaissez les difficultés que j'ai rencontrées. Je n'en demande pas plus désormais : qu'il paie pour ce qu'il a fait. »

Les hommes hochent la tête, beaucoup m'approuvent. Il y en a un qui s'étonne à voix haute :

« Tu ne vas pas leur laisser ce fumier, Hervé ! Pas maintenant ! Pas après tout ce que tu as fait ! »

Je me tourne vers celui qui m'a interpellé, c'est Bertin. Il a manifestement bien profité du buffet. Je lui réponds avec un petit sourire complice aux lèvres et en prenant les autres à témoin :

« Je suis à la retraite maintenant ! »

Puis je désigne Ferracci : « Il faut bien qu'il bosse maintenant ! »

Je m'attends à des éclats de rire. Je ne vois que des regards hostiles, presque haineux contre le patron de la PJ. Mais ils l'oublient vite. Ils s'approchent de moi. Je n'entends que des bravos, des félicitations et même « merci ».

Ce sont des claques dans le dos, des poignées de main, des embrassades. Ils font corps avec moi et je ne résiste pas à leurs effusions. J'en pleurerais presque...

Ferracci lève la main comme pour attirer l'attention de l'assemblée. Et il s'exclame dans le brouhaha général :

« Ce n'est pas terminé, les gars ! »

Je dois être le seul à l'entendre, car, sur le moment, personne n'y prête attention. Ce n'est qu'un grand flic qui tente de sauver la face et il leur ferait presque pitié s'il ne s'était pas autant acharné sur moi. Et cela, je sens bien qu'ils ne lui pardonneront jamais. Beaucoup plus encore que d'avoir bâclé son enquête. Quant à moi, je ne parviens pas à réaliser que je tiens enfin ma revanche. Je suis épuisé et je n'ai qu'une hâte : que tout cela soit terminé. Rentrer chez moi, arracher ce qui recouvre mes murs, tout jeter et dormir. La nuit sera belle.

Mais Ferracci insiste. Sa voix est si puissante qu'elle finit par briser l'euphorie :

« Assieds-toi, Hervé. C'est à mon tour de parler. »

Il a imposé le silence. Je trouve un siège et les autres m'imitent, regagnant leur place, curieux de savoir ce qu'il peut bien avoir à annoncer, alors que tout a été dit.

« Il est bientôt 5 heures, lance Mathieu Nice, un gars que j'avais perdu de vue depuis Boulogne-Billancourt.

– La nuit n'est pas finie, messieurs », intervient Ferracci.

Il enchaîne après un instant d'hésitation comme s'il était désolé : « Malheureusement. »

Tandis que les gars attendent patiemment qu'il commence, je crois être le seul à avoir entendu sonner ce mot comme un avertissement. Je sombre dans une douce euphorie tandis qu'il poursuit son discours, calme, déterminé. Je le reconnais bien là.

Désolé, messieurs, ce ne sera plus long maintenant. Mais je dois tout reprendre à zéro. Revenir dix ans plus tôt.

En 2001, à la direction de la police nationale, dans tous les commissariats du département jusqu'au ministère, la mort d'Eskenasi a été vécue comme un énorme soulagement autant que comme la fin d'une histoire. Ce n'est pas à vous que je vais l'apprendre : nous, les flics, nous aimons terminer une affaire et passer à une autre. Mais celle-là nous avait pourri la vie durant des mois. Et je ne vous parle pas de la pression que nous mettaient la hiérarchie et la presse. Aussi, tous les éléments que nous avions rassemblés sur Eskenasi et qui démontraient sa culpabilité avaient suffi à notre bonheur. Ceux qui ont connu cette époque ne me contrediront pas : nous en avions vraiment bavé et, ensuite, comme la série de crimes s'était arrêtée, cela avait suffi à nous convaincre que nous ne nous étions pas trompés. Il y avait eu beaucoup trop de victimes, trop d'erreurs commises. Mais, je le répète, nous étions surtout soulagés.

Affaire classée. Il n'y en a qu'un qui a continué à nous faire chier : Langelier avec sa théorie à la con.

Bon, je ne vais pas revenir là-dessus. Il ne voulait pas lâcher. Putain, qu'est-ce que tu as pu nous pourrir la vie, Hervé !

Il rabâchait que nous avions tort, que seule sa théorie tenait la route. Je me souviens qu'il prenait un gars à part et il tentait de le convaincre qu'il fallait reprendre l'enquête. Qu'Eskenasi était innocent. Qu'il était au mauvais endroit au mauvais moment.

Même quand il ne disait rien, on le sentait obsédé par sa version des faits. Ça finissait par devenir insupportable. Bref, Langelier a empoisonné la vie de tout le monde. Et pourtant, plus nous le voyions s'entêter, plus il nous faisait de la peine. Ce n'est qu'après que notre attitude a changé envers lui.

Car, je te le dis, Hervé, les gars t'aimaient bien et nous ne comprenions pas pourquoi tu t'obstinais de la sorte. « Pathétique », c'était le mot qui revenait le plus souvent quand nous parlions de lui.

On aurait tellement voulu qu'il passe à autre chose. Personne n'a vu, ou voulu voir dans cette obstination, dans ces silences, la schizophrénie qui s'était emparée de lui. Nous ne pouvions imaginer qu'un collègue, un flic qui travaillait à nos côtés, soit fou. Vraiment fou. Nous pensions seulement qu'il était perdu et que tout s'effacerait avec le temps. Quelle erreur j'ai faite. Et si c'était la seule !

Ce soir, j'en reconnais quelques-uns parmi vous qui ont essayé à l'époque de lui faire entendre raison. Moi le premier, j'ai voulu l'aider. Il était en train de flinguer sa carrière. Elle était déjà mal barrée. Son dossier professionnel porterait à jamais les traces de son erreur. Et traîner ses erreurs pendant toute sa vie de flic est une punition déjà bien suffisante. Mais il a eu l'air de s'en foutre.

Pourtant, il fallait qu'il se reprenne sinon il était mort.

Voilà ce que nous avons essayé de lui faire comprendre pendant des mois. Il n'a rien voulu entendre. Les semaines ont passé, mais il n'a pas changé d'avis. Pire: il donnait déjà l'impression qu'il n'y avait que cela qui comptait: nous démontrer qu'il détenait la vérité. Combien de fois l'ai-je entendu dire que nous étions nuls? Il fallait qu'on en ait de l'estime pour lui, pour accepter ça. J'en connais plus d'un qui lui aurait foutu son poing dans la gueule. Il ne s'en rendait pas compte, le commissaire Langelier, mais il emmerdait tout le monde.

À l'époque, nous avions notre explication: si ce con s'entêtait, c'était parce qu'il refusait d'admettre ses responsabilités. Car elles étaient énormes. Personne n'a osé le lui dire en face, mais tout le monde le pensait: Langelier s'était planté et il était responsable de tout ce fiasco. Personne non plus ne lui a dit que sans ses absurdes certitudes des vies auraient été sauvées.

Ta chance, Hervé, c'est de nous avoir eus près de toi. Car par amitié, ou plutôt par respect pour toi – nous en avions encore –, nous t'avons épargné.

Épargné... Comment Ferracci peut-il dire cela? Il se tait un instant, cherchant l'approbation dans les yeux de ceux qui ont vécu cette époque. Puis il reprend son discours en me fixant du regard. Je le soutiens. Jamais je ne baisserai les yeux devant lui.

J'ai mis du temps à m'en apercevoir, mais tu nous as bien baladés. En fait, tu t'es foutu de notre gueule. Et, moi le premier, nous nous sommes laissé avoir. Tu nous as bien baisés. Bravo, tu as manœuvré comme un chef, commissaire!

Au fil des mois, tu as continué à camper sur tes certitudes. Tu t'es comporté avec tant de morgue que cela est devenu invivable.

Un flic, Hervé, tu peux le prendre pour un con une fois, c'est un maximum. Mais à la longue, tu t'en feras un ennemi. C'est ce qui s'est passé. Petit à petit, tu as perdu tes appuis. Même les plus fidèles ont fini par te lâcher. Certains parmi ceux qui sont ici m'ont réclamé ta tête à l'époque. Vous n'en pouviez plus, hein, les gars? C'est comme ça que tu t'es retrouvé à la sous-préfecture de Boulogne, Hervé. Mais tu étais déjà si arrogant que tu n'as pas songé à me remercier.

Personne ne le sait ici, même et surtout pas toi, mais j'ai défendu ta peau. Au risque d'y laisser la mienne. Mais que veux-tu, je sais que tu ne me croiras pas, j'ai toujours eu de l'affection pour toi. Si tu as pu faire le beau, ce soir encore, c'est grâce, ou plutôt à cause de moi. Mais il y a une chose que je dois te dire devant tous ceux qui sont présents ici : en te protégeant, j'ai fait la plus grosse erreur de ma carrière. De ma vie. J'ai fermé les yeux, et je t'ai laissé poursuivre ton enquête et croire à tes illusions. J'ai fait pire : je t'ai suivi pas à pas, j'ai dirigé ta carrière, je t'ai fait nommer là où je l'ai voulu. J'ai cru que j'étais maître de ton destin et que tu ne m'échapperais pas. Je me suis bien trompé. Depuis le début, c'est toi qui as mené le jeu. Je le sais aujourd'hui, mais il m'a fallu du temps avant de m'en rendre compte.

Si j'ai des excuses, et il faudra bien m'en trouver, messieurs, c'est de n'avoir jamais pu imaginer que la quête désespérée du commissaire Langelier ait pu le mener aussi loin. Et puis, surtout, j'avais fait une promesse à Stéphanie. C'est idiot, puéril peut-être, mais j'ai tout fait pour la tenir.

Stéphanie est venue chez moi un samedi matin. C'était début 2003, quelques semaines seulement avant qu'elle ne décide de s'éloigner de toi. Steph, tu t'en souviens, je l'espère, c'est ta femme, la mère de tes deux filles et de ton fils ! En t'écoutant tout à l'heure, j'ai eu l'impression que tu avais oublié jusqu'à leur existence. Sache qu'ils vivent toujours du côté de Bordeaux. Pour le reste, tu auras bien le temps de l'apprendre. Mais sache surtout que, malgré le mal que tu lui as fait, il ne se passe pas un jour sans qu'elle pense à toi. Souvent avec dépit, parfois avec de la colère, de la pitié, mais aussi avec de l'amour. Il sera bon que tu t'en souviennes quand nous en aurons terminé. Je crois qu'elle ne t'abandonnera jamais. Suis mon conseil, le jour où elle te le demandera, laisse-la revenir à toi. Tu en auras besoin.

Pourquoi Ferracci s'interrompt-il soudain, en plein récit, pendant quelques secondes ? Il a l'air ému. Cela ne lui ressemble pas, l'émotion... Il se reprend. Je le préfère comme ça.

Je ne m'attendais pas à la voir. Elle est arrivée à l'improviste, sans s'être annoncée. Ces dernières années, depuis le jour où elle m'avait supplié de retirer l'enquête à Langelier, nous nous parlions régulièrement au téléphone. Ses appels n'avaient qu'un but : que je lui donne des nouvelles de son mari et s'assurer que je continuais à le protéger. Elle n'a jamais voulu qu'on se rencontre. « C'est inutile, me disait-elle. Veille sur lui. »

Voilà pourquoi j'ai été si surpris de la voir devant ma porte. Je me suis dit que la situation devait être grave pour qu'elle vienne chez moi.

Je n'en reviens pas. Ce que je viens d'apprendre me bouleverse. Ainsi, Steph m'a trahi. C'est à cause d'elle qu'on m'a enlevé l'enquête. Dans mon dos, elle a continué à avoir des relations avec mon pire ennemi. Je me dis que j'ai bien fait de me séparer d'elle. Avec Steph, complice de Ferracci en train de comploter dans mon dos, je ne serais arrivé à rien.

Elle était à bout de forces. Je ne l'avais jamais vue aussi désespérée que ce matin-là. Je n'ai pas eu à lui demander ce qui se passait. Je l'ai aussitôt compris à ses yeux rougis, aux larmes qu'elle n'a pas pu retenir. Il fallait qu'elle soit au plus mal pour venir me voir. J'ai immédiatement retrouvé l'acuité de son regard, sa farouche détermination. Mais l'immense tristesse et la peur qui se lisaient sur son visage m'ont bouleversé.

À peine arrivée, elle a voulu repartir, comme si elle venait de réaliser qu'elle avait fait une erreur en venant chez moi. Je l'ai presque forcée à s'asseoir dans le salon et je lui ai préparé un café qu'elle a bu d'un trait. Elle a fait mine de se lever. Mais cette fois sans grande conviction :

« Il vaut mieux que je m'en aille, Jean-Louis, a-t-elle dit. Je n'aurais pas dû venir. »

Je n'ai pas eu besoin de la retenir beaucoup, elle était venue pour se confier.

Elle m'a regardé, reconnaissante, et elle m'a avoué que Langelier voulait qu'elle et ses enfants quittent l'appartement. Je l'ai suppliée de tout me raconter. Alors elle a craqué : « Nous n'existons plus pour lui, Jean-Louis. Il n'a que cette affaire en tête. J'ai bien essayé de le raisonner. Parfois, il m'écoute encore. Alors il laisse tomber, il nous revient. Il s'excuse même. Et nous vivons à nouveau comme avant. Mais ça ne dure pas. Son affaire, sa "mission" comme il dit, s'empare de lui. Il s'éloigne, se réfugie dans son monde et nous le perdons à nouveau. Alors il n'y a plus que cette série d'assassinats qui compte pour lui. Quand j'essaie de le raisonner, il répond que je ne peux pas comprendre. Il dit que je ne pense qu'à moi. »

Ce que Stéphanie m'a raconté ensuite, c'était l'enfer, Hervé. Un enfer au quotidien, sans répit, angoissant. Voilà ce que tu as fait endurer aux tiens pendant deux ans. Je ne sais même pas si tu en as conscience. Après l'avoir écoutée, je lui ai conseillé de s'éloigner de toi, le temps que tu reprennes tes esprits, Hervé. J'ai voulu lui redonner de l'espoir en l'assurant que, quand tu te retrouverais seul, tu leur demanderais de revenir.

J'ai insisté : « Hervé a besoin de toi et des enfants. Sans vous, il sera vite perdu. »

J'aurais voulu la convaincre, mais elle a répondu, à bout d'arguments : « Non, c'est fini. Hervé ne veut plus de nous. Et c'est pour toujours. »

Elle avait abandonné tout espoir et j'ai réalisé, à cet instant, qu'elle avait raison : son couple, sa famille étaient morts.

Son récit terrifiant m'a bouleversé. Je l'ai prise dans mes bras et je l'ai sentie s'abandonner contre moi. Je crois même qu'à mon tour j'ai pleuré. Quelques larmes. Mais je ne sais toujours pas si j'ai craqué à cause de toi ou pour le calvaire que tu leur faisais vivre, à elle et à tes gosses. Ou en souvenir du temps où tu me l'as prise. Nous n'en serions pas là si elle ne t'avait pas choisi. Je te le dis, Hervé, devant tous ceux qui sont réunis ici, je n'ai jamais autant souffert que ce jour-là. Je n'ai rien à cacher.

Quelle morgue ! Il est tombé bien bas, le divisionnaire. Je sens qu'il ne va rien nous épargner de ses états d'âme foireux.

Longtemps, nous sommes restés l'un contre l'autre. J'aurais pu l'embrasser. J'ai senti qu'elle avait besoin d'affection. Mais il était trop tard. Alors j'ai pris son visage entre mes mains et je me suis contenté de lui demander quels étaient ses projets.

Elle m'a répondu : « Partir. Je ne vois pas d'autre solution. J'ai tout tenté, mais maintenant il faut que je m'éloigne. Pas pour moi, c'est déjà trop tard, il m'a détruite, mais il faut que je sauve nos enfants. »

Elle a mis fin à notre étreinte et elle a reculé jusqu'à l'entrée.

« Ne le laisse pas tomber, Jean-Louis, m'a-t-elle supplié, en plantant ses yeux dans les miens, moi, je n'en ai plus la force. Promets-moi de ne pas l'abandonner.

– Je te le promets.

– Merci, Jean-Louis. Il en aura besoin. »

Je me souviens des derniers instants passés avec elle comme si c'était hier. Je la vois encore appuyée à la porte d'entrée. Je n'avais que quelques pas à faire pour la rejoindre. Mais je ne l'ai pas retenue et elle est sortie, oubliant de refermer la porte. J'ai résisté à l'envie de la rattraper et de la prendre à nouveau dans mes bras. Mais je n'ai pas osé ou plutôt je n'ai pas voulu. Était-ce au nom de notre vieille amitié ? Par respect pour toi, Hervé ? Non, en toute franchise, je ne le crois pas. Toujours est-il que je l'ai laissée partir. Et, souvent, quand je repense à ces instants, je le regrette. Autrefois, tu le sais, je l'avais aimée. Plus que tu ne l'imagines. Mais c'est toi qu'elle avait choisi. Il m'est même arrivé de te détester pour ça.

Voilà, je ne vous ai rien caché, jusqu'aux plus secrets de mes sentiments.

À ce jour, je ne l'ai jamais revue. Nous nous téléphonons parfois. Elle ne parle que de toi. Alors je lui ai dit la vérité, elle sait en détail ce que tu as fait de ta vie. Je ne lui ai rien caché. Elle devrait te détester, t'effacer à jamais. J'ai encore tenté de l'en convaincre, mais elle refuse de t'abandonner.

J'ai compris pourquoi elle était venue me voir ce matin-là : elle pensait que j'étais le dernier à pouvoir te sauver. Elle, elle ne savait plus. Quant à moi, depuis ce samedi matin, j'ai tenu ma promesse : je ne t'ai pas lâché. J'ai lutté pour toi autant que j'ai pu. Ce soir, je t'ai patiemment écouté et j'ai réalisé que tu m'avais emporté dans ta folie.

17

Le désarroi, mêlé de pitié, que je devine dans les mots de Ferracci me dégoûte. Je n'en veux pas. Surtout pas maintenant. Je reprends la parole :

« Continue, qu'on en finisse ! »

Le divisionnaire Ferracci prend la salle à témoin :

« Oui, Hervé, répond-il, il faut en finir. »

Sa voix est puissante, assurée. Mais derrière cette détermination affichée, je perçois qu'il va puiser ses forces au plus profond de lui-même pour se lancer.

D'abord, messieurs, je voudrais préciser un point. Contrairement à ce que Langelier nous a affirmé ce soir, je n'ai jamais ordonné à aucun de mes hommes de l'espionner. Quant aux cheveux qu'il collait, ils devaient tomber tout seuls. Et si la porte de sa cuisine s'ouvrait davantage, il faut en accuser son chat, pas mes hommes ! Les planques, les voitures banalisées, les filatures, les fouilles de son appartement pendant son absence, tout cela, c'est le fruit de ses fantasmes, de sa paranoïa. S'il avait eu un brin de raison, il l'aurait vite compris.

Je pense qu'il a imaginé cette fausse surveillance pour la seule satisfaction de se croire maudit.

Il s'adresse à moi d'un air mi-désolé, mi-amusé :

Si, un jour, quelqu'un est entré chez toi, Hervé, c'est moi, mais bien des années plus tard. Avant, je me suis contenté de te garder pour moi seul. Je suis resté dans ton ombre, avec une présence permanente que tu n'as jamais soupçonnée. Je te le répète, et je le dis devant tous, pendant toutes ces années il n'y a eu que moi. Moi, encore moi.

Je pourrais raconter ta vie avec autant de précision que tu viens de le faire. Pendant toutes ces années je t'ai vu avancer avec une telle détermination que certains jours je me suis demandé si tu n'avais pas raison. Tu as cru que j'avais tout fait pour te brimer, t'écarter, quitte à te sanctionner. Tu as tout faux. Au contraire, dès l'instant où j'ai compris que tu poursuivais seul « ton » enquête, je t'ai aidé, j'ai facilité ton travail, ton accès aux pièces du dossier. Tu l'ignores, mais l'homme que tu rétribuais à la PJ était un gars à moi.

Très vite, tu as su me convaincre d'une chose : s'il y avait une autre vérité, un autre assassin que celui que nous avions désigné, tu saurais le trouver. Aussi, sans en parler à quiconque, j'ai repris le dossier Eskenasi. À la première lecture, sa culpabilité paraissait évidente. Les charges patiemment accumulées démontraient qu'il était le seul auteur des assassinats. Et dans la catégorie « coupable idéal », il n'y avait pas mieux que lui. Car tout l'accablait : la voiture volée, les empreintes relevées au domicile des Garambois, les témoignages de tous ceux qui l'avaient vu rôder autour des maisons, celui d'un codétenu qui soutenait qu'Eskenasi se vantait qu'« on entendrait parler de lui à sa sortie ». C'était un homme violent, calculateur, pervers. Il avait été condamné à plusieurs reprises et même à dix ans de réclusion pour le viol d'une jeune femme dans un parking du 14e. Il était sorti de prison en septembre 1998. Il menait une vie de marginal, faite de magouilles et de larcins. Nous avions retrouvé dans la chambre de son hôtel minable tout un bric-à-brac d'objets volés. Il ne se soumettait pas au contrôle judiciaire auquel il était contraint. D'ailleurs, tout le monde s'en souvient, cela a déclenché une campagne de presse carabinée contre nos services. Nous avons fait le dos rond le temps que l'orage se calme. Nous avons surtout laissé faire les journalistes quand ils ont parlé d'enquête bâclée. Avec l'aval de la hiérarchie, nous leur avons glissé ton nom et tu nous as servi de paratonnerre. Je n'en suis pas particulièrement fier, mais, que veux-tu, il fallait bien que quelqu'un porte le chapeau et tu nous as été bien utile, tu devenais le coupable idéal de ce fiasco. Il était évident que tu avais merdé. Je le reconnais, tu t'en es pris plein la gueule, et, moi, je ne t'ai pas protégé autant que j'aurais dû. Mais tu n'as pas été viré et, que tu l'admettes ou non, rien que pour cela, tu peux me remercier. Sans moi, il y a longtemps que tu ne serais plus dans la police.

Mais tu as raison, Hervé, le dossier Eskenasi ne tenait pas la distance. Pas seulement parce que nous n'avons pas trouvé chez lui d'objets volés sur les lieux des crimes ni d'armes. Nous ne nous sommes pas demandé pourquoi les femmes n'avaient pas été violées alors qu'il avait un lourd passé de délinquant sexuel. Pourquoi nous avons relevé ses empreintes uniquement au domicile des Garambois. Nous n'avons pas non plus cherché à comprendre pourquoi les corps des hommes avaient disparu ni comment il s'en était débarrassé.

Plus j'ai plongé dans son dossier, plus je suis arrivé à la conclusion que le tueur ne pouvait pas être ce pauvre type. Sa culpabilité nous a bien arrangés, d'autant que les assassinats ont cessé après sa mort. En définitive, tu ne t'étais pas trompé sur ce point. Le véritable tueur était forcément d'un autre calibre. Je l'ai compris bien après toi, mais je l'ai compris. Alors je ne t'ai plus abandonné. Mieux, j'ai guidé tes pas. Du moins, je l'ai cru...

Oui, Hervé, au début, j'ai cru en toi. J'ai sincèrement pensé, obstiné comme tu l'étais, que tu allais découvrir le véritable assassin. Alors je t'ai aidé. J'ai espéré que tu trouves. J'ai eu confiance en toi, dans ton courage. Dans ton obstination à continuer seul. Contre l'avis de tous, contre moi-même. Ce n'est que bien plus tard que j'ai compris que tu faisais fausse route.

Que ton obstination n'était qu'un entêtement inutile. Que tu ne poursuivais qu'une illusion. Que tu te trompais. Mais je ne pouvais pas t'abandonner. J'ai entretenu tes chimères et j'ai cru qu'en agissant ainsi je te sauvais la vie et que je respectais la promesse faite à Steph.

Mes chimères... Comme il y va avec mon enquête ! Ferracci s'interrompt un instant. Il semble si désespéré qu'il peine à poursuivre.

Combien d'erreurs dois-je me reprocher aujourd'hui ? Il y en a tant qu'elles m'obséderont jusqu'à la fin de mon existence.

C'est ensemble que nous avons exploré toutes les pistes. Tu ne le sais pas, mais c'est souvent moi qui orientais tes recherches. Et j'y mettais fin quand je réalisais qu'elles ne menaient à rien et qu'il était inutile que tu continues. Tu me paraissais si perdu que je n'ai pas trouvé d'autre moyen pour te relancer. Tu veux un exemple ? En juin 2006, j'ai appris que tu t'intéressais à la famille de Sarah Oudy, la maîtresse de Saféris. Tu es descendu plusieurs fois à Limoges, jusqu'au jour où son frère a refusé de te voir. Sache que c'est moi qui ai appelé sa mère en lui disant que tu étais dangereux, que tu devenais fou avec cette histoire réglée depuis longtemps. Ils m'ont cru. J'avais compris que cette piste ne te mènerait nulle part et que tu perdais ton temps. Alors je t'ai lancé sur les traces de Blanchet. Cet imbécile de Lacaze, celui qui habitait en face de la mère Blanchet, a agi sur mes ordres. Moi aussi je l'ai payé !

Blanchet n'a jamais accompagné sa mère au cimetière, il n'est jamais venu à Bruyères. C'est moi qui ai ordonné à Lacaze de te téléphoner. Pour la première fois, je voyais que tu avais peur d'échouer et il fallait à tout prix que je t'aide. Quitte à ce que tu partes sur une fausse piste. Mais au moins, grâce à moi, tu reprenais goût à la vie. Car, tu le sais, Hervé, seule la poursuite de cette enquête donnait un sens à ton existence. Cela, je l'avais aussi compris. Alors je te poussais dans une direction, puis une autre, persuadé que tu devais poursuivre ton enquête. Ta survie en dépendait. Voilà ce que j'ai cru pendant toutes ces années: que j'étais le maître du jeu et surtout qu'en agissant ainsi je te sauvais la vie. Un jour, j'ai même voulu te le dire. J'ai voulu mettre fin à ce qui m'apparaissait de plus en plus comme une vaine mascarade. Je suis venu chez toi, décidé à tout te dévoiler, quelles qu'en soient les conséquences. Je voulais entrer, mais tu m'as renvoyé et je n'ai pas su trouver les mots. De toute façon, tu ne m'aurais pas cru. Alors j'ai continué ce jeu de dupes et je t'ai orienté sur une dernière piste, celle de Garambois. C'est encore moi qui ai demandé au jardinier, celui que tu appelais Gégé, de poser sur la tombe de Pauline et de la petite Perrine les bouquets de roses qui t'ont beaucoup intrigué. Le jardinier ne faisait que ce que je lui demandais: te dire qu'une main anonyme déposait ces fleurs tous les mois. Cette fois encore, tu t'es laissé manipuler.

Ainsi, c'est moi – ce n'est qu'un autre exemple, mais il m'est douloureux – qui t'ai appelé ce soir-là pour te donner rendez-vous à la gare Montparnasse. Moi, toujours, qui ai glissé le mot sous ta porte. L'homme que tu as poursuivi vainement dans la galerie commerciale n'existe pas. Tu as poursuivi un fantôme. Fantôme, aussi, celui que tu as pris pour Garambois au cimetière de Bagneux et que tu as suivi jusque chez lui, rue de Lancry. Cet Étienne Garrigue était simplement venu déposer des fleurs sur une tombe du cimetière à côté de celle de la famille Desplat. Le jardinier a voulu t'avertir que tu te trompais de personne. Tu l'as compris, mais tu as refusé l'évidence. Il fallait que cet inconnu soit Garambois. Il ne ressemblait même pas à Garambois. Et Garambois était mort depuis longtemps, tu le sais bien!

Il m'a interpellé, attendant que je réagisse. Que je réponde que Garambois était bien vivant et que je l'avais retrouvé. Mais, d'un geste de la main, je lui fais comprendre que je préfère me taire. Soudain, ce n'est plus de l'étonnement mais des interrogations que je lis dans le regard de ceux qui écoutent Ferracci, presque fascinés. J'aperçois Rabatel. Elle semble effrayée. Je pourrais les rassurer, elle et tous les autres, mais je reste silencieux et d'un second geste de la main je fais signe à Ferracci de continuer.

Contrairement à ce que tu as affirmé tout à l'heure, Garrigue n'a jamais eu recours à la chirurgie esthétique. Lui aussi s'est trouvé au mauvais endroit au mauvais moment. Il aurait suffi que tu relèves ses empreintes digitales dans l'appartement pour t'apercevoir de ton erreur. Tu n'as pas mené cette vérification élémentaire car il fallait que ton fantasme, ce fantôme que tu as poursuivi pendant toutes ces années, soit non seulement ta vérité, mais une personne réelle. Pourtant, ce n'est pas à toi que je vais l'apprendre, Garambois est mort en 2001. Et, je te le répète, tu le sais parfaitement.

Je n'ai pas eu beaucoup de mal à diriger ta vie. Tu avais tant envie d'y croire que tu vivais chaque nouvelle piste comme une renaissance. Je ne pouvais pas t'abandonner, quelles qu'en fussent les conséquences pour moi. Je t'ai aidé du mieux que j'ai pu, et tu as survécu.

Je ne me trouve qu'une seule excuse ce soir: en agissant ainsi, je te maintenais en vie. C'est du moins ce que j'ai cru pendant toutes ces années. Jusqu'au jour où j'ai fait ce que je n'avais jamais osé jusque-là: entrer chez toi. Pour la première fois, début 2010. Je me suis procuré un double de tes clés et le code de l'alarme sans difficulté. Il y a toujours des commerçants prêts à collaborer avec la police... Sur ce point, tu avais raison.

À cet instant, moi commissaire principal Langelier, je pourrais effacer ses illusions et lui rappeler que je l'ai su dès le jour où il est entré chez moi. Je connais la date exacte: c'était le 4 février 2010. Mais je m'abstiens et je le laisse poursuivre. Tout à son récit, Ferracci fait à peine attention à moi, il n'ose plus me regarder et préfère s'adresser aux autres.

Je me souviendrai pendant le restant de mes jours du choc que j'ai ressenti en pénétrant chez lui pour la première fois depuis le départ de Steph. Un chat noir, émacié, le poil terne, la peau marquée de traces d'eczéma, s'est collé à moi. Il ne m'a pas lâché tout le temps que je suis resté, réclamant que je le nourrisse. Mais ce matin-là, je n'ai rien fait pour lui. J'étais trop tétanisé, fasciné par ce que je découvrais. Immédiatement, j'ai été agressé par l'odeur. Ce mélange de tabac froid et de pisse de chat rendait l'air si irrespirable, si suffocant, que j'ai ouvert les fenêtres du salon, laissant pénétrer un vent glacial. Mais le plus vertigineux, le plus terrifiant, a été de découvrir les murs couverts de notes, de photos jaunies, de coupures de presse, de procès-verbaux. Jusque dans la cuisine où la vaisselle s'empilait dans l'évier et où la litière du chat n'avait pas été vidée depuis des jours.

Ferracci se tait un instant et cesse de me regarder. Il se tourne vers l'assemblée qui attend la suite dans un silence de mort.

Il y avait longtemps, très longtemps, que je n'étais pas venu dans cet appartement. J'enviais son bonheur simple, sa famille heureuse. J'aurais aimé être à sa place au côté de Stéphanie.

J'ai eu le temps de parcourir toutes les pièces. Elles étaient presque vides. Ici ou là une table, un matelas, une chaise, un vieux fauteuil défoncé couvert de poils de chat. Dans la grande chambre, un lit étroit à moitié défait. J'ai ouvert le placard pour n'y trouver que quelques chemises, des caleçons, quelques pantalons et encore des dossiers trop épais pour être cloués au mur. Partout, dans les moindres recoins, on trouvait, jusqu'à la nausée, les marques de l'enquête qu'il poursuivait depuis tant d'années. Dans un désordre dont lui seul, à l'évidence, détenait les clés. Les murs portaient les traces de son obsession. J'ai alors mesuré l'ampleur de sa folie.

Je n'ai pas voulu en savoir davantage. Je ne pouvais plus m'attarder. J'ai tapé le code de l'alarme et je suis sorti, anéanti par ce que je venais de voir.

Il me regarde à nouveau et ajoute pour moi seul :

« Ce jour-là, Hervé, j'ai pris de plein fouet l'étendue de ton désespoir. En quittant ton appartement, j'ai réalisé que j'en étais responsable. C'est ce qui m'a fait le plus mal. »

Et ma souffrance à moi, Ferracci ? Sais-tu ce que j'ai enduré pendant toutes ces années ? J'ai envie de leur dire à quel point j'ai souffert de me sentir seul, abandonné. Mais cela ne servirait plus à rien désormais. Qu'il continue !

Ce que j'avais découvert m'avait tellement effrayé qu'il m'a fallu des mois avant de remettre les pieds chez lui. Je crois que j'avais peur de ce que je risquais de découvrir. Et de jour en jour, je repoussais l'échéance.

Il y a quelques mois seulement, j'ai pris la décision de revenir pour fouiller dans ce passé étalé sur ses murs.

Je le sais : c'était en octobre. Le 10 octobre 2010.

En montant l'escalier silencieux, j'ai aussi réalisé que, désormais, je ne respecterais pas la promesse que j'avais faite à Stéphanie. Je ne pourrais plus le protéger.

Pourquoi s'interrompt-il à nouveau ? Qu'a-t-il de si important à me dire ? Il ne va quand même pas se mettre à chialer devant tout le monde ?

Hervé, je te dois cette dernière confidence : C'est à elle, à elle seule, que j'ai pensé en poussant la porte de l'appartement.

Décidément, cet homme m'étonnera toujours. Ça m'amuse qu'à son âge il soit encore amoureux de Stéphanie. L'imbécile, comment ne réalise-t-il pas qu'elle ne sera jamais à lui ? Même si je ne veux plus d'elle, elle m'appartient !

Je le vois vider un verre d'eau avant de poursuivre de son ton toujours aussi déterminé. À nouveau maître de lui et de ses émotions.

J'avais un bon prétexte pour ne pas revenir. J'ai été retenu pendant plusieurs mois à Marseille par une affaire de trafic de coke. Mais je ne parvenais pas à effacer le souvenir de ce que j'avais découvert chez toi, Hervé. De retour à Paris, il m'a encore fallu quinze jours avant de me décider. J'y suis revenu presque tous les jours. La puanteur était toujours aussi insupportable. Ensuite, j'ai fini par m'y habituer au point de ne plus laisser les fenêtres grandes ouvertes. Le chat, lui aussi, s'est habitué à mes visites quotidiennes et moi à lui. Il ne m'importunait plus. Il dévorait les croquettes que je lui apportais et il allait dormir sur le canapé.

Vers la fin, Langelier n'a même plus branché son alarme. Je n'ai pas cherché à savoir pourquoi. J'ai mis cela sur le compte de la négligence sans me douter qu'il avait compris que son appartement était fouillé et que c'était une précaution inutile. Il m'envoyait un signal. Le signal qu'il savait que je venais.

J'ai été bien naïf.

À plusieurs reprises, lorsque Sylvie Rabatel me prévenait qu'il rentrait chez lui, j'ai dû battre rapidement en retraite, replaçant du mieux possible le document que j'étais en train d'étudier. Elle n'a jamais su, ou peut-être n'a-t-elle jamais voulu savoir, que je fouillais son appartement. Elle a rempli avec dévouement la mission que je lui avais confiée : surveiller Langelier. Tous les quinze jours, elle m'adressait un rapport précis sur ses activités. Ainsi, elle m'a appris que les collègues de Meudon commençaient à le respecter et même à l'apprécier. De rapport en rapport, elle m'a répété qu'elle n'avait rien de particulier à signaler.

« Il se comporte en patron. Il va sur le terrain. Les gars lui obéissent. »

C'était tout juste si elle ne me parlait pas de comportement exemplaire.

Mes visites régulières à son appartement ont commencé en octobre. Au début, si je venais, c'était pour tenter de le comprendre, de percer le mystère de Langelier. J'espérais qu'après l'avoir trouvé je pourrais l'aider. Jamais je n'aurais pu imaginer ce que j'ai découvert ces dernières semaines.

Je ne m'accordais qu'une heure, pas plus. J'ai décidé de procéder par ordre en essayant de suivre la chronologie des faits. Élément par élément, affaire par affaire. J'ai commencé par le crime de la famille Saféris, en février 2001, épinglée dans la chambre du fond, celle dont il avait chassé autrefois Sonia pour en faire son bureau. Puis j'ai exploré la chambre des enfants, la sienne – où il avait punaisé ma photo –, la salle de bains, le couloir, la cuisine et enfin le salon où tout était consacré à Garambois. Parfois j'ai lu directement sur le mur, mais le plus souvent j'ai détaché les documents avec précaution.

Il marque une pause, puis me regarde longuement. Notre échange n'échappe à personne. Je soutiens son regard. Cherche-t-il à me faire une confidence, à me dire quelque chose connu de moi seul ? Le premier, il baisse les yeux.

Il reprend.

Je les ai lus assis à ton bureau, Hervé, puis je les ai remis à leur place le mieux possible. Aucun ne m'a échappé. Petit à petit, jour après jour, presque heure après heure, je me suis imprégné de ton histoire et de ta folie. Je t'ai même suivi jusqu'à Levallois. Je t'ai observé des soirées entières, immobile, à regarder les fenêtres de Mallet. Longtemps, je n'ai pas compris pourquoi tu venais là.

Il s'arrête une fois encore, me fixe avec gravité. Tout cela est si mélodramatique que j'éclate de rire.

Je réponds à nouveau par un simple haussement d'épaules. À quoi bon lui dire que je l'avais repéré pendant que je surveillais Mallet ? Il était si peu discret ! Je le laisse poursuivre.

Vous qui êtes présents ici ce soir, sachez que, pendant les premiers mois de mes visites chez lui, j'ai rassemblé les pièces du puzzle de sa vie. Je croyais avoir enfin compris ce qui se passait. Mais un jour, il y a quelques semaines à peine, j'ai découvert la vérité et je suis maintenant en mesure de vous dire qu'il nous a menti. Et son mensonge est terrible.

Quel mensonge ? Il se tourne à nouveau vers moi et, l'air sûr de lui, il me lance :

J'en ai l'absolue certitude, Hervé, et pire, les preuves. Je les ai trouvées bien cachées sur tes murs. La vérité est bien différente de ce que tu nous as raconté ce soir.

Cette vérité, je la dois à tous ici présents. Elle est atroce, inimaginable. Je sais que moi aussi je paierai pour elle, mais je vous la dois. Le premier élément accablant que j'ai découvert se trouve dans la chambre du fond à droite, là où, comme il nous l'a dit, Langelier a installé son bureau dès 2001.

Comme je te l'ai dit, Hervé, il m'a fallu du temps avant de trouver les preuves irréfutables de tes crimes. C'est en janvier dernier, il y a à peine deux mois, que j'ai découvert une note manuscrite datée d'avril 2001. Une simple feuille arrachée à un petit cahier à spirale. Elle avait été pliée en quatre, puis froissée comme si on avait été tenté de la jeter. Elle est épinglée sous la fenêtre, à gauche. Elle y est toujours. Je ne l'avais pas vue lors de ma première inspection de la pièce, plusieurs mois plus tôt, car elle était dissimulée par une série de photos prises au domicile de la famille Blanchet le soir des assassinats avant que les corps soient emmenés à la morgue.

Ferracci paraît soudain las.
Je l'entends ajouter d'une voix atone, comme pour lui seul :
« Il n'y a pas si longtemps finalement. »
Il se reprend aussitôt et cette fois il s'adresse à l'assemblée d'une voix plus ferme.

J'ai reconnu immédiatement l'écriture de Langelier. Serrée, nerveuse, puissante, avec ces mots écrits à l'encre rouge. Ils peuvent paraître anodins si on ne connaît pas la vérité :

« 20 avril 2001, à 9 h 48. C'est parti ! Je leur ai démontré que le commissaire Langelier existait et qu'il n'a pas abdiqué. Ferracci et sa clique vont-ils reconnaître le message ou leur faudra-t-il d'autres preuves ? »

Quand je les ai trouvées, ces quelques lignes m'ont intrigué. Mais sans plus. Il y avait tellement de bazar sur les murs... Et puis, plus tard, je me suis souvenu que l'assassinat de la famille Blanchet avait été revendiqué par une voix anonyme dans la matinée du 20 avril. J'ai retrouvé l'heure exacte sur un PV épinglé dans le couloir : 9 h 48. J'ai été foudroyé par ce que je venais de comprendre. Cette preuve m'a anéanti. Au point que je n'ai pas pu rester plus longtemps.

Le petit carnet à spirale, je l'ai trouvé le lendemain. Il est rangé dans le tiroir du bureau. Sa couverture est si élimée, si froissée, que l'on devine à peine que ce carnet a été noir. Je ne lui ai accordé aucun intérêt et je l'ai remis à sa place. Il était tout fin avec seulement deux pages encore vierges. Les autres avaient toutes été arrachées et épinglées. Si bien cachées que je ne les avais pas découvertes en parcourant ses murs pendant les premiers mois de mes visites quasi quotidiennes. J'avais été sans doute trop concentré, fasciné presque, par la masse de documents rassemblés sur ses murs.

Ces pages, j'ai fini par les trouver, parfois par hasard, souvent au prix d'une minutieuse recherche. Sur chacune d'entre elles figurent des commentaires, écrits sur le moment, comme autant de petits cailloux laissés par Langelier au fil des années. Parfois ce ne sont que quelques mots, de simples réflexions. Souvent, c'est le récit précis d'une autre vérité. Glaçante.

18

Je profite des quelques secondes de silence que Ferracci laisse volontairement planer pour me lever.

C'est à mon tour de parler, messieurs.

Ce petit carnet noir, Ferracci a raison, m'a accompagné tout au long de mon enquête. Un gri-gri ? Non, un confident, plutôt. Quand il ne m'a plus été d'aucune utilité, je l'ai abandonné dans mon tiroir, dernier vestige d'une période achevée.

Je me souviens encore du jour et de la papeterie où je l'ai acheté. C'était vers la mi-mars 2001, à Sceaux. Il pleuvait fort et je suis entré dans le magasin pour me mettre à l'abri en attendant que la pluie cesse. Mon imperméable était tellement mouillé que je l'ai enlevé. La vendeuse a aussitôt compris que je n'étais entré que pour échapper à l'averse. Elle m'a regardé d'un air de dire : « Ce type va tout me dégueulasser. » Elle a fixé avec reproche la flaque d'eau à mes pieds. J'aurais pu lui balancer ma carte de flic et ça l'aurait calmée pour de bon. J'ai préféré dire que je cherchais un carnet à spirale. C'est pourtant la dernière chose que je pensais acheter ce jour-là...

Je l'ai choisi pour sa couleur noire et surtout parce qu'il était minuscule, 6 centimètres sur 4. Je me souviens de son prix : 1 euro.

Puis j'ai quitté le magasin alors qu'il continuait à pleuvoir toujours aussi dru. La vendeuse n'a pas tenté de me retenir. Mieux, j'ai senti qu'elle était ravie de me voir décamper. Je me suis retourné et je l'ai aperçue en train d'éponger les flaques que j'avais laissées sur son parquet ciré. J'ai résisté à l'envie de revenir rien que pour le plaisir de voir sa tête. Mais j'étais trop satisfait de mon achat, bien à l'abri dans son petit sac en plastique, pour me soucier d'elle et de la pluie qui me transperçait jusqu'aux os.

Ce carnet, mon carnet, ne m'a guère quitté tout au long de ces années, glissé dans la poche intérieure de ma veste ou de mon imperméable. J'y ai noté le plus important, toujours avec un stylo rouge.

Une fois chez moi, j'arrachais la petite page et je l'épinglais sur un mur. Un peu au hasard, mais toujours bien cachée. Pourtant, je sais avec précision où se trouve chacune d'elles : sous un amas de photos, derrière des coupures de presse... Mais vous seriez surpris de voir à quel point je suis capable de retracer les dix dernières années de ma vie en passant d'une pièce à l'autre. Il m'aurait été facile de les faire disparaître, effaçant ainsi mes traces les plus secrètes, les plus inavouables. Mais j'en ai été incapable. C'était au-dessus de mes forces.

En réalité, je crois que, au fond de moi, j'espérais que quelqu'un les découvrirait un jour. Et me délivrerait enfin.

Je m'interromps un instant et je me tourne vers Ferracci.

Ferracci, j'ai su dès le début que tu fouillais mon appartement et même que tu nourrissais mon chat. J'ai renoncé à activer l'alarme. C'était inutile, comme tu l'as dit. Trois fois, je me suis amusé à faire croire à Rabatel que je devais rentrer chez moi. C'est idiot, je le reconnais, mais cela m'a diverti. Je t'ai imaginé en train de décamper en espérant ne pas laisser de trace de ta visite.

Je vois Sylvie Rabatel frissonner. Gênée. Aussi, je lui dis du ton le plus amical possible :

Je ne vous en veux pas, lieutenant, il fallait bien que vous choisissiez votre camp. Et vous ne vous êtes pas trompée. Vous irez loin !

Quant à toi, Ferracci, il y a un autre feuillet dont tu ne parles pas. Celui où j'ai noté les dates précises de tes visites à mon appartement. C'est normal que tu ne l'aies pas trouvé : il est scotché sous le tiroir de mon bureau. Tu pourras vérifier. À dire vrai, j'ai fini par en avoir assez que tu tournes en rond, que tu n'arrives à rien. Tu m'as déçu, il fallait que je t'aide. Alors, un jour, j'ai décidé de te mettre sur la piste. Je veux que tu sois convaincu d'une chose : tu n'as rien « découvert », c'est moi qui t'ai donné la clé. Sans mon aide, tu y serais encore ! J'ai déplacé le premier feuillet que tu as trouvé, celui qui date du 20 avril 2001. Oh ! légèrement, de quelques centimètres sous la photo de cette malheureuse Cécilia Blanchet, celle où elle a la gorge tranchée et les yeux grands ouverts, mais suffisamment pour que tu le trouves. Pas dans la chambre du fond comme tu l'as dit, mais dans le salon. Au point où nous en sommes, ce détail est sans importance. L'important est que tu l'aies trouvé ! Car il t'a donné la clé de toute l'histoire. Il fallait que tu le découvres en premier ! Ensuite, j'ai bien vu que tu revenais tous les jours. Crois-moi, si tu le veux, mais j'étais satisfait. Soulagé.

Vraiment soulagé.

J'oublie tous les autres, ceux qui sont venus me fêter ce soir, et je me tourne à nouveau vers Ferracci :

Tu peux leur lire maintenant.

Ferracci sort de la poche de son veston deux feuilles pliées en quatre. Il n'attend pas que je sois assis pour commencer.

J'ai toujours connu Ferracci sûr de lui, mais jamais autant qu'en cet instant. Pourtant, il n'y a pas une once de triomphe dans ses mots. D'une voix posée, calme, il parle à tous mais je sens qu'il ne s'adresse qu'à moi.

J'ai trouvé trente-huit feuillets identiques sur les murs de l'appartement de Langelier. Les dénicher, puis les recopier avant de les remettre à leur place exacte m'a occupé pendant les semaines qui ont suivi ma première découverte. Je ne me suis plus intéressé aux dossiers épinglés. Je n'ai fait que rechercher les petits mots laissés par Langelier. Je ne pouvais rester qu'une heure dans l'appartement, rarement plus. Je me suis efforcé de procéder avec méthode et c'est pour cela que ce fut à la fois très lent, presque ennuyeux et terriblement excitant. J'ai fouillé, pièce après pièce, mur après mur, recoin après recoin. J'ai progressé dans le sens des aiguilles d'une montre et, lorsqu'une pièce était terminée, je reprenais mon inspection à zéro dans le sens inverse. Bien m'en a pris, car j'ai trouvé deux de ces feuillets qui avaient échappé à ma première fouille. Certains étaient dissimulés sous l'évier, d'autres derrière la cuvette des toilettes ou ailleurs. J'en ai même trouvé un second sous ma photo, épinglé dans sa chambre. Certains jours, j'ai été chanceux, d'autres beaucoup moins, mais je ne pense pas en avoir raté beaucoup car pas un centimètre de l'appartement ne m'a échappé.

Ferracci a bien bossé. Il y en a effectivement trente-huit. Je suis à deux doigts de le féliciter, mais je m'abstiens. Je me retiens aussi de lui dire que je savais ce qu'il cherchait et que je devinais à quel rythme et dans quel ordre il repérait les jalons que je semais. Malgré ses précautions, il a laissé des traces qui m'ont renseigné. J'ai aussi pigé comment il procédait. Jour après jour, en rentrant du travail, j'ai suivi sa progression. Parfois je l'ai aidé en plaçant un feuillet un peu plus en vue. Je connais le jour où il en a découvert trois à la suite (dans ma chambre) et ceux où il est reparti bredouille. Cela peut paraître futile, vu les circonstances, mais je me suis amusé à en dissimuler quelques-uns plus efficacement que d'autres. Mais je dois avouer que j'étais bluffé par la minutie de son travail. Car, au final, il les a tous trouvés.

Je ne veux pas l'interrompre et le laisse poursuivre, trop curieux de savoir ce qu'il va faire, maintenant qu'il a découvert la vérité.

Je répète :

« Tu peux leur lire. »

Et j'ajoute avec ce qu'il faut d'arrogance dans ces moments-là :

« Courage, mon vieux ! »

Je vois bien qu'il s'interdit de réagir. Il poursuit.

Ces bouts de papier m'ont livré la vérité au rythme où je les ai trouvés : dans le désordre. Le premier date de 2001 et le dernier, Langelier l'a écrit en février 2010. Leur écriture est claire, vive, assurée, sans la moindre faute d'orthographe. Toujours à l'encre rouge. Il m'a été facile de les classer dans l'ordre chronologique puisque chacun comporte une date et une heure.

Ferracci, toujours aussi maître de lui, ne laissant transpirer aucune émotion, déplie les deux feuilles sorties de la poche de son veston. Il les tenait jusque-là dans sa main droite entre le pouce et l'index. Il prend encore le temps de poser des lunettes de vue sur son nez. En moi-même, je pense que lui aussi a bien vieilli. Il commence la lecture sans perdre une seconde. Il est si solennel maintenant qu'on croirait un garde champêtre un jour d'annonce publique !

> – 20 mars 2001, à 12 h 32. Il faut retrouver les pères ? Un seul père ?
>
> – 7 avril 2001, à 11 h 17. Dubosc m'a lâché à son tour. Que faudra-t-il que je fasse pour leur prouver que j'ai raison ?
>
> – 8 avril 2001, à 5 h 22. Humilié. Je n'ai pas dormi. Heureux. J'ai trouvé ! Ils vont en baver. Ils n'ont pas fini de regretter ce qu'ils m'ont fait. Surtout Ferracci !

– 14 avril 2001, à 0 h 19. Confirmé. Tout sera prêt à temps. Objectif prioritaire.

– 15 avril 2001, à 23 h 58. Répétition générale réussie.

– 16 avril 2001, à 2 h 18. Je suis sûr que Blanchet est un sale type. Il le mérite bien.

– 20 avril 2001, à 9 h 48. C'est parti ! Je leur ai démontré que le commissaire Langelier existait et qu'il n'a pas abdiqué. Ferracci et sa clique vont-ils reconnaître le message ou leur faudra-t-il d'autres preuves ?

– 20 avril 2001, à 15 h 42. Je sors de chez Blanchet. Beau travail.

Le feuillet daté du 21 avril 2001, à 6 h 16, est un plan avec des indications précises en forêt de Fontainebleau.

– 23 avril 2001, à 12 h 06. Dubosc me trahit. Je ne suis pas surpris. Je ne pourrai compter sur personne d'autre que moi. Mais c'est mieux ainsi.

– 28 avril 2001, à 2 h 28. Devant la maison des Garambois. Il fait froid. Sa femme rentre tous les jours à 18 heures avec les gosses. Lui arrive vers 7 heures et demie, jamais plus tard. Il est costaud : poids estimé, 85 kilos ; taille, 1,80 mètre. Je pense que je suis prêt.

– 3 mai 2001, à 14 h 39. Repas chez les vieux Desplat. Salade de concombres, rosbif purée, fraises au sucre, Château-Illac, café. Pauvres gens.

– 19 mai 2001, à 17 h 13. J'ai hâte de passer à l'action. Je commence par lui, ensuite la femme et enfin les enfants quand ils dorment. Je ne voudrais pas qu'ils me voient. Ensuite, tout est prévu. Son trou est déjà creusé.

– 20 mai 2001, à 2 h 38. Parfait. Je rentre.

– 22 mai 2001, à 10 h 12. Eskenasi n'y est pour rien dans cette merde. Je le répète à ce con de Ferracci. Ça ne sert à rien, une vraie bourrique. S'ils s'entêtent, je devrai continuer et ce sera leur faute.

– 30 mai 2001, à 11 h 32. Rendez-vous le 20 juin, monsieur le juge. Désolé, mais il faudra tout reprendre à zéro !

– 5 juin 2001, à 23 h 52. J'ai trouvé. ENFIN ! Frédéric Jobert a 34 ans (Frédéric, comme l'autre). Il est marié à Joséphine, 34 ans également. Ils ont trois enfants. Merlin, 11 ans, Cécile, 10 ans, et Olive, 8 ans. Trois. Beaucoup, mais faisable. Comment peut-on appeler son gosse Olive ? Ils vivent dans un pavillon neuf sur les hauteurs de Suresnes, bien isolé et facile à surveiller. Je n'ai pas besoin d'en savoir plus pour l'instant. Je dispose encore de deux semaines.

– 10 juin 2001, à 20 h 15. Les Jobert mangent des soles et du riz. La belle famille ! Le père, c'est Frédéric. Il est plus jeune que l'autre de deux ans et plus petit. Poids : environ 75 kilos. Taille : moins de 1,70 mètre. Il y a une deuxième porte d'entrée sur le côté gauche de la maison qui donne sur le jardin.

– 18 juin 2001, à 21 h 12. J'ai creusé son trou. Tout à côté des autres.

– 19 juin 2001, à 21 h 55. Je renonce. Ils ont de la visite. Ses parents ?

– 22 juin 2001, à 23 h 36. Dernière visite aux Jobert. Ils ont mangé du poulet et des frites. Ils sont passés tout près. Qu'ils vivent !

– 8 octobre 2001, à 10 h 18. Comment ont-ils pu se tromper à ce point ? Je suis vraiment très fort.

– 11 octobre 2001, à 22 h 21. Je suis un imbécile. Il a fallu que j'y retourne. Comme si je n'avais pas des choses plus importantes dans la vie. Les Jobert ont mangé des steaks avec de la salade et ils ont regardé la télé. C'est immonde à voir une famille. Il ne faut pas que je revienne.

– 3 novembre 2001, à 14 h 43. J'ai obtenu le réquisitoire de non-lieu. Il est rempli d'incohérences. À croire qu'ils l'ont fait exprès. Ferracci est un petit flic. Il va falloir que je fasse tout à sa place. Mais je n'abandonnerai JAMAIS ! JAMAIS ! JAMAIS !

– 17 février 2002, à 15 h 18. Forêt de Fontainebleau. Où sont-ils ? Je vais finir par me perdre ! Je ne vois pas le grand chêne marqué d'une croix au couteau. LE COUTEAU !

– 17 février 2002, à 16 h 01. L'endroit est parfait. Bon choix. Il faut que je reprenne l'enquête.

– 17 février 2002, à 22h40. Pourquoi sont-ils toujours là à m'épier ? Surtout Stéphanie. Je veux être seul. Cette famille est mon linceul.

– 14 octobre 2003, à 2h53. Les remords, non. Les regrets, NON.

– 17 octobre 2003, à 4h06. J'ai eu envie de disparaître. J'ai écrit une lettre aux miens. Je l'ai brûlée. Heureusement. Ils n'auraient pas compris. Ma mission est plus importante qu'eux TOUS. Je ne peux pas échapper à mon destin. C'est trop tard. Je veux seulement qu'ils partent. Je dois être seul pour continuer.

– 10 avril 2004, à 2h11. Le regard implorant d'Anne Garambois m'a réveillé. C'est pour elle que je me bats. Elle n'est pas reconnaissante.

– 10 mars 2005, à 6h05. Je n'ai pas dormi de la nuit. Leurs visages me quitteront-ils un jour ?

– 10 mars 2005, à 6h47. Il n'y a RIEN à regretter. Il faut CONTINUER.

Le feuillet daté du 16 avril 2007, à 0h39, est taché de sang. Ce sont les empreintes de Langelier. Avant de s'effondrer, il a eu le temps et la force d'écrire :

« Ce fumier a failli m'échapper. J'ai eu sa peau ! S'ils me trouvent mort, voici mes aveux : "Messieurs, j'ai tué Delay et j'ai enterré son corps dans la forêt (voir le plan ci-joint). Je me suis blessé avec son arme pour faire croire à une agression. J'ai mal évalué le tir et je suis gravement touché. Je crois que je vais mourir, alors sachez tous que je ne regrette rien. RIEN." »

– 8 mai 2007, à 17h19. Hôpital de Bourges. Je suis réveillé depuis deux jours. Ils n'ont même pas trouvé mon carnet. Cette page, je vais l'encadrer !

– 17 mars 2008, à 16h16. Incroyable ! Garambois est vivant. VIVANT ! Je suis innocent des crimes dont JE m'accuse.

– 3 avril 2009, à 12h01. Elle l'a bien mérité, cette garce.

– 3 avril 2009, à 15 h 08. Elle n'a pas crié quand j'ai sorti ma lame. Les autres fois, elles ont toutes hurlé et il a fallu que j'opère vite pour ne pas réveiller les gosses. Là, elle a fermé les yeux. J'ai dû les lui écarter pour qu'elle me voie sortir. Quand j'ai refermé la porte, elle était toujours vivante. J'en suis sûr.

Le dernier feuillet date du 3 février 2010, à 20 h 35. Langelier a écrit :

Ferracci est venu. Enfin.

Et puis, il y a quelques jours seulement, j'ai découvert la preuve la plus terrible. Dans l'armoire de la chambre, cachées dans un pull-over, j'ai trouvé les photos de Nadia Montibert, l'amie des Garrigue. Une douzaine de clichés. La jeune femme a été découverte le corps martyrisé et la gorge tranchée dans son petit appartement du 6e deux jours après son assassinat. Sa mort est restée impunie, attribuée, après une enquête bâclée, à un rôdeur.

Les photos sont rangées par ordre chronologique. Sur la première, elle est vivante, le visage déjà tuméfié. Sur la dernière, prise de loin, sans doute depuis la porte d'entrée, le sang commence à s'échapper de sa gorge tranchée. Elle a les yeux ouverts.

« Voilà, c'est terminé », dit Ferracci d'une voix soudain devenue lasse.

Il range les deux feuillets dans la poche de son veston et retire ses lunettes.

D'abord, des murmures. Quelques-uns ont déjà compris, mais la plupart ne réalisent pas encore. La vérité que vient d'assener Ferracci leur semble si incroyable qu'ils s'y refusent. Mon histoire était si belle. Ils voudraient que je réagisse, que je proteste. Alors peut-être changeraient-ils d'avis. Mais je ne dis rien. Ce n'est pas la force qui me manque, seulement l'envie. Je reste muet, le regard ailleurs, et mon silence est vécu comme une faiblesse. Pire : un aveu.

Comment leur dire que ce soir, dès l'instant où j'ai vu entrer Ferracci, j'ai su que les choses finiraient comme cela ?

Il faut qu'une voix s'élève du fond pour que les choses commencent à prendre leur sens.

« Ne nous dites pas que c'est lui, commissaire. C'est impossible. Pas lui ! »

Je crois avoir reconnu Tramont, mais je n'en suis pas certain. Je le cherche dans la petite foule qui se lève, recule, avance. Ils s'approchent, comme une vague menaçante. C'est un mélange d'incompréhension, de regards étonnés, puis, petit à petit, de mépris, d'horreur et surtout de dégoût. Je vois alors tant de haine dans tous ces yeux fixés sur moi. Comment peuvent-ils ne pas comprendre qu'au contraire j'ai gagné ? Que je ne suis plus là et que je savoure cet instant ?

Ferracci ordonne : « Asseyez-vous ! »

Le tumulte cesse d'un coup.

Ils connaissent la vérité, désormais, mais ils en réclament la clé.

Moi, je n'ai pas bronché, pas bougé d'un centimètre. J'apprécie le silence. La paix, car c'est une paix si douce qui s'empare petit à petit de moi. C'est tellement délicieux que je prête à peine attention à Ferracci. C'est pourtant de moi qu'il parle. Et il retrouve son ton professoral, insupportable.

Langelier a tué, beaucoup tué. Seul le massacre des deux premières familles, celles des Saféris et des Quenin, ne peut pas lui être attribué. C'est un père qui a probablement tué les siens, et là, Langelier a eu raison sur toute la ligne. À ce jour, nous ne savons pas si Saféris et Quenin se sont suicidés ou s'ils ont disparu. Nous pensons que Quenin a agi par mimétisme et qu'il s'est inspiré des crimes commis par Saféris.

Pour le reste, l'enquête que nous menons depuis un mois avec une équipe restreinte autour de Dubosc est accablante. Langelier a massacré les familles Blanchet et Garambois. Nous avons exhumé les dépouilles des deux pères à l'endroit indiqué sur son plan. Il les a exécutés sur les lieux mêmes d'une balle dans la tête avant de les enterrer et de reprendre sa place à nos côtés. Langelier a aussi programmé l'assassinat de la famille Jobert. La visite des parents leur a sauvé la vie, le 19 juin 2001. À l'automne, Langelier a encore été tenté de les exécuter comme le prouve le feuillet trouvé chez lui daté du 11 octobre 2001.

Je pense : « Tu n'as pas fini de te poser des questions, Ferracci. » Il continue.

Nous lui attribuons également les assassinats de Myriam Garrigue, égorgée, d'Auguste, 2 ans et demi, étouffé dans son lit, d'Étienne Garrigue, jeté inconscient mais toujours vivant dans la Seine. Pourquoi ne l'a-t-il pas enterré avec les autres ? Lui seul peut nous répondre.

C'est plus un réflexe qu'autre chose, mais j'ai à nouveau haussé les épaules. Ils me regardent tous, éberlués par mon indifférence. Mon geste innocent n'a échappé à personne. Je me moque de leur dégoût et je laisse Ferracci poursuivre.

C'est lui encore qui a exécuté Antoine Delay. Ce jour-là, Langelier a pris des risques. Le matin, il a forcé Delay à le suivre et il l'a tué d'une balle dans la bouche dans la forêt d'Orléans. Nous avons retrouvé son corps à l'endroit indiqué sur le plan daté du 16 avril 2007. Il a été abattu d'une seule balle dans la tête alors qu'il était agenouillé devant le trou dans lequel Langelier l'a ensuite précipité. Puis Langelier est revenu le soir à son immeuble pour se prêter à son effroyable mise en scène. L'arme retrouvée sur les lieux appartenait bien à Delay. Langelier l'a utilisée pour se tirer dessus. Mais il a mal calculé son coup et il aurait pu y rester si les secours n'étaient pas intervenus rapidement. Car, vous l'avez compris, Delay n'a rien à voir avec la sinistre affaire qui nous occupe. Il était là par hasard. Il a eu la malchance de passer par le village de Bruyères et de s'être arrêté quelques instants dans la rue de Lacaze. Cet imbécile nous l'a avoué : il a relevé son numéro d'immatriculation pour le donner à Langelier dans l'espoir de toucher une maigre rétribution. Jamais, nous a-t-il dit, il n'a pensé que Langelier remonterait jusqu'à lui. C'était sous-estimer son obstination.

Dubosc et moi n'avons pas trouvé d'explication logique à l'assassinat de Delay et nous n'avons surtout pas compris pourquoi il s'était tiré dessus, au risque de se tuer. A-t-il voulu jouer les héros, nous impressionner ? Le sait-il lui-même ?

Ferracci me désigne d'un geste de la tête et s'adresse à moi :

« C'est dur pour moi de le dire ce soir parce que cela démontre à quel point je me suis trompé à ton sujet, mais je crois que tu es tout simplement cinglé, Hervé. Tu es fou. »

Moi, fou ? De quel droit me juge-t-il ?

Je me lève, incapable de rester silencieux. Je hurle, le doigt pointé sur Ferracci :

« Je t'interdis de dire que je suis cinglé. »

Puis j'interpelle les autres, médusés par la soudaineté de ma colère :

« Si le superflic avait fait correctement son travail depuis le début, il ne serait pas là à se lamenter devant tout le monde. Le vrai coupable dans toute cette affaire, c'est lui, le commissaire divisionnaire Ferracci. »

J'explose sans que personne ne tente quoi que ce soit pour m'arrêter. Le doigt toujours pointé sur Ferracci, je lui lance d'une voix si forte qu'elle semble les paralyser tous :

« J'espère, grand flic, que tu porteras tes remords jusqu'à ce que tu crèves. Et le plus tard possible. »

Ferracci se passe la main sur le visage, comme s'il voulait effacer ce qu'il vient d'entendre. Il ferme les yeux, les ouvre, parcourt l'assemblée du regard, s'arrête sur moi et dit :

« Si, Hervé, tu es fou. »

Je suis bien décidé à l'affronter les yeux dans les yeux. Ferracci abandonne le premier. Je l'entends dire :

« Langelier a raison sur un point. Des remords, j'en aurai toute ma vie. Maintenant, j'attends seulement qu'il nous apporte toutes les réponses qui nous manquent. Même si je sais que cela ne les effacera jamais. »

Je pense : « N'y compte pas, Ferracci. Les réponses, je les garde pour moi seul. »

Les hommes grondent. C'est une vague chargée de menaces qui monte. Ferracci, d'un simple geste de la main, leur demande le silence. Il reprend son récit.

Enfin, il a martyrisé et égorgé Nadia Montibert. Hervé Langelier est responsable de la mort de tous ces gens. Quant à l'homme de Levallois, un nommé Gilles Mallet, je suis incapable de vous dire pourquoi Langelier l'a épargné, se contentant de le regarder vivre pendant des mois, comme un condamné à mort en sursis. Malgré sa folie, Langelier savait dès le début qu'il n'était pas Garambois. C'est pour cela qu'il ne l'a pas livré. Cet homme ignore toujours ce à quoi il a échappé. Il a eu seulement le tort, si l'on peut dire, d'avoir été, il y a longtemps, l'amant de Nadia Montibert. Langelier avait exigé un nom et elle avait livré celui de son ancien ami. Peut-être pensait-elle échapper ainsi à la furie meurtrière de son agresseur. Et sauver sa vie. Il voulait un nom. À tout prix.

Pourquoi Langelier nous a livré le nom de Mallet ce soir. Pourquoi nous a-t-il poussé à aller l'arrêter ? C'était sans doute son ultime défi.

Ferracci s'interrompt à nouveau, laissant monter le brouhaha. Il l'arrête à nouveau d'un geste de la main.

Messieurs, l'heure est venue de se poser deux questions essentielles. La première me concerne : pourquoi n'ai-je pas découvert la vérité avant ? Je n'ai que cette réponse à vous donner : parce que c'était inconcevable, parce qu'un policier ne pouvait pas être l'auteur de ces crimes atroces, ou, peut-être, parce que Langelier, du moins je le croyais, était mon ami. Ainsi, je n'ai pas voulu regarder la vérité en face. Et pour cela, je devrai payer. Je le sais et j'y suis préparé. Je me suis trompé depuis le début. D'abord, je me suis trompé de coupable : Eskenasi était innocent. Mais je me suis surtout trompé en croyant que je contrôlais Langelier. Voilà ma faute : Langelier m'a manipulé pendant toutes ces années sans que je m'en aperçoive. Comment ai-je pu être aussi naïf ? Sachez, messieurs, que jamais je ne me le pardonnerai.

Mais ce n'est rien à côté de la deuxième question, encore plus importante : pourquoi a-t-il fait tout cela, que voulait-il nous prouver ? Ma réponse sera bien incomplète : Langelier a été emporté par sa folie jusqu'à fabriquer sa propre vérité. Il fallait que l'enquête continue, quel qu'en soit le prix à payer. Durant toutes ces années, Langelier est resté prisonnier de sa double logique, de sa double personnalité : policier compétent et assassin redoutable. D'un côté, il a poursuivi consciencieusement son enquête, de l'autre, il savait qu'il avait tué les familles Blanchet et Garambois avant de commettre d'autres crimes tout aussi terrifiants. Seuls ses petits feuillets l'ont régulièrement rappelé à la réalité, comme s'il sortait du monde où il s'était enfermé. Sinon il a bâti un univers où il était innocent et où il recherchait un assassin qui n'existait pas. Il a construit un autre défi et surtout une autre vérité, et je pense profondément qu'il y croyait aussi. Avec la même conviction qu'il se savait coupable.

Ce soir, je vous le dis à tous, Langelier ne nous a pas menti sur un point : la vérité est bien épinglée sur ses murs. Deux vérités : la fausse et la vraie. Terribles, horribles même, mais tellement réelles.

Puis Ferracci s'adresse à moi. Rien qu'à moi.

« Dis-nous ta vérité. Tu n'as rien à ajouter, Hervé ?

– Si. Tu as fait ton boulot. Il était temps, non ? Dix ans, il t'aura fallu dix ans pour résoudre cette affaire. Chapeau ! Mais reconnais que je t'ai bien aidé. Quant à ma vérité… »

C'est ma dernière bravade. Mes mots sont restés en suspens. Aucun ici ne les mérite. Ils n'ont fait que croiser ma vie.

Je ne vois pas Dubosc approcher. Je sens seulement qu'il me prend les mains et me passe les menottes dans le dos. Il me dit d'avancer. Je le suis sans protester, sans même prononcer un mot. À quoi cela servirait-il ?

Nous sortons de la salle. Il me pousse à l'arrière d'une berline grise, une 605 Peugeot aux vitres teintées, la voiture du boss, garée devant la porte du centre culturel. Deux flics en tenue m'encadrent. Ferracci prend le volant. Dubosc le rejoint à l'avant. Le gyrophare projette sa lumière lancinante tandis que la sirène se met à hurler à la mort.

Le jour se lève. Je demande l'heure, mais personne ne me répond. Je n'insiste pas, laissant le silence s'installer dans la voiture tandis que nous traversons Meudon tout juste sorti de sa nuit.

En fait, je ne sens rien, je ne vois rien. Je ne pense qu'à une seule chose, la retraite dorée qui m'attend désormais.

Je l'espère tranquille et reposante.

19

Jean-Louis Ferracci n'a pas échappé au scandale. Il a quitté la police sans qu'on ait été obligé de le pousser à démissionner. Il vit, m'a-t-on dit, du côté de Bordeaux. Ses chefs ont été bienveillants : il perçoit sa retraite pleine et entière. Je préfère ne pas en savoir davantage sur lui.

Quant à moi, après des mois d'interrogatoires épuisants, j'ai été déclaré irresponsable. Je n'ai pas été jugé et un non-lieu, comme le veut la loi, a été prononcé par le juge Peyrot. Lors de mon premier interrogatoire, j'ai tenté de le convaincre qu'un assassin était toujours en liberté. Il m'a traité de malade. Alors j'ai laissé tomber. Face à lui, je n'ai plus prononcé un seul mot.

J'ai été interné à l'hôpital psychiatrique de Sarreguemines où je dispose d'une chambre correctement équipée pour moi tout seul. J'ai su que Steph avait cherché à me voir, mais j'ai refusé toutes les demandes de visite. À quoi cela aurait-il servi ? Je n'ai besoin de personne. Ni d'elle ni de mes enfants.

Seul, c'est vraiment comme cela que j'ai voulu finir.

Et croyez-moi si vous voulez, je ne suis plus désespéré.

ÉPILOGUE

Ici, quand un journal français arrive, ce qui est plutôt rare, c'est avec plusieurs jours de retard. Alors il traîne quelque temps, avant de finir oublié sous d'autres plus récents, caché au milieu des journaux venus, on ne sait par quel hasard, du monde entier. Trop chers, ils intéressent peu les touristes qui se promènent sur la place de la cathédrale.

Mais comme il vient de lui être livré, Ronaldo Pereira, responsable du kiosque, a placé bien en vue l'unique exemplaire du *Parisien* daté du 28 mars 2011. Un Français l'achètera peut-être.

Normalement, l'homme qui traverse la place avec deux gamins n'aurait pas dû voir le journal. Mais il a fallu que le plus grand lui réclame des bâtons de réglisse. Et le plus petit a insisté avec son frère :

« Tu nous achètes de la réglisse, papa ? »

Il les aime tant, ses deux gamins, Cristiano, 6 ans, et Raimondo, 4 ans demain, qu'il ne sait pas leur dire non. Fernanda, sa femme, si jeune et si belle, lui reproche souvent de leur passer tous leurs caprices. Il lui répond :

« Ce ne sont que des gosses. »

Elle n'insiste jamais. Il est tellement gentil, son Français. Elle l'a connu alors qu'elle avait 18 ans. Elle en a sept de plus aujourd'hui. Bien sûr, il est plus âgé qu'elle, mais il l'a arrachée à la pauvreté. Toute ravissante qu'elle fût, elle n'y aurait pas échappé si elle ne l'avait pas rencontré. Elle sait qu'on devient vite grosse et laide dans les favelas. La jeunesse et la beauté n'y durent pas longtemps.

Ils vivent dans une maison cossue sur les hauteurs de San Salvador de Bahia, les petits vont dans une bonne école où ils apprennent l'anglais et, surtout, elle ne travaille plus. Alors son « vieux » Français, elle l'aime et se moque bien qu'on l'ait traitée de pute quand elle s'est mise en ménage avec lui. Ceux-là, des jaloux, ne sont pas beaux à voir aujourd'hui, tandis qu'elle...

Cristiano a choisi deux longs bâtons de réglisse pour lui et son frère. Il a fallu qu'au moment de payer le billet tombe à terre, emporté par le petit vent du matin, pour que, en se relevant, l'homme voie le journal et le titre, sur toute la page : « Le commissaire Langelier, un effroyable criminel. »

Il n'achète pas le journal. Il se contente de le lire sur place, indifférent au vendeur qui trouve qu'il exagère et à ses gamins qui insistent pour continuer la promenade.

Il lit que « les corps de Frédéric Saféris et d'Yves Quenin, disparus en février et mars 2001, n'ont pas été découverts ».

En revanche, les cadavres de Martin Blanchet et d'Édouard Garambois ont été déterrés dans la forêt de Fontainebleau. « Un plan, précise le journal, a été retrouvé au domicile du commissaire Langelier. »

Ce nom lui rappelle vaguement quelque chose. Il s'en souvient maintenant. C'est ce commissaire qui avait dirigé l'enquête, à l'époque, avant d'être renvoyé comme un malpropre. Et voilà qu'il est accusé de tous ces crimes, énumérés par le détail. Quatorze au total.

« Il a mis le paquet ! » se dit-il en souriant.

Le journal dit de lui qu'il « a sombré dans une folie criminelle » et raconte avec précision sa descente aux enfers, « son incroyable quête pour découvrir le coupable de la série d'assassinats de 2001, alors qu'il en était en partie l'auteur ».

En cet instant, les souvenirs submergent l'homme aux tempes grises et à la silhouette élancée. Il repense à la force qui lui a été nécessaire pour trancher la gorge de sa femme, surprise dans la cuisine. Comment ensuite il est monté à l'étage. Comment il a posé l'oreiller sur le visage de Perrine, morte sans le savoir. Lui n'a pas éprouvé le moindre remords, ni ce soir-là ni jamais par la suite. Tout simplement parce qu'il voulait refaire sa vie et que celles-là n'y avaient pas leur place. Pauline ne l'avait-elle pas humilié en le trompant ?

Il avait minutieusement préparé son plan et l'avait exécuté à la lettre. Comme un entraînement à ce qu'il allait perpétrer un mois plus tard. Il avait éliminé Saféris au moment où il allait rentrer chez lui. Il l'avait caché dans le coffre de sa voiture avant de tuer sa famille. Ensuite, il avait enterré le corps de Saféris, enveloppé dans un sac-poubelle, dans une forêt perdue de Sologne, là où on ne le retrouverait jamais. Enfin, il avait abandonné la voiture devant la gare de Châtenay-Malabry. Tout s'était déroulé comme il l'avait planifié. Il avait choisi les Saféris par hasard après avoir hésité entre plusieurs familles, parce que leur pavillon était le plus isolé de tous, ou peut-être parce que la tête de ce Saféris ne lui revenait pas. À quoi tient la vie !

Cela lui avait paru si simple qu'il avait attendu, l'esprit tranquille, le 19 du mois suivant pour se débarrasser de sa propre famille, un mois jour pour jour après les Saféris. Il s'était appliqué à répéter le même scénario, jusqu'à déposer les oreillers au pied du lit de sa fille pour que les flics croient au crime d'un tueur en série particulièrement maniaque. Enfin, il avait quitté le pays. Sans regret, avec suffisamment d'argent pour tout recommencer. Une nouvelle vie, une nouvelle identité.

Ce qui le met en émoi à la lecture du journal, ce n'est pas que l'affaire ressorte des années plus tard, mais de découvrir qu'un homme, un certain Eskenasi, « a été accusé à tort », comme l'écrit le journal. Et aussi de découvrir ces autres crimes dont il n'a jamais entendu parler avant ce matin commis par ce commissaire, « un taré », comme il le pense. À l'époque, il avait d'autres préoccupations : en premier lieu, réussir à fuir sans être repéré. Dès son arrivée au Brésil, il ne s'était plus jamais soucié de son passé. Il avait définitivement baissé le rideau.

Il remet le journal à sa place et s'éloigne en direction de la cathédrale. Ses deux gamins ont fini leur réglisse et réclament maintenant une eau de coco bien fraîche. Lui aussi va en prendre une.

Après ce qu'il vient de découvrir, il ne se sent pas en danger. Au contraire, il se félicite de les avoir tous si bien bernés.

L'homme demeure ainsi, immobile quelques instants, à caresser la tête de son fils.

Le reste, Yves Quenin l'a déjà oublié.

C'est si loin.

Dans une autre vie.

Paris, janvier 2010-février 2011

Mis en pages par DV Arts Graphiques à La Rochelle
Imprimé en France par Normandie Roto Impression s.a.s.
61250 Lonrai
Dépôt légal : septembre 2011
N° d'édition : 084 – N° d'impression : 113309
ISBN 978-2-35584-084-5